지식은 쾌락, 즐겨라

지식은 쾌락, 즐겨라

지은이 | 폴 임
발행처 | 도서출판 평단
발행인 | 최석두

신고번호 | 제2015-000132호
신고연월일 | 1988년 07월 06일

초판 01쇄 발행 | 2004년 09월 10일
초판 13쇄 발행 | 2011년 01월 31일
개정 01쇄 발행 | 2014년 12월 19일
개정 02쇄 발행 | 2017년 03월 20일

우편번호 | 10594
주소 | 경기도 고양시 덕양구 통일로 140(동산동 376) 삼송테크노밸리 A동 351호
전화번호 | (02)325-8144(代)
팩스번호 | (02)325-8143
이메일 | pyongdan@daum.net

ISBN 978-89-7343-407-7 03890

값 · 14,000원

ⓒ 폴 임, 2004, Printed in Korea

역사 · 과학 · 성 · 예술 · 성경 뒤집어 읽기!

지식은 쾌락 즐겨라

폴 임 지음

평 단

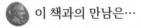 이 책과의 만남은…

　21세기에 들어서자마자 인류 역사의 수레바퀴는 보다 빠르고 보다 불규칙적으로 다른 유행의 궤도를 돌고 있다. 인류 사회 각 분야에 걸쳐 우리의 상상을 뛰어넘는 변화의 물결 때문에 우리의 라이프스타일이 바뀌고 있는 것이다. 말하는 습성이 바뀌고 글을 쓸 때 단어의 선정이 바뀌며 사람을 사귀는 방법이 바뀌고 있다.

　우리는 감각의 미세한 세계까지 들어가볼 수 있으며 우리가 느끼고 접촉하는 현실세계와 새로운 또 하나의 세계인 사이버스페이스가 연결된 곳에서 웃고 뛰어놀 수 있다. 뿐만 아니라 상호 교감에서 오는 환각 상태까지 느낄 수 있다. 기계와 사람이 연결된 사이보그 인간, 복제 인간, 그리고 스필버그의 영화 〈A.I〉에서처럼 인공지능을 가진 기계가 의식을 갖고 스스로 행동하는 인간 아닌 인간, 시험관으로 탄생한 인간, 우주 저멀리 존재할 수도 있는 E.T.I의 출현도 얼마 남지 않았다.

　그렇다면 인류 문명의 종말은 언제 오는 것인가? 제3차세계대전은 중동에서 일어날 것인가? 인간은 어디에서 와서 어디로 가고 있는가? 인간의 조상은 아담과 이브인가, 혹은 침팬지인가? 진화가 곧 창조의 과정인가? 생명의 실타래는 팬스퍼미어(panspermia)에서 시작되었는가? 인생은 짧지만 조각 같은 시간들이 모여서 강물처럼 흘러가고 우리는 그 속에서 크고 작은 변화를 경험하게 된다.

　이 책은 2천만 년 동안의 인류 역사와 문화의 변천 과정에 있어서 우리가 가장 알고 싶어하는 관심사들을 질문과 답변 형식으로 일목요연하게 엮은 것이다. 혹 미진한 내용이나 잘못된 것이 발견되면 언제든지 개정할 것이며 이는 필자의 과문천식으로 돌릴 것이다.

　《책속의 책》은 100만 부 이상 팔린 초베스트셀러가 되었다. 그러나 《지식은 쾌락, 즐겨라》는 《책속의 책》에 도전하는 책이 될 것이다. 이 책과의 만남은 우리 인생의 새로운 출발을 의미한다. 이 책은 한 번 읽고 던져버려도 되는 그런 책이 아니라 일생을 곁에 두고 싶은 좋은 반려자와 같은 책이 될 것이다. 책의 홍수 속에서 책다운 책을 찾아 헤매는 젊은이들은 항상 지식의 빈곤을 느낀다. 환상적이고 감상적인 수식어로만 나열된 책들, 주어만 있고 동사는 없는 그런 종류의 책들 속에서 우리는 무엇을 찾을 수 있을까? 책은 우리가 모르는 것을 우리에게 가르쳐주는 지혜를 담고 있어야 하며, 오늘과 내일을 담고 있어야 한다. 마치 오늘을 안고 내일로 향하는 빛의 마차처럼 말이다.

이 책을 내는 데 도움 주신 분들이 많다. 미주한국일보사의 샤론 신, 그레이스 장로교회의 김상의 목사, 《기독교죄악사》를 쓰신 조찬선 목사, 설교를 통해 항상 감동을 준 한국 갈보리교회의 이필재 목사, 책을 쓰는 사람들의 의식수준을 높여주신 에드워드 김, 30년 동안 변함없는 친우 박순문 사장, 조중익 장노, 송준호(Paul Song), 모니카 유, 린다 유, 에스터 김, 그리고 이 책을 공원처럼 아름답게 편집해주신 평단문화사 편집부 직원과 최석두 사장님께 진심으로 감사를 드린다. 그리고 병상에 누워 계신 우리 네 자녀(창건, 창문, 경자, 경희)의 어머니이신 임성옥 권사님께 이 책을 바친다.

마지막으로 독자 여러분! 무한한 금광이 숨어 있는 광산 같은 이 책 속에서 훌륭한 광부가 되고, 수많은 물고기들이 헤엄치는 황금어장 같은 이 책 속에서 훌륭한 어부가 되실 생각은 없으십니까? 진심으로 독자 여러분의 행복을 기원합니다.

2004년 Wycliff University의 부총장, 영미문학 교수
폴 임

제1장 역사에 대한 고정관념 깨뜨리기
— 우리가 알고 있는 역사는 양파껍질이다?

제2장 기존의 과학상식 뒤엎기
– 과학상식은 즐거운 오락이다

제3장 예술은 인생!
― 그곳에 사람이 있다

제4장 알수록 흥미로운 성의 세계
— 사랑의 감정은 어디에서 오나요?

제5장 100세까지 유쾌한 삶을 즐겨라
– 비전 없는 유전자는 빨리 죽는다?

제6장 이야기가 있는 성경
— 이제 외우지 말고 즐겁게 읽자!

제7장 미래는 사이보그 시대
— 나도 이제 외계인과 소통한다!

제8장 알쏭달쏭 수수께끼 같은 이야기
— 왜, 언제, 무엇 때문에 생겼을까?

제9장 세상만사 트리비아
— 비거미와 디거미를 아세요?

제1장

역사에 대한
고정관념 깨뜨리기

– 우리가 알고 있는 역사는 양파껍질이다?

역 사 story 〉〉〉

Q 우리는 과거의 문명을 왜 잘 알 수 없나?

그것은 과거 문명에 대한 기록이 보존돼 있지 않기 때문이다. 1966년 모택동은 문화혁명 때 공산주의와 관계없는 공자의 《논어》를 포함한 귀중한 고서를 불태웠다. 1945년 김일성이 북한 땅에서 집권하자 '단순한 사람들에게 단순한 마음'을 잡아주기 위해서 주요한 책들을 불태웠고, 히틀러도 1936년, 많은 사람들이 보는 가운데 중요한 역사자료가 되는 책들을 불태웠다. 유감스럽게도 바울(Paul) 선생 역시 이교도에서 기독교도로 개종한 후 에페수스(Ephesus)에서 과거의 모든 문명에 관한 주요한 책들을 불태웠다.

63대 잉카 통치자인 파챠큐티는 5천 년 된 모든 문명에 관한 기록이 담긴 책들을 불태웠고, 이집트 알렉산드리아 도서관에는 인류문명에 관한 5만 권의 저서가 있었지만, 침략자들에 의해 소실되었다. 특히 칼리프 오마르(Kalijch Omar)라는 침략자는 인류문명의 놀랄 만한 이야기들이 들어 있는 보물 같은 책들을 공중목욕탕 난방용 연료로 사용했다. 예루살렘 도서관에 소장되어 있던 20만 권의 귀중한 자료가 들어 있는 책들은 종교적 맹신자들에 의해 불태워졌고 중국을 통일한 진시황제는 5만 권 이상의 귀중한 책을 불태웠다.

"백성들에게 꼭 필요한 의약서와 농업에 관한 책과 진나라 역사서 외에는 모두 수거하여 불태워 없애라."

▲ 진시황제는 5만 권 이상의 귀중한 책을 불태웠다.

21세기를 사는 우리는 다음 세대를 위해 1965년에 뉴욕 어느 지역에 땅을 파고 2개의 타임 캡슐(Time Capsule)을 파묻었다. 이 캡슐은 강철보다 강한 금속으로 만들어져 있어 원자탄에도 녹아내리지 않는다. 그 속에 우리 문명의 모든 것을 마이크로 제작하여 넣었다.

Q 수메르인의 문명은 우리의 현대 문명보다 앞섰는가?

우리가 알고 있는 수메르인에 대한 모든 정보는, '인류 최초의 문명인 수메르인은 BC 3200년경에 이미 문자를 발명하여 쓰고 있었다'는 사실뿐이다.

아시리아의 고도(古都) 니네베에 있는 아슈르바니발(Ashur - banipal) 도서관에서 2만 5,000장 정도의 문서를 영국의 고고학자인 아스틴 리야드 경이 1850년경에 발굴해내기 시작했고, 2000년 오늘날에는 점토판에 새겨진 글들을 완전히 해독하게 되었다. 수메르인은 지금으로부터 5000년 전에 이미 글자를 발명하여 쓰고 있었고, 지금의 수도 시설과 같은 배관공사 시설이 각 가정마다 혹은 기관마다 갖춰져 있었다. 세계 최초로 인쇄(점토판)를 할 수 있었고 금, 은, 동과 각종 보석을 세공하여 여인네들의 액세서리로 썼다.

아스팔트도 바닥에 깔아 어떤 수레도 지나갈 수 있게 하였다. 사회안정보장제도도 발달되어 가난한 사람이 전혀 없었다. 의사도 내과의사, 외과의사, 치과의사로 구분되어 있고 뇌수술을 시행할 수 있는 의사까지 항상 대기해 있었다. 현대 불란서 요리에 맞먹는 고급 요리가 발달되어 부유한 사람들과 신들은 이 요리를 즐기고 있었다.

니네베 근처에서 고고학자들은 현대 컴퓨터 칩(Chip)과 같은 칩을 발견했고 이들도 우리 정도 수준의 컴퓨터가 있지 않았나 하는 추측을 가능케 한다.

▶ 출토 유물 중 우루크기(BC 3000년경~BC 2800년경)의 문화가 수메르인에 속한다는 것은 일반적으로 입증되었다. 우루크기에 나타난 쐐기문자의 원형인 고졸문자(古拙文字)는 수메르인이 발명한 것이며, BC 50년경까지 거의 3000년에 걸쳐 고대 오리엔트 전역에서 사용되었다. 아카드인·아시리아인·엘람인·후르리인·히타이트인·카시트인·우라르투인 등이 쐐기문자를 채용한 주요 민족이다.

Q 루이 14세는 얼마나 화려한 생활을 했을까?

● 루이 14세의 초호화판 궁전

궁전의 벽에는 금으로 만든 고리로 받쳐놓은 진홍색, 황금색, 자주색 차양이 걸려 있었고 아폴로, 머큐리, 마르스, 다이아나, 비너스를 모신 신전이 각각 따로 있었다. 정원에는 1만 4천 개의 분수대가 있었고, 2만 5천 그루의 나무가 있는 공원에 0.75마일 길이의 운하가 있어 왕은 그곳에서 곤돌라를 타고 놀았다. 왕이 곤돌라를 타면 악사들은 음악을 연주했고, 배우들은 왕의 시인들이 쓴 희곡을 무대에 올렸다.

"나팔을 울리고, 북을 쳐라! 영광스러운 베르사유의 태양의 왕께서 납신다! 그리스에는 호머가 있고, 로마에는 베르질리우스, 영

▲ 초호화판 베르사유 궁전 – 주방에 딸린 방만 해도 1,000개이고 정원에는 1만4천 개의 분수대가 있다.

국에는 셰익스피어, 이탈리아에는 단테, 독일에는 괴테, 그리고 프랑스에는 루이 14세가 있다."

이는 루이 14세의 권력과 사치를 나타내는 단적인 예로 그는 1661년부터 1715년까지 54년 동안 프랑스의 왕으로 군림하였다. 역사 속의 어느 왕도 그렇게 오래 왕위를 유지하지 못했었다. 근대 유럽에서 최초의 신성한 권리를 가진 왕이었던 루이 14세는 주위의 전제 군주들이 그의 궁중에 대사를 보내어 그가 어떻게 생활하는지, 사람들이 그를 어떻게 알현하는지 등을 알아내어 그의 위엄 있는 태도를 모방했을 만큼, 한 시대를 완벽하게 풍미한 위인이었다. 그는 겨울에는 베르사유 궁전에서, 여름에는 말리 궁전에서 지냈는데, 특히 베르사유는 단순한 궁전이 아니라 프랑스 그 자체였다. 저명한 왕이 어디를 가든지 뒤를 좇았다. 귀족들은 남녀를 불문하고 가능한 한 왕과 같이 있으려고 노력했다. 루이 14세 곁에서 멀어진다는 것은 햇빛을 못 받는 것과 마찬가지로 생각되었고, 베르사유 궁전에서 멀리 떠난다는 것은 태양 빛에서 쫓겨나 어둠 속에 처박혀지는 것과 다름없이 느껴졌다. 약 1천 명 가량의 귀족들이 이렇게 밤낮으로 궁중에 머물렀는데 그들에게 딸린 하인만 해도 약 9천 명에 달하는 어마어마한 숫자였다.

이처럼 특별한 의미가 있는 베르사유 궁전은 파리에서 겨우 몇 마일밖에 떨어져 있지 않았는데 그 시설이 얼마나 굉장한지 주방에 딸린 방만도 1,000개나 되었다. 특히 왕을 위해 요리를 한다는 것은 매우 중요하고 신중한 일이었다. 왕이 먹을 고기에 소금을 약간 더 뿌렸던 주방장이 죄책감에 못 이겨 자기 방으로 올라가 목을 매고 말았다는 사실을 보면 베르사유 궁전에 있던 요리사들이 음식을 요리하는 데 얼마나 큰 의미를 두었는지 가히 짐작이 간다. 루이 14세뿐 아니라 귀족들과 그의 가족들도 이런 황홀경 속에서 먹고 마시고 산보를 하며 베르사유 궁전에서의 생활을 즐겼는데 그들은 서로 견제했고 향락적인 일에만 몰두하였다. 귀족들은 높은 구두에다, 분칠한 가발을 썼으며 여인네들은 피라미드 모양으로 머리를 꼬아 올렸다. 그들은 지나치게 점잔을 떨면서 대화를 나누었고 행동거지는 극도로 인위적이었으며 최고의 오락은 도박이었다. 그들의 도박 단위가 얼마나 컸는지 왕의 가신 중 한 사람인 독 당주는 카드와 주사위 놀이로 하룻밤에 5억원 가량을 잃었다고 한다.

● 루이 14세의 하루
왕의 하루는 정확히 아침 8시에 시작되었다. 그러나 왕을 모시는 많은 귀족과 하인은 새벽 5시가 되면 모두 일어나서 8시에 일어날 왕을 위하여 준비를 하였다. 그들은 모두 왕의 침실 문 앞에 집합해서 왕이 옷을 입는 예식을 거들어줄 준비를 하였다. 이

▲ 호화롭고 웅장하기로 유명한 바로크 양식의 베르사유 궁전 내부 모습

른바 '기침'을 돕는 일이었다. 침실 담당 최고참 시종이 왕의 침실로 들어가면 그 뒤로 4명의 최고 귀족과 16명의 시종이 따르고, 이어 12명이 옷을 들고 2명이 총을 차고, 8명의 이발사와 6명의 소년시종, 2명의 의자 나르는 사람, 10명의 옷장을 나르는 사람이 뒤따랐다.

침실 담당 최고참 시종이 왕실의 커튼을 열고 "각하 일어나실 시간입니다!"라고 아뢰면, 날씨가 추운 경우에는 병참계에 근무하는 소년이 화로에 불을 지피고 그렇지 않으면 소년시종들이 덧창을 들어올려 햇빛이 침실 안으로 들게 하였다.

왕이 아직 침대에 있을 때 가발을 쓴 고위급 귀족들은 왕에게 알현이 허락되기도 하였는데 이것은 특별한 귀족에게만 한정된 것으로써 다른 사람들은 왕이 잠옷을 벗기 전까지는 전혀 볼 수가 없었다.

▲ 루이 14세
방탕생활과 사치, 전쟁을 위한 과도한 세금 징수 등으로 국고를 바닥낸 태양왕. 그의 죽음은 프랑스 국민들에게 '해방'을 의미했다.

이제 태양의 왕이 몸을 일으키는 의식을 거행할 차례가 왔다. 먼저 왕이 윗몸을 약간 일으키면 상좌 시종이 오른손에 들고 있던 큰 포도주 병을 기울여 왕의 거룩한 손에 포도주를 붓는다. 뒤이어 침실 담당 최고참 시종이 성수가 담긴 병을 바친다. 그리고 나서 제1시종이 슬리퍼를 바친다. 그러면 이발사가 루이에게 가발을 건네고 침실 담당 최고참 시종은 화장 옷을 바친다. 이제 왕은 몸을 완전히 일으킬 준비가 되었다.

이때 첫 번째로 침실에 들어올 사람의 출입이 허락된다. 왕자들이 바로 그들이다. 옷장 담당 제2시종이 옷 밑에 입는 스타킹과 카터 벨트를 옷장 담당 제1시종에게 건네면 그가 그것을 왕에게 바친다. 그러면 왕이 아침식사를 주문한다.

아침을 먹고 난 뒤 왕이 화장 옷을 벗는데 옷장 담당 최고참이 오른쪽 소매를 붙들고 옷장 담당 제1시종이 왼쪽을 붙든다. 이때 특별 출입증을 지닌 200명의 귀족들이 '옷을 입는 대예식'을 관전하도록 허가를 받는다.

옷 입기를 끝낸 왕은 두 줄로 늘어선 가신들 사이를 지나서 예배당으로 간다. 이 예식은 매일 아침 되풀이된다. 루이 14세가 저녁을 먹을 때 1만 명의 사람들이 그를 지켜본다. 대체로 그는 저녁을 혼자 먹는데 가끔 왕실 혈통인 왕자들이 저녁식사 자리를 같이 하도록 허락한다.

◎ **유럽의 부랑아, 루이 14세**

루이 14세가 잠자리에 들기 전, 그는 침대 발치에 서서 모든 귀족 부인들로부터 인사를 받는다. 그리고 나면 아침에 치렀던 예식이 반대로 거행되고, 침실 담당 최고참 시종이 침실의 커튼을 내리면 황제는 잠이 든다.

그러나 루이 14세와 그의 귀족들은 겨울이 오면 대리석과 금으로 만든 광대한 궁전 안에서 얼어붙어야 했다고 한다. 커다란 화로도 그들을 따뜻하게 할 수 없어 황제가 가발을 바꿔 쓸 때 감기에 걸렸다는 이야기를 종종

듣는다. 사실 루이 14세는 구제될 수 없는 유럽의 '부랑아'였다. 그는 군대를 가지고 수시로 영국과 폴란드 그리고 스페인을 숭배하였다. 그는 르브런과 같은 화가, 망사르와 같은 조각가, 라씨네와 몰리에르 같은 작가들을 지원하고 그들의 작품을 찬양하였다. 그는 완전한 전제군주인 동시에 한 치의 오차도 없는 왕이었다.

조각가들에 의해, 가발을 쓴 줄리어스 시저로 표현되었을 만큼 조각에 조예가 깊었던 시인들은 그를 위해 소네트를 지었고 그를 '태양의 신 아폴로의 후예'라고 지칭하였다.

그러나 모순되게도 그를 찬양하는 이런 무리가 있었던 반면 프랑스의 다른 계층, 즉 하층민들은 그가 일흔 다섯의 나이로 죽었을 때 그날을 휴일로 선언하였다. 루이 14세의 방탕생활과 사치, 전쟁을 위한 과도한 세금 징수 때문에 고통을 겪어야 했던 국민들은 탈진해 있었기에 그의 죽음은 곧 해방을 의미하는 것이었다.

그리하여 그의 시체가 매장될 때 농부들은 그의 관에 돌을 던지고 야유를 퍼부으며 루이 14세로 인해 어쩔 수 없이 당해야 했던 긴 세월을 원망하였다. 근대 유럽을 풍미한 대 전제군주의 종말은 그러했다. 프랑스 주교는 그저 다음과 같은 간단한 말로 장례사를 마쳤다. 흙에서 와서 흙으로….

마리 앙트와네트

Q 루이 16세와 왕비 앙트와네트는 몇 표 차로 단두대에서 사라졌을까?

의회의 투표 결과 361대 360으로 1표 차이라는 아슬아슬한 표 차이로 루이 16세와 왕비 앙트와네트가 형장의 이슬로 사라졌다.

프랑스왕 루이 16세의 왕비, 마리 앙투와네트는 오스트리아 황제 프란츠 1세와 여제(女帝) 마리아 테레지아의 막내딸로서 프랑스와 오스트리아의 정략결혼으로 1774년 왕비가 되었다. 당시 재정궁핍을 고려하지 않고 베르사유 궁전에서 호사한 생활을 하였으며, 빼어난 미모와 허영과 무분별한 사고방식 등으로 좋지 못한 평판을 남겼는데 '목걸이 사건'이 그 좋은 예이다.

또한 정치에도 간섭하여, 절대왕정을 구하고자 개혁을 시도하던 A. 튀르고를 추방하기도 하였다. 프랑스혁명이 일어난 뒤 1789년 10월 파리의 튈르리 궁에 갇혔으며, 철저한 반혁명적 태도를 견지하고 C. 미라보 등을 수족으로 하여 음모의 중심이 되었다.

애인인 스웨덴 귀족 페르센과 짜고, 왕족 일가의 도망을 기도했다가 실패하였고, 오빠인 오스트리아 황제 레오폴트 2세의 도움을 얻어 혁명을 타도하려 하였으나 또한 실패하였다. 1792년 8월 10일 봉기 이후 탕플탑에 투옥되었다가 남편 루이 16세와 함께 단두대의 이슬로 사라졌다.

▶ 마리 앙투아네트가 1793년 10월 16일 단두대에 처형되는 광경. 기요틴 그림, 파리 카르나발레미술관 소장.

목걸이 사건이란 무엇인가?

◎◎ 1785년, 드 라 모트 백작 부인이 왕비 마리 앙투아네트를 도용한 사기 사건

주모자는 발루아왕조의 후손 드 라 모트 백작부인으로, 가난한 처지에 사기성이 짙은 성격이었으며, 피해자는 추기경 드 로앙이었다. 부인은 드 로앙이 마리 앙투아네트의 환심을 사려는 약점을 이용하여, 베르사유 궁전의 정원에서 일을 꾸몄다. 즉 어둠을 이용해 드로앙을 왕비로 분장한 가짜 왕비와 은밀히 만나게 하여 신용을 얻은 다음, 그 추기경에게 보석상으로부터 160만 루블의 값비싼 다이아몬드 목걸이를 사게 했다. 그리고는 왕비에게 헌상한다고 속이고 중간에서 횡령, 막대한 재산을 챙겼다. 1785년 8월 보석상에 값을 치를 때 부정이 드러났다. 왕비는 드 로앙을 파리 고등법원에 고소함으로써 사건이 확대되었다. 그러나 법원으로부터 드 로앙은 무죄가 선고되어 왕비의 체면만 손상되었다. 목걸이 사건은 결과적으로 마리 앙트와네트와 루이 16세를 단두대에 세웠다.

▶ 〈어페어 오브 더 넥클리스〉 포스터와 스틸컷

'목걸이 사건'을 주제로 한 영화. 힐러리 스웽크가 여주인공 잔느 역을 맡았다. 이 영화는 평단의 혹평을 받았지만 아카데미 의상 디자인 부문에 노미네이트 되는 개가도 올렸다.

◎ 한 표의 위력

- 1824년 잭슨과 존 퀸시 아담스의 대통령직 경합은 한 표의 차이도 나지 않아 교착 상태를 이루었다가 스티븐 린실라 장군의 한 표로 아담스가 대통령에 당선되었다.

- 한 표 차이로 워싱턴, 오리건, 아이다호가 미국의 주로 병합되었다. 1843년 5월 2일 투표에 참가하였던 의원들의 의견은 51 대 51로 양분되었으나, 마침내 마티유가 찬성표로 기울어 결국 50 대 52로 이 안건이 통과된 것이다.

- 1645년 6월 10일 영국의회에서는 91 대 90이라는 한 표 차이로 크롬웰 장군이 총사령관으로 임명되었다.

- 영국의 찰스 1세는 135명의 재판관으로 구성된 위원회의 심판을 받게 되었는데, 그중 68명의 재판관들이 찰스 1세의 처형에 동의하였다. 한 표가 왕의 목숨을 빼앗아 가버린 것이다.

" 단 한 표의 차이로 루이 16세와 왕비 앙트와네트가 형장의 이슬로 사라졌다 "

▶ 찰스 1세(영국 스튜어트 왕조 제2대 왕(1625~49)
1612년 형 헨리가 죽자 황태자가 되었으며 25년 왕위를 이어받았는데, 처음부터 의회와 마찰이 심하였다. 왕권신수설을 주장하며 의회를 해산한 뒤 11년간 의회를 소집하지 않는 등, 의회의 비난을 샀다. 결국 42년 스스로 병력을 이끌고 의회와 정면 대결함으로써 결국 청교도혁명을 불러일으켰다. 전투는 국왕 쪽에 불리하게 진행되어 결국 의회에 인도되어 49년 1월 30일 처형되었다.

Q 투탕카멘 왕의 저주는 무엇인가?

1922년 고고학자 하워드 카터와 포드 카나본은 투탕카멘 왕의 무덤을 파헤치고 수많은 비밀을 밝혀냈다. 하지만 포드 카나본은 5개월 후에 카이로에서 죽었다. 그날 밤 카이로 시의 모든 전기가 나가고 영국에서는 카나본의 개가 짖다가 갑자기 죽었다. 카나본은 모기에 물린 왼쪽 볼이 악화되어 죽었는데 이상하게도 투탕카멘 왕 미라의 왼쪽 볼에도 똑같은 상처가 있었다.

또 카터는 1939년에 죽었고 왕의 무덤에서 파낸 보물 목록을 만들었던 베렐은 49세에 자살했으며, 1966년 전시회를 위하여 그 보물을 파리에 보내기로 동의한 이집트 관리인 모하메드 아브라함은 회의를 끝내고 나오다가 자동차에 치여 이틀 뒤에 죽었다.

뿐만 아니라 무덤에 들어갔다 나온 카나본의 친척 허버트는 복막염으로 죽었고, 무덤을 방문했던 이집트 왕자 아리하니 베이는 런던 호텔에서 살해당했으며 그의 동생은 자살했다. 조지 J. 구드는 무덤을 방문했을 때 걸린 감기가 악화되어 죽었다. 왜 이런 불행한 일들이 생겼을까?

무덤을 지키는 투탕카멘
왕릉 속 인형

1922년 투탕카멘 왕릉이 테베 근교의 왕가계곡 절벽동굴에서 발견되었다. 발견 당시 도굴 흔적은 있었지만, 유물은 그대로 있었다. 투탕카멘 왕은 AD 1361년 10세의 나이에 즉위하였고 19세에 요절한 왕이다.

고고학자 하워드 카터가 6년간 발굴작업을 한 끝에 발견했는데, 2천 점에 이르는 물건을 조사, 정리하는 데만도 8년이 걸렸다. 왕의 미라는 여러 겹의 관 속에 담겨 있었으며, 사진의 황금 마스크는 미라를 덮고 있던 것이다.

이처럼 투탕카멘 왕의 무덤에 발을 들여놓은 사람마다 이상하게 죽어가자 '투탕카멘 왕의 저주' 라는 말이 생겨났는데, 첫 희생자는 영국계 이집트 학자 휴니블린 화이트였다. 그는 왕의 무덤에 갔다 온 뒤부터 알 수 없는 병으로 시름시름 앓다가 결국 1924년 '투탕카멘 왕의 저주로 죽는다' 는 혈서를 남기고 목매달아 죽었다. 캐롤린 스탕거 필립 박사는 사람들이 계속 죽어간 이유가 투탕카멘 왕의 저주 때문이 아니라 무덤에 묻힌 과일과 야채들이 썩으면서 만든 곰팡이 때문이라고 주장한다. 문제는 곰팡이였다.

▲ 이집트 학자 휴니블린 화이트는 1924년 '투탕카멘 왕의 저주로 죽는다' 는 혈서를 남기고 자살했다.

Q 클레오파트라는 왜 눈 화장을 짙게 했을까?

클레오파트라의 눈 화장은 남성을 유혹하기 위해서가 아니고 사실은 파리 등 곤충들에게 겁을 주어 도망가게 하기 위해서였다.

클레오파트라 7세(BC 51~BC 30)는 이집트 프톨레마이오스 왕조 마지막 여왕이다. 클레오파트라라는 이름은 고대 마케도니아의 알렉산드로스 대왕의 왕가, 이어 시리아 셀레우코스 왕가에서 발견되고, 프톨레마이오스 왕가에서도 여왕 이름으로 종종 쓰였으나 클레오파트라 7세가 가장 유명하다. 클레오파트라는 프톨레마이오스 12세 아울레테스의 둘째 딸이었다. 재색을 겸비한 여성으로 높은 교양을 지녔고, 이집트어는 물론 여러 나라 말을 잘 구사하여 외교사절과도 통역 없이 대화하였다고 한다.

17세에 프톨레마이오스 집안의 관례에 따라 9세 된 동생 프톨레마이오스 13세와 결혼하여 공동통치자가 되었으나, 곧 두 사람은 대립하여 궁정 안에서 두 파로 갈라져 싸웠으며 한때 클레오파트라 쪽이 열세하여 시리아로 물러갔다.

BC 48년 폼페이우스를 쫓아 이집트에 들어온 카이사르를 만나 지지를 받아냈다. 그 결과 일어난 알렉산드리아전쟁에서 카이사르는 처음에는 고전하였으나 마침내 프톨레마이오스 13세를 패

곤충은 정말 싫어!!

배시켜 죽게 하였다. 카이사르는 클레오파트라와 5살난 막내동생 프톨레마이오스 14세를 이집트 공동통치자로 지정하였으나, 그녀는 사실상 카이사르의 애인이 되어 아들 카이사리온을 낳았다.

카이사르의 로마개선 뒤 클레오파트라는 어린 왕을 데리고 로마를 공식 방문하여 카이사르 저택으로 들어갔다.

그러나 BC 44년 3월 카이사르가 암살되자 급히 이집트로 돌아와 프톨레마이오스 14세를 죽이고, 카이사리온을 공동통치자로 내세웠다. BC 42년 옥타비아누스와 힘을 합하여 카이사르를 암살한 무리를 격멸한 안토니우스는 이듬해 소아시아 타르소스에서 클레오파트라와 회견하였는데, 그 미모와 재기에 사로잡혀 알렉산드리아로 함께 가 연인 사이가 되었다. BC 40년 안토니우스는 로마로 돌아와 옥타비아누스의 누이 옥타비아와 정략결혼하여 클레오파트라와의 관계가 끝난 듯 보였으나, BC 37년 파르티아 원정을 위해 동방에 온 안토니우스는 클레오파트라의 애정을 되찾는 동시에 군사적 지원을 받았다. 그들 사이에는 남녀 쌍둥이가 태어났다.

BC 36년 파르티아 원정은 참패로 끝났으나 클레오파트라는 페니키아까지 사랑을 구하여 달려갔다. BC 34년 안토니우스는 아르메니아에서 승리하자 관례를 벗어나 로마가 아닌 알렉산드리아에서 개선식을 거행하였다. 클레오파트라는 이시스 여신으로 분장하여 주변 여러 나라를 속국으로 거느리고 동방 헬레니즘 세계

클레오파트라는 셰익스피어의 《클레오파트라》 등 수많은 문학, 예술, 영화에 영감을 주었다. 사진은 엘리자베스 테일러 주연의 영화 《클레오파트라》 포스터.

의 여왕으로 군림하였다. 이 소식은 곧 로마에 전해지고, BC 35 ~BC 34년 옥타비아누스와 안토니우스 사이에 활발한 선전과 비난의 문서 싸움이 시작되어 정치문제로부터 여성관계 추문을 폭로하기에까지 이르렀다.

BC 33년 안토니우스는 에페소스에 동방로마군단과 속국 군대를 집결시켰고, 클레오파트라도 군함과 군자금을 제공하였다. BC 32년 안토니우스는 드디어 옥타비아에게 이혼장을 보냈고, 옥타비아누스는 내란형식을 피하기 위하여 클레오파트라에게만 선전포고하였다. BC 31년 악티움해전에서 서로 천하를 두고 겨루었으나 싸움 중 클레오파트라가 함대를 이끌고 달아나고 안토니우스도 이를 뒤쫓아가 싸움은 가볍게 끝났다.

카이사르는 BC 47년 아나트리아(소아시아)의 젤라에서 미트리다테스 대왕의 아들 파르나케스를 격파함으로써 소아시아의 패권을 잡았다. 그리고 원로원에게 이렇게 보고했다.

"왔노라, 보았노라, 이겼노라."

◀ 파르나케스를 격파함으로써 소아시아의 패권을 잡았던 카이사르

BC 30년 알렉산드리아에서 안토니우스가 자살, 클레오파트라도 로마개선식에 끌려다니는 것을 두려워하여 스스로 독사에 물려 죽었다고 전해진다. 카이사르와 안토니우스 등 로마의 대표적 장군 두 사람을 매혹시킨 클레오파트라는 로마인으로부터 '나일의 마녀'라는 악담을 들었으나 그녀의 최후의 깨끗한 죽음은 높이 평가되었다.

'클레오파트라의 코'로 알려진 파스칼의 경구(警句), 셰익스피어의 《안토니우스와 클레오파트라》 및 그 영화화 등 헬레니즘 최후의 여왕에 대한 관심은 오늘날까지도 이어지고 있다.

Q 카르타고의 명장 한니발은 BC 218년에 몇 마리의 코끼리를 몰고 알프스를 넘었을까?

한니발은 알프스를 넘은 최초의 장군이기도 한데 이때 가장 장관을 이룬 것은 40마리나 되는 코끼리의 대열이었다. 그러나 우리가 상상했던 것처럼 수천 마리의 코끼리는 아니었고, 그저 말보다 조금 큰 북아프리카산 코끼리였다. 가을에 알프스를 넘기 시작하여 봄이 되었을 때, 40마리의 코끼리 중 1마리만이 살아 남았고, 6만 명의 병사 중 2만6,000명

▲ 카르타고의 명장 한니발은 알프스에서 39마리의 코끼리와 3만 4,000명의 병사를 잃었다.

▲ 한니발

만이 간신히 살아 남을 정도였다.

29세의 명장 한니발은 알프스에서 39마리의 코끼리와 3만4,000명의 병사를 잃은 셈이다. 그러나 BC 216년 알프스를 넘어 로마로 진격한 한니발은 단 하루의 전투에서 5만 명의 로마 군사를 죽음의 도가니로 몰아넣었다. 한니발 장군은 아프리카 흑인이었다.

Q 클레오파트라의 조상은 어느 나라 사람인가?

이집트의 여왕(BC 69~BC 30)이었던 클레오파트라는 혈통적으로 이집트인이 아니고 헬라(Greece)인의 조상으로 이어져 내려오는 백인여자이다.

미모와 지성으로 유명한 고대 이집트의 여왕 클레오파트라는 근친 결혼으로 태어난 4대의 직계 자손이다. 클레오파트라는 오빠와 언니의 딸이었을 뿐만 아니라 그녀의 부모 또한 그들 부모의 언니와 오빠 사이에서 태어난 복잡한 혈연 관계를 가지고 있었다. 그리고 부모의 부모, 즉 클레오파트라의 조부모들 또한 자신들의 언니와 오빠 사이에서 태어났다. 한편 클레오파트라 개인의 천성적인 미모와 지혜로움은 오랜 시간 동안 이어져 내려왔던 혈족간의 결혼과는 아무런 관련이 없다고 한다.

클레오파트라는 그녀의 오빠 두 명과 결혼했으며 후에 그들을 죽였다. 프톨레미 14세는 물 속에서 숨지게 했고, 프톨레미 15세는 독살했다.

고대 왕실 관습이었던 오빠와 누이간의 혈족 결혼은 프톨레미 왕가가 이집트를 다스리는 동안 줄곧 지켜졌다. 왕은 신의 핏줄을 이어받은 사람(즉 신의 아들)으로 간주되었기 때문에 왕의 반려자도 이와 동등한 조건을 갖춘, 즉 출생의 근원이 같은 그의 아버지의 딸인 누이밖에 될 수 없다는 고정관념 때문이었다. 따라서 고대 이집트인들 중 이런 혈족 결혼을 이상하게 생각하는 사람들은 없었다. 그 밖의 이집트 왕조들을 살펴보아도 오빠와 누이 간의 혈족 결혼은 13세대 동안 이어져왔음을 알 수 있다. 그러나 이들 사이에서 태어난 자손은 모두 총명했으며 다음 후손들 사이에서 모두 사내만 태어나 그들과 결혼할 누이들이 없는 사태가 발생하는 순간까지 이러한 관습은 계속 지켜져왔다고 한다.

▲ 이집트 프톨레마이오스 왕조의 마지막 여왕 클레오파트라

Q 오스트레일리아에는 국가(國歌)가 없는가?

이전의 국가(國歌)로서 영국 황실의 찬가인 영국국가(國歌) '갓, 세이브 아워 퀸(God, Save Our Queen)'을 오랫동안 사용했지만 1972년 노동당 정권 탄생 이후 호주의 독자적인 국가를 갖자는 여론이 높아졌다. 그리하여 노동당 정권은 1977년에 '왈칭 마틸다(Waltzing Matilda)'를 비롯한 4개의 후보곡 중 호주인과 호주를 찬양하는 가사 '어드밴스 오스트레일리아 페어(Advance Australia Fair : 호주여, 굳세게 전진하라)'를 정식 국가로 정했다. 그러나 왕이 출석한 자리나 여왕과의 관계를 강조할 경우에는 양쪽을 병용하였다. 그러다가 1977년에 국민투표를 실시하여 1984년 4월 19일 'Advance Australia Fair'를 정식 국가로 채택하게 되었다. 따라서 1984년부터 'God, save our Queen'은 왕족 일가가 국민 앞에 공식적으로 나타날 때 연주하는 왕실 송가로 바뀌게 되었다.

Q 중국인에 관한 이런 사실을 아십니까?

• 친구를 만나서 악수를 할 때 친구의 손을 잡는 것이 아니고 자신의 손을 잡는다.

• 손님에게 차를 대접할 때 접시 위에 찻잔을 놓는 것이 아니고 찻잔 위에 접시를 놓는다.

• 더울 때 더운 차를 마셔서 몸을 식힌다.

• 목욕을 하고 나서 마른 수건이 아닌 젖은 수건으로 몸을 닦는다. 집을 지을 때 지붕부터 먼저 세운다.

더울 때 더운 차?
목욕 후, 젖은 수건
으로 몸을 닦는다?

- 그들의 나침반은 북쪽이 아니라 남쪽을 가리킨다.

- 중국 사람들이 긴소매 옷을 입는 이유는 시장이나 남의 집을 방문했을 때 물건을 훔치기 위해서였고, 찾아온 손님을 문 밖까지 정중히 배웅하는 이유는 손님이 무엇인가를 도둑질하지 않나 감시하기 위함이었다.

- 중국인에게는 19세기까지만 해도 일하지 않고 가만히 놀면서 생계를 유지할 수 있는 것이 대단한 자랑이었다. 따라서 그 중 거물로 귀족들은 손톱을 길게 길렀고, 길면 길수록 아름다운 것으로 간주되었다.

Q 가와바타 야스나리와 미시마 유키오는 누구인가?

그들은 둘 다 일본 최고의 소설가였다. 야스나리는 1899년, 미시마는 1925년에 태어났다. 1968년 야스나리의 《설국》이 노벨문학상을 받았을 때, 미시마는 나체 사진이 잡지에 실려 곤욕을 치르고 있었다.

1972년 야스나리는 미시마가 받아야 할 노벨상을 자신이 받았다는 죄책감과 열등감으로 자살했고, 미시마는 1970년 군국주의의 꿈이 이루어지지 않자 자신이 이끄는 80명의 사설 군대에서 뽑아낸 미소년들로 하여금 자신의 배를 찌르게 하여 죽었다.

"작품 속에서 죽음을 미화하고 인간과 자연과 허무 사이의 조화를 추구하고자 했으며 평생 동안 아름다움을 얻기 위해 애썼다" 고 말한 야스나리.

야스나리는 평범했지만 미시마는 천재였고, 야스나리가 도덕가인데 비해 미시마는 동성연애자였다. 미시마는 야스나리의 제자, 야스나리는 미시마의 스승이었다.

▲ 미시마 유키오는 서정적인 소설을 많이 썼다. 《금각사》는 장애를 가진 한 젊은이의 삶과 예술을 다룬 작품이다.

 3.1독립선언문의 민족대표를 왜 33인으로 선출했는가?

한 해를 마무리하는 제야의 보신각 종은 33번 울린다. 저승에 사는 악마로부터 이승의 모든 사람 그리고 부처님에 이르기까지 그 모두가 33체이며 자비로운 관음은 이 33체로 화신(化身)한다. 그러기에 33은 전체요, 모두를 뜻한다. 고려 때부터 시작된, 과거에서 33인을 뽑는 의식은, 이 뽑힌 목민관으로 하여금 백성과 일체감을 갖게 하기 위한 것이었다. 기우제 때 동자 33명으로 하여금 비를 빌게 하는 것도 모든 백성이 비를 갈구한다는 전체 의사의 표시인 것이다. 3.1독립선언의 민족대표를 33인으로 한 것도 전 '민족의 선언, 전 민족의 참여'라는 뜻에서였다.

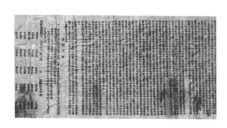

◀ 기미독립선언문 원문
1919년 미국 대통령 T.W. 윌슨의 민족자결주의원칙이 발표되자, 일제의 통치 아래에 있던 한국의 민족지도자들은 이 기회를 놓치지 않고 각각 독립운동의 본격적 추진계획을 세웠다.

Q '가미가제' 는 무엇을 뜻하는 말인가?

1274년 몽고군 함대가 일본 큐슈 섬의 남쪽으로 침입해왔을 때 이상한 태풍이 불어오면서 이들의 상륙을 막았다. 1281년 몽고군이 다시 침입했을 때도 갑자기 이상한 바람이 불어 이들을 몰아내는 데 큰 도움을 주었다.

그 뒤 몽고군은 다시는 일본을 공격하지 않았는데 일본인들은 이바람을 신이 보내준 바람, 즉 가미가제라 불렀던 것이다. 제2차세계대전 때 일본 공군의 특공대들이 연합군의 큰 군함 등을 돌격하여 기체와 함께 자폭했는데 이들을 일컬어 '가미가제 특공대' 라 하였다.

Q 전족(纏足)의 목적은 어디에 있었을까?

중국 여인들은 어릴 때부터 전족이라 하여 발가락을 비단으로 조여 맸다. 이렇게 하면 발가락은 발육 부진으로 성장이 정지되기 때문에 체중을 감당할 수 있는 힘이 발가락에 실릴 수 없었다. 그래서 걸을 땐 머리와 몸통, 그리고 하체가 따로따로 흐느적대는 오리걸음을 걸을 수밖에 없었다. 그렇다면 이렇듯 기이한 방법을 왜 사용했을까? 전족을 하게 되면 허리를 틀면서 걷기 때문에 자궁에 수축력을 주어서 여성의 성기를 좋게 한다고 생각했기 때문이다. 그런 이유로 제아무리 월궁에 사는 항아 같은 미인이더라도 전족을 하지 않으면 '방중여인' 으로는 실격이었다.

전족이란 무엇인가?

>> '금련, 서연' 이라는 아름다운 이름으로 불리기도 한, 전족은 사실상 여성에게서 인격을 제거시켜버린 남성 우월주의의 극치를 보여주는 것에 다름 아니다. 전족은 여성을 성 노리개로 취급한 중국 남성들의 전형적인 마초니즘을 또한 여실히 보여준다.

전족의 기원은 확실치 않다. 다만 당나라 때 서방(西方) 오랑캐 여인의 발끝으로 추는 춤이 유행했는데 이것이 중국 전체에 내재화된 것이라고만 전해지고 있다. 전족은 〈중국의 기습〉이라는 연구서에 나온 바대로 유아기의 여자애의 발에 천을 꽁꽁 동여맨 다음 작은 구두를 신겨서 그 발을 후천적으로 조그만하게 만들어 버리는 것이다.

성인이 되어도 발의 크기가 10센티미터를 넘지 않도록 말이다. 절세의 미인 비연이나 양귀비도 구두의 크기가 10센티미터도 못 되는 전족을 하고 있었다고 하니 그야말로 손바닥 위에서 춤을 추고도 남지 않겠는가!

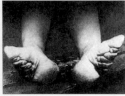

◀ 전족을 한 여인과 발
여성을 성 노리개로 취급한 고대 중국 남성들의 전형적인 마초니즘을 엿볼 수 있다.

중국 남성들은 왜 이런 잔혹한 짓을 여성에게 강요했을까? 이유는 남성들의 본질적인 생의 화두인 바로 성(性) 생활을 위해서였다. 즉 순전히 자신들의 성적 쾌락을 위해 여성들을 도구화했던 것이다. 자세히 말하자면 그들은 전족을 한 여성들이 그 조그마한 발로 아슬아슬하게 걷는 것을 매력적이라고 여겼고, 또 보행에 온 신경을 집중시켜야 하기 때문에 여성들은 자연히 허리와 엉덩이의 힘이 단련될 것이라고 여겼던 것이다.

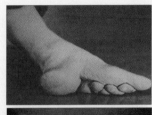

과거 중국 고유의 성형 특허품, 전족

이 야만인들은 여성의 미를 '기형적인 발'로 정의함으로써 당시의 수많은 여성들을 고통 속으로 몰아넣었다. 동시에 여성들 역시 이런 남성들의 미학론에 일정 부분 공조함으로써(왜냐하면 그녀들은 전족의 폭력적인 측면을 공개적으로 비판하지 않았고 문제삼지 않았기 때문에) 본의 아니게 매저키스트가 되기도 했다.

이후 실효성이 거의 없다는 판단 아래 전족 금지령이 여러 차례 내려지기도 했지만 쉽게 정착되지 못했고 민국 시대에 여성운동에 의해 제창되어 현재는 거의 소멸된 상태이다.

현대판 전족, 하이힐 이야기

》》 현대에도 전족이 있다? 그렇다. 바로 하이힐이다.

하이힐의 유래는 꽤 흥미롭다. 독일의 풍속사가 에두아르트 푹스
의 역저 《풍속의 역사》에 의하면 하이힐은 17세기 프랑스에서 처
음 생겼다. 바야흐로 화장실이 따로 없던 시절, 집집마다 밤새 용
기에 받은 오물을 창밖으로 내던지는 것으로 하루 일과를 시작하
던 때였다. 운이 지독히 나쁜 사람은 졸지에 오물덩어리를 뒤집
어썼고 이 불쾌한 일을 피하기 위해 고안해낸 것이 여성용 파라
솔이었다(양산의 시초가 아닐런지!). 또 오물을 밟지 않기 위해
하이힐이 고안되었다.

어찌 됐든 하이힐을 신으면 건강에 해롭다는 것을 모르는 여성은
한 명도 없다. 이 매혹적인 구두는 여성들에게 발가락 기형, 무릎
관절염, 요통 등의 나쁜 손님들을 내준다. 그런데도 여
성들은 너나 할 것 없이 모두 하이힐을 즐겨 신는
다. 그것은 종아리를 가늘게 하고 허리와 가슴 선을
돋보이게 하기 때문이다. 그래서인지 여성들은 발가락
이 떨어져나갈 것처럼 아파도 결코 하이힐을
외면하지 않는다. 하이힐은 여성들에게
유혹의 도구이자, 미를 위한 절대적인 기
호이다. 보이지 않는 관절 따위에 이상이

그 자체로 관능미를 발산하는 핑크빛 구두

생기는 게 뭔 대수란 말인가? 당장 눈앞에 보이는 몸매만 아름답게 비쳐지면 그만인데! 하고 여성들은 생각하고 있는지도 모른다. 대체 누구를 위한 몸매인가에 대해서는 반성하지 않은 채 말이다.

여성해방운동의 역사는 이제 꽤 깊다. 그러나 하이힐이 갖는 성적 도구화의 폐단에 대해서 공론화하는 작업은 아직까지 이루어지지 않고 있는 듯하다. 하이힐을 신는 것이 남성의 성적 쾌락에 동조하는 것이라고 한다면 이 역시 전족과 무엇이 다를까.

지금도 수많은 여성들이 전철 안에서 하이힐을 신고 서 있다.

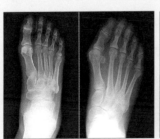

하이힐이 건강에 해롭다는 것을 알면서도 무비판적으로 자신을 성의 상품으로 전락시키는 여성을 풍자하고 있는 사진은 아닐까….

Q 군사가 전혀 없는 나라가 있나?

아이슬란드는 북대서양에 위치하고 있으며 완전 독립한 자치국가로 인구 250만 명의 97%가 개신교 신자이다. 그리고 아일랜드는 1937년에 영국으로부터 완전 독립한 아일랜드 공화국이다. 수도는 더블린이고, 인구는 약 400만 명 정도이다. 영어와 아일랜드어를 공용어로 사용하고 있지만, 인구 중 85% 이상이 영어를 사용하고 있다. 또한 세계적인 컴퓨터 회사들이 아일랜드에서 활동하고 있다. 제임스 조이스, 버나드 쇼, 사무엘 베케트, 오스카 와일드 등의 문호들이 아일랜드 출신이다.

그런데 군대가 전혀 없는 나라는 아이슬란드이다. 여기는 1951년부터 미국 공군기지가 있을 뿐이다. 이 나라는 원래 여우밖에 살지 않았는데 덴마크의 바이킹이 올 때 쥐를 싣고 왔다고 한다.

Q 줄어드는 인구, 왜일까?

세계의 인구는 하루에 약 30만 명씩 늘어나고 있다. 그러나 호주는 180년 전 백인들이 처음 호주 땅에 발을 들여놓았을 때 30만 명 정도의 원주민이 있었는데 지금은 감소하여 23만 명 정도밖에 안 된다고 한다. 또한 1778년 캡틴 쿡이 하와이를 처음 발견했을 때 원주민인 폴리네시아인들이 약 30만 명이나 살았다. 그러나 1850년에는 이상하게도 8만4,000명으로 인구가 줄어들었다.

이와 같이 미국의 인디언들도 그 인구가 줄어들고 있어 이를 염

려한 미국 정부는 인디언과 폴리네시아인들에게 매달 1인
당 500달러를 지급함으로써 이들을 보호하고 있다.

Q 한국에서는 언제 기차가 운행되기 시작했나?

부산에서 신의주 (지금 북한의 도시)까지 26시간에 직통으로
달릴 수 있는 기차가 1908년 4월에 첫 기적 소리를 울렸다.

Q 이 사람은 누구일까?

" 나는 계속 배우면서
나를 갖추어간다. 언
젠가는 나에게도 기
회가 올 것이다 "

· 1832년에 실직되었다.
· 1832년에 주 의회에 입후보하여 낙선되었다.
· 1833년 사업에 실패했다.
· 1936년 신경통 환자가 되었다.
· 1848년 국회의원 지명전에서 탈락됐다.
· 1849년 국회의원 재 지명전에서 탈락됐다.
· 1854년 상원 입후보에서 낙선됐다.
· 1856년 부대통령 지명전에서 탈락됐다.
· 1856년 상원의원에서 낙선됐다.
· 그는 1861년 미국 제16대 대통령이 되었다.

연설하는 에이브라함 링컨

에이브라함 링컨.

영국에서
가장 높은 산은
벤네비스!

영국

벤네비스
4.406

Q 영국은 산이 없는가?

영국에서 가장 높은 산은 벤네비스이다. 이 산의 높이는 4,406피트로 다른 나라에서는 약간 높은 언덕 정도의 높이밖에 안 된다.

영국엔 산이 없다?
벤네비스 산이 다른 나라의
언덕 정도라니…

Q 양귀비는 어떻게 해서 죽었나?

중국 당나라 현종(754년)의 며느리이며 애첩이었던 양귀비는 그녀가 38세였던 해에 일어난 '안록산의 난' 때 마외파에서 배나무에 목을 매달아 자살했다.

양귀비(楊貴妃, 719~756)
17세 때 당나라 현종(玄宗)의 아들 수왕의 비(妃)가 되었다. 27세 때 정식으로 귀비(貴妃)로 봉해졌으며, 다년간의 치세로 정치에 싫증이 난 황제의 마음을 사로잡아 궁중에서는 황후와 다름없는 대우를 받았다. 시인 이백(李白)은 그를 활짝 핀 모란에 비유했고, 백거이(白居易)는 《장한가(長恨歌)》를 짓는 등, 그녀는 중국 역사상 가장 낭만적인 예술 속의 주인공이 되었다.

Q 나폴레옹(1769~1821)이 '러시아대원정' 중 모스크바에서 퇴각한 이유는?

1812년 모스크바의 겨울은 우리가 상상했던 것처럼 춥지 않았고 오히려 유달리 따뜻했으며 10월 27일까지 서리가 내리지 않았다. 이 유난히도 따뜻했던 1812년 러시아의 겨울이 나폴레옹의 모든 작전을 뒤엎고 말았다. 첫째로 땅이 얼지 않아서 소형 및 대형포를 이동하는 과정에서 바퀴가 진흙에 빠지게 되어 포 이동에 지장을 주었고, 또 브레지나 강이 얼지 않았기 때문에 건널 수가 없었다. 이

▲ "사람은 그가 입은 제복대로의 인간이 된다"라고 말했던 나폴레옹. 그는 황제이기도 했지만 그보다는 영원한 장군이었다.

러한 장애물들 때문에 나폴레옹은 모스크바에서 퇴각할 수밖에 없었다. 나폴레옹은 1812년 러시아원정에 실패함으로써 군사 50만 명을 잃었다. 결국 1812년 모스크바의 겨울은 세계 역사를 바꾸어 놓은 참담한 겨울이 되고 말았다.

▲ 나폴레옹과 조세핀(황제대관식)

"나폴레옹이 '러시아대원정'에 실패한 이유가 화재와 한파 때문이 아니라 진흙 때문이라니…"

Q '사막의 여우'라고 불리는 롬멜은 누가 죽였나?

롬멜은 1944년 10월 14일 죽었다. 그는 전투 중에 영국 비행기의 공격을 받아 죽은 것으로 되어 있지만, 사실은 히틀러 암살 기도에 가담한 것이 드러나 히틀러가 보낸 청산가리를 먹고 죽었다. 히틀러는 그의 장례식을 국장으로 치르게 했다.

▶ **전쟁의 영웅 롬멜**
1941~1942년 사이에 북아프리카의 리비아 사막에서 벌어진 연합군과 독일군의 격돌에서 독일 전차부대가 승승장구할 수 있었던 것은 순전히 롬멜이라는 한 사람의 뛰어난 지휘관의 천재성에 의해서 가능했다. 빈약한 병력으로 철저한 위장술에 의존해서 영국군을 수천 킬로미터 밖으로 밀어내버린 전투는 분명 롬멜의 작품이라 할 수 있다.

Q 왜 유대인은 역사의 속죄양이 되어야 했나?

1792년 러시아에서는 유대인을 핍박하는 새로운 법령이 만들어졌다. 즉 유대인은 아무 장소에서나 살 수 없고, 어느 일정한 장소에서만 살 수 있다는 것이었다. 그리고 유대인들은 농장이나 부

홀로코스트 박물관 내의 조형물

동산을 소유할 수 없고, 자유로운 직업 선택도 불가능했다. 그리하여 수많은 유대인들이 가난과 질병 속에 죽어갔다.
1881년 알렉산더 2세가 암살되자 유대인들에게 그 죄를 뒤집어씌워 감금, 폭행하거나 집과 소유물에 불을 지르고 사형하기도

했다. BC 586년에는 신바빌로니아의 왕 느브갓네살이 예루살렘을 공격하여 유대 왕국을 멸망시키고, 국왕과 주민들을 바빌로니아로 끌고 왔다. 그때 유대인들의 코와 혀는 낚시바늘로 꿰어져 있었다. 유럽 인구의 1/3을 죽인 흑사병이 독일 쾰른을 휩쓸고 있었을 때 그 속죄양으로 유대인들을 웅덩이에 집어 넣어 불을 질러 죽였는데, 이때 희생된 유대인의 수는 500만 명이 넘었다. 1942~1945년에는 히틀러와 나치당이 600만 명의 유대인을 죽였다.

▲ 1945년 부헨발트의 유대인 생존자

작가 마르그리트 뒤라스는 그녀의 중편소설 《고통》에서 나치스에 의해 부헨발트에 강제 수용된 남편을 기다리는 여인의 심리를 메마른 문체로 잘 그려내고 있다.

Q 민비는 두 번 죽었나?

명성왕후(1851~1895) 민비는 두 번 장례를 치르게 되었다. 1882년 임오군란이 일어나자 민비는 충주 목사인 민용식의 집에 간신히 피신했으나 흥선대원군이 다시 집권하여 민비가 죽은 것으로 알고 장례식까지 치렀다. 그 후에 일본공사 미우라는 1895년 9월, 230명의 자객을 보내 경복궁에서 민비를 살해했고, 시체를 비단 홑이불에 싸 석유를 끼얹어 불사르게 했다. 결국 민비는 두 번 죽었다.

▲ 일본인에 의해 살해당한 비운의 국모 명성왕후
어떤 사진 속의 인물이 실제 명성왕후인지 아직도 학계의 전문가들 사이에선 논란이 분분하다.

이집트는 수에즈운하를 건설하고 왜 파산지경에 이르렀는가?

영국의 거센 반대에도 불구하고 프랑스의 후원을 받은 수에즈운하 회사가 4천억 프랑의 공사비를 들여 수에즈운하를 완공했다. 당초의 예산보다 100배나 많은 공사비가 들어간 대공사였다. 8m 깊이의 수에즈운하는 여러 호수들을 이용해 수문들을 설치하지 않아도 되게끔 건축되었다.

선박들이 지나갈 수 있도록 매 25.6km마다 만(베이)들이 형성되어 있다. 페르디난드 드 레셉의 지휘 아래 착수된 이 공사는 사실 10여 년 전부터 시작되었다. 1866년까지는 강제 노동력의 문제로 공사가 느리게 진척되었지만, 대량의 기계가 도입된 후부터 공사는 빠른 속도로 진행되었다.

한편 많은 영국인들은 수에즈운하의 완공으로 극동지역에서 영국의 영향력이 줄어들 것을 우려했다. 결국 제국의 핵심이라 할 수 있는 인도가 다른 서방나라에 문호를 개방할까봐 걱정했던 것이다. 그러나 상인들은 수에즈운하의 새로운 해상 통로를 통해 많은 이익을 얻을 수 있다며 수에즈운하의 개통을 축하했다. 그러나…

" 수에즈운하 완공 파티에는 500명의 특수 요리사와 3천 명의 웨이터가 고용되었다 "

수에즈운하는 1억 달러의 공사비를 들여 1859년 4월 25일 시작, 1869년 11월 17일에 완공되었다. 이집트 정부는 이 역사적인 날 사상 최대의 파티를 열고 유럽 각국의 명사들 6천 명을 초대했다.

베르디가 기념 오페라 '아이다'를 작곡하고 세계에서 가장 좋은 포도주를 배로 날라 왔으며 가장 화려한 불꽃놀이를 했다. 뿐만

아니라 500명의 특수 요리사와 3천
명의 웨이터가 고용되기도 했다. 이
처럼 어마어마한 파티를 여느라 이
집트는 거의 파산할 뻔했다.

4천 억 프랑의 공사비를 들여 완공한 수에즈운하 ▲

Q 일본사람의 원래 조상은 누구인가?

물론 원주민, 몽고인, 중국인, 한국인들의 피가 흐르고 있는 것만
은 사실이지만 한때 태평양을 지배하고 살았던 지금의 하와이 원
주민인 폴리네시아인이 일본인의 조상이다. 이들은 망원경도 나
침반도 그리고 문자도 갖고 있지 않았지만 1000년 동안 남쪽으로
는 뉴질랜드까지, 그리고 북쪽으로는 하와이까지 이르는 모든 섬
들 1만2,000 평방마일에 이르는 지역을 점령하여 살았다. 특히
이들은 별들에 대한 지식과 바다에 대한 감각이 매우 발달되어
있었다.

일본사람의 원래 조상이
폴리네시아인?

Q 진주만의 첫 포성은 누가 먼저 울렸는가?

▲ 진주만 폭격

1941년 7월 7일 하와이 카우큐 기지에 있는 미 제55통신대의 레이더망에 220km 지점에서 접근해오는 비행물체를 잡아냈다. 근무병이 이것을 당직 장교에게 보고했지만 그는 자국 비행기일 것이라고 생각하고 무관심하게 넘겨버렸다. 당시에는 레이더가 새로운 것이어서 전적으로 믿을 게 못 된다고 여겼기 때문이다. 그러나 이 일본의 '사나운 독수리' 라 불리는 전투기 353대는 진주만에서 18척의 군함을 박살내고 2,403명의 목숨을 빼앗아갔다. 일본이 하와이 진주만에 있는 미국의 해군 기지를 몰래 습격하여 미국의 태평양 함대를 파괴시키고 미국으로 하여금 제2차세계대전에 참여하게 만들었지만, 진주만에서 포문을 먼저 연 것은 일본이 아니라 미국이었다.

일본의 '사나운 독수리' 라 불리는 전투기가 미국 군함을 박살내다니…

1941년 12월 7일 동트기 바로 전, 미국 소행정이 제1차세계대전 때의 순양함 천 톤짜리 워드 호에 교신을 보냈는데 정체를 알 수 없는 잠수함이 진주만으로 들어오고 있는 것을 탐지했다는 것이다. 약 4시간 후 워드 호에서 초록빛 2인승 소형 잠수함의 전망탑이 미화물선 뒤에 따라붙는 것을 발견하였다.

워드 호의 선장인 윌리엄 W. 아우터브리지 대위는 선원들에게 전투 태세를 준비시킨 후 발포 명령을 내렸다. 제3포의 포탄은 46m 떨어진 잠수함의 전망탑을 날려버렸다. 포탄을 맞은 잠수함은 미친 듯이 돌더니 폭발하면서 가라앉았다. 워드 호는 잠수함의 흔적을 없애버리기 위해 4개의 수중 어뢰를 발사시켰다. 이렇게 해서 진주만에서의 포성은 새벽 6시 45분에 미국에 의해 시작되었으며 희생자는 미리 계획된 습격의 임무를 띠고 침입하였던 일본 잠수함이었다. 1시간 10분 후 일본군 총력이 진주만으로 진격하여 폭격을 시작하였다. 급강하 폭격기, 어뢰 발사기, 전투기, 고공 폭격기 등으로 이루어진 353항공대가 두 줄로 전열을 갖추고 진주만을 뒤흔들어놓았다. 그리하여 2,403명의 해군을 비롯한 미군이 사망하고 19대의 미군 함정이 가라앉거나 못 쓰게 되었으며 지상에서는 150대의 비행기가 날아가버렸다. 루즈벨트 대통령은 이날을 '영원히 불명예스러운 날' 이라고 불렀다.

" 진주만에서 포문을 먼저 연 것은 일본이 아니라 미국이었다 "

▼ 2회에 걸친 일본의 공격으로 애리조나 전함이 대폭발을 일으키며 두동강이 난 모습을 그대로 재현한 애리조나 기념관.

Q 발포명령자는 누구이며 지금 무엇을 하고 있는가?

보스턴 대학살은 1770년 3월 5일 영국군이 보스턴 시위대에 발포하여 주민 다섯 명을 죽인 사건이다. 영국군 주둔을 반대한 보스턴 주민 50~60명이 영국군을 공격하였고, 이에 영국군 책임자 프레스톤이 발포명령을 내림으로써 다섯 명이 죽은 것이다. 죽은 사람 수는 적지만 미국인들은 이를 '보스턴 대학살'이라 불렀고 프레스톤에게 유죄선고를 내렸는데, 200년이 지난 오늘날까지도 그 사건은 온갖 책 속에서 언급된다. 이것이 대학살이라면 2,000명 이상의 무고한 사상자를 낸 광주의거는 과연 무엇이라 부를 수 있으며 발포명령자는 지금 무엇을 하고 있는가?

Q 프랑스가 파나마운하 건설에 실패한 이유는?

파나마운하를 건설하던 중 황열병이 만연되고 있었기 때문에 높은 임금을 지불하지 않고는 인부를 구할 수가 없었는데, 프랑스 정부는 2억 6천만 불을 소비하고 2만 명의 생명을 잃은 후에야 비로소 모든 공사를 포기하고 미국에 넘겼다. 1904년 파나마운하

공사를 인수받은 미국정부는 이 공사에 군의관인 윌리엄 코로호드 고가스를 파견하여 황열병의 원인을 알아내라고 지시를 내렸다. 그는 이 병의 원인이 모기에 의해서 전염된다는 사실을 알아내어 1년 내에 황열병을 근절시킬 수 있었다.

▶ 파나마운하

파나마운하는 대서양과 태평양을 수로로 관통하는 요충지이며,
남미와 북미를 연결하는 교두보이다. 남미대륙의 끝을 우회하던
뱃길을 허리를 가로질러감으로써 시간과 경비를 대폭 절약할 수
있게 된 것이다. 이를 두고 "인간이 자연에 저지른 가장 오만한
일인 동시에 비길 데 없는 공학의 승리"라 일컫기도 한다.

Q 일본 사람들은 어떻게 '할복자살'을 했을까?

서양 왕조사를 보면 500년을 넘긴 왕조를 찾아보기 힘들다. 그런
데 일본의 황제는 2500년 동안이나 이어져 내려온 가문에서 나왔
다고 한다. 일본 사람들은 자기네 천황이 달에서 내려왔다고 믿
고 있다. 만일 어떤 백인의 족보가 알렉산더 대제에까지 이른다
고 한다면 그는 일본 사람들이 자기들의 천황을 숭배하듯 헌신적
으로 그 백인을 숭배해야 할 것이다. 19세기가 될 때까지 동시대
에 천 년이나 뒤떨어진 문명 속에 남아 있는 태평양의 어느 섬에
있는 당신 자신을 그려보라. 서양에서는 기계가 발명되고 전제
군주가 무너지고 민주주의가 새로 생겨났는데, 조그만 섬나라 일
본은 중세를 살고 있었다. 고풍의 성곽과 멋스러운 기사들, 별스
런 명예를 숭상하는 제도 등 기사가 거리를 지나가면 사람들은
모두 무릎을 꿇어야 했다.

조금이라도 무례한 행위는 칼날에 목이 달아날 것을 각오하는 것
과 같다. 또한 규범과 관례에 어긋나는 행동을 한 귀족은 할복을
행해야 하는 것으로 여겨졌다. 할복자살은 아주 특이했다. 방석

에 앉은 귀족은 칼로 자기의 복부를 열 십자로 긋는다. 우선 왼쪽에서 오른쪽으로, 그리고 위에서 아래로, 그러면 가장 절친한 친구가 우정의 표시로서 그의 목을 칼로 친다. 하지만 할복은 남자들에게만 주어진 특권이었다. 일본 여성들은 남자들처럼 이렇게 기품 있는(?) 방법으로 자살할 수 있도록 허락받지 못했다.

대신 여자들은 단도로 자기 목을 찌르거나 동맥을 끊었다. 여자들은 슬플 때 웃고, 전장에서 남편이 죽으면 기쁨으로 여길 수 있는 마음을 가지도록 교육을 받았다. 일본의 정부는 '쇼군'이라고 불리는 귀족 계급의 손에 있었다. 쇼군이 정사를 돌보는 동안 천황은 고대 도시인 교토에 있는 궁궐에 살면서 신처럼 추앙을 받았지만, 가난 속에서 살다가 죽었다. 별다른 할 일이 없었던 가난한 왕들은 우산이나 젓가락, 이쑤시개를 만들거나 카드놀이로 소일하였다. 그러나 소가 끄는 가마를 타고 천황이 거리로 행차하면 사람들은 창문을 모두 닫고 불을 끄고, 길가로 나와 무릎을 꿇고 앉아 땅에 머리를 박고 있어야 했다.

◎ **검은 치아가 미인의 기준이 된 시대**

고대 일본 남자의 평균 신장은 155cm, 여자는 143cm였다. 이들의 신장이 이렇게 작았던 이유는 많은 영양학자들이 믿듯이 일본인 식단에 석회질이 부족하였던 것으로 보고 있다. 일본의 전설적인 영웅인 다무라 마로는 키가 162cm에 달하는 위대한 전사로 묘사되고 있다. 유행을 따른 일본 여자들은 얼굴에 분을 바르고 뺨에는 붉은 연지를 찍었으며 입술을 물들이고 치아는 인공적으로 검게 만들었다. 여자들은 밥 먹을 때 소리를 내서는 안 되지만, 남자들은 식사에 초대되었을 때 감사의 뜻으로 크게 트림을 하였다. 그러다가 이 원시적이고도 볼 만한 그들의 생활 속으로 아메리카와 유럽 사람들이 밀려 들어왔다.

1853년 미국 함정 패리 호가 가장 먼저 일본의 바다로 들어왔다. 그것은 마치 동화 속의 나라로 들어온 것 같은 광경이었다. 그러나 일본의 개항은 순간적으로 이 동화의 나라에 근대화를 불러일으켰다. 30년 동안 일본은 10세기에서 20세기로 뛰어 넘어갔다. 봉건노예들은 자유롭게 되었고, 무사 계급은 없어졌으며, 황제는 가난에서 구제되어 도쿄에 있는 웅장한 궁궐로 입성하였다. 그는 내각과 입법회의를 두는 헌법을 인정하였다.

그러나 황제는 아직도 성스런 존재로 추앙받고 있었다. 황제의 주치의들은 그를 진찰할 때 장갑을 끼어야 한다. 이러한 성스러움에도 불구하고 오늘날 일본의 황제는 조개에 관심이 많고 나라를 다스리는 지배자가 되기보다는 생물학도가 되기를 원하는 온순하고 키가 작은 사나이일 뿐이다.

할복은 남자들에게만 주어진 특권!

방석에 앉은 귀족은 칼로 자기의 복부를 열 십자로 긋는다. 우선 왼쪽에서 오른쪽으로, 그리고 위에서 아래로, 그러면 가장 절친한 친구가 우정의 표시로서 그의 목을 칼로 친다.

일본의 자살문화

일본에는 유독 자살자가 많다. 특히 봉건시대의 할복자살이나 제2차세계대전 중의 일본인이 보여준 집단자살은 서구인들에게 엄청난 충격을 주었다. 루스 베네딕트는 이런 도발적인 죽음의 원인을, 수치심을 참지 못하고 자기 자신을 가혹하게 대하는 일본인 특유의 정서 속에서 찾는다.

《금각사》 등으로 유명한 일본의 소설가 미시마 유키오가 자위대 사령부에 뛰어들어 자위대의 쿠데타를 촉구하다 할복자살한 사건은 외국인들을 경악시키기에 충분했다. 점점 서구화되어가는 일본에 반발심을 느끼고 자기 것을 잃어가는 일본의 반성을 촉구했던 미시마에게는 약간의 탐미적인 성향도 있었다. 이 두 가지 이유가 미시마로 하여금 고전적인 자살방법인 할복자살을 감행하게 만들었다.

또 러일전쟁 당시 육상전투를 지휘해 고전 끝에 승리를 거둬낸 노기 마레스케(乃木希典) 장군은 메이지(明治) 일왕이 죽자 부부가 그 뒤를 따라 자살했다. 10년 전 히로히토(裕仁) 일왕이 죽었을 때도 그 뒤를 따라 죽은 사람이 있었다.

▶ 미시마 유키오
극단적인 민족주의자인 동시에 탐미가였던 소설가는 할복자살로 자신의 생을 마감했다.

《유키구니(雪國)》로 일본인으로서는 처음
으로 노벨문학상을 수상한 가와바타 야스
나리도 집 안에 가스를 틀어놓고 자살했
고, 아쿠타가와 류노스케는 35살 때 죽음
을 찬미하며 수면제를 먹고 자살했다. 낭
만파 소설가 다자이 오사무는 애인과 함께
강에 몸을 던져 자살했다.

한편 일본에는 할복자살 말고 '신쥬(心
中)'라고 하는 동반자살이란 게 있는데 이
는 보통 사랑하는 두 남녀가 함께 자살을
하는 것을 말한다. 신쥬는 에도시대 때 일
반에 유행했던 '동반자살 풍습'에서 유래
했고 이는 1680~1770년에 가장 극성을 부
렸다. 당시 일반 대중은 연인들의 이러한

▲ 다자이 오사무 (1909~1948)
"나는 순수를 동경했다. 내가 가장 증오한
것은 위선이었다." 다자이는 네 차례의 자살
미수 끝에 죽음에 성공했다. 대표작으로 《비
용의 아내》, 《인간 실격》, 《사양》 등이 있다.

죽음의 방식을 아름답게 여겼고 불륜관계에 있던 연인들의 죽음
조차도 미화했다. 도처에서 모방이 잇따랐고 때문에 정부는 신쥬
금지령을 내려야 했다. 사정이 이렇다 보니 신쥬가 문학의 소재
로까지 등장한 것은 지극히 당연한 일이었다.

분라쿠(文樂)는 일본의 전통 인형극인데 〈소네자키 신쥬〉는 일
본인들이 가장 즐겨보는 작품으로서 실제로 에도시대 때 일어났
던 동반자살을 바탕으로 한 것이다. 줄거리를 보자면, 상점 종업

원인 20대 도쿠베와 가난 때문에 기생으로 팔려나온 10대 소녀 오하쓰가 사랑에 빠진다. 도쿠베는 오하쓰를 유곽에서 빼내려고 백방으로 노력하지만 엄청난 몸값을 마련하지 못하고 오히려 돈을 가로챘다는 누명까지 쓴다. 돈 거래를 함에 있어 무엇보다도 신뢰를 중시했던 당시 상인사회에서 더 이상 견뎌낼 수 없게 된 두 사람은 결국 칼로 목을 찔러 동반자살을 하게 된다.

〈신쥬대감〉을 보면 1600년대 말 무렵에는 전국에서 매년 20건 이상의 신쥬 사건이 발생했던 것으로 나타나 있는데 일본인들에게 신쥬라는 게 어떤 의미인지는 굳이 따져보지 않아도 알 것 같다. 아직도 이 불가해한 신쥬 신드롬은 현대의 일본 사회에서도 매혹적인 관심사로 받아들여지고 있는 것 같은데 가령《실락원》이라는 소설은 공전의 히트를 치면서 영화와 드라마로 제작되기까지 했다.

50대 신문기자와 대학교수 부인은 서로 사랑하지만 이루어질 수

◀ 〈실락원〉 영화 포스터
아내가 있고 남편이 있지만 한 남자와 한 여자는 죽을 만큼 서로 사랑한다. 결국 독약을 마시고 동반자살을 하고 마는 두 사람.

없는 사랑이라는 것을 알고는 독약이 든 술을 나눠마신다. 결국 동반자살을 선택한 것이다. 이 비극적인 사랑이야기는 우리나라에서도 상영되고 책으로도 번역돼 출간되었지만 큰 관심을 불러일으키지는 못했다. 어쩌면 신쥬는 우리 나라에서보다 서양에서 괜찮은 반응을 끌어모을지도 모르겠다는 생각이 얼핏 든다. 왜냐하면 서양에도 이와 비슷한 감수성이 있기 때문이다. 바로 로미오와 줄리엣이 그것.

어쨌든 일본인들은 자살을 금기의 영역에서 끌어내리는 데 탁월한 용기를 가지고 있는 것 같다는 생각이 든다. 대부분의 민족이 자살을 범죄로 취급했다는 사실을 상기한다면 말이다.

Q 이 도시들의 옛날 이름은 무엇일까?

스리랑카의 옛날 이름은 실론, 타이는 싸이얌, 이라크는 메소포타미아, 이란은 페르시아, 오슬로는 크리스티아나아, 레닌그라드는 페테르스부르크, 이스탄불은 콘스탄티노플, 방글라데시는 동파키스탄, 볼고그라드는 스탈린그라드이다. 호치민시는 사이공, 도쿄는 에도, 토론토는 뉴프랑스, 뉴욕은 뉴암스테르담이다.

Q 김구 선생의 이력서를 아는가?

김구(1876~1949)
"네 소원이 무엇이냐"
고 하나님이 물으신다면
"그 첫 번째, 두 번째, 세
번째 대답도 모두 조국
의 완전독립이라고 대
답하겠다."

- 1876년 황해도 해주에서 김순영의 아들로 출생
- 12세 때 서당에서 글을 배우기 시작
- 18세 때 동학에 입교 포교에 힘을 씀
- 19세 때 교주 최시형에 의해 팔봉도소의 접주로 임명
- 21세 때 일본 육군 중위 토전을 살해, 사형 언도 받음
- 22세 때 탈옥
- 23세 때 충청남도 공주시 마곡사에 들어가 중이 됨
- 28세 때 기독교에 입교
- 34세 때 양산학교에서 교사가 됨
- 44세 때 상해 임시정부 경무국장이 됨
- 48세 때 상해 임시정부 내무총장이 됨
- 52세 때 상해 임시정부 국무령을 역임
- 57세 때 이봉창으로 하여금 일본 천황에게 폭탄을 던지게 함

- 57세 때 윤봉길로 하여금 일본 백천대장에게 폭탄을 던지게 함
- 57세 때 60만원의 현상금이 붙음
- 58세 때 장개석을 만남
- 60세 때 한국 독립당의 집행위원장이 됨
- 69세 때 임시정부의 주석이 됨
- 73세 때 남북협상을 위해 북한을 방문
- 74세 때 육군 소위 안두희에게 저격 당함

Q 주민등록증은 언제 발급되기 시작했으며 제일 먼저 발급받은
사람은 누구일까?

현재 대한민국 국민이면 누구나 신분증으로 주민등록증을 갖고
다녀야 하는데, 이 주민등록증이 처음으로 발급된 날은 1968년
11월 21일이다. 제일 먼저 발급받은 사람은 당시 대통령이던 박
정희와 영부인 육영수였는데 110101-100001과 110101-200002라
는 번호를 받았다.

▶ 박정희와 육영수
끝이 없는 야욕은 박정희를 비극적인
죽음으로 내몰았다. 한편 영부인으로서
사회복지 사업에 적극적으로 참여했던
육영수는 뜻밖에도 조총련계 문세광에
의해 피격당했다.

Q 적도를 통과하는 나일강도 꽁꽁 얼어붙은 적이 있나?

아프리카의 기후는 항상 따뜻하지는 않다. 829년과 1010년 겨울 나일강은 글자 그대로 꽁꽁 얼어붙었다.

Q 이들의 고향은 어디인가?

잔다르크는 프랑스인이 아니라 로레인 태생이며 히틀러는 독일인이 아닌 오스트리아 사람이며, 나폴레옹도 프랑스인이 아니라 코르시카섬 사람이다. 성 패트릭은 프랑스인이었고, 바울은 다소(지금의 터키)에서 태어났으며, 성 아우구스티누스는 알제리아에서 태어난 아프리카 사람이었다.

잔 다르크(1411?~1431)
15세기 전반 영국 랭커스터 왕가와 프랑스 발루아 왕가 사이에 백년전쟁이 일어난다. 이때 로렌 출신의 16세 소녀 잔 다르크가 위기에 처한 프랑스를 위해 앞장서서 싸운다.

히틀러가 오스트리아 사람?
나폴레옹은 프랑스인이 아니다?

Q 세계 제1차세계대전의 원인은 무엇인가?

헝가리 제국을 물려받은 오스트리아의 프란츠 페르디난드 황태자와 평민 출신의 그의 아내 호엔부르크의 대공 부인은 세르비아 민족주의자의 총에 맞아 암살되었다. 이날은 그들의 결혼 14주년 기념일이었다. 황태자 부처를 태운 차가 방향을 바꾸기 위해 속도를 줄이고 있을 때 군중 속에서 암살자 가브리엘로 프린치프가 튀어나와 총을 쏘았다. 첫 번째 총알은 황태자의 목에 박혔고, 두 번째 총알은 대공 부인을 관통했다. 그녀는 남편 앞으로 쓰러져 즉시 숨이 끊어졌고 황태자는 10분 후 숨을 거뒀다. 이 살인극은 분명히 미리 계획된 음모의 일부였다.

▲ 제1차세계대전을 발발케 한 가브리오 프린치프
세르비아의 청년으로, 민족주의 비밀 결사 소속이었다. 이 비밀 결사 조직은 남슬라브(유고슬라브) 민족의 통일국가 수립에 오스트리아 황태자가 장애물이라고 판단했다.

제1차세계대전은 1914년 7월 말에 발발하였다. 1914년 6월 28일에 오스트리아 황제 페르디난드가 세르비아의 한 청년에 의해서 암살된 것이 직접적인 원인이 되었다. 오스트리아 정부는 그 범행의 책임을 세르비아 정부에게 물었고 이것이 도화선이 되어 그해 7월 말에 제1차세계대전이 일어나게 되었다. 한 청년 암살범이 제1차세계대전을 발발케 하여 3,751만 3,886명의 사상자를 냈다.

▶ 대공 부처의 유체
예기치 않은 두 사람의 죽음으로 세계는 일대 전쟁의 아비규환 속으로 내던져진다. 그리고 나치즘의 극성으로 유대인 대학살까지 벌어지는 비극이 도래한다.

Q 어떻게 해서 한 우표가 파나마운하를 건설하게 했나?

▲ 역사를 바꾼 니카라과
보통우표
니카라과의 대표적인 활화산인 모모콤보 화산이 연기를 뿜고 있는 모습이 우표에 담겨 있다. 프랑스 대표는 니카라과에 운하를 건설할 경우 화산폭발로 인해 피해가 발생할 수 있다며 파나마에 운하를 건설할 것을 설득했다.

현재의 파나마운하가 있는 지점이 정해지게 된 것은 아마도 프랑스의 건설 기술자였던 필립 뷔노 바리야라는 한 집념의 사나이가 미국 국회로 보낸 니카라과 우표 한 장 때문이었을 것이다.

미국 국회는 애초에 이 지역 운하를 니카라과에 건설하려고 했었는데 뷔노 바리야는 프랑스·파나마 운하건설 계획을 추진하다가 1889년에 그 계획이 수포로 돌아가자 운하건설 권리를 미국에 팔 수 없을까 고심하였다. 수염을 기르고 우쭐대는 듯한 외모의 이 조그만 사나이를 테오도르 루스벨트 대통령은 '결투자의 모습'을 한 사나이라고 말했다. 그때 당시 미국은 한시라도 빨리 북남미 대륙을 가로지르는 운하를 만드는 것이 급선무였다. 왜냐하면 전함 '오래곤'호가 스페인·미국 전쟁터로 긴급히 보내져야 했는데 샌프란시스코를 떠나 남미를 돌아서 카리브해까지 도달하는 데는 장장 69일이라는 항해기간이 소요되었기 때문이다. 미국의회 내에서는 1899년경까지도 이 운하건설에 결정을 보류하고 있었다. 그것도 파나마가 아니라 니카라과에 건설하려는 계획안이었다.

이러한 상황이 뷔노 바리야를 안절부절못하게 만들었다. 그런데 갑자기 천재지변이 일어났다. 1902년 5월 8일 마르티크 섬의 펠레산이 폭발하여 3만 명이 목숨을 잃은 것이다. 이런 불행한 일들이 뷔노 바리야에게는 행운을 가져왔다.

그는 화산 연기를 내뿜는 모모톰보의 모습이 담긴 1900년도 니카라과 우표 66장을 찾아내어 미국 의회에 보냈다. 의미 있는 질문을 슬쩍 던진 것이었다. 화산이 없는 파나마 같은 곳에 운하를 건설하면 안전하지 않겠는가? 그리하여 1904년 미국 의회에서는 파나마를 운하 건설지로 선택하게 되었다.

Q 노벨상을 탄 여성은 얼마나 될까?

아직도 여성 차별의식이 남아 있음에도 불구하고 오늘날 많은 여성들은 여러 부문에 유감 없이 그들의 능력을 발휘하고 있다. 셀마 라게를뢰프, 그라치아 델레다, 넬리 작스, 나딘 고디머, 가브리엘라 미스트랄 등은 노벨문학상을 안았고 베르타 폰 주트너, 제인 애덤스, 에미리 그린 볼치, 메어리드 코리건, 베티 윌리엄스, 테레사 수녀, 아웅산 수지 등은 노벨평화상을 받았다. 마리 퀴리가 1903년 물리학 부문에서, 그리고 1911년 화학 분야에서 노벨상을 받았을 때 많은 사람들은 이 위대한 과학자를 일종의 희귀한 돌연변이로 취급하였다. 그러나 그녀의 딸인 이레네 졸리오 퀴리가 1935년 노벨화학상을 받고, 1963년에는 도로시 호지킨이 노벨화학상을, 마리아 괴페르트 마이어 여

▲ 1931년 소설 《대지》로 노벨문학상을 수상한 펄벅 여사
그녀는 6.25전쟁 발발로 인해 생긴 고아와 혼혈아 2천여 명을 9년여 동안 한국(부천 소사구 심곡본동)에서 돌보기도 했다. 현재 부천에서는 펄벅을 기리기 위한 펄벅 기념관을 개관 예정에 있다.

사는 노벨물리학상을 받았으며, 1977년 로잘린 옐로, 1983년 바바라 매클린톡이 노벨생리학·의학상을 받았을 때는 이미 과학분야도 남성들만의 전문 분야가 아니었다. 이어 1986년에는 리타레비 몬탈치니가, 1988년에는 거트루드 B. 엘리온이 노벨생리학·의학상의 영광을 안았다.

Q 원자탄은 누가 발명했나?

1939년 알버트 아인슈타인이 프랑크 루스벨트 대통령에 보낸 원자폭탄 개발을 촉구하는 서한은 아인슈타인이 쓴 것이 아니라 콜럼비아 대학의 물리학과 레오 질라드에 의해 작성된 것으로, 핵시대의 첫 장을 연 유명한 서류였다. 1939년에 질라드와 프린스턴의 과학자 위그너는 아인슈타인에게 아주 중대한 요청을 하였다. 아인슈타인의 명성에 힘입어 핵에너지를 이용한 전쟁용품에 대한 연구와 원자폭탄을 구상하고 제조하는 데 아인슈타인의 이름을 빌려쓰면 많은 도움이 되지 않을까 하는 생각에서였다. 아인슈타인은 핵의 연쇄반응에 대한 연구에 그리 관심이 높지는 않았지만,

◀ 아인슈타인
26세의 젊은 나이에 상대성 원리를 세상에 발표했지만 그것을 이해한 사람은 12명에 지나지 않았다.
그러나 원자탄의 시조는 아인슈타인이 아니었다.

그들의 제안에 동의하였다.

8월 2일 질라드는 아주 큰 우라늄 덩어리 안에서 폭발된 핵의 연쇄반응에 의하여 창출된 막강한 힘과 이와 더불어 생겨난 수많은 라듐 같은 입자들에 관한 설계안을 작성하여 아인슈타인이 서명하도록 제시하였다.

그 내용은 드디어 루스벨트 대통령에게 전달되었고 아인슈타인이 첫 번째 설계안과 후속 안에서 명함으로써 원자폭탄을 개발하게 한 '맨해튼 계획'이 1942년에 실현을 보게 되었다. 질라드가 그 계획을 수립하게 한 장본인이었다면 결국 아인슈타인은 아무것도 한 일이 없는 셈이었다. 후일 아인슈타인은 '나는 그저 우체통 노릇을 했을 뿐이다. 그들은 완성된 편지를 내게 가져왔고 나는 그저 편지를 부쳤을 뿐이다'라고 쓰고 있다.

> " 나는 그저 우체통 노릇을 했을 뿐이다. 그들은 (원자탄 개발에 대한) 완성된 편지를 내게 가져왔고 나는 그저 편지를 부쳤을 뿐이다 "

Q 사막 위에 건설된 대도시 로스앤젤레스는 어떻게 식수를 공급받았을까?

이 도시에 사는 거의 1천 명 가까운 인구에게 공급되는 식수는 약 338마일 떨어진 시에라 네바다에서 142개의 터널을 통한 수로(水路)에서 로스엔젤레스 북쪽 233마일 떨어진 오웬스 계곡에서 공급을 받고 있다. 1900년대 초 로스엔젤레스는 날로 메말라가고 있었다. 일개 촌락에 불과했던 로스엔젤레스 자체가 급성장했기 때문이다. 1900년대에서 1910년까지 불과 10년 사이에 로스엔젤레스 인구는 10만 명에서 30만 명으로 급증하였으며 이러한 인구 성장률로 새로운 수자원을 찾지 않을 수 없게 되었다.

그 뒤 5년 동안 5천 명의 인부와 6천 마리의 노새가 동원되어 오늘날 세계 최장으로 꼽히는 수로를 완공하였다. 36톤이나 되는 수도관을 끌어올리는 데 노새 52마리가 동원되었으며 험준한 산세를 뚫고 경이로운 토목공사를 통해 1913년 11월 1일 식수가 처음으로 로스엔젤레스에 수송되었다.

Q 최초로 대서양을 횡단한 사람은 누구인가?

1927년 5월 20일 무전기조차 없이 홀로 비행기에 오른 린드버그는 대서양의 안개 속으로 사라졌다. 그 후 불안과 초조 속에서 숨마저 죽인 33시간 반 동안 그의 비행의 진행이 계속적으로 보고되면서 드디어 5월 21일 오후 린드버그는 파리 근교의 레 보오루제트 들판에 착륙하였다.

당시 25세의 청년이었던 린드버그가 이룩한 이 놀라운 업적에 세계의 이목이 집중되어 열렬한 갈채를 받았으며 그 후에도 린드버그는 비행사의 선구자로서 나아가서는 투혼의 상징으로 역사에 그 이름을 남기게 되었다. 그러나…

찰스 린드버그는 최초로 대서양을 횡단한 사람이 아니다. 그는 대서양을 67번째로 횡단한 사람이다. 그러나 그는 단독 비행으로 대서양을 횡단한 최초의 비행사이다.

Q 간디는 영국군의 특수상사였던가?

1931년에 간디는 이탈리아의 무솔리니의 초대를 받았다. 간디는 염소를 타고 무솔리니의 집을 방문했다. 무솔리니의 자녀들은 염소를 타고 방문하는 간디의 모습을 보고 폭소를 터트렸다.

그러자 방에서 문을 열고 나오던 무솔리니는 아이들을 꾸짖었다. "저 사람과 염소가 지금 영국을 온통 뒤흔들고 있단 말이야."

영국으로부터 독립을 얻기 위해 무저항 운동의 기수가 된 간디는 젊었을 때 영국군에 들어가 남아프리카의 보어 전쟁에 참가했다. 그는 두 번이나 영국군으로부터 무공훈장을 받았고 특무상사에 까지 올랐다.

염소를 타고 무솔리니
집을 방문한 간디

이탈리아

Q 인생은 과연 연극일까?

아브라함 링컨과 스테판 더글러스는 정치적인 숙적일 뿐만 아니라 한 여자를 사이에 둔 영원한 라이벌 관계로도 유명하다. 링컨과 더글러스는 동시에 마리 로드라고 하는 젊고 아름다운 여인을 알게 되어 사랑에 빠지게 되었다.

그녀의 가족은 그녀가 당시 변호사이며 야망 있는 더글러스를 선택하기를 원했다. 주변에 있는 많은 사람들이 그를 장차 미국의 대통령이 될지도 모르는 유망한 인물이라고 칭찬했기 때문이다. 더글러스는, 키는 작지만 매우 잘생긴 얼굴로 목소리가 크고 우렁찬 전형적인 정치가 타입이었다. 그런데 마리 로드 가족에게 비친 아브라함 링컨의 모습은 형편없었다. 멀대같이 키만 크고 깡마른 체구에 옷이 항상 맞지 않아서 헐렁해 보이는 촌티 나는 변호사였다. 또한 더글러스보다 나이가 네 살이나 더 많았으며, 돈도 없고 품위도 없는 사람으로 보였다. 그러나 의외로 로드는 링컨을 선택해 1840년에 뒤늦은 약혼식을 올렸다.

◀ '노예 해방의 아버지', '위대한 해방자' 라는 수식어를 가진 링컨
그러나 사실 그는 흑인보다 백인을 우월하다고 믿었고 흑인들을 해외로 이주시키는 것을 노예제의 근본적인 해결책이라 생각했으며 무엇보다도 당시 노예제 폐지론자들을 미치광이로 보았다. 또 남북전쟁 때인 1863년에 노예 해방령을 선포한 것도, 정치적인 계산에 따라 남부를 약화시키기 위한 것이었지 노예제 자체를 없애기 위한 것은 아니었다.

어느 날 링컨이 파티에 도착해보니 로드가 더글러스와 정답게 춤을 추고 있었다. 이에 화가 난 그는 한때 약혼을 취소하려고도 했지만 그들은 마침내 1842년 11월에 결혼하였다.

16년 후, 링컨과 더글러스는 흑인 노예에 관한 논쟁으로 또다시 라이벌의 위치에 서게 되어 남북전쟁이 발발할 때까지 계속되었다. 1858년 링컨은 더글러스와 대결하여 상원 선거에서 패배하게 되었으나 1860년 대통령 선거에서는 더글러스를 압도적으로 누르고 승리하게 되었다. 대통령 취임 무도회에서 링컨은 아내가 화려하게 수놓아진 푸른색 드레스를 입고 스테판 더글러스와 춤을 추고 있는 장면을 보게 되었다. 그런데 그것은 22년 전에 그들이 어느 파티에서 정답게 춤을 추고 있었던 장면을 재현하고 있는 것처럼 똑같았다. 링컨은 그들의 모습을 조용히 바라보며 말했다.
"인생은 연극이라니까."

Q 아돌프 히틀러와 에바 브라운은 결혼한 사이였는가?

히틀러는 에바 브라운을 1930년대 초에 만나 동거를 했지만 공식석상에는 결코 둘이 같이 나타나지 않았다. 그러나 1945년 4월 30일 저녁에 그들은 결혼식을 하고 한 시간 후에 동반자살을 했다.

"내 사랑 아디"
"귀여운 에바"
살아 생전, 아돌프 히틀러와 동반 자살한 에바 브라운은 서로를 이렇게 애칭으로 불렀다.

▲ 히틀러와 에바 브라운

히틀러와 겔리 라우발의 기이한 관계

히틀러의 롤리타, 겔리

히틀러의 광적인 사랑을
받았던 조카 겔리 라우발

1928년, 과부인 안젤라는 딸과 함께 히틀러의 집
으로 이사를 했다. 오버찰츠베르크에 셋집을 구한
히틀러가 배다른 누나인 안젤라 라우발에게 자기
집으로 들어와 집안일을 해달라고 부탁했기 때문
이다. 바야흐로 비극은 시작되었다. 조카인 겔리
라우발에게 히틀러는 마음을 빼앗겨버리고 만 것
이다. 겔리 라우발은 1908년 6월 4일 린츠에서 태어났다. 히틀러보다 스무
살 정도 연하였다. 마흔 살의 히틀러는 조카 겔리에게 매혹되었으며 그가
어린 조카와 연인관계라는 소문이 급속도로 퍼져나갔다. 히틀러는 조카에
게 광적인 집착을 보였고 겔리와 심상찮은 관계로 보이는 운전사 에밀 모
리스를 해고해버렸다. 그렇게 두 사람은 2년 동안 같이 살았다. 히틀러는
언제나 대화를 주도했지만, 겔리가 있을 때면 기꺼이 겔리에게 주도권을
양보하곤 했다. 히틀러의 전속 사진사였던 하인리히 호프만은 이렇게 말
했다. "겔리는 마법사 같았죠. 아양 같은 것은 모르는 천성을 타고났었지
만, 그녀는 단지 그녀의 존재 자체만으로도 탁자에 있는 모든 사람들을 아
주 기분좋게 만들곤 했습니다. 우리는 모두 그녀를 사랑했죠. 그리고 그녀
를 가장 사랑한 사람은 아돌프 히틀러였습니다."

겔리는 히틀러의 삶을 변화시켰다. 그는 그녀를 데리고 즐겁게 쇼핑과 피
크닉을 다녔고, 히틀러가 오페라와 연극, 영화를 보러갈 때면 항상 같이 다
녔다. 두 사람이 쇼핑을 할 때면 히틀러는 "마치 병든 양처럼 그녀의 뒤를
졸졸 따라다녔다."

겔리 역시 유명인사인 히틀러와 함께 다니는 것을 좋아했고 그런 것을 즐기는 것 같았으며 에바 브라운이 경쟁자로 나타났을 때는 질투심 어린 말투로 툴툴거리곤 했다. 그러나 한편으론 삼촌의 지나친 간섭에 괴로워했다.

인간살육자 히틀러, 채식주의자 되다

두 사람의 관계는 사실상 위태로운 것이었다. 목소리가 예쁘고 성악 공부를 하고 싶어했던 겔리는 1931년 9월 8일, 비엔나로 가겠다고 히틀러에게 말했다. 그러나 히틀러는 맹렬하게 반대 의사를 밝혔고 겔리와 심한 말다툼을 벌인 후 함부르크로 떠나버렸다. "마지막으로 말하지. 안 돼!" 라고 차에 타기 전 히틀러는 완전히 못을 박았다. 히틀러가 떠난 후 겔리는 리볼버 권총으로 가슴을 쏘았다. 총알은 심장을 비켜갔다. 그러나 폐를 관통했다. 그녀는 죽었다. 이 소식을 들은 히틀러는 광분했다. 자신도 따라 죽겠다며 굉장히 슬퍼했다. 그러나 나치당 고위 간부들의 설득으로 그만두었다. 사랑했던 겔리의 죽음은 히틀러를 채식주의자로 만들었다. 고기를 볼 때마다 겔리의 시신이 떠오른다고 그는 말했다.

겔리의 자살을 두고 여러 소문이 나돌았다. 자살 직전 겔리가 히틀러에게 심한 구타를 당했다는 소문을 비롯하여 이 비운의 여인이 히틀러의 아이를 임신했기 때문에 자살했다는 소문도 있었다. 일부 호사가들은 겔리가 히틀러에게 모종의 협박을 하려 했기 때문에 하인리히 히믈러에게 살해당했다고 주장하기도 했다. 이런 무성한 소문들은 충분히 겔리의 자살을 의문부호로 남게 한다.

▲ 겔리는 성악가가 되고 싶었지만 히틀러의 반대로 꿈을 이루지 못했다.

히틀러는 왜 반유대주의자가 되었을까?

▲ 한때 화가가 되려고 했지만 실기 시험
에서 떨어져 꿈을 접어야 했던 히틀러

"당신은 안 돼, 유대인 의사선생!"

쿠르트는 그의 논문 〈유대인과 아돌프 히틀
러 (The Jew and Adolf Hitler)〉에서 히틀러
가 왜 반유대주의자가 되었는가에 대해 정
신분석학적으로 고찰하고 있다. 그에 따르
면 히틀러는 어머니를 차지한 폭력적인 아
버지를 미워했다.

이른바 전형적인 오이디푸스콤플렉스였는
데, 아버지가 죽자 그 자리를 유대인 의사 블
로흐가 차지하게 된다. 어머니 클라크가 유
방암에 걸렸는데 그 의사가 치료를 맡았고
자연히 그는 클라크의 침실에 수시로 드나

들었으며 그녀의 나신을 보았다. 더욱이 나중에는 어머니의 유방을 절제함
으로써 과거 아버지의 난폭한 행위를 환기시켰으며, 블로흐가 날마다 클라
크의 혈관 속에 몰핀을 주사하는 장면은 어린 히틀러로 하여금 의사가 어머
니의 피를 오염시켰다는 생각을 갖게 한다. 예전에 아버지가 어머니의 피를
오염시켰듯이. 이제 히틀러의 무의식 속에는 유대인 의사가 자신의 경쟁자
로 인식된다. 동시에 이것은 그가 유대인을 증오하는 무의식적 동기로 작용
한다.

히틀러가 의식적이고 과격한 반유대주의자가 된 것은 비엔나(Vienna)에
서였다. 그는 그곳에서 사춘기를 보냈고 화가의 꿈을 키웠다. 1907년 미술

학교에 입학하기 위해 그는 비엔나로 갔고 입학시험을 치렀지만 낙방했다. 1년 후 다시 응시했고 결과는 똑같았다. 꿈을 가진 소년은 크게 실망했다. 그는 자신을 낙방시킨 심사위원 면면을 조사했고 일곱 명 중에 네 명이 유대인이라는 사실을 알게 됐다. 그는 즉각 미술학교 교장에게 편지를 써서 보냈다.

"나를 낙방시킨 유대인들은 보복을 받게 될 것입니다."

실로 섬뜩한 내용이었다.

사랑을 잃고 광기 속으로…

히틀러를 반유대주의자로 만든 또다른 동기는 실패한 연애라는 견해도 제시되었다. 비엔나에서 생활할 당시 히틀러는 속옷 모델을 하는 소녀에게 빠져 있었다. 그는 자작시를 써서 소녀에게 보냈지만 그녀는 히틀러의 시와 예술을 간단하게 비웃었다. 이런 오만한 태도에 격분한 히틀러는 그녀를 구타했다. 그런데 얼마 후 그녀는 청년 사업가와 약혼을 했고, 히틀러는 그 약혼자가 유대인의 혈통임을 알게 되었다. 그는 또 장담했다.

"그놈의 목을 조여놓겠어!"

이렇듯 미술학교 낙방과 연애실패는 히틀러의 무의식 속에 잠재된 유대인에 대한 피해의식과 증오를 표면화시켰고 뿐만 아니라 유대인과 아리안 인종간의 결혼으로 인한 인종의 오염을 방지해야 한다는 강박관념을 더욱 견고하게 만들었다. 그리고 불행하게도 이런 감정은 국가적 차원으로 확산되고 만다. 나치즘과 유대인 대학살이라는.

Q 오페라에서 프리마돈나와 디바는 어떻게 다른가?

프리마돈나는 오페라의 여주인공을 의미하며 디바는 전설적인 여신을 의미하는데 뛰어난 여주인공을 의미할 때도 있다.

프리마돈나 조수미
한국이 낳은 세계적인 프리마돈나 조수미. 그녀는 하늘에서 내린 천상의 목소리를 가졌다는 찬사를 받고 있다.

Q 당신은 행복하십니까?

우리는 서로 만났을 때 "안녕하셨습니까?"라고 인사한다. 이 뜻은 밤새 무슨 일이 일어나지 않았느냐는 뜻이다. 그렇지 않았다면 다행이라는 뜻이다. 희랍 사람들은 "기쁨을!"라고 인사한다. 그리고 유대인들은 "샬롬!", 네덜란드 사람들은 "식사를 잘했느냐?", 폴란드 사람들은 "당신은 행복하십니까?"라고 인사한다. 중국 사람들은 "아침식사를 했느냐?" 혹은 "당신은 위가 제대로 되어 있느냐?"라고 한다.

폴란드 사람들은 "당신은 행복하십니까?"
중국 사람들은 "당신은 위가 제대로 되어 있습니까?"

Q 바로크와 로코코는 어떻게 다를까?

바로크풍은 17세기에 유럽, 특히 프랑스 이탈리아 등지에서 유행한 그림, 건축, 조각, 문학, 음악, 장식 미술 등의 한 양식이며, 그 중에서 베르사유 궁전이 양식의 대표적인 건물이다. 이것은 정력적인 움직임과 격렬한 감정, 그리고 균형 잡힌 센스로 잘 조화되었다. 반면에 18세기경에 유행했던 로코코식 건축양식은 밝고 우아한 음색을 나타낸다.

▲ 바로크 양식의 베르사유 궁전 정원

▲ 로코코 양식의 상수리

Q 나폴레옹도 모세처럼 홍해를 건넜을까?

"나폴레옹은 맨발로 홍해를 건넜다." 이것은 그의 저서 《성 헬레네의 회고록》 1권 2쪽에 실린 나폴레옹의 말이다. 홍해를 건넜다는 모세와 이스라엘인들의 이야기는 종교적인 힘이 가져다준 불가사의한 기적은 아니다. 다음은 그것이 기적이 아님을 보여주는 증거들이다.

첫째, '바르 에 콜줌(익사의 바다)'이라고 불리는 수에즈 만 근처의 마을에서 나폴레옹은 홍해를 건넜는데 이때 홍해는 모래톱 때문에 수심이 아주 낮았고 1.6km 정도의 너비로 펼쳐져 있었다.

둘째, 조수의 높낮이는 1.5~2.1m였다.

셋째, 1년 중 9개월 동안 북서쪽으로 불던 강풍이 썰물에 영향을 미쳐 썰물의 높이는 1m 정도의 변수를 갖게 되었다.

그렇다면 이상의 이야기를 종합해보자. 위에 언급된 것처럼 바람, 조수, 모래톱, 그리고 수에즈 만의 낮은 수심 등을 고려해본다면 나폴레옹의 말은 거짓이 아님을 짐작할 수가 있을 것이다. 그런 조건하에서는 홍해가 아니라 어떤 바다라도 건널 수 있기 때문이다.

게다가 바이블에 등장하는 많은 도시들(종교적 도시든지 아니든지 간에)도 나폴레옹의 말이 진실임을 입증하고 있다. 그러나 아직도 믿지 못하고 있는 독자들의 이해를 돕기 위해 참고로 다음의 책들을 권한다. 《바이블 백과사전》의 홍해편, 주교 찰스 세이모어 로빈슨의 저서 《이집트》의 1권 85쪽, 그리고 다른 많은 책들에도 이 이야기가 언급되어 있을 것이다.

홍해는 아프리카 대륙과 아라비아 반도 사이에 있는 좁고 긴 바다로, 지중해와는 수에즈 운하로 이어진다. 바닷속에 있는 해조 때문에 물빛이 붉은빛을 띠는 일이 있으므로 '홍해' 라고 불린다.

Q '프렌치키스' 와 '잉글리시키스' 는 어떻게 다를까?

사랑하는 남녀가 '딥키스(deep kiss)' 를 할 때 '프렌치키스(French kiss)' 라는 말을 사용한다. 그런데 흥미로운 것은 미국과 영국에서는 deep kiss를 French kiss 라 하고 프랑스에서는 American kiss 혹은 English kiss라고 한다는 점이다.

▶ 〈바람과 함께 사라지다〉 포스터
프렌치키스로 유명한 프랑스인들이 뽑은 가장 아름다운 키스는 뜻밖에도 헐리우드 영화 속에 있었다. 〈바람과 함께 사라지다〉에서 클락 게이블과 비비안 리가 나누는 달콤한 키스를 프랑스인들은 최고의 입맞춤으로 꼽았다.

▲ 〈타이타닉〉 스틸컷
아쉽게 1위를 내준 〈타이타닉〉의 케이트 윈슬렛과 레오나르도 디카프리오.

Q "주사위는 던져졌다(The die is cast)." 이 말은 누가 했나?

시저는 "주사위는 던져졌다(The die is cast)" 라는 유명한 말을 남겼는데, 여기서 다이(die)라는 단어는 여러 가지 얼굴을 가지고

있다. 명사로는 '주사위' 혹은 '형틀이나 나사를 깎는 도구'를 의미하고, 동사로는 '~을 하고 싶어서 못 견디겠다'라는 뜻이 있으며 엘리자베스 여왕 시대에는 속어로 '해브 언 오르가슴(have an orgasm)'이라는 뜻으로 사용하였다. 이러한 뜻은 셰익스피어의 《리어왕》에서 볼 수 있는데 이 단어의 뜻 때문에 한때 공연이 금지된 적도 있다.

▲ 시저의 흉상

고대 로마 공화정 말기의 장군이자 정치가였던 시저는 BC 60년에 폼페이우스, 부호 크라수스와 함께 원로파를 누르고 제1차 삼두정치를 시작하면서 최고 관직인 집정관이 되었다. BC 58년부터 BC 50년까지는 갈리아의 지방장관으로 재임하면서 갈리아전쟁을 벌여 라인강 연안의 갈리아 영토 대부분을 평정함으로써 로마의 영토를 넓히고 크게 이름을 떨쳤다.

한편 시저는 갈리아 전쟁을 하는 중에도 로마의 정치 동향을 주시하고 있었는데, 이런 가운데 그를 견제하기 위한 원로원 보수파와의 관계가 나빠지기 시작했다. 그러던 중 BC 53년 크라수스가 동방 원정에서 전사하자 제1차 삼두정치가 와해되고 원로원의 지원을 받은 폼페이우스와 적대 관계가 되었다. BC 51년 원로원이 시저의 군대 해산과 로마 소환에 대한 결의를 하자, BC 49년 1월 군대를 이끌고 갈리아와 이탈리아의 국경인 루비콘 강까지 온 시저는 결단을 내리고 이렇게 말했다.

"이미 주사위는 던져졌다."

그 후 시저는 로마로 진격, 폼페이우스와 원로원 보수파를 몰아냈다.

Q 나폴레옹의 프로파일(Profile)은?

나폴레옹은 10세에 프랑스로 이주해서 브리엔느 군사학교
에 입학하고, 15세에 파리의 사관학교에 입학, 16세에 졸업
했다. 이때 그의 성적은 58명 중 42등이었다. 졸업 후 소위
에 임관되었으며(16세), 24세에는 툴롱 반도의 진압에서 무
훈을 세워 소장이 되었다. 26세에는 이탈리아 원정군 총사
령관으로서 이탈리아를 정복하였고, 33세에는 종신 통령에
임명되었으며, 35세에 프랑스의 황제가 되었다.

나폴레옹의 사관학교 성적은 58명 중 42등이라!

Q 맥아더와 아이젠하워 중 누가 더 진급이 빨랐는가?

웨스트 포인트 사관학교에서 164명 중 맥아더는 1등으로, 아이젠하워는 61등으로 졸업했다. 또 맥아더가 육군 참모총장이었을 때 아이젠하워는 맥아더의 부관이었다. 맥아더가 역사상 가장 젊은 나이에 대장으로 승진했을 때 아이젠하워는 무명의 중령에 지나지 않았다.

맥아더 장군

하지만 2년 뒤인 1941년 아이젠하워는 대령이 되고 곧 준장이 되었으며 1942년에는 소장을 거쳐 중장, 1943년에는 대장이 되었다. 맥아더는 이때 대장으로 머물러 있었는데 1944년 아이젠하워와 맥아더는 모두 원수로 승진했다. 하지만 1952년 아이젠하워는 미국 34대 대통령으로 당선되었지만 맥아더는 1951년 트루먼 대통령과의 불화로 UN군 총사령관 자리를 박탈당하고 1952년 퇴역 장군이 되었다.

제2장

기존의
과학상식 뒤엎기

– 과학상식은 즐거운 오락이다

과 학 story 〉 〉 〉

바이러스(Virus)와 박테리아(Bacteria)는 어떻게 다를까?

바이러스는 광학 현미경으로 보기에는 너무 작지만 전자 현미경으로는 볼 수 있는 매우 미세한 것이다. 이것은 단백질로 싸여 있는 핵산으로 이루어져 있으며 독립적인 신진대사 활동이 불가능하기 때문에 살아 있는 생체세포 안에서는 복제할 수 있는데 재생산 능력은 극도로 신속해서 한 시간에 1개의 바이러스가 100,000으로 증가된다.

바이러스는 피부의 갈라진 틈, 호흡 또는 음식섭취를 통하여 신체 내부에 들어올 수 있으며 소아마비, 폐렴, 간장염, 허피스 에이즈(후천성 면역결핍증) 등을 포함한 인간의 가장 위험한 질병들의 상당수가 감기의 원인이 되기도 한다.

박테리아는 단세포의 미생물이나 바이러스보다 훨씬 크다. 이것들은 상당수가 탄저병, 결핵, 티푸스와 같은 질병들, 어떤 형태의 심장 내막염, 나병(한센씨 병) 등과 같은 병들의 원인이 되기도 한다.

박테리아라는 단어는 '작은 막대기' 라는 의미의 헬라(Greece)어에서 유래되었는데, 처음에 발견된 것이 모두 막대모양을 하고 있었기 때문이다.

박테리아는 다른 병들을 일으키는 여러 가지 형태의 변형들이 있다. 박테리아로 인한 병들은 항생제로 치료가 가능하나 바이러스로 인한 병들은 항생제의 힘이 미치지 못한다.

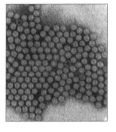

▲ 장바이러스(entervirus)
바이러스는 살아 있는 숙주 세포 내에서만 자기복제와 증식이 가능한 '세포내 기생체' 이다. 사진은 전자 현미경으로 본 장바이러스의 모습.

▲ 뿌리혹박테리아
식물의 뿌리에 침입하여 혹을 형성하고 숙주와 공생하여 질소를 고정시키는 세균. 콩과식물의 뿌리만 박테리아를 형성할 수 있다.

Q 왜 달에는 공기와 물이 없을까?

1969년 우주 항공사들이 갖고 온 돌들은 지금 텍사스 휴스턴에 있는 특수 박물관에 보존되어 있는데 NASA(National Aeronautics and Space Administration, 미국항공우주국)는 이 돌들을 원상태로 보존하기 위하여 전혀 습기가 없는 건조한 질소가 들어 있는 용기에 저장해놓았다. 달에는 오랫동안 물과 공기가 없었다는 이유이다. 달에 물과 공기가 없는 이유는 대기가 물을 잡아두기에는 달에 미치는 중력이 너무나 약하기 때문이다.

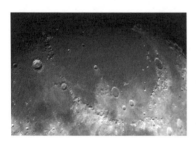

◀ 달의 표면
달에는 공기와 물이 없고 낮과 밤의 길이가 지구보다 굉장히 길기 때문에, 일교차가 엄청나게 크다. 햇빛이 보름 동안 내리쬐는 가운데 섭씨 100도까지 올라가고, 밤중에는 영하 150도까지 내려간다. 달에 착륙하려면 달의 아침에 해당하는 시기를 이용해야 한다.

Q 왜 금성은 동쪽에서 서쪽으로 돌까?

태양계에 있는 금성을 제외한 8개의 혹성은 태양을 중심으로 서쪽에서 동쪽으로 돈다. 그런데 왜 금성은 동에서 서쪽으로 돌까? 지구는 태양을 한 번 도는 데 365일 걸리지만, 금성은 225일밖에 걸리지 않고 이것은 태양을 원형으로 돌지만 다른 8개의 행성들은 태양을 타원형으로 돈다.

금성이 동쪽에서 서쪽으로 도는 이유에 대해서는 아무도 정확히 알 수 없는 수수께끼이다. 그러나 어떤 학설은 46억 년 전에 태양계가 형성될 때 사고가 나서 원래는 서에서 동으로 돌던 금성의 방향을 바꾸어놓지 않았나 추측하고 있다. 즉, 막 회전하기 시작한 젊은 금성이 다른 어떤 행성과의 충돌사고를 일으켜 반대방향으로 돌기 시작했을 것으로 추측하는 것이다.

▶ 금성
금성은 태양계의 제2행성이며, 태양과 달 다음으로 밝은 천체이다. 우리나라에서는 저녁 때 서쪽 하늘에서 반짝일 때는 개밥바라기, 또는 태백성, 장경성이라고 하며, 새벽에 동쪽 하늘에서 반짝일 때는 샛별, 또는 계명성, 명성이라고 한다. 유럽에서는 비너스(미의 여신)로 불리고 있다.

Q 달의 나이가 지구의 나이보다 더 많은가?

과학자들은 달의 존재에 관한 의제에 세 가지 해석을 제시했다. 세 가지 모두 논란의 여지가 있는 것들이지만, 아폴로 우주선의 탐사 결과에 기준을 둔 해석이 가장 설득력을 얻고 있다.

즉 몇 명의 과학자들은 지구가 우주의 가스와 먼지 구름에서 탄생된 것처럼 달도 그런 경로로 약 46억 년 전에 생성되었다고 주장했다. 혹은 '달은 지구의 자식과 같다' 라는 이론 아래, 지금은 태평양이지만 과거에는 육지였던 그 지점의 땅이 떨어져 나와 달이 되었다고 주장하는 과학자들도 있었다. 그러나 아폴로 탐사를 통해 지구와 달의 표면 성분이 각각 다르다는 사실이 밝혀진 후부터 달 연구학회(미국항공우주국의 과학자 제랄르 위세르버그는 매년 열리는 이 학회를 일컬어 '돌(rock)의 잔치'라고 명명하기도 했다)에 참석한 과학자들은 '감금 이론'을 지지했다. 즉 달은 우주를 떠돌다 수억만 년 전 우연히 지구의 중력권에 들어와 갇혀서 감금되었다는 것이다.

그러나 이 이론을 배격하는 과학자들은 일반적으로 우주 안에서 일어나는 현상들을 구조적으로 관찰해볼 때, 우연히 감금되는 경우란 거의 없다고 주장한다. 따라서 현재까지 지구 상공 위의 달의 존재를 명확하게 분석할 수 있는 이론은 없다고 보아야 할 것이다. 한편 미국항공우주국의 과학자 로빈 브레트 박사는 "달의 존재를 밝혀내느니 차라리 달의 무존재성을 설명하는 것이 훨씬 쉬울 것"이라고 말한다.

Q 달에서의 무게는 지구에서보다 과연 가벼운가?

같은 물건이라도 지구에서 그 물건을 드는 것보다 달에서 드는 것이 더 쉽다. 그 이유는 지구보다 달이 중력 가속도가 낮기 때문이다. 그러나 중요한 사실은 드는 것은 쉬울지 모르나 옆에서 옆으로 움직이게 하기는 매우 힘들다는 것이다.

그 이유는 중력은 수직동작에만 영향을 줄 수 있기 때문이다. 즉 물건을 들어올리거나 내리는 데에만 수월하고, 옆에서 옆으로 물건을 옮기는 수평동작에는 아무런 영향을 주지 못한다.

Q 골프공은 왜 울퉁불퉁할까?

골프공의 홈들은 밋밋한 볼보다 공이 훨씬 멀리 날아가게 해주면서 항력을 최소화시킨다. 홈이 있는 골프공의 경우 공이 공기 속으로 날아갈 때 공의 힘을 약화시키는 항력을 약화시킨다. 가령, 같은 힘으로 '공'을 쳤을 때 밋밋한 공은 65m밖에 날아가지 못하지만 홈이 파인 공은 275m를 날아간다는 사실만 보더라도 이는 입증될 수 있다. 하나의 골프공 안에는 약 300개에서 500개의 홈들이 있는데, 이 홈은 각각 0.25m의 깊이로 파여 있다. 그 밖에 이 홈들은 공을 역회전시키기도 한다. 그리고 이런 역회전으로 공들은 공기의 압력을 덜 받게 되어 비행기처럼 더 높이, 그리고 더 멀리 날 수 있는 것이다.

새보다 더멀리, 더 높게 날으렴.

올록볼록, 300개에서 500개의 홈들은 역회전을 가능하게 하고 공을 더 멀리, 더 높게 날 수 있게 하는 원동력이 된다.

Q 아르키메데스는 벌거벗은 몸으로 거리를 뛰어다녔는데 왜 부끄러워하지 않았을까?

아르키메데스는 목욕을 하다가 목욕탕 안에서 부력의 원리를 발견하고 너무 흥분한 나머지 벌거벗은 채 알몸으로 거리를 뛰쳐나가 "유레카! 유레카!"라고 외쳤다. 유레카(Eureka)는 헬라어로 "드디어 알아냈어"라는 뜻이고, 벌거벗은 몸으로 다녀도 부끄럽지 않았던 것은, 그 당시 그리스인들은 습관적으로 벌거벗고 운동을 했기 때문에 길거리에서 남자의 나체를 보는 것은 결코 쇼킹한 일이 아니라 지극히 자연스러운 것이었다.

Q 이슬은 내리는 것일까, 혹은 생기는 것일까?

사실 이슬은 하늘에서 비처럼 내리는 것이 아니고 기후변화로 인해 생기는 것이다. 이슬이 어떻게 해서 생기는 것인가를 아는 것은 자못 흥미롭다. 이슬은 주로 이른 아침에 생기는데 밤사이에 기후가 갑자기 내려가서 주변에 있던 수분이 증발할 수 없게 되자, 그대로 수분으로 남게 된다. 이것이 이슬이다.

Q $E=mc^2$의 뜻은?

E는 에너지(Energy)의 거대한 영역이며, M은 우주의 물질(material)을 의미하고 C는 빛의 속도(celerity)를 의미한다. C라

고 부르게 된 경위를 알기 위해서는
1600년대로 거슬러 올라가야 한다.
설러티(celerity)는 민첩함을 뜻하는
라틴어 설스철(celestials)에서 유래된
것으로 속도, 속력을 의미한다.

1905년 아인슈타인의 상대성원리를
이해한 사람은 12명에 불과했다.

◎ 상대성 원리

아인슈타인은 1905년 26세의 젊은 나이에 상대성 원리를 세상에 발표했다. 하지
만 그것을 이해한 사람은 12명에 지나지 않았다.

◎ 1g의 물질이 에너지로 바뀌면

만일 1온스의 28분의 1에 해당하는 1g의 물질이 이에 상당하는 에너지로 바뀌고
이 에너지가 전부 1000와트의 전등을 켜는 데 사용된다면 호머가 살아 있을 때부
터 지금까지인 2850년 동안 전등을 켜기에 충분한 에너지를 얻을 수 있다.

◎ 에너지의 크기

우주 안에서 일어나는 모든 사건에는 조그마한 원자가 분해되는 것으로부터 별의
폭발에 이르기까지 에너지가 방출된다.

Q 유리는 고체일까, 액체일까?

일반적인 상식으로 볼 때 유리는 실내온도(20℃)에서 고체이다. 그러나 사실 유리는 고도의 점성을 지닌 액체이다. 여기서 점성이란 액체 내의 내부마찰을 의미하는 액체의 속성으로, 5시간이 추이됨에 따라 점점 느려지고 결국에는 열에 의해 사라지게 되는 것을 의미한다. 점성은 일반생활에서 흔히 볼 수 있는 현상이다. 예를 들어 열린 와인병은 쏟아질 수 있다. 즉 와인은 중력에 의해 쉽게 흘러내린다. 반면에 단풍 당밀은 쉽게 흘러내리지 않는다. 당밀은 와인보다 높은 점성을 지니고 있기 때문이다.

유리는 일반적으로 실리콘 리옥사이드(SiO_2) 주변에 자리잡은 혼성의 산화질소로 이루어져 있다. 또한 아주 좋은 전기 차단체인 화학성분이 첨가된 상업용 유리는 모래(셀리카), 석회석($CaCO_2$), 소다(탄산소다 Na_2CO_3)를 화씨 2,552도와 2,732도에서 가열, 혼합시켜서 만들어진다. 그리고 그 용해물이 점성을 띠고, 화씨 약 932도가 되면 그 용해물은 음료수병을 만들기 위해 고체화된다. 이때 미량의 철분 산화질소가 병의 색을 내는 데 이용된다. 즉 산화질소납은 커트 글라스나 크리스탈을 만들기 위한 연성, 밀도, 그리고 굴절성을 증가시키는 데 쓰인다. 그리고 붕사는 주방용이나 실험도구를 만들기 위해 열팽창을 줄이는 데 사용된다. 그외 다른 물질들은, 주문된 크리스탈 모양의 변형을 막기 위하여 액체나 기체층에서부터 서서히 냉각되어 유리모양을 만드는 데 이용된다.

한편 오석과 같은 종류의 유리들은 자연상태에서 만들어졌고, 유리제품들은 기원전 2500년경 이집트, 메소포타미아에서 최초로 만들어졌으며 다양한 모양의 유리를 만드는 기법은 기원전 100년경 포이니시아에서부터 개발되었다. 유리의 변형온도는 섭씨 500도이다.

Q 도깨비불은 과연 존재할까?

어두운 밤에 시골길을 가다 보면 종종 무덤이나 축축한 땅, 혹은 고목 같은 곳에서 번쩍이는 푸른빛의 불꽃을 보게 된다. 우리는 이것을 흔히 도깨비불이라고 부른다. 그렇다면 도깨비는 존재하는가? 물론 아니다. 그러나 소위 '도깨비불'로 알려진 청록색의 불은 썩은 고목 속에서 자라는 버섯들의 신 뿌리에서 생기는 발광현상이다.

"도깨비불은 썩은 고목에서
자라는 버섯들의 신 뿌리에서
생기는 발광현상이랍니다."

Q 바이러스는 영원히 죽지 않나?

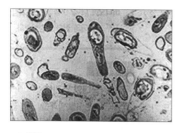

▲ 세균
2억5000만 년을 휴면상태로 살아 있었던 미생물 바이러스. 이로써 화성과 같은 다른 행성에도 생명체가 존재할 수 있다는 추측이 가능하게 되었다.

바이러스를 죽일 수 있는 어떤 약도 아직 개발되지 않았다. 분자 고고학자들은 멕시코주의 칼스베드 근처 땅속에서 2억5000만 년 동안 잠자고 있던 미생물인 바이러스를 발견해냈다. 전자 현미경으로 관찰한 결과 살아 움직이고 있는 동작을 볼 수 있었다.

도미니카에서는 호박 속에 2500만 년 동안 갇혀 있었던 흰개미가 발견됐고, 레바논에서는 호박 속에 갇혀 있는 1억3000만 년 된 곤충들이 발견됐다.

Q 제12행성은 존재할까?

태양을 중심으로 한 행성은 지금까지 발견된 것으로 지구, 수성, 금성, 화성, 목성, 토성, 천왕성, 해왕성, 명왕성 정도인데 E.T.I가 존재하고 있다고 하는 제12행성은 과연 존재하는 것인가?

하늘의 화산(혹은 그리스의 신)이라고 불리는 천왕성(Uranus)이 1781년에 발견될 때까지 더 이상 행성은 없는 줄 알았다.

그 후 65년이 지난 1846년에 해왕성이 발견됐을 때도 더 이상 행성은 없고 이것이 최후의 행성인 줄 알았다. 그러나 1930년에 미국의 천문학자 통보 박사에 의해서 명왕성(Pluton)이 발견되었을 때 전 세계가 일시적이지만 흥분했다. 그러나 1979년 미해군 천문대의 해링턴 박사는 명왕성에서 24억Km 떨어진 곳에 지구보다 5배 이상 큰 행성이 존재하고 있다고 보고했고, 1981년에는 미해군 천문대의 벤플랜던 박사도 '명왕성'에서 20억Km 떨어진 곳에 지구보다 3배 이상 큰 행성이 존재한다고 했다.

NASA에서도 1982년 6월에 〈피어니어(Pioneer)〉 10호에서 이 미지의 행성의 존재 여부를 탐사한 것으로 본다. 〈뉴욕타임스〉 1983년 1월 30일자 신문에서도 이 미지의 행성 X에 대해서 긍정적인 반응을 보였다. 미국 천문학회에서도 1990년 1월 명왕성에서 멀리 떨

▲ 목성   ▲ 토성   ▲ 천왕성

▲ 해왕성   ▲ 명왕성

행성에는 지구형 행성과 목성형 행성의 두 종류가 있다. 지구형 행성에는 지구처럼 단단한 지면을 가진 것으로 수성, 금성, 지구, 화성 등이 속하며, 목성형이란 거의가 가스로 되어 있는 것이며 여기에 천왕성, 해왕성, 목성, 토성 등이 포함된다.

어진 곳에 이 X행성이 존재할 것이라는 가능성에 대해서 시사했다. NASA에서 이 X행성 혹은 제12행성의 존재를 일반인들에게 알리면 큰 문화적인 충격 내지 기독교적인 충격이 예상되기 때문에 새 행성의 발견에 대한 보도를 미루고 있는 것으로 안다.

Q 달에서 주워온 돌이 53억 년 된 암석이라면 태양이 탄생되기 훨씬 전에 달이 탄생되었다는 말일까?

▲ 1969년 7월 20일에 인류 역사상 처음으로 달에 착륙한 닐 암스트롱

▲ 암스트롱이 달에 남긴 발자국
"한 사람으로서는 작은 첫걸음이지만 인류에게는 큰 도약이다."

놀랍게도 달에서 유출된 99% 이상의 돌이, 지구에서 발견된 것들 중 가장 오래된 돌의 90%보다 훨씬 이전에 생겨난 것이라는 사실이 밝혀졌다. 닐 암스트롱이 이 '고요의 바다'에서 주워온 첫 번째 돌은 36억 년이나 된 것으로 판명되었다.

그러나 당시 지구에서 가장 오래된 돌은 약 37억 년 된 것이었다. 그 후 달에서는 각각 43억 년 전, 45억 년 혹은 46억 년 정도 된 암석이 발견되었다. 이것은 이 암석이 지구 등의 태양계가 생겼던 비슷한 시기 아니면 훨씬 이전에 생성된 것임을 의미한다. 게다가 1973년에 열린 달연구학회에서는 무려 53억 년이나 된 암석들이 전시되었는데, 더욱 더 놀라운 사실은 이 암석이 과학자들이 추측할 때 가장 최근에 생성된 달의 표면에서 주워온 돌이라는 것이다.

이런 모든 점을 고려하여 달은 태양이 탄생되기 훨씬 오래 전에 있었던 별들 가운데서 생성됐다고 주장하는 과학자들도 있다.

Q 번개를 맞고도 죽지 않을 수 있나?

번개가 칠 때, 주위의 공기 온도는 화씨 5만4,000(섭씨 3만 도)도인데 이는 태양의 표면보다 6배나 뜨거운 온도이다. 그러나 어떤 사람들은 번개를 맞고도 죽지 않고 살아났다.

실례로 미국 공원 감시원인 로이 셜리반은 1942년부터 1977년까지 무려 7번이나 번개를 맞았는데 별 지장이 없었다고 한다. 그 이유는 무엇일까? 구름 속에서부터 땅으로 향하는 번개 에너지가 지구로 통하는 가장 짧은 길은 사람의 어깨와 다리를 통하는 것이다. 따라서 그 번개가 사람의 신장이나 척추를 관통하지만 않으면 죽지 않을 수도 있다는 것이다. 번개는 한 번 번쩍일 때 37억 5천kW의 에너지를 방출한다. 이 에너지의 약 75%는 열로 소모되어 주변 온도를 섭씨 15,000도까지 올려놓으며 이에 따라 급격히 팽창된 공기는 천둥이라 불리는 소리의 충격파를 발생시킨다. 이 천둥은 29km나 떨어진 곳에서도 들을 수 있다.

번개가 사람의 신장이나 척추를 관통하지 않으면 죽지 않을 거야..

로이 셜리반

Q 선풍기는 과연 주위를 서늘하게 만들까?

선풍기는 주위를 서늘하게 만들지 못하게 할 뿐만 아니라, 엄격히 말하자면 공기의 온도를 증가시키고 있는데, 그 이유는 모터에서 생기는 열 때문이다. 선풍기의 역할은 단지 몸에 있는 습기를 증발시켜 주위의 열을 빼앗아가는 것뿐이다.

Q 자전속도는 변하는가?

지구의 자전속도는 7월 말경과 8월 초에 최고조에 달하며, 4월경에는 가장 낮은 수치를 보인다. 그리고 그 고저간의 차이는 0.0012초 정도이다. 그리고 1900년도 이후로 지구의 자전은 1년 단위로 1.7초씩 점점 늦어지고 있다. 지질학상의 기록으로 볼 때 과거에는 지구의 자전 주기가 지금보다 훨씬 빨라 낮이 훨씬 짧았고, 1년이 지금의 365일보다 더 길었다. 이 사실로 미루어보아 지구의 자전속도가 바뀌고 있다는 것은 받아들여질 만한 사실이다. 또한 3억 5천만 년 전에 1년은 400~410일이었고 2억 8천만 년 전에는 390일이었다.

◀ 지구의 일주운동
모든 별들은 북극성을 중심으로 하여 시계바늘이 움직이는 방향과 반대방향으로 움직인다. 사진에서 각 원호의 공통중심은 북극성이고, 원호는 별들이 지나간 길이고, 각 별은 북극성을 중심으로 1시간에 15°씩 회전한다. 그래서 하루에 360°를 돈다.

Q 어떻게 장님이 볼 수 있을까?

장님도 볼 수 있는 세상이 왔다. 컴퓨터로 작동되는 선글라스 덕택에 가까이 있는 사물을 볼 수 있게 되었다.

제리(62세)는 장님이지만 선글라스 안에 장착된 카메라가 컴퓨터와 연결되어 있어 사물을 볼 수 있다. 그는 1978년, 부분적으로 시력을 잃게 되자 뉴욕의 데빌 인스튜트에서 시력 재생 수술을 받은 적이 있다.

그러나 뇌의 시각 피질세포에 68개의 전극을 이식함으로써 시력 재생을 꾀했던 그 수술은 실패로 끝났다. 제리는 수술 후 안구에 압력을 가할 때마

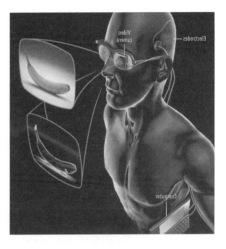

컴퓨터로 작동되는 선글라스에는 사물의 이미지를 정확하게 포착하는 비디오 카메라가 장착되어 있어 장님도 사물을 볼 수 있게 되었다.

다 별처럼 생긴 빛들이 주위에서 쏟아지는 자각 서광을 느껴야 했다. 반면 컴퓨터로 작동되는 선글라스에는 사물의 이미지를 정확하게 포착하는 비디오 카메라가 장착되어 있어 제리가 사물을 볼 때 그 일련의 자각 광감을 선명하게 확대시키고 동시에 사물의 위치와 형태에 대한 정보를 제리의 뇌에 보냄으로써 장님도 사물을 보고 느끼게 해주었다.

그러나 이러한 컴퓨터 시스템은 8인치 내에 있는 사물들만을 조준하여 파악한다는 단점이 있다.

Q 최초의 생명은 원시 스프(Primitive soup)에서 생겼나?

지구가 생성된 지 16억 년이 지나서 바다가 생겼고, 바다 속에는 아미노산과 단백질이 풍부한 초기 생명 스프가 있었는데 이것이 따뜻한 태양의 열을 받고 어떤 화학 반응을 일으켜 최초의 생명체를 탄생시켰다는 설은 과연 옳은 것인가?

만약 '원시 스프'에서 생명체가 생겼다면 당연히 여러 가지 다양한 유전부(Genetic code)를 가진 유기체가 생겨야 된다. 그러나 지구상의 모든 생물은 단 한 개만의 유전자 코드를 갖고 있다.

1973년 노벨물리학상을 수상한 프란시스 크릭(Francis crick) 박사는, "지구상의 생명체는 아마도 먼 행성에서 어떤 고도로 지적인 존재에 의해 의도적으로(우연이 아닌) 파종되었던 것에서 기원한 것"이라고 했다.

Q 왜 별들은 반짝거리나?

지구에서 광속으로 8분에 갈 수 있는 가장 가까운 곳에 있는 태양이라는 별은 반짝거리지 않는다. 그 이유는 너무나 가까운 곳에 있기 때문이다. 8개의 혹성들도 빛을 발하지만 반짝거리지 않는다. 그 이유는 태양에서 빛을 받아서 반사작용으로 빛을 내기 때문이다.

그러나 별들은 자기 스스로 빛을 낼 수 있기 때문에 반짝거릴 수 있다. 태양을 제외한 모든 별들 중에서 지구에 가장 가까운 곳에 있는 별인 '프록시마 센타우리 Proxima centaure'는 4광년 정도 떨어져 있다. 육안으로 볼 수 있는 별들은 약 9,000개 정도 되는데 이것들이 모두 반짝거리는 이유는 너무나 멀리서 여행해오는 빛이기 때문에 자연히 희미하게 될 수밖에 없고 바로 이것이 우리의 눈에는 반짝거리는 것으로 보이는 것이다.

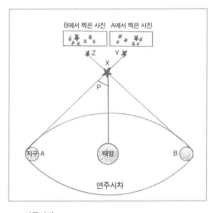

▲ 연주시차
지구에서 가장 가까운 별인 센타우르스 자리 알파(프록시마)별의 연주시차는 약 0.76초(4.3광년)로 매우 작다.

Q 무지개는 언제 뜨나?

무지개는 하루 중 아침과 늦은 오후에만 보인다. 왜냐하면 무지개가 만드는 현상은 태양이 40도 각도에 있거나 혹은 지평선보다 낮게 떠 있을 때만 생기기 때문이다.

Q 여름은 태양과 지구가 가장 가깝게 접근할 때인가?

지구는 1초에 1,849마일 속도로 태양을 타원형으로 돌기 때문에 어떤 때는 태양에 더 가깝게 접근할 때도 있다.
지구는 태양과 9천300만 마일 떨어져서 가장 가깝게 접근하기도 한다. 7월 6일경에 지구는 9천4백5십1만2,258마일 떨어져 돌기 때문에 태양과 가장 멀리 떨어져 있다.

Q 어떤 별들은 왜 흔들릴까?

천문학자들이 멀리 떨어져 있는 별들을 계속해서 관찰할 때 그 별들이 흔들리는 것 같은 것을 보게 된다. 아마도 망원경 자체가 흔들리는 것으로 생각했지만 전혀 그런 것이 아닌 것으로 밝혀졌다. 흔들리는 것은 매우 경미하기 때문에 잘 감지되지 않을 때도 있지만 그 별을 감싸고 있는 중력의 영향 때문이라는 것을 알게 되었다. 최근에 나온 《정신물리학》이란 책을 보면 우주에는 강한 에너지로 꽉 차 있는데 이것이 우주를 움직이는 원동력이 된다고 서술하고 있다.

Q 태양과 지구의 속도 중 어느 것이 더 빠를까?

지구는 총알보다 8배 빠른 1초에 29Km 속도로(시속 666.47마일) 여행하면서 태양을 한 바퀴 도는 데 1년이 걸리고 태양은 1초에 240Km 속도로 은하계를 도는 데 2억25,000만 년이 걸린다. 덩치가 클수록 그 도는 속도가 빠르다고 볼 수 있다.

◀ 지구
지구는 태양에서 세 번째에 위치한 행성이다. 현재로서는 태양계에서 유일하게 생명체가 존재하는 행성으로 알려져 있으며 지구를 생명체의 요람이라고도 한다. 지구는 태양에서 약 1억5,000만km 떨어져 약 1년 주기로 태양을 공전하고 있다.

Q 지는 태양은 왜 떠오르는 태양보다 더 붉을까?

지구가 대기층으로 덮여 있는 것은 누구나 알고 있을 것이다. 이것은 산소나 질소, 먼지 등 여러 가지 입자로 구성되어 있다. 태양의 빛은 이 작은 입자에 부딪쳐서 반사되거나 흡수된다.

그렇기 때문에 하늘에 색이 있는 것이다. 우주에서는 빛이 모두 흡수되기 때문에 까맣다.

하늘이 낮엔 파랗고 저녁에는 빨간 이유도 이 입자 때문이다. 빨간 빛은 파란 빛보다 파장이 길기 때문에 대기 속이 입자에 부딪치는 일이 적다. 청색이 반사되어 흩어져도 빨간빛은 남는다. 저녁에는 태양 빛이 비치는 각도가 작아지고 대기 속을 지나가는 거리는 길어진다.

그리고 빨간 빛만이 흩어지지 않고 남는데 이것이 저녁노을이다. 또한 파란 빛은 대기 속에서 모두 반사되고 원래 태양 빛 속에는 빨간 빛이 적어서 하늘이 파랗게 보이는 것이다.

Q 태양이 24시간 떠 있는 도시가 있을까?

세계에서 가장 북쪽에 위치해 있는 노르웨이의 마게뢰이섬은 5월 21일에서 7월 23일까지 태양이 24시간 떠 있다. 그러나 겨울에는 24시간 동안 태양을 볼 수 없는데 이 기간 동안에 사람들은 우울해지며 에너지를 잃고 실의에 빠지며 병균도 활기를 띠어 만연하게 된다.

Q 비는 과연 땅을 축축하게 만드는가?

비는 땅을 축축하게 만드는 게 아니라 오히려 메마르게 한다. 왜냐하면 공기 중에 있는 습기를 빼앗아 이것이 구름이 되었다가 다시 비로 변하여 땅에 떨어지기 때문이다. 만약 비라는 것이 없다면 공기 중에 있는 습기는 항상 땅의 표면을 축축한 상태로 유지할 것이다.

Q 번개칠 때 왜 나무를 피해야 하나?

나무는 전기의 전도체이므로, 보호처가 될 수 없다. 나무의 수액이 전기의 유동 전도체이므로 피난처로 나무 밑에 서는 것은 번개치는 폭풍우 속의 수영장 안에 있는 것만큼 위험하다.

번개칠 때 나무 밑에 서 있는 것은 폭풍우 속의 수영장 안에 있는 것만큼 위험!

Q 번개는 여자보다 남자를 칠 가능성이 6배나 더 높은가?

번개는 여자보다 남자를 더 좋아하는 것 같다. 남자는
번개에 맞을 가능성이 200만 분의 1이지만 여자는
1,200만 분의 1밖에 안 된다.
그 이유는 남자가 여자보다 더 많은 수분을 갖고 있기
때문이다.

번개 ▲

Q 공기의 무게는 얼마나 될까?

960km의 높이에 1평방인치 넓이의 공기를 달아보면 무게가
6.8kg 정도 되는데 이것은 갓난아기의 2배나 된다.

Q 공기 속에는 산소만 있을까?

공기는 일종의 혼합기체이다. 그 속에는 산소뿐만 아니라 질소,
소량의 이산화탄소·아르곤 등 비활성기체가 두루 포함되어 있
다. 그러나 때와 장소에 따라 수증기·아황산가스·일산화탄
소·암모니아·탄화수소 등의 기체 또는 먼지, 꽃가루, 미생물,
염화물 등의 무기물, 타르 성분 등의 유기고형물을 포함하고 있
다. 이것들을 제거한 소위 건조공기는 지상 20km 이하에서 그 성
분이 일정한 비율로 존재한다.

Q 컴퓨터도 감기에 걸릴까?

오늘날은 이미 컴퓨터 시대로, 음악을 작곡하거나 미술 도안을 그리거나 바둑을 두는 것도 컴퓨터가 해낸다. 또 컴퓨터를 통해 셰익스피어의 작품에 '사랑'이라는 말이 2,271번 나온다는 것도 쉽게 알 수 있다. 세계에서 가장 강한 컴퓨터 CDC76000은 1초에 3,600만 번의 속도로 정보를 처리할 수 있다고 한다.

또 그것은 몹시 민감해서 조금이라도 온도가 내려가거나 찬 곳에 두면 감기에 걸린다고 한다.

Q 왜 나침반은 항상 북쪽을 향할까?

항상은 결코 아니다. 나침반은 항상 자극(Magnetic pole, 자석의 내부에서 자기력이 가장 강한 곳)을 가리키지만 항상 북쪽을 가리키는 것은 아니다. 30만~100만에 한 번 북쪽을 가리키던 것이 남쪽을 가리키는 이변이 생긴다.

Q 일식 때 태양을 쳐다보는 것은 위험할까?

달이 태양과 지구 사이에 끼어 태양의 일부 또는 전부를 가리는 현상을 일식이라고 하는데, 이때 태양을 쳐다보는 것은 과연 해로운가? 일식 때 태양이 빛나지 않기 때문에 태양을 오랫동안 쳐다볼 수는 있다. 그러나 태양 빛은 달 주변을 통하여 지구로 오기 때문에 무서운 자외선은 계속해서 방출되어 우리의 눈과 피부를 해칠 수 있다. 때문에 일식 때 맨눈으로 태양을 쳐다보는 것은 매우 위험한 일이다.

▲ 일식
태양-달-지구의 위치관계에서 일어나는 현상으로 달이 직접 태양을 가리는 현상.

Q 페니실린은 어떻게 해서 발견되었을까?

영국의 세균학자 알렉산더 플레밍 경은 모든 인류가 진심으로 감사를 드려야 할 사람이다. 그는 페니실린을 발견하기까지 실패를 거듭하였지만, 그의 실험 중 어떤 실패 하나라도 소홀히 취급하지 않았다. 그의 탐구심은 그를 더 앞선 실험과 조사로 인도하였고, 17년 후에는 마침내 의학계에 미친 그의 공로가 인정되어 노벨생리ㆍ의학상을 수상하게 되었다.

1928년 그는 박테리아를 배양하기 위한 접시에 우연히 초록 곰팡이를 떨어뜨렸는데, 이것이 접시 속 배양된 것 가까이에 떨어졌다. 이 곰팡이가 페니실리엄 노테이텀(Penicillium notatum)이었다. 잠시 후, 알렉산더 경은 곰팡이가 떨어진 근처의 모든 박테리아가 죽

▲ 페니실린을 발견한 알렉산더 플레밍(Alexander Fleming, 1881~1955)

은 것을 알았다. 그것은 우연한 실수로 인한 발견이었지만, 장차 인류의 생명에 크게 공헌하게 될 대사건이었다. 그와 몇몇의 연구원들은 수년간이나 살아 있는 그 곰팡이로 실험을 시작했다.

그 결과, 오늘날 전세계의 가망 없는 질병, 상처, 그리고 화상을 치료하는 데 없어서는 안 될 페니실린을 발명하게 된 것이다. 이것은 성병, 디프테리아, 파상풍, 중이염, 눈병 감염, 패혈증, 심장병 감염, 그리고 셀 수 없이 많은 다른 질병치료에 사용된다.

비록 달마다 수십억 단위의 페니실린이 생산되고, 그 중 상당수는 반 합성된 것이지만, 기본적으로는 모두가 페니실리엄 노테이텀 곰팡이에서 비롯된 것이다.

Q 물고기들은 바다의 압력 속에서 어떻게 자유로이 헤엄칠 수 있을까?

트레셔(Thresher)라 알려진 잠수함이 몇 년 전 바닷속 압력을 이기지 못하고 부서졌다. 바닷속 압력이 매우 커지자 그 잠수함의 몸체는 마치 플라스틱 모형 잠수함처럼 산산조각이 나버린 것이다.

그 배를 수색했던 사람들은 바다 밑에 가라앉은 거대한 선체의 단지 몇 조각만을 찾아냈을 뿐이다. 잠수함이 부서진 것은 바다의 압력 때문이다. 그러나 물고기들은 이러한 바다의 압력 속에서 자유롭게 살고 있다. 이는 소형 잠수함은 압력을 견딜 만큼 충분히 두꺼운 강철로 만들어진 반면 물고기들은 1인치의 엷고 정상적인 살가죽으로 덮여 있기 때문이다. 물고기들은 탐색선이 신기한 듯 자유로이 헤엄쳐 접근하기도 한다. 그 비밀은 외부 압력과 물고기 몸 속의 압력이 동일하다는 데 있다.

물고기들은 바닷속 압력을 어떻게 이길까? 바닷속 압력과 물고기 몸 속 압력이 동일하다는 데 그 비밀이 있지!

Q 전자 오븐(Electronic Oven)은 어떻게 음식을 데울까?

전자파(마이크로웨이브)는 음식 속에 있는 물 입자를 1초에 25억 번 진동시켜 그 에너지로 음식을 데운다. 따라서 물기가 없는 음식은 결코 데워지지 않는다. 물기 없는 그릇이 뜨거워지는 것은 물기가 있는 음식이 뜨거워져서 그 열이 그릇에 전달되기 때문이다.

Q 바벨탑은 실제로 존재했나?

프랑스의 존린달에 나오는 바벨탑 건축장면

바벨탑은 구약성서에 나오는데 '바벨'이란 '신의 문'이라는 뜻으로 원래 이 도시는 메소포타미아 지방에 있었다. 나중에 그리스인들로부터 바빌론이라 불린 이 도시는 그 후 위치조차 알 수 없게 되어 유럽인들은 12세기경부터 메소포타미아 지방을 찾아다녔다. 결국 20세기 초 독일의 한 조사단이 메소포타미아에서 이 바빌론 유적을 발견하고 탑의 흔적을 발굴하는 데 성공했다.

조사단에 따르면 탑의 한 변 길이는 90m, 높이는 90m, 모양은 정방형이고 제1단부터 단계상으로 8단으로 쌓여 있었으며 재료는 연와를 사용했던 듯하다는 것이다.

오늘날 메소포타미아에서는 같은 모양의 '지구라트'라 불리는 단체상의 신전이 40여 개가 발견되었다.

바벨탑은 수메르 시대의 '지구라트'라고 불리는 신전 중 하나. 매우 높은 원형 타워로 이루어져 있고, 꼭대기에는 신전이 있다.

Q 우리 삶에 가장 중요한 사건은 무엇일까?

우리 인생에 있어서 가장 큰 사건은 출생도 아니고 결혼도 아니고 이혼도 아니며 사망도 아닌 '낭배 현상'이라고 저명한 생물학자인 루이스 월퍼트(Lewis wolpert)는 말했다.

모든 생물은 발생시 '낭배형성' 과정을 거친다. 이 과정은 세포들이 배열되고 이동할 때 단순한 구형 또는 평평한 모양의 배아가 원래의 모양으로 접근해가도록 변형하는 것이다. 이 기간 동안에는 기본신체 설계도가 세워지고 세포들이 새로운 위치를 잡기 위해 이동한다.

루이스 월퍼트가 쓴 《하나의 세포가 어떻게 인간이 되는가》(궁리 펴냄)를 보면 배아의 발생과정에 대해서 자세히 알 수 있다.

Q 처음으로 우주 여행을 함께한 부부는 누구일까?

우주비행사 제인 데이스와 마크 리는 최초로 우주비행을 한 부부이다. 그들은 1992년 9월 12일 8일간의 비행 임무를 띠고 우주비행선 앤버디호에 탑승했다.

일반적으로 NASA는 결혼한 부부가 함께 탑승하는 것을 금지해왔다. 그러나 예외가 바로 이들에게 적용되었는데 그 이유는 그들 사이에는 아직 아기가 없고 결혼 전부터 오랫동안 이 비행 임무를 위한 훈련을 받아왔기 때문이다.

Q 당신의 I.Q는?

• 찰스가 마틴의 지금 나이였을 때 찰스는 마틴 나이의 두 배였다. 마틴이 지금 18살이라면 찰스는 몇 살인가?

답:27

• 어떤 수에서 6을 뺀 후 6을 곱하면 이 수에서 9를 뺀 후 9를 곱한 것과 같아진다고 한다. 이 수는 어떤 수일까?

답:15

• 어떤 수에 12를 더한 합의 7분의 1은 원래 수에서 1을 뺀 수의 두 배가 된다. 이 수는 무엇인가?

답: 2

• 언젠가 5다발의 붉은 장미와 7다발의 흰 장미로 이루어진 12개의 장미 다발 중 한 종류씩 선택하라는 제의를 받은 적이 있다. 한 종류씩 선택하는 데 가능한 방법은 몇 가지나 될까?

답:35

• 105명의 학생을 수용할 수 있는 두 개의 교실에 60명의 남학생과 45명의 여학생이 있다. 만일 10%의 남학생과 33과 3분의 1%의 여학생이 결석하면 전체의 결석률은 몇 %일까?

답:20%

• 어떤 밧줄이 높이 15cm의 막대 끝에서 그 막대로부터 5m 떨어진 높이 6m의 막대 끝에 연결되어 있다. 밧줄의 길이는 얼마인가?

답:10cm

- 꼬리의 무게가 4kg의 물고기가 있다. 이 물고기의 꼬리의 무게에 다 몸통 무게의 3분의 1을 더하면 머리 무게가 되고, 꼬리의 무게에다 머리의 무게를 더하면 몸통의 무게가 된다고 한다. 물고기의 무게는 얼마인가?

  답:24kg

- 빌은 4.12분에 1마일을 달릴 수 있고, 벨은 4.12마일을 1시간에 달릴 수 있다고 한다. 누가 더 빠를까?

  답:빌

- 어떤 수에 8을 더하고 그 합에서 8을 뺀 후 그 결과에 8을 곱한 다음 8로 나누었더니 4가 되었다. 그 수는 무엇인가?

  답: 4

Q 가장 빠른 비행기의 속도는 얼마일까?

우리가 보통 타고 다니는 747여객기는 1,030km로 난다. 프랑스와 영국의 합작 비행기 콩코드는 2,100km, 소련 여객기 TU-144는 2,550km로 날 수 있다. USAF 록히드 SR-71A 정찰기는 3,430km까지 날 수 있다. 그러나 1988년 1월 15일 미공군의 스텔기는 6,115km의 기록을 세웠다.

또 USAF의 윌리엄 J. 나이트 소령은 7,270km의 기록을 세웠다. 그러나 2004년쯤에는 음속보다 25배나 빠른 2만7,000Km의 속도를 낼 수 있는 최신 비행기가 개발된다고 한다. 이 비행기가 지구를 한 바퀴 도는 데는 1시간 40분밖에 걸리지 않을 것이다.

Q 만월에 데이트, 과연 안전할까?

▲ 만월

오하이오 친친나티의 에즈워터 대학의 교수인 두 심리학자들은 1년 동안 헤밀턴 법정(친친나티에 소재)에서 다루어진 3만4,318건의 재판들을 조사 분석한 결과, 1976년 다음과 같은 사실들을 발표했다. 만월이 떠 있는 기간이나 그 즈음에 자주 일어나는 범죄 행위들은 크게 8가지로 분류되는데 그 8가지 범죄들은 강간, 강탈, 살인, 절도, 강도, 무절제한 폭행, 어린아이들과 근친 폭행들이라고 한다.

영어에는 루너틱(lunatic)이라는 단어가 있다. 여기서 루너는 달이며, '루너틱' 하면 '달의 영향을 받는' 이라는 뜻이 된다. 또한 미치광이, 정신이상자, 괴짜, 우둔한 사람 등을 뜻할 때 쓰이기도 한다. 서양에는 오래 전부터 만월이 사람을 포함한 동물을 미치게 만든다는 이야기가 전해 내려오고 있다. 일부 학자들 중에는 오늘날에도 달의 신비로운 생화학적 힘이 사람의 기분이나 생명 과정에 영향을 미친다고 주장하는 사람도 있다.

제3장

예술은 인생!

- 그곳에 사람이 있다

예 술 story 〉 〉 〉

Q 문학작품은 작가의 사생활과 어떤 관계가 있는가?

D.H. 로렌스(1885~1930)가 당시 영어 교수의 부인 프리다를 만난 것은 1912년 3월 초였다. 그녀는 로렌스보다 6살이나 위였고, 두 사람은 첫눈에 서로 반했다. 이들의 불륜 관계는 1928년에 쓴 《채털리 부인의 사랑(Lady chatterley's Lover)》에서 너무나 잘 반영되고 있다.

23세의 젊은 괴테(1749~1832)는 마을 무도회에서 상냥한 샤를 로테를 만나게 되어 그녀를 향한 열정을 불태운다. 그러나 로테는 이미 변호사인 케스트네르와 약혼한 사이였다. 괴테는 그녀에 대한 열렬한 사랑 때문에 괴로워하였지만 불가능한 사랑이라는 사실을 깨닫고 그녀 곁을 떠난다. 2년 후 그는 전 세계 젊은이들을 감동시킨 《젊은 베르테르의 슬픔》을 발표했다.

▲ D.H. 로렌스

▶ D.H. 로렌스는 프리다와 불륜의 사랑에 빠진다. 두 사람은 콘웰에 있는 렌즈 엔드 해안으로 도피한다.

▲ 에드거 앨런 포우

에드거 앨런 포우(1809~1849)는 결핵을 앓던 사랑하는 아내가 죽자 그녀를 손수 어깨에 짊어지고 산으로 가서 매장하였다. 그때는 1월 엄동설한으로 몸과 마음이 얼어붙을 정도의 추위가 심했던 때였다. 포우의 시 〈애너벨 리〉는 바로 이러한 배경에서 탄생된 시이다.

생텍쥐베리(1900~1944)는 비행기 사고로 리비아 사막에 추락했지만, 이때 이곳을 지나던 대상(隊商)이 구출해주었다. 이러한 경험을 토대로 많은 작품들이 완성되었다. 특히 작품 중 《어린 왕자》는 영웅주의에서 탈피하여 인간과 인간 관계에서 생기는 불가사의한 인연을 새로운 주제로 삼고 있다.

헨리 입센(1828~1906)은 61세 초로의 나이에 18세의 처녀 에밀리 발다크를 사랑하게 되었는데, 이러한 사랑은 《인형의 집》 이후 그의 작품에 지대한 영향을 주었다.

Q 〈바람과 함께 사라지다(Gone With The Wind)〉에서 주연한 클락 게이블은 오스카상을 탔는가?

세계 10대 영화 중 하나인 〈바람과 함께 사라지다〉에서 열연한 클락 게이블은 많은 사람들의 예측과는 달리 남우주연상을 놓쳤다. 지금은 아무도 모르는 영화 〈Goodbye, Mr. Chips〉에서 주연한 로버트 도나트가 탔다.

Q 영화 〈프랑켄슈타인〉에 나오는 괴물의 이름은?

《프랑켄슈타인》이란 괴기소설은 20세밖에 안 된 퍼시 셸리란 젊은 여자가 썼다. 프랑켄슈타인은 이 소설에 등장하는 괴물의 이름이 아니고 이 괴물을 탄생시킨 사람의 이름이다.

창조주의 권한에 인간이 무모하게 도전했을 때 얼마나 처참한 결과가 벌어지는가에 대한 고찰이 담긴 영화. 연기파 배우 로버트 드니로가 비극적인 괴물 역을 맡았다.

Q 제임스 딘(1931~1955) 의 매력은 무엇일까?

24세 때 자동차 사고로 죽은 제임스 딘은 대중들의 우상이 되었다. 특히 〈에덴의 동쪽〉과 〈이유 없는 반항〉에서 그의 곁눈질하는 모습은 반항아의 상징으로 여겨졌다. 그러나 그의 곁눈질이 시력 장애 때문이었음을 알고 있는 사람은 별로 많지 않다.

◀ 영원한 청춘의 우상인 제임스 딘
그가 떠난 지 반세기 지난 지금도 그의 무덤과 그의 흉상이 있는 프리스턴 대학에는 추모인파가 끊이지 않고 있다. 스피드 속에 몸을 감추고 떠난 제임스 딘. 그의 몸은 길에 각인되어 있고 그의 숭배자들은 그 길을 쓸쓸하게 추억하고….
▶ 영화 〈이유없는 반항〉 포스터
반항적인 한 청년을 통해 사춘기 청소년의 방황과 불안정한 심리를 날카롭게 그려낸 수작이다. 딘이 여기에서 입고 나온 빨간 점퍼는 젊은이들 사이에서 크게 유행했다.

폴 임이 선정한 세계 10대 영화

잉글리시 페이션트

'영국인 환자' 라 불리는 남자를 정성껏 돌보는 간호사 한나는
점차 이 남자의 과거를 알게 되고 연민에 빠지게 된다.

쉰들러리스트 2

유대인에 대한 나치의 박해가 극에 달하자 쉰들러는 자
신의 모든 돈을 쏟아부어 1,098명의 유대인을 구한다.

3 피아노

칸영화제에서 황금종려상을 받았다. 벙어리 아다
역을 맡은 홀리 헌터의 내면 연기가 돋보이는 영화.

타이타닉 4

아카데미 최다 부문 수상작이자 전세계적으로 흥행한 재
난 영화. 레오나르도 디카프리오를 스타 반열에 올렸다.

5 벤 허

고대 로마 시대에 한 유태인 청년의 파란만장한
삶을 통해 신의 섭리를 그린 대서사시.

6 십 계

《구약성서》의 〈출애굽기〉를 소재로 만든 〈십계〉는 1956년 찰톤 헤스턴 주연으로 상영시간만 해도 4시간. 전차의 돌진 장면, 홍해가 둘로 갈라지는 장면 등의 오락성으로 기록적인 성공을 거두었다.

바람과 함께 사라지다 7

19세기 말 남북전쟁으로 짓밟힌 미국 남부 조지아주를 무대로, 격렬하게 살아간 여인 스칼렛 오하라의 삶을 그린 불후의 명작. 이 영화로 비비안 리가 아카데미 여우주연상을 받았다.

8 인디아나 존스

〈쉰들러리스트〉를 만든 감독 스티븐 스필버그의 또 다른 작품으로서 인디아나 존스 박사가 티벳의 샤만 마을에서 겪는 예기치 않는 모험을 다룬 영화이다.

카사블랑카 9

헐리우드 최고의 멜로 영화로 꼽히는 〈카사블랑카〉는 제2차세계대전 중 불란서령 모로코에서 이루어질 수 없는 사랑을 하는 두 사람의 인생이야기를 그렸다. 바바리 코트가 잘 어울리는 험프리 보가트가 남자주인공.

10 사운드 오브 뮤직

뮤지컬 영화의 대명사로 견습 수녀 마리아가 홀아비인 트랩 대령을 사모하는 마음을, 경쾌한 음악과 함께 애틋하게 담아냈다.

Q 만약 반 고흐(1853~1890)가 오늘날까지 살아 있다면 무슨 일이 벌어질까?

▲ 〈붉은 포도밭〉, 고흐
살아 있는 것 자체가 인생의 고통이라고 말한 이 슬픈 영혼의 화가는 자신의 의견을 말할 때는 그 어떤 극단적인 행동까지 서슴지 않았다. 그는 언어로는 부족하다고 느꼈고 귀를 잘랐다.

반 고흐는 일생 동안에 1500여 점 이상 그렸다. 그러나 그의 생전에 팔린 그림은 〈붉은 포도밭(Red Vineyard)〉한 점밖에 없었다. 그것도 겨우 30달러에 팔렸다. 그러나 불타는 듯한 필치와 무겁고 강렬한 색으로 고뇌에 몸부림치는 인간의 영혼을 표현한 반 고흐의 그림들은 그의 사후에 천문학적인 가격으로 팔리기 시작했다. 1888년 반 고흐가 프랑스 아를르 지방에 머물 때 그렸던 〈해바라기〉는 1987년 3월 30일 한 경매를 통해 3,990만 달러에 팔렸다. 이런 추세로 그의 1,500여 점의 그림들이 팔린다면 450억 달러(1점에 3,000만 달러로 계산)가 될 것이다. 만약 그가 지금 살아 있다면 아마도 세계 3대 재력가가 되었을 것이다.

Q 키스를 하고 나면 왜 좋은 감정이 솟아나는가?

▲ 반 고흐

미각과 같이 촉각도 8가지 이상의 자극을 가진 복합적인 감각이다. 뜨거운 것, 차가운 것, 움직임, 섬세한 움직임, 떨림, 침착한 만짐, 가볍게 두들기는 것, 아픔 등이 촉각의 종류인데 연구가들은 더 많은 종류의 자극이 있으리라고 생각하고 있다.

이러한 자극을 받아들이는 수용체는 온몸에 퍼져 있는데 똑같은 비율로 퍼져 있는 것은 아니다. 즉 세밀한 움직임에 반응하는 수용체는 머리카락 밑에만 있고 손가락 끝이나 입술, 혀 등은 가장 많은 수용체들을 가지고 있으나, 등의 피부는 비교적 적은 수용체를 지니고 있다. 촉각은 또 많은 감정적인 요소를 지니고 있다. 많은 문화권에서 포옹, 입맞춤, 가볍게 두들기는 것, 따뜻한 악수 등은 대개 좋은 감정을 불러일으키는 것으로 되어 있다. 또 연구가들은 만져주는 것이 생명을 유지하는 데 필수적임을 발견하였다. 새로 태어난 갓난아기를 아무도 만져주지 않으면 성장하지 않을 뿐만 아니라 때로는 죽기도 한다는 것이다. 이러한 상태를 소모증이라고 한다. 뉴욕 벨레뷰 병원의 경우 간호사들이 아기를 안아주고 흔들어주는 것을 '매일요법'으로 정했는데, 그 뒤부터 갓난아기의 사망률이 상당히 줄어들었다고 한다.

스킨십은 인간의 정서발달에 좋은 영향을 준다. 정신적인 사랑만이 절대적인 것이라고 주장하는 사람만큼 어리석은 자는 없다.

Q 누가 찰스 디킨스(1812~1870)를 죽였나?

미국의 제7대 대통령이었던 앤드류
잭슨(1829~1837)은 자기 아내인 라
첼을 모욕했다는 이유로 소설가 찰
스 디킨스와 격투하여 그를 죽였다.

직선적이고 야성적인 성
격의 소유자 앤드류 잭슨
은 대중 중심의 정치를
추진했다. 그의 얼굴은
20달러짜리 지폐에 찍혀
있다.

▶ 고발문학이 뭔지 제대로 보여주는 작가 디킨
스는 빈민가에 버려진 아이들을 그린 《올리버 트
위스트》를 써, 세계적인 반향을 불러일으켰다.

Q 왜 세계적인 바이올리니스트는 스트라디바리우스의 바이올린을 좋아할까?

안토니오 스트라디바리우스는 1644년에 태어났는데 원래
나무 세공사였다. 바이올린을 배운 뒤 바이올린을 만드는
데 흥미를 느껴 18세에 당시 크레오나의 유명한 바이올린
제작자였던 니콜로 아마티의 견습공이 되었다. 1680년부터
자립하여 일하기 시작한 그는 여러 가지 형태의 바이올린을
만들어보면서 실험을 하였다.

그는 아름다운 인간의 목소리와 같이 뛰어난 소리를 내는
바이올린을, 또 세계에서 가장 아름다운 바이올린을 만들고
자 하였다. 그래서 그는 바이올린에 자개, 상아, 흑단 같은
것들을 박아 장식하였다. 40세가 되었을 때 그는 아주 유명

▲ 정경화
"내게 바치는 불멸이며
일생 동안 추구해야 할
작곡가이고 그의 작품은
나의 영혼을 울린다"고
말했던 세계적인 바이올
리니스트. 혹 그녀가 사진
속에서 들고 있는 바이올
린이 그 스트라디바리우
스 바이올린이 아닐까.

해졌고 부자가 되었다. 그는 바이올린 만드는 비법을 어딘가에 안전하게 숨겨 두었는데 함께 일했던 두 아들조차 그 비밀을 알지 못했다. 94세까지 사는 동안 그는 1,116개의 바이올린을 만들었다.

1737년 그가 죽은 뒤부터 제작자들은 스트라디바리우스 바이올린의 비밀을 캐기 위한 노력을 계속하였다. 무게를 재는 등 모든 세밀한 것까지 그대로 따서 아주 조심스럽게 바이올린을 만들었다. 그리하여 약간 좋은 바이올린이 만들어지긴 하였으나 이 거장의 악기를 따라갈 만한 바이올린은 없었다. 1800년대 초기에 유명한 프랑스의 바이올린 제작자 뷰이란은 스트라디바리우스의 비밀을 캐는 데 평생을 보냈다. 마침내는 스트라디바리우스의 증손자 지아코모 스트라디바리우스를 만났으나 지아코모는 결코 아무런 말도 하지 않았다.

무엇이 스트라디바리우스의 바이올린을 뛰어나게 만드는가에 대한 많은 상상이 있었다. 어떤 사람들은 나무의 특성이나 악기의 모양 때문이라고 보았고, 어떤 사람들은 여러 가지 부분이 연결되는 방식에 비밀이 있다고 하였다. 또다른 사람들은 당시 이탈리아에서 자랐으나 그 뒤 사라져버린 어떤 나무로부터 채취한 즙으로 만든 칠 때문이라고 보았다. 가장 널리 믿어지던 이론은 바이올린 결에 칠한 니스의 배합 비율에 비밀이 있다는 것이었다. 화학자들이 이 배합을 분석하였고

▼ 영화 〈레드 바이올린〉 장인 부조티는 혼과 정신을 담아 바이올린을 만든다. 이 바이올린은 300년 동안 부자, 가난한 사람, 예술가, 중국인 소녀의 손을 거쳐 마침내 현대의 경매장에 모습을 드러낸다.

실제로 어떤 바이올린 제작자들은 그것을 가능한 한 비슷하게 모방함으로써 바이올린의 소리를 굉장히 향상시켰다. 또 나무를 물에 담갔다가 말린 뒤에 바이올린을 만드는 것도 비밀의 하나로 알려졌다. 어쨌든 아직까지 그 누구도 그 비밀을 완전히 캐내지 못하였고 따라서 250년 전과 마찬가지로 스트라디바리우스 바이올린은 오늘날에도 여전히 신비 속에 감춰져 있다. 우리나라의 세계적인 바이올리니스트 정경화도 스트라디바리우스 바이올린을 가지고 있는 것으로 알려져 있다.

Q 《오이디푸스 왕》의 저자 소포클레스(BC 496?~BC 406)는 몇 세에 이 작품을 썼을까?

소포클레스는 고대 그리스 3대 비극 시인의 한 사람이며 아테네 교외의 클로노스에서 출생하였다. 그는 아버지가 부유한 무기 상인이었으므로 최고의 교육을 받았다. 아름다운 용모와 재능을 타고났고, 그의 집안이 기사 계급에 속하였으므로 작가로서, 그리고 시민으로서 명예로운 일생을 보냈다.

아버지를 죽이고 어머니를 범한다는 신탁을 받은 인간 오이디푸스는 후에 모든 사실을 알고 자신의 눈을 찔러버린다. 신의 노리개가 될 수밖에 없는 인간의 비극적인 운명이 스펙터클하게 그려져 있다.

고대 그리스 비극의 대표작 《오이디푸스 왕》은 소포클레스의 123편의 방대한 작품 중의 하나이다. 소포클레스는 나이가 90세가 넘은 후에도 창작력이 왕성하여 마침내 걸작 《오이디푸스 왕》을 쓰게 된 것이다.

Q 소크라테스(BC 470?~BC 399)는 몇 표 차이로 사형을 선고받았나?

그리스의 유명인사 중 한 명인 철학자 소크라테스가 70세에 사망한다. 모략자들에 의해, 청소년들을 타락시키고 신들을 경배하지 않았다는 죄목이 걸린 그는 재판에서 유죄판결을 받았다.

그는 여타 죄목의 혐의를 부인하였으나 자신에게 주어진 변론의 대부분을 명성과 부를 좇기보다는 맨발로 다니는 가난함을 추구하는 자신의 '인생 스타일' 을 설명하는 데 열중한 결과, 그를 거추장스럽게 여기는 그 당시의 이기주의적 정치가들에게 그를 없앨 수 있는 좋은 기회를 스스로 마련해주었던 것이다.

501명의 배심원들 앞에서 3명의 기소자들은 다음과 같은 행위 때문에 소크라테스를 고발했노라고 말했다. 그들의 말에 의하면 소크라테스는 지속적으로 국영 기관 및 관료들을 비난했고 아테네 젊은이들을 선동하여 그들 역시 비판적 시각으로 국가를 보게끔

▶ 소크라테스

소크라테스는 감옥을 탈출하여 섬으로 도망갈 수도 있었다. 그러나 그는 '악법도 법이다' 라는 유명한 말을 남기고 독배를 마셨다. 이 명언은 후대 사람들에게 법을 자의적으로 해석하게끔 빌미를 준 측면도 없지 않다.

가령 우리 나라에는 국가보안법이라는 것이 있는데 이 구시대 유물은 수구세력들의 강력한 지지로 인해 아직까지도 생명력을 유지하고 있다.

부추겼다. 소크라테스는 즉각 자신의 생각을 진술했다(플라톤이 그의 저서 《변명》에서 밝힌 것처럼). 그러나 소크라테스는 이 죄목들을 반박하는 대신, 자신은 '진리의 추구자'라는 입장만 고수할 뿐이었다. 60표 차이로 소크라테스는 유죄로 판정되고 사형이 언도되었다. 그의 친구들은 소크라테스에게 탈출을 권유했지만 사형은 신념을 위해 기꺼이 목숨을 바칠 수 있는 기회라는 이유로 거절당하였다. 그는 마지막 순간까지도 슬픔에 겨워하는 친구들을 위로하면서 침착하게 독약을 마셨다.

◎ **우리나라의 악법 '국가보안법'을 아는가?**

" 반국가활동을 규제하여 국가의 안전보장을 위해 제정한 법률
(전문개정 1980. 12. 31, 법률 제3318호) "

'국가의 안전을 위태롭게 하는 반국가활동을 규제함으로써 국가의 안전과 국민의 생존 및 자유를 확보함을 목적으로 한다'고 법은 엄숙하게 말하고 있지만 과거 독재 정권들은 이 법을 악의적으로 적용하여 무수히 많은

국가보안법 폐지를 강력히 촉구하는 시민들

양심적인 지식인들을 탄압하였다.
이 법은 아직까지도 시퍼렇게 살아서 반국가 활동을 하는 단체나 개인을 감시하고 있다. 하지만 어떤 것이 반국가활동이란 말인가? 현재 국가보안법 개폐 논의가 활발하게 진행 중이다.

Q 〈메시아〉의 할렐루야 코러스 때 왜 모두 일어설까?

1732년경부터 헨델(1685~1759)은 오늘날까지 그의 영예로 찬양받는 또하나의 경음악에 손을 대고 있었다. 즉 대표작 〈메시아〉로 유명한 오라토리오이다.

특히 《구약성서》에 입각한 위대한 서사시적 드라마 〈사울 : Saul〉과 〈이집트의 이스라엘인 : Israel in Egypt〉이 발표된 1739년경을 경계로 다시 건강을 회복한 그는 일찍이 볼 수 없었던 왕성한 창작력으로 1741년에 고금의 명작 오라토리오 〈메시아〉를 작곡하였다. 〈메시아〉는 모든 나라의 국민, 모든 음악 애호가에게 그리스도교적인 신앙의 정수를 순수하고도 감동 깊게 전해주는 명작이다.

헨델의 〈메시아〉는 자선기금을 모으기 위해 1743년 봄 런던에서 연주되었는데 영국 왕 조지 2세가 이 할렐루야 코러스에 감동받아 자신도 모르게 앉은 자리에서 벌떡 일어섰다. 이것이 하나의 전통으로 굳어 오늘날까지 내려오고 있다.

Q 누가 데카르트(1596~1650)를 죽였는가?

1년에 걸친 간청과 감언으로 스웨덴 여왕은 마침내 뜻하던 바를 성취했다. '나는 생각한다. 고로 나는 존재한다(Cogito, ergo sum)'로 유명한 프랑스의 철학자이며 수학자요, 과학자인 르네

▲ 데카르트
근대철학의 아버지로 불리는 데카르트는 "나는 생각한다, 고로 존재한다"는 유명한 말로 자신의 사상을 표현했다.

데카르트가 1645년 예술 문학 대학의 설립을 돕는 여왕의 철학 개인교수로 초청된 것이다.

19세의 여왕 크리스티나는 이 프랑스의 천재를 모셔오기 위해 군함을 보냈다. 그러나 난방시설도 되지 않은 궁전 도서실에서 매일 아침 5시부터 6시 사이에 열린 철학 강의를 진행하느라 유행성 감기에 걸린 데카르트는 그만 스칸디나비아의 혹독한 겨울을 이기지 못하고 죽고 말았다.

스칸디나비아의 혹독한 겨울이 철학자를 죽음에 이르게 하다니….
자연은 한 인간의 천재성을 이렇게 질투했던 건가?

Q 로댕(1840~1917)의 〈생각하는 사람〉은 무엇을 생각하고 있었을까?

프랑스의 위대한 조각가 오귀스트 로댕은 청동으로 만든 조각품 〈생각하는 사람〉의 모습을 드디어 공개하였다. 이 작품은 그의 재능과 거친 솜씨를 남김없이 보여주고 있지만 평소와 다름없는 자극적인 그런 도발성은 조금 덜한 것 같다. 이 작품은 6m에 달하는 그의 거대한 작품 〈지옥의 문〉의 한가운데에 놓여질 것이다. 〈지옥의 문〉은 플로렌스에 세워진 기베르티 작품 〈천국의 문〉과 겨루기 위해 만든 것이다.

로댕의 〈생각하는 사람〉은 원래 깊이 생각에 빠져 있는 사람을 나타내려 한 것이 아니고 시인 단테(1265~1321)를 조각한 것이다.

◉ **베아트리체를 가슴에 묻은 단테**

《신곡》은 이탈리아 시인 단테가 1307년경부터 쓰기 시작하여 1321년에 완성한 대서사시이다. 〈지옥편〉, 〈연옥편〉, 〈천국편〉의 3부로 이루어졌다. 신곡에는 베아트리체라는 아름다운 아가씨가 나오는데 그녀는 단테가 정말로 사랑했던 실존 인

단테와 베아트리체(왼쪽에서 두번째)의 만남을 묘사, H.호리티

물이었다. 그는 9살에 소녀 베아트리체를 알게 되고 이내 마음을 빼앗겨버린다. 그러나 베아트리체는 젊은 나이에 요절해버리고 단테는 그때부터 이 가엾은 여인을 이상적으로 그리기 시작한다. 그는 자신만의 연인을 만인의 연인으로 승격시키고 싶었던 것일까. 베아트리체는 신곡에서 성스러운 여성으로 다시 태어난다.

▲ 이 조각상은 생각하는 사람을 염두에 두고 조각한 것이 아니라 《신곡》을 쓴 시인 단테의 모습을 조각한 것이다.

Q 모차르트(1756~1791)는 어떤 곡을 작곡하다가 죽었는가?

모차르트는 죽은 사람을 위한 미사곡을 작곡하다가 죽었고, 브람스는 불에 타 죽은 어린아이를 위해서 그 유명한 〈자장가 (Lullaby)〉를 작곡했다.

헨델이 유명한 오라토리오 〈주여, 당신의 법령은 얼마나 어둡습니까〉를 작곡했을 때는 이미 장님이었다. 쇼팽은 사랑하는 연인 조르주 상드와 습기 많은 섬으로 도망가 살다가 폐결핵으로 죽었다.

볼프강 아마데우스 모차르트는 세계에서 가장 위대한 천재 음악가였다. 그의 재능은 어려서부터 너무도 뛰어나 믿기 어려울 정도였다. 모차르트는 3세에 합시코드 연주를 시작했는데, 거의 본능적으로 모든 것을 배우는 듯했으며 음악에 관한 어떤 것도 두 번 다시 이야기할 필요가 없었다. 실제로 그의 귀는 너무 예민해서 바이올린 조율시에 여덟 번째 음의 탈선도 가려낼 정도였다. 볼프강의 아버지는 현악 4중주단에서 연주하곤 했다. 하루는 아버지가 4중주단의 연주를 집에서 개최하기로 했는데 공교롭게도 제2바이올린 연주자가 불참하게 되었다. 그래서 당시 5세이던 볼프강이 그 빈자리를 맡게 되었다.

볼프강은 그 연주곡을 전혀 들어본 적이 없었지만 수 주일만 연습하고도 익히 알고 있었다는 듯이 훌륭하게 연주해냈다. 그의 아버지와 다른 연주자들의 놀람은 이만저만한 것이 아니었지만 어린 볼프강은 단지 어깨를 으쓱하며 "제2바이올린을 연주하기 위하여 따로 공부하고 연습할 필요는 없잖아요?' 라고 말했을 뿐이다.

볼프강은 어린 나이에 연주법을 배우던 무렵부터 작곡을 시작했고 5세가 되자 합시코드를 위한 2개의 미뉴에트를 작곡할 수 있었다. 7세가 되면서 찬탄할 만한 소나타를 썼으며 우리가 생각해도 믿기 어려운 완벽한 교향곡을 썼을 때는 그의 나이 겨우 8세였다.

볼프강의 아버지는 아들의 재능을 알고서부터 유럽의 음악 도시들을 여행할 때 항상 아들과 동행하였다. 어린 볼프강은 유럽의 위대한 음악가들 앞에서 그들을 전율시킬 만큼 완숙하게 연주해냈으며 어떤 멜로디든 단 한 번만 듣고서도 그것을 충실하게 재현할 수 있었다.

한 번은 모차르트를 시험해보려고 복잡한 악보를 그에게 주었는데 여러 시간 또는 여러 날 연습한 1급 음악가들만이 할 수 있을 정도의 정확성으로 그 악보를 연주해냈다. 당시 로마에서는 성주간(聖週刊, 부활 주일 전 한 주간) 동안에 1년에 한 번 그레고리오 알레그리의 〈미저레리〉가 교황청 합창단에 의하여 공연되었는데 이 곡은 교황이 세계 다른 어느 곳에서도 공연되는 것을 금지하였고 단 하나뿐인 그 악보는 교황청 지하실에 철저히 보관되어 있었다. 그리고 어떤 형태로든지 이 신성한 작품을 복사하지 못하도록 법령을 만들어두고 위반하면 파문하였다.

〈미저레리〉는 길고 복잡한 대위법으로 된 작품이었다. 모차르트는 이 연주를 한 번 들은 후 집에 돌아와서 기억을 더듬어 전체·악보를 베껴쓰기 시작했다. 이 소식을 접한 교황은 그 천재성에 감동하여 소년을 파문시키는 대신 오히려 골든 슈퍼 십자가 훈장을 수

▲ 모차르트
어렸을 때부터 재능을 나타내어 4세 때 건반 지도를 받고 5세 때 소곡(小曲)을 작곡한 천재 음악가. 그의 아버지는 일찍이 아들의 재능을 알아보고 이를 각지의 궁정에 알리기 위해 아들과 여행을 했다.

"
제2바이올린을 연주하기 위하여 따로 공부하고 연습할 필요는 없잖아요?
"

여하였다. 볼프강 아마데우스 모차르트는 1791년 35세로 죽기 전까지 600곡의 오페라, 오페레타, 피아노와 현악 4중주를 위한 협주곡, 바이올린을 위한 소나타, 세레나데, 경문가, 미사곡, 그리고 다른 여러 가지 형태의 고전 음악들을 작곡하였다.

Q 프로이트(1856~1939)의 《꿈의 해석》은 얼마나 많이 팔렸을까?

"인간의 무의식적인 요소가 잠을 자는 동안에 표출되는 것이 꿈이다."

"가장 기이하게 여겨지는 꿈이 가장 심오한 뜻을 내포하고 있다" 라고 오스트리아의 심리학자 지그문트 프로이트는 자신의 주요 저서인 《꿈의 해석》에서 선언하고 있다. 프로이트는 꿈이 '무의식으로 통하는 왕도' 라고 믿고 있으며 또한 억압된 욕망을 허용될 만한 형태로 풀어내지 못하는 인간의 위장된 심리가 꿈속에서 상징으로 나타난다고 믿는다. 그는 일반적인 꿈의 형상을 분석한다.

사람이 기어 올라가는 벽은 그 표면의 부드러운 정도에 따라 남자혹은 여자를 나타냈다. 부모는 왕이나 여왕으로 변하여 나타나고 출생은 물에 빠지거나 또는 물 속에서 어떤 이를 구해내는 등으로 나타나면서 물로 표현되며 죽음은 여행을 떠나는 것으로 상징된다. 이러한 형상의 대부분은 성(性)을 나타내는 것이다.

프로이트의 대작 하면 우리들은 단연 《꿈의 해석》(1899)을 꼽는다. 프로이트는 그 작품을 209달러(그 당시 환율로 생

각하라)를 받고 출간했다. 그 당시 프로이트는 209
달러를 받고서 "이런 행운은 일생에 단 한 번 얻기도
어려울 것이다"라고 말했을 정도로 감격했다고 한
다. 그러나 첫 인쇄판 600부는 8년이 지난 후에야 완
전히 팔렸다.

> "이런 행운은 일생에 단
> 한 번 얻기도 어려울 것이다"

▲ 프로이트
프로이트는 심리학 ·정신의학에서
뿐만 아니라 사회학 · 사회심리학 ·
문화인류학 · 교육학 · 범죄학 · 문
예비평에도 큰 영향을 끼쳤다.

Q 베르테르의 라이벌은 누구일까?

《젊은 베르테르의 슬픔》 속에서 주인공인 베르테르의 사랑의 대
상은 모든 여성의 심볼인 '샤르로테'인데 연적은 '알버트'이다.
알버트는 매우 세련된 청년이며 베르테르를 동정하고 있었지만
결국은 베르테르가 자살할 수 있도록 권총을 공급해준다.

모든 작가들이 사람들에게 진정으로 감동을 줄 수 있는 책을 쓰기를 바라
지만 젊은 시인 괴테(1749~1832)와 같이 세상을 깜짝 놀라게 할 정도의
성공을 거둔 사람은 드물다. 그의 자서전적 소설인 《젊은 베르테르의 슬
픔》은 유럽 전역에 걸쳐 사람들에게 자살을 시도하게 만들고 있다.
소설의 내용은 아주 간단하다. 사회에서 동떨어져 사는 감수성 예민한 한
예술가가 다른 사람과 약혼한 여자와 사랑에 빠진다. 소설은 아주 비극적

▲ 괴테
친구인 케슈트너의 약혼녀 샤르로테 부프를 사랑했지만 그녀에게 거절당한 괴테는 괴로워했다. 그리하여 그는 시대와의 단절로 좌절하는 젊은이의 고뇌와 사랑을 그린 역작 《젊은 베르테르의 슬픔》을 남긴다.

으로 끝나며 친구의 약혼녀인 샤르로테 부프를 향한 괴테의 열정을 부끄럽지 않게 그리고 있다.

현실 세계의 고통을 거부하고 자연의 신비한 힘을 찬양하는 복잡한 베르테르의 정신 세계가 유럽 젊은이들의 상상력을 사로잡은 듯이 보인다. 소설 속의 세계와 자신을 동일시하려는 모습이 해가 되지는 않지만 ― 소설 속에 나온 찻잔이 유행하고 남자들은 베르테르와 같이 푸른색 코트와 노란 색의 짧은 바지를 차려입었다 ― 베르테르와 같이 자살을 하게 될 때는 문제가 심각하다.

 영화 〈전쟁과 평화〉의 등장인물은 얼마나 되나?

1910년 11월 20일 아스토포포에 있는 작은 기차역에 농부들이 모여들고 있다. 그곳에는 오늘 자기 딸을 데리고 야스나야 포리아나에 있는 영지에서 몰래 도망쳤던 작가 레오 톨스토이가 죽어 있었다.

▲ 〈전쟁과 평화〉 포스터
19세기 러시아를 배경으로 한 인간과 전쟁, 그리고 사랑을 그린 대하드라마.

레오 톨스토이(1828~1920)의 《전쟁과 평화》는 500명 이상의 인물이 등장하는 대하소설로 1805~1820년 프랑스의 나폴레옹 군이 쳐들어왔을 때 러시아 가족들이 겪는 이야기이다. 무려 6년에 걸쳐 《전쟁과 평화》를 완성한 톨스토이는 어렸을 때 '우는 아이 레오'라 불렸고 늙어서는 끊임없이 부인과 다투었다. 모든 재산을 하인들에게 나누어주려다가 부인과 심하게 다투고 마침내 1910년 82세의 나이에 딸을 데리고 집을 나간 뒤 폐렴에 걸려 기차역에서 객사하였다.

Q 그리스 시인들은 왜 장님이 되었을까?

고대 그리스의 초기 시인들은 대부분 장님이었다. 그 첫 번째 사람은 제우스의 딸들인 뮤즈보다 노래를 더 잘한다고 뽐내던 타미리스라고 전해진다. 뮤즈는 그의 거만한 자랑에 화가 나서 분풀이로 타미리스를 장님으로 만들었다.

그 다음 시인은 데모도커스로서 호머가 우리에게 이야기하는 바에 따르면 그 역시 "뮤즈 때문에 장님이 되었다. 그의 시력을 빼앗아갔지만 그 대신 아름다운 노래를 부를 수 있도록 선물을 주었다"고 전해진다. 이런 식으로 다프니스, 테이레시아스, 스테시코러스와 호머 자신도 장님이 되었다.

▼ 테이레시아스

그런데 테이레시아스의 경우는 좀 특이하다. 그는 그리스 신화에 나오는 테베의 예언자로서 역시 장님 신세가 되었는데 이유로는 세 가지 설이 있다. 알몸으로 목욕하고 있는 여신 아테네를 보았기 때문이라는 설이 그 첫 번째, 신들이 인간에게 밝히기를 꺼려하는 비밀을 폭로하였기 때문이라는 설이 그 두 번째, 제우스와 왕비 헤라가 성교 때의 쾌락은 남자와 여자의 어느 쪽이 더 크냐는 언쟁을 벌였을 때 여자 쪽이 크다는 제우스의 주장에 찬성하여 이에 화가 난 헤라의 보복으로 장님이 되고, 제우스의 보상으로 예언하는 힘을 받았다는 설이 그 세 번째다. 그러나 사실 이들을 장님으로 만든 것은 뮤즈가 아니라 그리스의 왕들이었다. 이 시인들은 적국의 시인이었을 뿐만 아니라 적국의 왕을 칭송하는 시를 지었기 때문이다. 왕들은 이 시인들을 자기를 위하여 잡아놓고 싶어했다. 그래서 시인들의 눈을 빼앗아감으로써 그들을 자기 곁에 묶어두었다.

◀ 다정한 제우스와 헤라
이 천하의 호색한 제우스가 여자들에게 껄떡거리지만 않았어도 헤라는 그림속에서처럼 늘 온순하고 아름다운 얼굴을 했을 것이다. 그녀가 악처가 된 데에는 전적으로 제우스 탓이 아닐까.

Q 문학작품 중 가장 긴 문장은 빅토르 위고(1802~1885)의 《레 미제라블》에서 찾아볼 수 있는데 도대체 얼마나 길까?

역사가 분명 정상을 참작해야 할 사정이 있었음을 인정한 아버지의 아들, 그러나 아버지가 받았던 만큼 존경의 가치로서가 아니라; 모든 사적인 미덕과 몇몇 공적인 미덕으로 인해서; 건강과 행

운과 인간성과 사업 수완에 주의를 기울였고; 1분의 가치
는 알고 있었으나 1년의 가치에 대해서는 항상 중요하게
느끼지는 않았으며; 침착하고 신중하며, 평화롭고, 인내롭
고; 좋은 인간이며 좋은 군주; 아내와 함께 자고 그의 궁전
에서 시민들에게 부부의 침상을 보여주는 일을 하는 하인
들을 거느리고 있고—오래된 불법적인 전시 후 유용하게
된 정규적인 허식; 유럽의 모든 언어를 습득했고; 아직 잘

▲ 빅토르 위고
프랑스의 낭만파
시인이자 소설가
이며 극작가.

통용되지 않는; 소수 민족의 언어에도 관심을 갖고 구사하며; 중
산층의 대표이면서도, 그들을 능가하지는 않으면서; 모든 면에서
훌륭하고; 매우 뛰어난 감각을 지니고 있는 반면; 자신의 출신 혈
통에 대해 평가할 때, 개인적인 가치에 대해 주장하면서; 자신의
부르봉 왕가 혈통이 아닌 오를레앙 출신임을 표명하여, 혈통에
관한 의문이라는 특례를 남겼고; 그는 이 혈통에서 최초의 군주
로, 유일한 최고의 전하였으나, 그가 군주가 되었던 그 당대의 분
명한 부르주아였고; 공적 생활에는 흐트러짐을 보였으나; 사생활
에서는 분명했고; 구두쇠라는 낙인을 받았으나 입증된 일은 없
고; 실제로는 인색한 사람이었으나 변덕을 부리거나 의무를 행할
때는 낭비도 서슴지 않았고; 많은 책을 정독했으나 문학 서적은
거의 읽지 않았고; 신사이기는 하였으나 기사는 아니었고; 단순
하고 조용하고 강했으며; 가족과 하인들로부터 사랑을 받았고;
호소력 있는 연설가이며 환상을 잃어버린 정치가였고, 차가운 심
장을 가졌지만 즉각적인 관심사에 동요되었고 이 손에서 저 손으
로 여러 사람 손을 거치며 다스렸고; 원한을 품을 줄도 감사할 줄
도 몰랐으며; 평범한 사람들을 다룰 때 우월감으로 냉혹하게 다

루었고, 의회의 대다수 의원들을 혼란시키면서 그들의 목에서 나오는 쉰 목소리들로부터 만장일치를 얻어낼 만큼 영리했고, 사치스럽고, 때때로 뻔뻔스러우리 만치 사치스러우면서도, 그 뻔뻔스러움을 놀랄 만한 기술로 표현하고; 수단과 용모의 가장(mask)이 뛰어나고; 유럽에 의해 프랑스를, 프랑스에 의해 유럽을 위협하고; 그의 나라를 부인할 수 없이 사랑하지만, 가족을 더 사랑하고; 권위보다는 권세를, 위엄보다는 권위를 더 가치 있게 여기고; 성공을 위해 기교를 허용하고 비열함을 전적으로 부인하지는 않지만 동시에 그 이점을 알고 있고 격렬한 정책적 쇼크를, 국가의 분열을, 사회의 파국을 막기 위해 애쓰다가도 이런 일에 대해 애수를 느끼는 기질; 세심하고 정확하고 조심스러우며, 주의 깊고, 총명하고, 불굴의 의지를 지녔으며; 때때로 자신을 부인하기도 하고, 속이기도 하며 앙코나에서 오스트리아에 대해 대담성을 보이고, 스페인에서 영국에 대해 완강했으며 안트위프를 포격하고 프리차드에 지불하고; 신념에 차서 마르세이유를 노래하고; 낙담이나 피곤, 미와 이상에 대한 취미, 경솔한 관용, 유토피아, 망상, 분노, 허영과 두려움 등을 받아들이지 않고; 모든 형태의 인간적인 용맹을 수용하고; 발미에서 주로 보내고, 사생활은 제마페에서; 국왕 시해를 모의하는 자들로부터 여덟 번 공략당했고 그러면서도 항상 미소를 잃지 않고; 용감한 척탄병이면서, 용기 있는 사색가; 유럽의 격동에 대해 약간의 불안을 느끼면서, 정치적인 모험을 하려 하지 않고; 생활에서는 위험을 준비하고 있지만 일에 대해서는 아니고; 왕으로서보다는 지성으로서 존경받고 싶은 의도를 감추고; 관찰하는 재능은 지녔으나 예언의 능력은 없었고; 지불할 때 약간의 주의를 기울였지만, 판단력은 뛰어났고, 판단하기 전에 볼 것을 요구했고; 신속하고 통찰력 있는 감각과 실제적인 지혜, 유창한 언변과 경이적인 기억력, 끊임없이 기억력을 그려보는 습성 등을 타고났고, 그의 발바닥은 시저, 알렉산더, 나폴레옹을 닮았으며; 사실과 세부 사항과 약속, 이름 등은 정확하게 기억했으나 다양한 열정과 군중의 경향, 내적인 열망, 마음속에 숨겨진 열망 등에 대해서는 무지했고—한마디로 양심의 보이지 않는 경향이라고 불리는 모든 면에 대해서; 표면적으로는 인정하지만 프랑스 사회의 하층민을 거의 인정하지 않고; 기술적으로 난국을 헤쳐나가고; 과도하게 통치 행위를 하지만 군림하지는 않고; 스스로 수상이며; 무한한 이상에 대한 장애물로서 작은 현실적인 것을 보는 기술이 뛰어나고; 문명과 질서와 조직과 내가 알 수 없는 궤변적인 기질과 책략 등을 뒤섞고; 가족의 지주인 동시에 법적인 가장이고: 샤를마뉴(742~814, 프랑스 국왕)와 그의 법정 대리인 소유의 유물 중 얼마를 소유했고; 그러나 전부 다는 아

▶ 〈레 미제라블〉 영화 포스터
주인공 장발장의 삶을 인도주의적인 세계관으로 일관되게 그린 파란만장한 서사시적 작품이다. 영화와 뮤지컬로도 수없이 각색되었다.

니고, 단 고상하고 귀한 모습으로서, 프랑스의 불안에도 불구하고 힘을 얻기 위해, 유럽의 질투에도 불구하고 영향력을 행사하기 위해 애쓰는 군주로서—루이 필립은 그 시대의 뛰어난 사람들의 계열에 들고, 역사상 가장 훌륭한 통치자들에 속할 것이다. 만일 그가 약간이라도 영광을 사랑했고 유용한 것에 대해 느끼는 감정만큼 웅대한 것에 관한 감정을 가졌더라면, (823단어, 93콤마, 51세미콜로, 3대시)

Q 《율리시즈》는 언제 일어난 사건을 다뤘는가?

제임스 조이스
매우 실험적인 모더니스트. 20세기 전반기에 서구를 풍미했던 모더니즘 문학을 주도한 대표적인 작가인 그는 아주 철저한 언어적 실험으로 현대의 서사시를 창조하는 데 성공했다.

1904년 6월 16일 8시부터 17일 새벽 2시 45분까지 18시간 45분 동안에 더블린에서 일어나는 사건을 '의식의 흐름' 이라는 새로운 장르를 개척해서 인간의 내면세계를 파헤쳤다.

제임스 조이스는 자전적인 소설 《영웅 스티븐(Stephen Hero)》이 출판사에서 거절당하자 모든 원고를 불태워버리고 《율리시즈》를 쓰기 시작했다. 1914년에 시작하여 1922년에 완성될 때까지 8년에 걸쳐 900페이지의 분량으로 완성했다. 이 심리소설의 주인공은 박학다식하고 다정다감한, 광고 제작업자 레오폴드 블룸과 인생의 의미를 찾아 길거리를 헤매는 젊은 작가인 스티븐 디달러스이다. 그리고 바람난 아내 마리온 블룸이 등장한다.

Q 폴 고갱(1848~1903)의 그림에는 왜 뱀이 등장하지 않을까?

1889년 파리에서 세계 박람회가 열리고 있을 때 고갱이 출품한
타히티판 이브의 모습에서는 뱀이 출현하지 않고 있다. 그 이유
는 타이티 섬에는 뱀이 전혀 살고 있지 않기 때문이
다. 따라서 고갱은 그의 작품에 뱀 대신 도마뱀을 출
현시켰다.

▶ 폴 고갱의 자화상
원주민의 건강한 인간성과 열대의 밝고 강렬한
색채는 그의 예술적 영감을 극도로 자극했다.

▲ 〈타히티 섬 이브〉
1891년 아내와 자식을 뒤로하고 남태평양의 타히티 섬에서 그린 그림이다.

Q 하나의 저작을 완성하는 데 얼마나 걸렸나?

마가렛 미첼(1900~1949)은 《바람과 함께 사라지다》를 쓰기 위해 자료수집에만 20년을 바쳤다. 에드워드 기번(1737~1794)도 《로마제국의 흥망사》를 쓰는 데 20년을 소비했고 N.웹스터(1758~1843)가 그 유명한 《웹스터 사전》을 만드는 데는 36년이나 걸렸다.

>
> 나는 무얼 바라
> 나는 다만, 홀로 침전하는 것일까?
> 인생은 살기 어렵다는데
>
> 시가 이렇게 쉽게 쓰여지는 것은
> 부끄러운 일이다.
>

명작은 하루아침에 만들어지는 게 아니구나! 윤동주도 그의 〈쉽게 씌어진 시〉에서 고뇌에 찬 노래를 했었지.

Q 나스카의 그림, 과연 인간이 그린 그림인가?

페루 남서부에 있는 '나스카의 지상 그림'은 너무나 커서 하늘에서 내려다보지 않으면 전체를 볼 수 없다. 때문에 지상에서 그림을 그린다는 것은 불가능했을 것이다. 나스카의 지상 그림 중에 벌새의 길이는 50m, 거미는 45m, 콘도르는 주둥이에서 꼬리까지 122m나 된다. 도마뱀은 그 꼬리 길이만 188m가 되고, 원숭이의 길이는 12m, 폭은 91m나 된다.

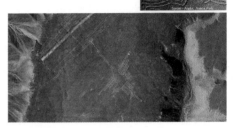

▲ 나스카의 지상 그림
대체 누가 이 나스카 평원에 불가사의한 그림을 그렸을까?

Q 로댕과 어깨를 나란히 견줄 수 있는 조각가 카미유 클로델 (1864~1943)의 천재성이 그늘에 가려졌던 이유는?

그것은 첫째로 그 천재성의 주인공이 여성이었기 때문이라는 이유도 있지만 그녀가 조각가로서 널리 알려지기 전에 그녀의 삶이 비극적으로 끝을 맺었기 때문이다.

'로댕이 날 죽이려 한다.'
'로댕이 내 작품을 뺏으려고 한다.'

카미유 클로델 ▶
로댕과의 결별 후 카미유는 강박적인 피해의식에 휩싸여 지낸다.

▲ 로댕
끝내 카미유 클로델과 결혼하지 않았던 로댕. 이런 그가 그의 여동생 마리가 죽었을 때는 수도원으로 들어가기도 했다.

로댕의 곁을 떠나지 않던 카미유는 그가 자신과 결혼하기를 열망했지만 로댕은 오래 전부터 자신을 돌봐주고 있던 로즈 뵈레와 결혼하고 만다. 결국 사랑의 실패로 인한 우울증에 시달리던 카미유는 그녀의 나이 35세 때 로댕의 곁을 떠난 후 심한 정신병으로 성격이 황폐해지기 시작하는데 그 기간 동안 그녀의 거의 모든 작품이 그녀 자신에 의해 파괴되는 수난을 당했다. 1915년 3월 마침내, 그 당시 시인이자 극작가로서 명성을 얻고 있던 그녀의 남동생 폴 클로델에 의해 정신요양원으로 보내진 후 29년 동안 정신병과 싸우던 카미유는 그 후로 단 한 점의 작품도 남기지 못하고 비참한 최후를 맞게 된다. 그녀의 작품들은 그녀가 정신병으로 시달리고 있던 당시 그녀의 남동생 폴에 의해 정리되어 《카미유》라는 제목의 작품집으로 발간되었다.

◎ 24세 때의 카미유 클로델

24세 때 카미유는 〈사쿤달라〉로 프랑스 예술인 살롱전(Salon des Artistes)에서 최고상을 수상한다. 이후 그녀는 작가로서 정식으로 인정을 받게 되고 동시에 세인들의 관심과 질시의 대상이 된다. 이제 카미유의 작업 스타일은 점점 독창적이고 다양해지기 시작한다. 1889년, 25세 이후부터 작가로서의 활동이 두드러지자 카미유와 로댕 사이에 기상 변화가 심하게 일어난다. 즉 스승과 제자 사이의 사랑과 갈등이 심화된 것이다. 이들은 연인사이로 발전하지만 로즈 뵈레의 질투로 인해 점점 멀어지게 된다.

로댕 씨.

별로 할일이 없어서 또 편지를 씁니다. 당신은 상상을 못하겠지만 이곳 이슬레트의 날씨는 너무 좋습니다.

나는 오늘 정원이 환히 내다보이는 곳에서 식사를 했습니다.

만약 당신이 좋으시다면 언제라도 이곳에서 식사를 하실 수 있습니다.

이곳은 너무 아름다운 곳입니다.

건초더미가 쌓인 공원을 산책했습니다. 정말로 아름다웠습니다.

만약 당신이 약속을 지키신다면 함께 그 낙원에 다시 가 볼 수 있겠지요.

그곳에다 당신의 작업을 위한 방도 따로 준비해드릴 수 있습니다.

냇가에 가서 수영도 하고 목욕도 했었는데 별로 위험한 곳이 아니라고 들 합니다.

어쨌든 냇가의 찬물에 목욕하는 것이 나에게는 커다란 즐거움이기도 합니다.

루브르 근처나 백화점에 가셔서 짙은 곤색에 흰띠가 둘러진 목욕 가운을 사다주셨으면 합니다.

나는 당신이 마치 내 곁에 있는 것처럼 늘 알몸으로 잠자리에 든답니다 그러나 깨고 나면 다시 혼자라는 것을 느끼게 됩니다.

그럼 안녕히.

추신: 나를 더이상 속이지 마세요 -

▲ 말년의 카미유 클로델

카미유는 1893년 여름 투렌에서 보냈는데 로댕이 그곳을 방문했는지는 확실치 않다. 이 편지는 이슬레트에서 카미유가 로댕에게 보낸 것이다. 추신이 자못 날카롭다. 로댕은 "동거하는 여자와 관계를 곧 청산하고 너와 결혼하마"라고 카미유에게 약속했지만 끝내 지켜지지 않았다. 추신은 바로 그 약속을 지키라는 의미가 아닐까?

"나는 그에게 영감을 제공해야 했다. 오로지 그 목적을 위해
나는 양육(養育)되었다. 그것은 한 여성에 대한 철저한 착취였다.
나는 예술가로서 재능을 도둑맞았다."

◀ 카미유 클로델의 〈성숙〉

"이 벌거벗은 여인이 바로 로댕에게 정신적, 육체적인 학대를 받은 우리 누이 카미유입니다. 무릎을 꿇고 벗은 채로 비굴하게 애원하는 모습이 그녀가 로댕에게 하고 싶었던 행동일 겁니다." 카미유가 죽은 후 폴 클로델이 파리 로댕박물관에 이 작품을 기증하면서 했던 말이다.

▲ 〈사쿤달라〉
클로델의 대표작. 로댕의 〈영원한 우상〉(1889), 〈키스〉(1886) 등과 유사한 느낌을 준다. 로댕이 이 작품에서 아이디어를 빌린 게 아닌가 하는 의혹이 들 만큼. 로댕과 꿈같던 시절을 보내던 절정의 순간에 이 작품을 제작했다. 지쳐보이는 여자가 남자에게 간신히 기대고 서 있는 모습이 예사롭지 않다. 아마도 클로델은 격정적인 사랑 뒤에 오는 죽음을 은연중에 생각하고 있었던 게 아니었을까.

Q 르느와르(1841~1919)는 왜 풍만한 여인상을 그렸는가?

르느와르

발랄한 감각과 표현으로 색채감이 풍부한 많은 그림들을 남
긴 인상파 화가 르느와르는 70세가 지나면서부터 누드 여인
을 그리기 시작했다.

그의 그림에서는 여인의 하체가 풍만하게 표현되어 있는데
그것은 그의 관절통 때문이었다. 그가 〈목욕하는 여인〉이
란 시리즈 그림을 시작했을 때 그의 손은 거의 마비되어 있
었다. 그래서 붓을 손에 매달아 그렸으므로 자연히 몸 구석
구석을 그리는 붓의 터치가 두꺼울 수밖에 없었던 것이다.
그의 누드화는 빨강이나 주황, 황색을 초록과 청색 따위의
엷은 색채로 부드럽고 미묘한 대상의 뉘앙스를 관능적으로
묘사하였다.

▶ 〈목욕하는 여인〉, 르느와르

그는 '가장 단순한 주제들이 영원하다' 는 생각을 갖고 일련의 누드 작
품들을 완성해낸다. 아이러니컬하게도 그의 누드는 선병질적이고 적나
라한 누드를 그렸던 에곤 실레(1890~1918)의 작품을 떠오르게 한다.

▶ 〈서 있는 벌거벗은 검은 머리 소녀〉, 에곤 실레

"예술은 모던할 수가 없다. 예술은 원초적이며, 영원하다" 라고 말한 실레
는 일생 동안 두 여자를 만났지만 결국은 자기 자신밖에 사랑하지 못했다.

Q 〈아비뇽의 처녀들〉을 그려 큐비즘을 창시한 화가는 누구일까?

▲ 피카소
19세기 사실주의적 내지 인상주의적 평면 회화를 해체시키고 20세기 새로운 입체파 회화를 창시한 예술가.

피카소(1881~1973). 그는 1901년 파리로 나가, 로트레크의 영향하에서 가난한 사람들과 그들의 생활을 푸른 색조로 그리는 '푸른 시대'를 출발로, 1905년 네덜란드 여행 뒤에 '봉숭아 빛의 시대'로 화풍을 옮겼다. 뒤에 흑인 조각의 특이한 조형에 흥미를 가지고 1907년 〈아비뇽의 처녀들〉을 그려 큐비즘을 창시했다.

20년 전후에 한때 고전적 사실주의로 돌아갔으나 25년경 초현실주의(쉬르레알리슴)의 영향을 받고 특이한 테포르메에 의한 조소적 표현을 시도하여 '메타모르포즈의 시대'로 들어갔다. 이후 각종 표현 방법을 받아들여서 자유로운 조형에 정진하였다. 37년에는 반전적 대작인 〈게르니카〉를 발표

〈게르니카〉
1937년에 일어난 스페인 내란을 주제로 전쟁의 비극성을 표현한 피카소의 대표작이다.

〈아비뇽의 처녀들〉 ─ 여신의 이미지로서의 여성이 아닌 사회에서 소외받던 창녀들을 주인공으로 하여, 문명화된 사회를 향해 울부짖는 분노와 슬픔을 표현했다.

하고, 파리의 레지스탕스 운동의 투사와 교제하였으며 전후 공산
당에 입당하였다. 이어서 니스에서 가까운 안티프에서 가벼운 필
치에 의하여 〈피리를 부는 목신(牧神)〉 등을 그리는 '안티프 시
대'를 맞이하였다.

석판화, 조각, 도기 등도 제작하였으며 20세기 현대 미술의 최고
봉으로서 그가 예술계에 기여한 공은 매우 크다. 1974년에 한국
서울에서 그의 특별전이 열렸다.

Q 《돈 키호테》는 왜 금서가 되었나?

1640년에 발견된 세르반테스(1547~1616)의 《돈 키호테》는 스페
인에서 금서 리스트에 올랐다. 그 이유는 책 안에 쓰인 한 문장
때문이었다. "성의 없는 자선사업은 아무 가치가 없다."

성경, 탈무드, 호머, 소크라테스, 공자, 로저 베이컨, 단테, 보카치
오, 에라스무스, 버질, 마틴 루터, 미켈란젤로, 칼빈, 베이컨, 세르
반테스, 셰익스피어 등의 작품들은 모두 한때 금서가 되는 영예를
누렸다. 현대에 와서는 1922년 프랑스의 위대한 작가 아나톨 프랑
스가 교황에 의해 금령을 받았고, 1905년 버나드 쇼의 책은 뉴욕
도서관의 책장에서 축출당했다.
드라이저(1871~1945)의 《아메리카의 비극》은 1930년에 보스턴
대법원에서 금서 판결을 받은 동시에 바로 찰스 강 건너 하버드 대

▲ 세르반테스
"유행하고 있는 기사(騎
士) 이야기의 인기를 타
도하기 위해" 《돈 키호
테》를 쓴 작가. 당시 에
스파냐에서는 기사 이
야기가 대유행이었다.

학 영어과에서는 필독서로 정해졌다. 셔우드 앤더슨(1896~1955)의 《어두운 웃음》은 1930년에, 업톤 싱클레어(1878~1968)의 《석유》는 1927년에 보스턴에서 금서가 되었다.

1918년 제임스 조이스의 《율리시즈》는 미국의 체신부에서 금서 명령을 받았다. 좀더 최근에 이르러 노먼 메일러(1923~)의 《나자(裸者)와 사자(死者)》는 1949년 캐나다에 반입 금지되었고, 1964년 뉴질랜드에서는 제임스 볼드윈(1924~1987)의 《또 하나의 나라》라는 책을 외설물로 결정했다. 또 1954년 제임스 존스(1921~1977)의 《지상에서 영원으로》는 미국의 체신부에서 배달할 만한 가치가 없는 것으로 선고받았다.

◀ 돈 키호테 동상
에스파냐의 작가 세르반테스가 1605년 발표한 풍자소설의 주인공 돈 키호테의 동상으로, 왼쪽은 돈 키호테와 그의 말인 루시난테, 오른쪽은 돈키호테의 충실한 종자인 산초이다.

Q 삼각관계란 말은 누가 최초로 했는가 ?

'삼각관계' 란 말을 최초로 쓴 작가는 《인형의 집》을 쓴 노르웨이의 작가 입센(1828~1906)이다. 문학작품 중 삼각관계로 유명한 예는 괴테의 《젊은 베르테르의 슬픔》으로, 로테와 베르테르와 알

버트가 삼각관계에 얽힌 그 당사자들이다. 이태리
문학에서 삼각관계 주체들은 '아내와 남편과 정
부'이다.

▶ 인형의 집
변호사의 아내 노라는 어느 날 자
신이 남편의 인형에 불과했다는
것을 깨닫고는 한 인간으로서의
정체성을 찾아 집을 나간다. 노라
는 신여성의 대명사가 되었다.

▲ 입센
그는 힘차고 응집된 사상과 작품
으로 근대극을 확립하였을 뿐만
아니라, 근대 사상과 여성해방
운동에까지 깊은 영향을 끼쳤다.

Q "공산주의는 완전한 잠꼬대야, 저주받을 책을 썼다." 이 말을
누가 했을까?

공산주의의 창시자인 칼 마르크스(1818~1883)와 프리드리히 엥
겔스(1820~1895)는 18년 만에 완성한 《자본론》을 출판사에 넘
겨준 뒤 술 한잔을 나누며 이렇게 말했다. "공산주의는 완전한 잠
꼬대야, 저주받을 책을 썼다." 《자본론》은 시민사회·자본주의
사회에 대한 내재적 비판을 의도한 것으로, '사회주의의 바이블'
로 평가받고 있다.

▶ 칼 마르크스와 엥겔스
마르크스는 세계적인 철학자이면서, 경제학자이자 사회과학
자. 그러나 그는 젊은 시절 시인이 되고 싶어했다. 엥겔스는
마르크스보다 낮은 평가를 받고 있는 게 사실이다. 그러나
1850년대 이후 근 20년 동안 마르크스와 나눴던 그의 서신들
은 그가 단순히 마르크스의 조력자만은 아니었음을 보여준다.

▲ 파가니니 (1782~1840)

Q 파가니니는 왜 다섯 곡밖에 작곡하지 않았나?

더 작곡하여도 자신의 곡을 연주할 수 있는 사람이 없다고 생각하였기 때문이다. 파가니니가 바이올린을 연주할 때는 귀신도 나와서 춤을 추었다고 할 정도로 테크닉이 뛰어났다고 한다. 그는 자기의 연주법을 비밀에 붙였고 제자도 단 한 사람 시보리뿐이었다.

파가니니가 바이올린을 연주할 때는 귀신도 나와서 춤을 추었다고 할 정도라니….

Q 왜 셰익스피어(1564~1616)의 작품 속에는 남자 주인공은 없고 여자 주인공만 있을까?

여성적인 예민한 감수성을 갖고 있었던 셰익스피어는 여성을 가장 이해하고 찬양할 줄 알았던 인물이었는데, 이미 수년 전 영국

의 러스킨(1819~1900)도 그의 저서 《깨와 백합》에서
"셰익스피어의 작품들에는 영웅들이 없고 여자 주인공
들만이 있다"라고 하여 셰익스피어의 여성 취향성을 지
적했다.

셰익스피어의 거의 모든 희곡의 끝 부분은 항상 남성의
결점 내지 어리석은 행동으로 인해 비극으로 끝나는데
만일 구제가 있다면 여성의 힘이나 지혜로 이루어지며
그렇지 못할 경우는 아무런 구제가 이루어지지 않는다.
베니스의 상인에서 이런 점이 잘 나타나 있다.

▲ 영화 〈로미오와 줄리엣〉 포스터
셰익스피어의 작품들은 어느 시
대를 막론하고 전세계적으로 읽
히고 있으며 다른 장르의 예술 영
역에서도 끊이지 않고 각색된다.

Q NG를 자그마치 85번이나 냈던 세계 최고의 여배우는 누구일까?

마릴린 먼로는 〈뜨거운 것이 좋아〉에서 "버번 위스
키 어디 있어요?"라는 단순한 대사를 무려 59번이
나 반복해 그녀의 외모만큼 두뇌는 따라오지 못한
다는 수군거림을 듣기도 했다.

또 그녀는 헨리 하사웨이 감독의 〈지옥에서 텍사스
까지〉에 배우로 출연할 때 대사 발성 미흡으로 자
그마치 85번의 NG를 내는 고충을 겪기도 했다.

▶ 마릴린 먼로 (1926~1962)
20세기 최고의 섹시 스타라 평가받는 먼로. 그러나 정작 섹스에 대해 아무런
욕망도 없어 스스로 불감증이나 레즈비언이라는 단어를 떠올려야 했던 그녀.

마릴린 먼로, 그녀의 삶

≫ ≫ "사람들은 나를 사람이 아니라 무슨 거울이라도 되는 것처럼 바라봐요. 그들은 나를 보는 것이 아니라 자신들의 음란한 생각을 보는 것이죠. 그들은 나를 음란하다고 몰아붙이면서 자신들은 결백한 척하지만, 그들은 내가 누구이며 어떤 사람인지 알려 하지 않죠. 그 대신 나라는 사람을 마음대로 지어냅니다. 나는 그들과 시비를 가릴 생각은 없어요. 그들은 내가 아닌 그 누군가를 무척 좋아하는 듯하니까. 지금껏 살면서 내가 바란 것이라곤, 사람들한테 친절하게 대하고 그들도 나에게 친절하게 대하는 것이었어요. 그래야 공평한 거래지요, 그리고 나는 여자예요. 한 남자에게 사랑을 받고 싶어요. 내가 그를 사랑하는 것과 똑같이. 나는 정말 그렇게 살기 위해 노력했지만 성공하지 못했어요."

달력에 누드모델로 등장한 먼로

노마진은 1926년, 미국 캘리포니아에서 사생아로 태어났다. 어린 딸은 어머니의 침실에 드나드는 남자들 중 누가 진짜 아버지인지 알 수 없었다. 일곱 살 때 어머니가 정신병원에 수용되면서 노마진은 양부모의 손에 맡겨진다. 그녀는 10여 개의 보육원과 고아원을 전전해야만 했다. 그녀의 양부가 합법적으로 그녀를 처분, 즉 결혼시킬 때까지. 양부모에 의해 그녀는 16세 때 짐 도허티라는 21살의 남자와 결혼을 했다. 그 남자는 그러나 해병대에 입대했고 노마진은 낙하산 공장에서 일해야 했다.

160 지식은 쾌락, 즐겨라

1944년 그녀는 군수품 생산라인에서 일하는 여성들을 내세운 선전 사진을 찍었고 제2차세계대전이 끝날 무렵에는 전문적인 사진 모델이 되어 있었다. 한편 종전 후 귀국한 남편은 그녀와 이혼했는데 왜냐하면 그는 평범한 아내와 아이들을 원했기 때문이었다. 노마진은 이미 달력의 누드 사진 모델이 되어 있었다.

이 무렵부터 노마진은 마릴린 먼로란 이름을 사용하고, 머리칼을 금발로 물들였다. 하지만 진짜 영화배우가 되고 싶었던 마릴린에게 일당 5달러짜리 모델 일은 성에 차지 않은 것이었다. 그녀는 영화 쪽에 문을 두드렸고 그러나 이 세계는 훨씬 더 냉혹했다. 그녀 같은 소녀들이 아름다운 몸을 무기로 헐리우드에 물밀 듯이 몰려들었기 때문이다. 얼마 후 누드 모델 출신의 그녀는 20세기 폭스사와 계약하면서 본격적인 연예 매니지먼트사의 체제로 편입된다. 그러나 아직은 스타가 아니었다.

▶ 아직 때묻지 않은 마릴린 먼로
어른이 되어서도 진정한 애정을 갈구했던 마릴린 먼로. 그녀는 대중들의 열광적인 지지가 사실은 껍데기에 불과하다는 것을 알고 있었다.

서로가 서로를 이용하는 삶

1947년 21세에 드디어 그녀는 영화 〈스쿠다후 스쿠다헤이〉에 출연한다. 그러나 대사 한 마디 없는 엑스트라 역이었다. 그녀는 단역조차도 쉽게 따내지 못했다. 한 주에 65달러가 집세와 연기 수업료로 나가고 산타 모니카를 오가는 가로수길에서 끼니를 해결해야 했던 그녀는 60세의 영화제작자 조 셴크와 관계를 갖기 시작했다. 그러나 늙은 남자와의 관계는 시들해질 수밖에 없었고 그녀는 자신보다 열 살 연상의 프레드 카거를 만나 그를 열렬히 사랑하게 됐다. 그리고 무척 행복해했다. 그러나 프레드 카거는 욕정 때문에 마릴린 먼로와 침실을 썼던 것이었다.

한편 20세기 폭스사는 연기력이 부족한 마릴린 먼로를 해고해버렸다. 폭스사에서 해고된 뒤 컬럼비아로 영화사를 옮긴 마릴린 먼로는 이곳에서도 1년을 버티지 못하고 해고당했다.

다시 밑바닥으로 떨어져버린 마릴린 먼로를 도운 사람은 자니 하이드였다. 그는 심장병을 앓는 늙은 에이전트였고 마릴린 먼로보다 무려 30살이나 많았다. 그는 20세기 폭스사가 그녀와 다시 계약을 맺도록 힘썼다. 그리고 마릴린 먼로를 위해 헤어드레서와 연기코치를 배정해주었다. 그러나 먼로는 배은망덕했다. 그녀는 아내와 자식까지 버린 이 늙은 남자의 청혼을 거절했다. 그녀의 행동은 적절했다. 일순간에 성공이 그녀 앞에 모습을 드러낸 것이다.

1950년에 그녀는 〈아스팔트 정글〉이라는 영화에서 처음으로 조역을 맡았고 호평을 얻었다. 〈이브에 관한 모든 것〉에 출연한 이후 관객

"내가 어렸을 때 어느 누구도 나에게 이쁘다고 말한 적이 없습니다. 모든 소녀들은 자신이 이쁘다는 말을 들어야만 합니다. 설사 그렇지 않더라도."

〈신사는 금발을 좋아한다〉 포스터
이 영화에서 마릴린 먼로는 그녀 특유의 백치미를 마음껏 과시했다.

들이 마릴린 먼로에게 호응하기 시작했다. 관능적 백치미가 그녀의 매력이라고 판단한 제작자들은 다음 영화들에서 이 점을 맘껏 이용했다. 마릴린 먼로는 〈나이아가라〉(1953), 〈신사는 금발을 좋아한다〉(1953), 〈백만장자와 결혼하는 법〉(1953), 〈쇼비즈니스 만한 비즈니스는 없다〉(1954) 등에 이르러 확고한 스타로 자리매김하게 됐다. 그러나 오르막길이 있으면 내리막길이 있다고 했던가. 1952년 그녀에게 뜻밖의 장애물이 나타났다. 생활고를 해결하기 위해 찍었던 무명시절의 누드 사진들이 인기리에 팔려나갔던 것이다. 파렴치한 인간들이 누드 사진을 이용해 그녀를 협박하자, 마릴린 먼로는 선수를 쳤다. 자신이 직접 사진을 공개해버린 것이다. 미국은 이 아름다운 여배우에게 관대했다. 성공신화에 목말라했던 이 거대한 나라는 기꺼이 그녀를 용서했다. 이에 고무를 받았던 것일까. 마릴린 먼로는 근사한 포장술을 내보였다. 그녀는 말했다. "전당포에 맡긴 차를 되찾기 위해 50달러가 필요했어요."

두꺼운 화장 뒤에 불행이 있다

마릴린 먼로는 야구 선수 조 디마지오와 결혼했다. 먼로의 세 번의 결혼 중 가장 떠들썩한 결혼이었다. 메이저리그 최고의 타자였고 절정기에 과감히 은퇴한 야구선수 조 디마지오는 마릴린 먼로의 사진을 봤다. 그리고 그녀를 만나보길 원했다. 스포츠 스타와 연예 스타 간의 화려한 만남은 대중의 욕구를 자극했고 언론은 이에 발을 맞췄다. 영화 제작사 역시 이벤트를 원했다. 그러나 이 두 사람은 근본부터가 어울리지 않는 한 쌍이었다. 먼로는 스포츠에 무지했고 디마지오는 영화를 끔찍하게 지겨워했다. 무엇보다도 디마지오는 현모양처를 원했다. 파경은 어렵지 않게 다가왔다. 그 이상 유명할 수도 없는 〈7년만의 외출〉 뉴욕 지하철역 장면을 촬영하고 난 마릴린 먼로를 느닷없이 디마지오가 사정없이 팼던 것이다. 다음 날 먼로는 시퍼런 멍 자국을 숨기기 위해 두꺼운 화장을 해야 했다. 그리고 결국 두

마릴린 먼로와 조 디마지오

사람은 갈라섰다. 결혼한 지 9개월만의 일이었다. 이들 부부에게는 아이도 없었다. 두 사람 다 아이를 원했지만 마릴린 먼로의 자궁은 최악의 상태였다. 그녀는 십대 때 낙태 수술을 했었고 몇 차례의 임신도 유산으로 끝났다. 불행한 여배우는 이 무렵부터 마약과 약물에 빠지기 시작했다.

이 두 별의 결합이 9개월 만에 깨지자 디마지오는 "남자가 두 번이나 큰 성공을 거두기는 불가능하다는 것을 깨달았다"고 말했다. 그는 1936년부터 51년까지 뉴욕 양키스의 외야수로, 중심타자로 활동하면서 실수를 거의 하지 않은 선수로 기록돼 있다. 또한 3번이나 MVP로 선정됐고 56연속게임안타의 대기록을 갖고 있기도 하다.

"당신에게 몸을 줘도 행복하지 않아"

1954년에 이르자 그녀는 섹스 심볼이라는 자신의 트레이드마크에 싫증을 느끼기 시작했다. 그녀는 매일같이 반복되는 섹스 심볼로서의 역할에 염증을 느꼈다. 대중은 스크린에 비쳐지는 그녀의 벌거벗은 몸에는 열광하면서 거리에서의 그녀에게는 잔혹했다. 그들은 거리에서 마주친 마릴린 먼로에게 창녀라고 손가락질했다. 이 가엾은 여자는 마르셀 프루스트나 에머슨 등 당대의 고전을 들고 다니기도 했다. 그녀는 '마릴린 먼로 프로덕션'을 설립한 뒤 가진 기자회견에서 도스토예프스키의 〈카라마조프가의 형제들〉 같은 영화에 출연하고 싶다고 말했는데 이때 짓궂은 기자가 철자를 물었고 "내가 말하는 이름의 철자는 하나도 몰라요"라고 대답했다.

마릴린 먼로는 아서 밀러와 부부로 있을 당시 프랭크 시내트라, 이브 몽땅과 염문을 뿌렸고, '세상에서 가장 크고 힘 있는 남자'인 대통령 존 F. 케네디와도 관계를 맺었다. 훗날 먼로는 정신병원에 수용되었을 때 자신의 주치의에게 이렇게 말했다고 한다. "나는 군인이에요. 나의 최고 상관은 세상에서 가장 크고 힘 있는 남자지요. 군인의 첫 번째 임무는 사령관에게 복종하는 것이잖아요. 나는 그 남자를 절대로 실망시키고 싶지 않아요." 그러나 존 F. 케네디는 자신의 생일 축하 파티에서 'Mr. President'를 불러준 먼로를 귀찮아했고 그녀를 자신의 동생인 로버트 케네디에게 넘겼다. 미국 대통령 형제의 노리 개감에 불과했던 먼로는 당연한 수순처럼 버려졌고 곧 정신병원에 감금됐다. 한편 구소련의 한 신문은 "미국 문화를 생각할 때 뭐니 뭐니 해도 풍선껌과 마릴린 먼로를 빼놓을 수 없다"고 말했는데 이 조롱 섞인 말투에는 단물이 다 빠지면 미련없이 버리는 풍선껌처럼 먼로의 삶도 그와 같다는 식의 비유가 들어 있어, 가슴을 아프게 한다. 수많은 남성들의 섹스 파트너였고, 말년에는 자신을 태우고 온 택시 기사, 식당 종업원에게까지 몸을 준 그녀는 "한 번도 행복한 적이 없었다"고 자신의 일생을 고백했다.

"나는 여자로서는 실패했다.
남자들은 내게서 너무 많은 것을 기대한다.
그들이 나를 가지고 만든, 또 내가 나를 가지고 만든,
섹스 심볼로서의 이미지 때문에. 남자들은 너무 많이
기대하고, 나는 그 기대에 맞추어 살 수가 없다."

살짝 웃는 듯하지만 슬픔
이 묻어나는 얼굴이다.

타살인가, 자살인가? 먼로의 죽음…

그리고 1962년 8월 5일 아침. 금발머리의 여배우가 숨진 채로 자택에서 발견되었다. 마릴린 먼로였다. 세기의 섹스 심볼로 추앙받았던 그녀의 사망원인은 약물 중독이었다. 그녀 나이 36세였다. 축 늘어진 그녀의 시체를 처음 발견한 사람은 가정부였다. 그녀의 죽음과 관련해서는 석연치 않은 구석들이 많아서 과연 이 죽음이 자살에 의한 것인지 아니면 케네디 형제와의 스캔들에 둘러싸인 의문의 타살에 의한 것인지는 논란의 여지가 많다. 공식적인 사인은 약물과용이지만 과연 그게 사실인지도 확신할 수 없다. 왜냐하면 그녀의 혈액에서는 다량의 수면제 성분이 발견되었지만 그녀의 위장에서는 수면제와 관련된 성분이 발견되지 않았고, 만약 그녀가 주사기로 수면제를 투여했을 경우 당연히 있을 법한 주사기 바늘도 나오지 않았기 때문이다. 또 그녀는 침대 위에 일자로 드러누운 채 죽어 있었고 구토의 흔적도 없었다. 수면제 과용으로 사망한 사람들이 대개 고통스럽게 몸부림치며 죽어가면서 구토를 하는 것과는 확연히 비교되는 대목이다.

그녀의 죽음이 타살에 의한 것이라는 의구심에 힘을 실어주는 정황들로는 그 외에도 케네디 형제와의 성관계 문제가 있다. 마릴린 먼로는 형 존 F. 케네디보다는 동생인 로버트 케네디에게 더욱 마음을 주었던 모양인데 로버트 케네디는 적극적인 마릴린 먼로를 부담스러워했다. 그는 자신의 사무실 개인전화번호를 바꾸었고, 그의 비서는 마릴린 먼로의 전화를 중간에서 차단시켰다. 때문에 먼로는 그녀의 친구에게 "만약 그가 계속 나를 피한다면 나는 신문사에 전화를 걸어 무슨 말을 할지도 몰라"라고 말하기도 했다.

이런 정황들은 그녀가 살해당했을 수도 있을 것이라는 추측을 가능하게 한다. 게다가 시체를 부검한 검시관과 사건을 담당한 검사는 서로 다른 의견서를 내놓아 역시 그녀의 사인이 불확실하다는 것을 반증했다. 그럼에도 불구하고 로스엔젤레스의 경찰국장은 그녀의 죽음을 자살쪽으로 결론을 내렸고 사건을 종결시켰다. 그러나 현장을 최초로 목격했던 경찰관은, 먼로가 친분이 있는 누군가에 의해 수면제를 투여받고 살해되었을 가망이 높다는 의견을 제시했다. 또한 마릴린 먼로의 부검 원본 파일이 사라졌으며 자살과는 전혀 상관성이 없는 그녀의 생전 마지막 메모와 사건에 관한 첫 번째 경찰 보고서 또한 사라졌다고, 먼로의 진단서에 서명을 했던 검시관은 말했다.

*"마릴린 먼로는
우리의 죄를 대신해 죽었다."*

◀ 케이트 밀레트
《성의 정치학》으로 유명한 여성학자 케이트 밀레트는 이렇게 말했다. 그녀는 또한 마릴린 먼로가 자기 자신을 희생하고 만인을 택했다는 점에서 이 여배우의 삶을 예수의 삶에 비유하기도 했다.

※ 참고도서: 20세기의 사람들/ 한겨레신문 문화부 편/ 한겨레신문사/ 1995
　　　　　　은밀한 사전/ 카타두백/ 남문희 옮김/ 청년사/ 2001
　　　　　　미술로 보는 20세기/ 이주헌/ 학고재/1998

Q 남북전쟁의 원인은 엉클 톰스 캐빈 때문인가?

스토 부인(1811~1896)의 소설 《엉클 톰스 캐빈》은 미국에
서만도 50만부 이상 판매되어 베스트셀러에 올랐을 뿐만 아
니라 노예제도 폐지에 관한 획기적인 사상을 불러일으켰다.
세계 23개국으로 번역되어 여러 나라에 영향을 준 이 소설
은 총 61만7,528명의 사상자를 낸 남북전쟁을 일으킨 가장
핵심적 요소가 되었다고 사학자들은 말하고 있다.

《엉클 톰스 캐빈》 ▲
노예제도에 대한 인도주
의적인 작가의 끓어오르
는 분노가 이 책을 쓰게
했다. 부조리한 세상에
내던져진 흑인 노예 톰의
처절한 인생을 다뤘다.

Q 윌리암 셰익스피어가 자신의 문학작품에서 저지른 실수는 무엇인가?

《줄리어스 시저》에서 시계에 대해 언급하
고 있지만 사실 당시에는 시계가 없었고 12
세기경에야 발명되었다. 《안토니우스와 클
레오파트라》에서 언급되는 당구 경기와 대
포도 그때에는 있지 않았다. 《헨리 4세》에
나오는 칠면조도 당시에는 없었다.

셰익스피어는 위대한 문학가…
엘리자베스 여왕은 윌리암 셰익스피어를 잃는
것보다 인도를 포기하는 것이 낫다고 말했다.

또 《코리오레이너스》에서도 델피를 섬으로 표현했지만 사실은
도시였다. 《한여름 밤의 꿈》에서는 보헤미아의 해안에서 폭풍을
만난 배에 대해 말하고 있지만 보헤미아, 지금의 체코슬로바키아
에는 해안이 없어서 배가 들어갈 수 없다.

Q 미켈란젤로(1475~1564)는 왜 뿔 달린 모세를 그렸는가?

출애굽기 34:29~30에 보면, "모세가 그 증거의 두 판을 손에 들
고 시내 산에서 내려오니 자기가 여호와와 말씀하였음으로 인하
여 얼굴 꺼풀에 광채가 나는 것을 깨닫지 못하였
더라. 아론과 온 이스라엘 자손들이 모세의 얼굴
꺼풀에 광채남을 보고 그에게 가까이하기를 두
려워하더라"라는 구절이 있다. '광채가 나더라'
라는 말은 히브리어로 'garan' 혹은 'Karon'으
로 '광채가 튀어나오더라' 라는 뜻이거나 '빛을
앞으로 내보낸다' 라는 뜻이다.

▲ 〈뿔이 달린 모세 조각상〉, 미켈란젤로
미켈란젤로는 불게이트가 잘못 번역한 이 성서
구절에 근거해서 모세상을 조각했을 것이다.

뿔이라는 단어의 히브리어는 'geren' 이다. 그래서
라틴어로 구약을 번역한 불게이트는 이 부분을
'guod cornuta esset facies sua. (그 얼굴에 뿔이 돋
아 있었다.)' 라고 번역하였다. 보통 성경에서 뿔이
란 단어는 세력을 나타내는 말로 자주 사용되었기
때문에 예술가들은 이 모세의 뿔을 힘의 상징으로
인식하고 그림이나 상에 뿔을 달았던 것이다.

많은 중세 예술가들은 머리에 뿔이 솟아나 있는 모습을 그렸다. 로마의 성 베드로 성당에 있는 미켈란젤로의 걸작 조각인 거대한 모세 상도 뿔을 달고 있다. 이 상은 교황 줄리어스 2세의 호전적인 용기를 기념하여 그의 무덤에 세워놓기 위해 만들어졌다. 이 상이 드러내고자 한 것은 모세가 시내 산에서 내려왔을 때 이스라엘 백성들이 우상 숭배에 빠져 있는 것을 보고 몹시 노했으나 그것을 억제하고 있는 모습이다. 비록 이 뿔이 그 의도를 더욱 잘 드러내긴 하였지만 사실은 성경 구절을 잘못 번역해서 생긴 실수이다.

▲ 미켈란젤로
불후의 명작 〈최후의 심판〉을 남겼음에도 불구하고 미켈란젤로는 스스로를 무엇보다도 조각가라고 여겼다.

Q 금세기 최고의 소설은?

어떤 사람은 플로베르(1821~1880)의 《보봐리 부인》을 좋아하고 또 어떤 사람은 스탕달(1783~1842)의 《적과 흑》을 좋아하지만, 서머셋 모옴(1874~1965)이 20세기의 가장 위대한 소설이라고 지칭한 작품인 《잃어버린 시간을 찾아서》를 대다수의 사람들이 단연 우위로 꼽는다.

16권으로 된 이 소설은 마르셀 프루스트(1871~1922) 평생의 작품이었다. "어떤 사람에게 이것은 세계에서 가장 위대한 소설이다. 그러나 어떤 사람들에게는 지루한 소설이다"라고 클리프톤 화디만은 말했다.

이들 16권 중 가장 유명한 작품은 《스완네 집 쪽으로》이다. 이것은 1913년과 1928년 사이에 출판되었다. 《스완

▲ 최후의 심판
6년 만에 완성된 이 그림이 마침내 공개되었을 때 사람들은 약속이나 한 듯이 "이단이다!" 하고 비명을 질러댔다.
벌거벗은 성인들, 날개 없는 못생긴 천사, 수염도 없는 애송이 예수…. 결국 이 위대한 작품은 개칠을 당해야 하는 수모를 겪었다.

▲ 프루스트
풍족한 환경에서 태어났음에도 불구하고 프루스트는 9세 때부터 천식을 앓았는데 이는 죽음에 이르기까지 평생의 숙환이 되었다.

네 집 쪽으로》는 집합적으로 귀족 게르만테 가족, 중산층 스완 가족, 그리고 평민 신흥부호층 베르뒤린 가족 등 세 가정의 생활을 1인칭 화자인 마르셀의 눈을 통하여 묘사하고 있다. 그들 인생의 흥망이 살롱, 카페, 모임의 밤, 경솔한 행동 등을 배경으로 전개되며, 항상 세부 묘사와 자기성찰에 대한 프루스트의 강박관념에 사로잡힌 주의력이 뒤따른다. 프루스트는 여기서 한 잔의 차에 관한 여러 갈래의 묘사를 위하여 한 페이지를 할애하기도 한다. 프루스트는 병약하고, 천식을 앓았으며, 신경증이 있었고, 목도리와 장갑과 담요에 싸여 광적으로 글을 썼다. 그러면서 그는 깨어 있는 대부분의 시간을 침대에서 보냈는데, 그의 방은 소음을 막기 위하여 코르크를 둘렀다. 그의 창문은 항상 꼭 닫혀 있었는데, 가장 무더운 파리의 여름날에도 그랬다. 그의 방을 방문하는 사람들은 흡입제 냄새로 숨이 막혔다.

금세기 최고의 작품인 《잃어버린 시간을 찾아서》는 10개 이상의 출판사에서 작품성이 없다는 이유로 거절되었다. 그래서 프루스트는 그랏세 출판사에 자비출판을 했다.

◀ 《잃어버린 시간을 찾아서》
폴 발레리는 "독자는 손이 가는 대로 읽어보아도 좋을 것이다. 거기엔 생명력이 가득 넘쳐 흐른다"라고 격찬했다. 1인칭 화자의 독백으로 시작되는 이 작품은 인간 심리를 깊이 있게 통찰했다는 평을 받고 있다.

마광수 교수의 《즐거운 사라》에서 법적으로 문제가 되었던 한 부분이다. "그래서 나는 땅콩 서너 알을 질 속에다 집어넣고 손가락으로 휘휘 저어보았다. 뭔가 미진해서 짜증스럽기만 하던 기분이 한결 가셔진다. 나는 불두덩 근처가 한층 달아오는 것을 느꼈다. 다시금 한 주먹의 땅콩을 질 속에다 쑤셔 넣어본다. 꽉 찬 포만감, 아니 만질감 같은 느낌이 항문에서부터 머리끝까지 올라오는 것이 거참 기분이 상당히 괜찮다. 근사하다. 나는 다시 질 속에 꼭꼭 숨어 있는 땅콩 알갱이들을 뾰족한 손톱 끝으로 한 알 한 알 빼내어 입에다 먹어본다. 처음에는 빼내기가 쉬웠지만 나중에는 어려웠다. 하지만 깊숙이 박혀 있는 땅콩 알갱이를 빼내려고 손가락들을 집어넣고 휘저어대다 보니 정말로 저릿저릿하면서도 그윽한 쾌감이 뱃속 깊숙이 밀려왔다. 그래서 나는 일부러 손가락을 아주 천천히 움직여 질 속의 땅콩을 우아한 방법으로 수색해내기 시작했다."

▲ 《즐거운 사라》, 마광수
1992년 《즐거운 사라》는 외설스럽다는 이유로 출판이 금지, 마광수는 전격 구속된 바 있다.

이 센세이셔널한 작가는 이론서에서도 탁월한 필력을 자랑한다. 예컨대 《문학과 성》은 문학작품에 나타난 성심리를 정신분석학적으로 다룬 문학비평서이다. 그 밖에도 《윤동주 연구》, 《상징시학》 등의 문학이론서가 다수 있다.

한편 1970년 소설가 염재만의 《반노》가 음란 문서 제조죄로 기소된 바 있었다. 법정은 그 소설이 음란 문서에 해당한다고 판단하고 벌금 30,000원을 선고했다. 다음은 그때 문제가 되었던 부

겉으로는 화장한 여자를 선망하면서도 속으로는 청순하고 맑은 이미지의 여자를 더 좋아하는 남성 지식인들의 속물근성을 시인은 비꼬고 싶었던 게 아니었을까.

나는 야한 여자가 좋다

꼭 금이나 다이아몬드가 아니더라도

양철로 된 귀걸이나 목걸이, 반지, 팔찌를

주렁주렁 늘어뜨린 여자는 아름답다

화장을 많이 한 여자는 더욱더 아름답다

덕지덕지 바른 한 파운드의 분(粉) 아래서

순수한 얼굴은 보석처럼 빛난다

아무것도 치장하지 않거나 화장기가 없는 여인은

훨씬 덜 순수해 보인다 거짓 같다

감추려 하는 표정이 없이 너무 적나라하게 자신에 넘쳐

나를 압도한다 뻔뻔스런 독재자처럼

적(敵)처럼 속물주의적 애국자처럼

화장한 여인의 얼굴에선 여인의 본능이 빛처럼 흐르고

더 호소적이다 모든 외로운 남성들에게

한층 인간적으로 다가온다 게다가

가끔씩 눈물이 화장 위에 얼룩져 흐를 때

나는 더욱 감상적으로 슬퍼져서 여인이 사랑스럽다

현실적, 현실적으로 되어

나도 화장을 하고 싶다

분으로 덕지덕지 얼굴을 가리고 싶다

귀걸이, 목걸이, 팔찌라도 하여

내 몸을 주렁주렁 감싸 안고 싶다

현실적으로

진짜 현실적으로

- 광마집 中. 심상사, 1980

분이다. "그는 미친 듯이 나를 쓰러뜨립니다. 자신도 옷도 벗고 내 옷도 익숙하게 벗깁니다. 서로의 나체만이 남습니다. 서로의 국부가 교면스러운 빛을 발하면서 한껏 부조되고 그 위에 온갖 충격이 요동쳐갑니다. 어느덧 기진하여 둘은 널브러집니다."

Q 작곡가들은 영감을 얻기 위해서 어떻게 했을까?

모차르트(1756~1791)는 당구를 치면서 작곡했고, 크리스토프 빌리발트 글룩(1714~1787)은 아무도 없는 전원의 한복판에서 작곡했고, 로시니(1792~1868)는 술에 취해서 작곡했다. 바그너(1813~1883)는 완전히 정장을 하고 작곡했고, 하이든(1732~1809)은 깨끗하고 흰 종이에다만 작곡했으며 항상 프래드릭 대제가 준 반지를 끼지 않고서는 훌륭한 작품을 쓸 수 없었다고 한다.

▲ 크리스토프 빌리발트 글룩
18세기 오스트리아의 오페라 작곡가. 기교적인 아리아를 중심으로 발전하던 오페라를 개혁하여, 극과 음악이 일치하는 드라마 중심의 오페라로 발전시켰다.

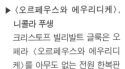

▶ 〈오르페우스와 에우리디케〉, 니콜라 푸생
크리스토프 빌리발트 글룩은 오페라 〈오르페우스와 에우리디케〉를 아무도 없는 전원 한복판에서 작곡했을지도 모른다.

오르페우스와 에우리디케 이야기

꽃다운 청춘을 시샘한 뱀

최고의 시인이자 음악가 오르페우스는 아폴론과 뮤즈인 칼리오페 사이에 태어난 아들이었다. 그는 아버지로부터 리라(고대 그리스의 일곱 줄로 된 현악기, 조그만 하프와 비슷함)를 선사받고, 그것을 타는 법을 배웠는데, 어�찌나 잘 타는지 그의 음악에 매료되지 않는 자가 없었다. 인간뿐만 아니라 야수도 그의 곡을 듣고 유순해져서, 사나운 성질을 버리고 그의 주위에 모여 들어, 그의 음악에 넋을 잃곤 하였다. 뿐만 아니라 수목이나 암석까지도 그 매력에 감응하였다. 야수는 그의 주위에 모여들고, 암석도 그의 곡조에 의해서 부드러워지며 그 견고함을 약간 늦추었다.

오르페우스가 에우리디케와 결혼하였을 때, 이를 축하해주도록 히메나이오스(혼인의 남신)도 초대를 받았었다. 그런데 히메나이오스는 참석은 했으나 아무런 길조도 가져오지 않았다. 그의 횃불까지도 연기만 나서, 그들의 눈에 눈물만 나게 하였다. 이와 같은 전조에 의해서인지 에우리디케는 결혼 후 얼마 지나지 않아, 그녀의 동무인 님프들과 거닐고 있을 때 아리스타이오스라는 양치기의 눈에 띄었다. 그는 그녀의 아름다움에 반해 사랑을 얻고자 추근거렸다. 그녀는 달아났다. 그러나 달아나다가 풀 속에 있는 뱀에게 발을 물려 죽고 말았다. 오르페우스는 아내를 잃은 슬픔을 노래로, 신과 인간을 가리지 않고, 아니 이 지상의 공기를 호흡하는 모든 것에 호소하였다. 그러나 그것이 아무 소용이 없

다는 것을 알자, 이번에는 죽은 자의 나라로 가서 아내를 찾아오
기로 결심했다.

"에우리디케를 돌려주세요"

그는 타이타로스(땅 밑에 있다는 암흑계, 지옥) 섬의 측면에 있는
동굴을 거쳐 지하세계인 명부에 도착했다. 그는 유령의 무리를
헤치고 하데스와 페르세포네의 옥좌 앞에 나아갔다. 그리고 리라
로 반주를 하면서 다음과 같은 말로 노래를 불렀다.
"지하 세계의 신들이여! 당신들이 있는 이 곳으로 우리들 생명 있
는 자는 다 오게 마련입니다. 나의 말을 들어 주십시오, 그것은
진실입니다. 제가 이 곳에 온 것은 타르타로스의 비밀을 탐지하
기 위한 것도 아니고, 뱀과 같
은 머리칼을 가지고 있는, 머
리가 세 개인 문지기 개(하데
스의 입구를 지키는 괴견 케르
베로스)와 힘을 겨루려는 것도
아닙니다. 저는 꽃다운 청춘에
독사에 물려 뜻하지 않게 죽은
제 아내를 찾으러 온 것입니
다. 사랑이 저를 이 곳으로 인
도했습니다. 사랑은 지상에 거

▲ 〈에우리디케를 지하 세계로부터 인도하는 오르페우스〉, 코로

주하는 우리들을 지배하는 전능의 신일 뿐 아니라, 옛말이 옳다면 이 곳에서도 역시 그럴 것입니다. 저는 이 공포로 가득 찬 곳, 침묵과 유령의 나라에 맹세하여 당신들에게 간청합니다. 에우리디케의 생명의 줄을 이어주십시오. 우리들은 당신들이 있는 이 곳으로 오게 마련이나 오직 일찍 오느냐, 늦게 오느냐 하는 차이가 있을 따름입니다. 저의 아내도 수명을 다한 후에는 당연히 당신들의 수중에 들어올 것입니다. 그러나 그때까지는, 원컨대 그녀를 저에게 돌려주십시오. 만약 거절하신다면 저는 홀로 돌아갈 수 없습니다. 저도 죽겠습니다. 두 사람의 죽음을 눈앞에 놓고 승리의 노래를 부르십시오."

봐도 봐도 당신이 그리운데…

그가 이런 애달픈 노래를 부르자, 망령들까지도 눈물을 흘렸다. 탄탈로스는 목이 마른데도 잠깐 동안 물을 마시려고 하지도 않았고, 익시온의 차 바퀴도 정지하였다. 독수리는 거인의 간을 찢기를 중지하였고, 다나오스의 딸들은 체로 물푸는 일을 중지했다. 그리고 시시포스도 바위 위에 앉아서 노래를 들었다. 복수의 여신들의 양볼이 눈물에 젖은 것도 그때가 처음이라고 한다. 페르세포네도 거부할 수 없었고, 하데스도 자신을 양보했다. 에우리디케가 호출되었다. 그녀는 새로 들어온 망령들 사이에서 부상당한 발을 절뚝거리며 나타났다.

오르페우스는 그녀를 데리고 가도 좋다는 허락을 받았으나, 조건이 하나 붙어 있었다. 그것은 지상에 도착하기까지는, 그가 그녀를 돌아보아서는 안 된다는 것이었다. 이 약속을 지키고 오르페우스는 앞서고 에우리디케는 뒤따르면서 어둡고 험한 길을 말 한 마디 하지 않고 걸어갔다. 마침내 즐거운 지상 세계로 나가는 출구에 거의 도착하였을 때, 오르페우스는 순간 약속을 잊고 에우리디케가 아직도 잘 따라오나 확인하기 위해서 뒤를 돌아보았다. 그 순간 에우리디케는 지하 세계로 되끌려 갔다. 그들은 서로 포용하려고 팔을 내

지하 세계로 끌려가는 에우리디케를 놓치지 않으려고 재빨리 손을 내미는 오르페우스….

밀었으나, 허공을 감았을 뿐이었다. 두 번째로 죽어가면서도 에우리디케는 남편을 원망할 수도 없었다. 자기를 보고 싶어 못 견디어 저지른 일을 어떻게 탓할 수 있을 것인가.

"이제 최후의 이별입니다. 안녕히!"

그녀가 말했다. 그러나 어찌나 빨리 끌려갔던지, 그 말 소리조차 잘 들리지 않았다. 오르페우스는 그녀의 뒤를 따르려고 노력하였다. 그리고 다시 한 번 그녀를 데리고 오기 위해서 지하 세계에 내려가게 해줄 것을 탄원하였다. 그러나 사정을 모르는 사공은 그를 떠밀고 건네 주기를 거절하였다. 그는 7일 동안 먹지도 않고 자지도 않으면서 강가에 앉아 있었다. 그리고 암흑 세계의 신들

의 무자비함을 통렬히 비난하면서, 자기 생각을 노래에 담아 바위와 산에다 호소하였다. 그러자 호랑이도 감동하고, 참나무도 감동하여 그 큰 줄기를 흔들었다. 그는 그 후 여자를 멀리하고 그의 슬픈 불행의 추억을 끊임없이 되씹으며 살았다. 트라키아(Thracia, 에게 해 동북안 지방)의 처녀들은 그의 마음을 사로잡으려고 갖은 노력을 다했으나, 그는 그들의 구혼을 물리쳤다. 처녀들은 될 수 있는 한 참았다.

이제 누가 리라를 연주하지?

그러던 어느 날 그는 디오니소스의 제전에 참석했고 흥분하여 정신을 잃었는데 한 처녀가 그를 발견했다. 그녀는 "저기 우리를 모욕한 사내가 있다!"고 소리치며 오르페우스를 향하여 창을 던졌다. 그러나 창은 그 리라 소리가 들릴 만한 거리에 도달하자, 힘을 잃고 그대로 그의 발 밑에 떨어지고 말았다. 그들이 던진 돌도 마찬가지였다. 그러자 처녀들은 소리를 질러 리라 소리가 들리지 않게 한 후에 무기를 던졌다. 그랬더니 결국 온 몸에 피를 적시며 오르페우스는 쓰러졌다. 광분한 처녀들은 그의 사지를 갈기갈기 찢고 그의 머리와 리라를 헤브로스 강에다 던져버렸다.

그러자 그것들은 슬픈 노래를 속삭이는 듯 노래와 연주를 하면서 흘러 내려갔고, 양쪽 강변에서도 이에 맞추어 슬픈 노래를 불렀다. 뮤즈의 여신들은 갈기갈기 찢어진 그의 몸을 모아 레이베트라에 묻었다. 이 레이베트라에서는 지금도 밤꾀꼬리가 그의 묘에서 그리스의 다른 지방 그 어디에서보다도 아름다운 소리로 운다고 전해지고 있다. 그의 리라는 제우스에 의하여 별자리 사이에 놓였다. 망령이 된 그는 또 다시 타르타로스에 내려가, 거기서 에우리디케를 찾아내고 열렬히 그녀를 끌어안았다. 그들은 같이 행복에 취해 들판을 거닐었다. 때로는 그가 앞서기도 하고 때로는 그녀가 앞서기도 하면서, 오르페우스는 이제는 부주의하게 그녀를 바라보았다고 하여 벌을 받을 염려도 없이 마음껏 그녀를 바라보았다.

(출처 : 박갑수 외 2인 지학문학교과서, 그리스 · 로마 신화, 최혁순 옮김)

▶ 〈오르페우스의 머리를 발견한 님프들〉,
　 워터하우스
　 "사랑하다가 죽어버려라" 정호승의 시 중
　 한 귀절이 생각나는, 처절한 사랑의 말로….

힌두인들에 의해 문학사상 가장 눈에 띄는 두 권의 책이 저술되었다. 《마하바라타》와 《라마야나》가 그것이다.

《마하바라타》는 세계에서 가장 긴 책에 속한다. 우리들이 잘 알고 있는 《불운한 안토니》, 《포사이트 가의 이야기》, 《바람과 함께 사라지다》 등과 같은 장편소설들이 최근 들어 많이 발표되기는 하였다.

이 소설들은 대하소설로 씌어진 것들로 한 권이 보통 1,000쪽에 달한다. 그러나 《마하바라타》에 비하면 이런 소설들은 미미한 상상력의 발동에 지나지 않는다. 왜냐하면 《마하바라타》는 7,000쪽에 달하는 방대한 작품이기 때문이다.

이 거대한 작품의 저자는 과연 누구일까? 아무도 모른다. 어쩌면 수천 명이 되는 시인들의 작품을 모아놓았기 때문에 어느 누구도 자기 이름을 감히 붙일 수 없었는지도 모른다. 그러나 힌두인들의 방식은 그렇다. 그들은 아마도 역사 속에서 가장 심오한 사색가이기도 하면서 가장 겸손한 민족이기도 할 것이다. 어떤 면에서 《마하바라타》는 유명한 호머의 《일리아드》를 연상시키기도 한다.

또한 한 나라의 아름다운 여인을 다른 나라에게 빼앗기면서 발생되는 갈등 구조 역시 《일리아드》와 비슷한 점이다. 찰스 엘리어트 경 같은 사람들은 순수 문학적인 면에서 볼 때 《마하바라타》가 《일리아드》보다 더 훌륭한 시라고 간주하고 있다. 길고 따분한 부분도 있긴 하지만 《마하바라타》는

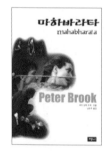

▲ 《마하바라타》 책 표지
인도 고대의 산스크리트
대서사시로서 바라타족의
전쟁을 읊은 시다. 인도판
그리스 신화라 불린다.

"세상 모든 것이 《마하바라타》에 있나니 《마하바라타》에 없는 것은 세상에 없는 것이다."

▲ 인도인— 흔히 인도 사람들은 "세상 모든 것이 《마하바라타》에 있나니 《마하바라타》에 없는 것은 세상에 없는 것이다"라고 말한다.

7,000쪽에 달하는 책이기 때문에 어쩔 수 없다. 그러나 거기에는 어떤 문학서에서도 볼 수 없는 아름다운 구절들이 들어 있다. 그 아름다운 구절이 들어 있는 장이 〈신의 노래(바가바드기타)〉이다. 이 〈신의 노래〉는 힌두인의 신약으로 불려진다. 성경 위에 서약을 하듯 인도 사람들은 법정에서 이것의 이름을 걸고 서약을 한다.

우리나라 해인사에 있는 팔만대장경은 총 8,125판인데 이것을 오늘날 책의 쪽수로 계산하면 16만2,516쪽이 된다. 쪽수로 따지면 성경의 72배 정도 많다.

Q 영화 촬영 중에 사고로 죽은 사람도 있는가?

1930년 〈위험한 남자〉에서 공중 추격 장면을 찍다가 촬영 비행기 두 대가 충돌하는 바람에 스탭 10명이 횡사하여 헐리우드 최악의

▲ 〈3차원의 세계〉 포스터
공상과 현실 사이에 있을지도 모르는 공포의 세계를 스티븐 스필버그, 존 랜디스, 조 단테, 조지 밀러가 모여서 각각 한 편씩 연출한 옴니버스 형식의 공포영화.

참사로 기록됐다. 1928년 〈트레일 오브 나인티 에잇〉에서 스턴트맨 3명이 홍수 장면을 촬영하다가 익사했고, 같은 해 〈노아의 방주〉에서 물난리 장면을 촬영하다가 역시 3명의 엑스트라 배우가 물에 빠져 숨지는 불행을 당했다. 1930년 〈지옥의 천사〉에서 스턴트맨 3명이 목숨을 잃어 스턴트맨 수난시대가 이어졌다.

1941년 〈장렬 제7기병대〉에서 주인공 에롤 플린의 말 타는 장면을 지도하던 조련사가 말에 깔려 압사당했다. 존 랜디스, 스티븐 스필버그, 조 단테, 존 밀러 등 재능 있는 4인의 연출자가 옴니버스로 진행하던 〈3차원의 세계〉의 촬영 중 헬리콥터가 공중에서 폭발해 〈전투〉로 유명세를 탔던 빅 모로우와 세 명의 아역 배우가 숨지는 사고가 발생했다. 1989년 TMV사가 〈티푸 술탄의 검〉 촬영 중에 세트장이 원인 모를 화재에 휩싸여 엑스트라 40여 명이 희생됐다.

스티븐
스필버그

한 편의 좋은 영화를 만들기 위해 배우와 스태프는 생명을 담보로 내놓는다. 인생은 짧고 예술은 길다!

Q 유명한 사람들의 트리비아(사소한 일 따위)를 알고 있나?

발자크는 하루에 커피를
60잔이나 마시는 커피광!

- 발자크(사실주의 소설의 선구자)는 하루에 커피를 60잔 정도
  마시는 커피 중독자였다.
- 험프리 보가트는 하루에 다섯 갑의 담배를 피웠다. 그는
  결국 식도암으로 죽었다.
- 나폴레옹은 파리 군사학교에서 51명 중 42등으로 졸업하였다.
- 말론 브란도는 단 한 편의 영화 출연료로 1,000만 달러를
  받았다. 그 영화는 다름 아닌 〈대부〉였다.
- 아리스토텔레스는 두 번 결혼하였으며 그는 또 말더듬이였다.
- 윈스턴 처칠은 일생 동안 30만 대의 시거를 피웠던 것으로
  추산된다.
- 미국의 대통령이었던 포드는 한때 모델로 〈Look〉 잡지나
  〈Cosmo-politan〉 잡지의 표지에 등장하였다.

▲ 〈고리오 영감〉 책 표지
다양한 자본주의적 인물
들과의 관계망 속에서 부
르주아 노인이 쇠락해가
는 과정과 귀족 청년의
상승 욕구를 대비시켜
19세기의 시대상을 그려
낸 발자크의 수작.

▲ 찰리 채플린
그는 슬랩스틱 코메디의
거장이었다. 우스꽝스런
분장과 몸짓으로 물질문
명의 부조리를 고발했던
그가 말끔하게 정장을 차
려 입은 모습이 이채롭다.

▲ 간디
"내게 가장 귀한 비폭력
의 무기를 주셨는데 만일
내가 오늘의 위기에서 그
것을 쓰기를 꺼린다면 하
나님은 나를 용서하지 않
으실 것이다."

- 노벨문학상을 탔던 최초의 여성 펄벅은 영어를 배우기 전에 중국어를 먼저 배웠다. 노벨문학상 수상작인 《대지》의 원고는 14곳의 출판사에서 거절당했었다.

- 코미디 영화의 황제 찰리 채플린은 4번 결혼하였다. 그는 주로 젊은 여자들을 사랑하였다. 그가 결혼하였을 때 그의 첫 번째 여자의 나이는 16세였고, 두 번째도 16세였다. 그러나 세 번째 여자는 그 중 비교적 나이가 많은 24세였고 네 번째 여자는 18세였다.

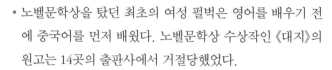

▲ 〈모던타임즈〉 포스터
돈과 기계의 노예가 되어가는 현대
인간을 풍자한 채플린의 장편 희극.

- 찰스 브론슨의 원래 이름은 부친스키였다. 그러나 소련 냄새가 난다고 생각하여 찰스는 헐리우드 근처에 있는 브론슨 스트리트를 기억해내고는 길거리 이름을 따서 자기 이름으로 정했던 것이다.

- 간디는 《음탕한 이야기》를 읽다가 무저항주의를 생각하게 되었다. 그는 항상 진정제를 먹고서 무저항주의에 임했다.

- 미국의 20대 대통령이었던 제임스 가휠드는 오하이오주에 있는 희랍대학의 그리스어와 라틴어 교수였다. 그는 한 손으로는 그리스어를 또다른 한 손으로는 라틴어를 동시에 자유자재로 쓰면서 영어로 대화를 즐겼다.

- 이반 4세는 1565년 공포정치를 시행하여 뇌제라는 별명을 얻었는데, 후대의 학자들은 이반 4세의 이러한 포악한 성격이 성병에서 기인한 게 아닌가 추측하고 있다. 1560년 첫 아내인 아나스타샤가 죽자 방탕한 생활을 일삼은 그는 결국 매독에 걸리고 그로 인해 정신질환을 앓으며 폭군으로 변했다는 것이다. 맏아들을 비롯한 수만 명의 사람들을 처형했지만 50세 이후에는 회개하는 마음으로 종교에 귀의하여 온 마음과 몸을 바쳤다. 그는 결국 수행자가 되었고 요나라는 이름의 승려로 세상을 떠났다.

▲ 이반 4세
러시아 황제(1547~84).
16세에 즉위식을 올리자
정식으로 차르(황제)의
칭호를 취했다.

- 찰톤 헤스톤은 시간당 1.25달러를 받고 뉴욕에 있는 어느 미술대학에서 일했던 누드모델이었다.

▲ 이반 4세와 아들 이반

- 히틀러는 젊었을 때 가톨릭 신자였으며 신부가 되길 원했다. 히틀러는 콜로라도에 8,900에이커의 땅을 소유하고 있었다고 〈피폴스 알마낙〉은 시사했다.

- 민권운동의 창시자이며 인권옹호의 기수였던 미국 3대 대통령 토마스 제퍼슨은 130명의 노예를 소유하고 있었다.

- 무의식의 소설가 제임스 조이스가 그의 환상적 소설 《피네건스 웨이크》를 썼을 때에는 한치 앞을 못 보는 장님이었다.

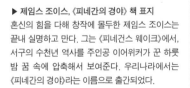

▶ 제임스 조이스, 《피네간의 경야》 책 표지
혼신의 힘을 다해 창작에 몰두한 제임스 조이스는 끝내 실명하고 만다. 그는 《피네건스 웨이크》에서, 서구의 수천년 역사를 주인공 이어위커가 꾼 하룻밤 꿈 속에 압축해서 보여준다. 우리나라에서는 《피네간의 경야》라는 이름으로 출간되었다.

Q 보헤미안의 진정한 의미는 어디에 있나?

▲ 집시 소녀
가진 것이라곤 제 몸과 넝마 옷밖에 없는 가난한 집시소녀. 무언가를 바라는 듯한 얼굴로 정면을 보는 그녀에게서 생의 무거움이 느껴진다.

일반적으로 음악이나 미술에 너무 심취한 사람, 정신없이 성격이 낭만적인 사람을 보헤미안이라고 부른다. 이 보헤미안이 바로 옛날 체코 왕국의 이름이다.

체코의 수도인 프라하 시내를 걸어다녀 보면 프라하가 왕년에 유럽예술의 중심도시였다는 것을 금방 느낄 수 있다. 건물에서부터 다리에 이르기까지 예술적이 아닌 것이 없다. 미국에 살면서 고향이 그리워 항상 떠나는 기차를 물끄러미 바라보며 눈물을 흘리곤 했었다는 드볼작도 프라하 출신이다. 교향곡 〈신세계〉에 보헤미안 냄새가 풍기는 것도 그의 향수병 때문이다.

정열적인 애국자이자 유명한 작곡가 스메타나도 프라하 사람이다. 심포니 〈내 조국〉은 멜로디가 뜨겁고 낭만적이

보헤미안은 집시…
사회의 규범이나 습성을 무시하고 자유롭게 살아가는 사람들

다. 천재작가 카프카와 쿤테라도 프라하 출신이고 카프카 작품에 등장하는 거리 풍경은 대부분 프라하가 주무대다. 관광 중심지로 되어 있는 올드타운의 시청 시계탑 맞은편에 있는 '밀레나 카페' 가바로 그가 태어난 집이며 2층에 카

▲ 프라하 도시 중세적인 신비함으로 프라하는 많은 예술가들에게 영감을 주었을 것이다.

프카 박물관이 만들어져 있어 이곳에서 커피 마시는 것도 별미다. 그러나 뭐니뭐니해도 시인이며 당대의 극작가인 하벨이 얼마 전까지 체코의 대통령이었다는 사실은 이 나라가 예술인들을 얼마나 존경하는가를 단적으로 보여주고 있다.

- 한국일보에서 -

▶ 《참을 수 없는 존재의 가벼움》, 밀란 쿤데라
인간 실존의 문제에 대한 철학적 성찰, 그리고 인간과 역사와의 관계를 특유의 지적인 문체로 풀어나간 소설 《참을 수 없는 존재의 가벼움》은 쿤데라의 대표적인 작품이다.

Q 브라크의 그림들이 루브르 박물관에 전시되었을까?

루브르 박물관에 전시되는 작품은 그 작가가 죽은 지 60년이 지나야 한다. 단 한 사람의 예외가 있었는데 그것은 프랑스의 화가 조르주 브라크이다.

나이 18세 때 그림을 그리기 위하여 파리로 상경한 브라크는 몽마르트의 예술가들처럼 마티스의 영향을 받으며 야수기를 보냈지만 1907년 피카소를 만났을 때 당시 피카소가 그리고 있던 〈아비뇽의 처녀들〉에서 강렬한 인상을 받게 된다. 브라크와 피카소 두 사람은 모두 물체의 실상을 화폭에 그대로 담아 표현하지 않고 물체와 공간의 입체적 형태를 비틀거나 확대하여 화폭에 담았기 때문에 평론가들은 이들의 스타일을 '입체주의' 라고 부르기 시작한다. 피카소에 비해 그의 방법은 보다 회화적이고 시적인 것이 특징이다. 또한 브라크의 화폭은 물체를 비틀어 표현하는 기법에도 불구하고 엄격한 틀에 담겨져 있는 것을 엿볼 수 있다. 〈기타를 치는 여인〉이나 〈큰 탁자〉와 같은 작품에 나타나듯 초기에 주로 회색과 베이지 색을 즐겨 사용하는 이 새로운 기법을 평론가들은 입체파 운동의 가장 중요한 시도라고 평가하고 있다.

◀ 브라크의 〈큰 탁자〉
불안정하게 해체된 형태들과 비회화적 요소들로 하나의 낯선 세계를 창조하고 있는 그림들.

Q 〈즐거운 나의 집〉의 작사가는 과연 스위트 홈을 갖고 있었나?

너무나도 유명한 〈즐거운 나의 집〉의 작사가는 정작 집을 가져본 적이 없는 홈리스(Homeless)였다. 이 노래의 작사가는 존 하워드 패인이라는 사람인데 그가 파리에서 돈 없이 떠돌아다닐 때 이 노래를 만들었다고 한다. 그는 지구 방방곡곡을 떠돌아다닌 방랑자였다. 1851년 3월 3일, C.E. 클락에게 보낸 편지에 그는 다음과 같이 심경을 토로하였다.

"한 번도 내 집을 가져본 적이 없을뿐더러 그런 바람도 없었던 내가 이 세상의 많은 사람들로 하여금 집의 소중함을 느끼게 해준 사람이 되다니 정말 이상한 일이야!"

즐거운 곳에서는
날 오라 하여도
내 쉴 곳은 작은 집
내 집 뿐이리.

내 나라 내 기쁨
길이 쉴 곳도
꽃 피고 새 우는
내 집 뿐이리.

오- 사랑- 나의 집-
즐거운 나의 벗
내 집 뿐이리-

존 하워드 패인은 집 없는 나그네의 설움을 '즐거운 나의 집'
이라는 가사로 역설적으로 표현한 게 아니었을까….

그는 이 편지를 쓴 지 1년 후에 투니스라는 곳에서 죽었다. 물론 그때도 그는 집이 없었다. 그리고 그의 주검은 묻혀 있던 무덤에서 그의 출생지로 보내졌는데 결국 '홈 스위트 홈' 의 집 없는 작가는 워싱턴의 오크 언덕에 있는 공동묘지에 그의 영원한 집을 갖게 되었다.

Q 피아노가 발명되기 전에 가장 인기 있었던 악기는 무엇인가?

현재의 피아노가 발명되기 전에 가장 인기 있었던 악기는 하프시코드였는데, 건반을 누르면 안에 있는 막대기가 올라가고 플랙트럼이라는 짧은 채가 줄을 뜯으면서 소리를 낸다. 그런데 소리의 높낮이가 없다는 것이 단점이었다. 1690년 이탈리아의 하프시코드 제작자인 바톨로미오 크리스토포리라는 사람이 플랙트럼을 빼버리고 대신 작은 망치들을 달았다. 따라서 건반을 눌렀을 때 이 망치가 줄을 치면 지음기라는 것이 울려서 진동하게 되고 건

◀ 하프시코드 악기
1789년 프랑스 혁명 때, 혁명세력은 귀족문화의 상징이었던 이 악기를 하나하나 찾아내어 조직적으로 파괴하기에 이른다.

▶ 로시니(왼쪽)와 베르디(오른쪽)
하프시코드 향수에 이따금 젖는 음악가들….
오페라 작곡가인 로시니는 어릴 적 하프시코드로 음악을
배웠고, 1816년까지 그의 오페라의 레시타티브에 하프
시코드를 사용하였다. 1820년대에 베르디도 하프시코드
의 일종인 스피넷으로 음악을 공부했다.

반을 놓으면 진동도 사라지게 되었다. 이것이 피아노의 시초이
다. 피아노는 1709년에 크리스토포리에 의해서 발명되었고 지금
뉴욕 메트로폴리탄 예술박물관에 소장되어 있는 피아노는 1726
년형 모델이다.

Q 샤넬 5라는 세계적인 향수는 왜 5번이란 이름이 붙여졌는가?

의상 디자이너 샤넬의 이름을 딴 향수 샤넬 5은 1924년 그녀의 의
상점에서 처음 발매됐다. 조향사 에르네스트 보이가 북유럽에 머
물면서 겪은 백야(白夜)의 이미지를 재현한 것이라고 전한다. 보

▲ 샤넬 5번
"나는 샤넬 5번을 입
고 자요"라고 마릴린
먼로는 말했다. 그 때
문에 이 향수는 더 유
명세를 탔다.

이는 24가지 향수를 만들었는데 샤넬이 그
가운데 다섯 번째 향수를 가장 좋아해 샤넬
5번이라는 이름이 붙여졌다고 한다.

◀ 샤넬
명품 이름으로 더 유명한 샤넬은 모자 디자이너에서 출발하였다. 제2차
세계대전 중에 '모델의 모자'라는 암호명으로 나치첩보원으로 활동하
였음이 사후 20년이 지난 1995년에 밝혀져 충격을 주기도 했다.

샤넬 이야기

"나는 우리시대를 어떻게 표현해야 하는지 잘 알고 있다"

가브리엘 샤넬(Gabrielle Chanel)은 1883년 프랑스 소뮈르에서 태어났다. 별칭은 코코. 스무살 무렵부터 잠재해 있던 그녀의 자유분방한 끼가 발산됐다. 낮에는 온천에서 물을 긷고 밤에는 싸구려 카페에서 노래를 부른 가무잡잡한 피부의 그녀는 충분히 매력적이어서 많은 남성들에게 주목을 받았다. 그 중 부르주아 출신의 젊은 에티엔 발상은 그녀를 상류층 문화계로 끌어들이는 데 힘썼다. 그녀는 개성 있는 옷차림으로 주위의 시선을 한몸에 받았다. 또 그녀의 부유한 연인들이 기꺼이 도움을 주어, 코코는 전운이 감도는 파리의 캉봉 거리와 도빌에 부티크를 차릴 수 있었다. 그 당시 도빌은 멋쟁이들의 피난처였다. 부티크는 큰 호응을 얻었다. 코코는 이 성공에 만족하지 않고 양성적이고 단순화된 독특한 스타일의 의상을 선보였다. 이같이 활동적인 샤넬 스타일은 여성들에게 자유를 선사했다. 가히 의류혁명이라 할 만했다. 그녀는 최초로 토털패션 개념을 도입한 디자이너였다. 단순히 의류에만 그치지 않고 메이크업, 향수 액세서리에 이르기까지 감각적인 재능을 발휘했다. 그녀는 여성의 외적인 미를 최대한으로 창출하고자 했고, 간편한 저어지 드레스와 승마재킷, 스웨터와 바지 등의 '편안한 옷'을 만들었다. 당시에 화려한 장식과 몸에 꽉 낀 코르셋이 유행했다는 점을 상기한다면 코코가 얼마나 진보적인 패션감각을 지녔는가는 어렵지 않게 짐작할 수 있으리라. 한편 그녀는 1940년부터 44년까지 파리에서 보냈는데 이는 그녀가 독일 점령군과 미심쩍은 관계를 가졌다는 빌미를 제공한다. 제2차세계대전을 계기로 그녀는 은퇴의 길을 걷게 되고 마침내 1954년 회사의 문을 닫게 된다. 71세 때 다시 파리에 부티크를 열어 재기에 성공한 그녀는 나이가 들어서인지 우아한 진주목걸이와 팔찌 장식을 즐겨하였다. 그리고 1971년 1월 10일, 리츠호텔에서 조용히 눈을 감았다.

가브리엘 샤넬은 '가장 심플한 방법으로 항상 최고의 것을 창조할 수 있는 용기'를 패션 철학으로 삼았다.

제4장

알수록 흥미로운
성의 세계

– 사랑의 감정은 어디에서 오나요?

성 story 〉 〉 〉

Q 왜 새벽만 되면 남자들에게는 모닝 라이즈(Morning rise) 현상이 생기나?

남성 호르몬으로 알려진 테스토스테론(testosterone, 남성호르몬 중 가장 강력한 호르몬)의 분비율은 동틀 무렵에 가장 높다. 남성들이 별다른 이유 없이 아침에 발기하는 것은 바로 이 때문인데, 이것을 아침발기(morning rise)라고 한다.

여러 연구결과는 공격적 행동과 테스토스테론 수치의 밀접한 상관관계들을 보여준다. 대학 레슬링 선수들을 상대로 테스토스테론 수치를 분석한 결과, 패자보다는 승자에게서 테스토스테론의 혈중 농도가 높은 것으로 나타났다. 비슷한 연구에서는 보다 공격적인 하키 선수의 테스토스테론 수치가 높게 나왔다.

테스토스테론과 폭력성은 관계가 있다?

살인, 강간, 폭행을 저지른 범죄자 중 테스토스테론 수치가 높은 사람들이 많았다나…

또…

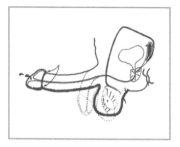
▲ 모닝 라이즈

남성은 테스토스테론 수치가 여성보다 높다. 이런 점에서 남성들에게 더 문젯거리가 많을 수밖에 없는 것은 아닐까? 젊은 남성은 일생 중 호르몬 분비율이 가장 높을 때 대부분 범죄를 일으킨다. 감옥에 수감된 죄수를 보면 테스토스테론 수치가 높을수록 초범연령이 낮아진다.

젊은 남성은 사업에서부터 일상대화에 이르기까지 여성보다 더 활달하다. 혼성 그룹에서 남성은 여성보다 더 많이 말하며, 다른 이의 대화를 끊고 끼여들기도 한다. 그러나 테스토스테론 생산의 변동과 연관된 흥미로운 역전 현상이 중년 때부터 일어난다. 5, 60대의 남성은 일반적으로 점점 조용해지는 반면, 여성은 점점 더 주장이 강해지고 활달해진다.

남성의 경우 테스토스테론 분비율 수준은 60세 전후가 될 때까지 매년 1%정도씩 감소하여 9세 남아의 수준으로 떨어진다. 반면 여성은 갱년기에 이르면서부터 호르몬 수치가 증가한다. 사실 갱년기가 지난 일부 여성은 글자 그대로 수염이 돋거나 음성이 굵어지고 허스키가 되기도 한다.

Q 두 개의 고환 중에 왜 한 개가 더 크고 더 무겁고 축 늘어져 있을까?

고환 2개의 무게는 25g인데 오른쪽의 것이 더 무겁다. 이렇게 크기와 무게, 높낮이가 서로 다르면 그만큼 충돌의 위험도 줄어

든다. 다음은 고환을 비롯한 인체의 각 부분의 무게를 비교한
것이다.

종류	무게	종류	무게	종류	무게
뇌	1,400g	췌장	82g	폐	450g
심장	340g	신장	140g	자궁	60g
간	1,400g	고환	25g	유방	180g
비장	198g	난소	7g		

◎ 정자를 만들어내는 공장

고환은 온도가 낮아야 제대로 기능할 수 있으므로 방열기구처럼 언제나 쭈글쭈글한 주름투성이의 모습으로 매달려 있다. 체온이 올라가면 세정관의 정자생산이 중지되기 때문에 더운 날씨에는 축 늘어져서 되도록 몸에서 멀리 떨어져 있으려 하고, 추우면 오므라들어 몸 속으로 기어들게 된다. 참으로 오묘한 자동장치이다.

◎ 정자의 무게

정자의 무게는 난자의 무게의 75,000분의 1밖에 되지 않는다. 그러나 난자는 한 달에 하나씩 배란되지만 정자는 한 번에 3억~4억 정도 사정된다. 일생 동안 경험하는 섹스의 횟수는 약 5,000번이므로 한 남자가 일생 동안 사정하는 정자의 총수는 약 2조 가량 된다.

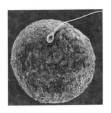

▲ 정자와 난자
정자와 난자의 크기를 비교해보면 재미있다. 정자는 올챙이와 비슷한 모양으로, 꼬리를 이용해서 움직이며 머리부분에 핵을 가지고 있다. 난자는 발생에 필요한 양분을 저장하므로 크기가 크며 그러나 운동성은 없다.

Q 난초와 고환은 어떤 관계가 있는가?

사랑스럽고 값비싼 난초는 고환을 뜻한다. 2000년 전 로마의 저술가이자 박물학자인 엘더(Elder)는 두 개의 뿌리를 가진 오키드(orchid)의 모습이 고환과 비슷해 보인다고 말했다. 고환과 난초는 비슷해 보인다.

오키드의 모습이 남자의 고환과 흡사하다.

Q 왜 여자들은 수다쟁이가 되나?

여자들이 수다를 많이 떠는 이유는 여성의 성대가 남성 성대에 비하여 짧고, 소리를 낼 때 남성들보다 공기 유통이 덜 필요하기 때문이다. 문제는 호흡에 있다.

"수다쟁이(chatter)는 원래 원숭이나 새 같은 것이 꽥꽥 혹은 짹짹 울어대는 것을 의미해요"

Q 40대 후반의 여성은 왜 임신이 되지 않을까?

여자가 사춘기가 되면 약 400개의 난자가 성장하여 배란이 된다.
그리고 나이가 들어감에 따라 1년에 12개씩 난소에서 배출되어
30년이 지나면 400개의 난자가 거의 모두 소진되어 없어지기 때
문에 임신될 가능성이 희박해지는 것이다.

Q 사랑의 감정은 어디에서 올까?

사랑의 도취감은 가슴에서 오지 않는다.
이는 뇌하수체에 의해 분비되고, 조절되는
호르몬과 신경작용에서 기인한다. 뇌하수
체가 손상되어 변화되면 한 쌍 결속을 조
절하는 호르몬과 신경작용이 사라진다. 사
춘기 이전에 뇌하수체 종양 때문에 수술을
받은 사람은 결코 사랑에 빠지지 않는다.
존스 홉킨스 대학의 이 분야 전문가들은
이렇게 얘기했다.
"이런 사람들도 애정을 나타낼 수 있습니
다만…"
"대부분은 우리가 사랑에 빠졌다고 말하
는 한 쌍 결속을 결코 경험하지 못합니다."
뇌하수체에서 분비되는 호르몬이 중단된

▲ 《로미오와 줄리엣》에서 그 유명한 발코니
장면을 묘사한 동판화(1812년 작품)

다면 《로미오와 줄리엣》의 줄리엣을 보고도, 《젊은 베르테르의 슬픔》의 로테를 보고도, 사랑의 감정을 전혀 느끼지 못할 것이다. 우리 인간은 신이 창조한 최고의 걸작품인 로보트인가?

Q 초콜릿에는 사랑에 빠지게 하는 성분이 있을까?

사랑에 빠지고 싶으면 초콜릿을 먹어야 한다. 초콜릿에 들어 있는 화학물질 페닐에틸라민(Phenylethylamine)은 남녀가 사랑을 느낄 때 뇌에서 분비되는 물질과 같다. 따라서 심장박동과 에너지를 고양시킴으로써 꿈꾸는 듯한 느낌을 갖게 한다.

Q 벌거벗은 여인의 모습을 볼 때 당신의 눈동자는 어떻게 될까?

" 자신이 좋아하는 사람을 만나면 눈동자가 점점 커진다. 반면 싫어하는 사람을 만나면 눈동자가 축소된다. "

눈동자는 감정의 변화에 따라 일정한 반응을 보인다. 공포나 두려움 또는 흥분의 감정은 눈동자를 확대시키는데 이것은 위험한 상황을 좀더 자세히 보기 위한 두뇌의 명령 때문인 것으로 추측된다. 반면에 두려운 감정과는 다른, 불쾌한 감정은 눈동자를 축소시킨다.

일반적으로 눈동자의 반응은 그 개인의 심리적 흥미상태 혹은 감흥상태를 나타내는 척도라 할 수 있다. 거의 대부분 남성들은 상어와 벌거벗은 여인의 모습을 볼 때 눈동자가 30%이상 확대되는 반면 벌거벗은 남성이나 어린 아기의 모습을 볼 때는 축소된다. 여성의 눈동자는 이와 반대로 상어와 벌거벗은 여인의 모습에서는 축소되고 벌거벗은 남성의 모습이나 어린 아기의 모습에서는 확대된다. 참 흥미로운 사실이다.

Q 영적 체험을 통해서 아내의 정사장면을 볼 수 있을까?

초심리학(Parapsychology)에서는 유체이탈경험을 통해서 영적 여행을 할 수 있다고 한다. 대수술을 할 때 마취상태에서 혹은 정신적인 충격으로 인해 기절했을 때 혹은 육체에 큰 상처를 입었을 때 유체이탈경험(O.B.E)을 하게 된다. O.B.E란 일시적으로 (몇 초에서 몇 분까지) 사람의 의식이 육체에서 빠져나가는 것을 체험하는 것을 말한다. 이것은 육체와 영혼은 서로 분리된 두 개의 존재임을 증명해주는 매우 인간적인 경험이다.

기록에 따르면 어떤 한 남자가 위암수술을 받고 있는데 영혼이 육체에서 빠져나가 어디론가 가더니 00호텔 550호에 멈췄다. 그곳에서 그는 자기의 아내가 친구와 정사하는 장면을 목격하는 영적 체험을 했다.

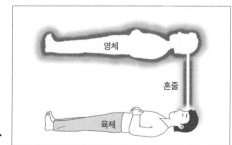

유체이탈 ▶

유체이탈을 경험한 사람들의 이야기

》》 사람이든 짐승이든 생명체는 모두 죽는다. 그러나 지구상에서 자신의 죽음을 아는 유일한 생명체는 아마도 인간일 것이다. 과연 죽음 이후에도 또다른 삶과 영혼이 존재할 것인가.

그러나 이러한 의문도 죽음의 문턱에서 구사일생으로 살아난 사람들의 경험담이 밝혀지면서 과학적인 연구가 이루어지기 시작했다. 미국 정신과 의사인 레이먼드 무디는 죽음의 문턱까지 갔다가 살아난 사람들 1백 명의 사례보고서를 담은 책, 《삶 이후의 삶》을 펴내 베스트셀러를 기록한 바 있다. 또한 무디의 저서에 영감을 받은 심리학자 케네스 링은 사고, 질병 또는 자살기도로 죽음에 가까이 갔던 1백 2명을 면담하고 임사체험에서 그들이 다음과 같은 다섯 가지 경험을 한다는 사실을 알아냈다.

1980년 링이 발표한 죽음에 이르는 5단계

● 1단계 · 평화로운 감정
육체적 고통이나 두려움이 사라지면서 평화로운 느낌을 경험한다. 죽어가는 뇌에서 엔도르핀과 같은 화학물질이 분비되어 통증이 억제되어 행복하고 평화로운 느낌을 갖게 된다는 것이다.

● 2단계 · 유체이탈경험
임사체험자는 몸에서 자신이 분리되고 있음을 발견한다. 이때 시각 및 청각 능력이 증대되고 의식이 생생하게 깨어난다. 흥미로운 것은 임사체험자들이 유체이탈 시 위에서 아래로 자신의 몸을 내려다본다는 점이다.

- **3단계 · 터널로 들어가는 기분**

터널(어둠)로 들어가는 느낌이 드는데, 사후 세계를 믿는 사람들은 터널을 내세로 가는 통로라고 생각하기도 하고, 터널 끝이 이승과 저승이 갈리는 장소이므로 이곳에서 지구로 되돌아갈 것인지 아니면 내세로 계속 나아갈 것인지 여부가 결정된다고 믿는다. 그러나 1982년 신경생물학자 잭 코완은 이 같은 터널로 들어가는 느낌은 죽어가는 뇌의 대뇌피질에 산소가 결핍되어 일어나는 일종의 환각증세라고 일축했다.

- **4단계 · 빛의 발견**

터널의 끝에서 밝고 따뜻한 빛을 보게 된다. 이 단계에서는 죽음의 체험이 끝나고 새로운 삶이 시작되는 순간으로 받아들일 수 있다. 3단계에서 환각에 의해 터널을 보았을 때 이 영상의 중심은 밝고 가장자리는 어둡다. 터널 중심부의 밝은 빛이 터널 끝을 향해 움직이는 듯한 착각을 주게 된다.

- **5단계 · 빛을 향하여 들어가는 단계**

터널을 빠져나와 빛을 향해 걸어 들어가면서 황홀한 별천지에 온 듯한 느낌을 받는다. 죽은 가족이나 친구, 빛을 발하는 전능한 존재도 만나며 천상의 음악을 듣기도 한다. 그러나 결국 돌봐야 할 가족을 위해서, 아직 마무리하지 못한 삶을 완성하기 위해 육신이 이승으로 되돌아 갈 것을 권유받는다. 중요한 것은 이러한 임사체험자들이 이승으로 복귀하는 것을 달가워하지 않는다는 사실이다.

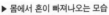

▶ **몸에서 혼이 빠져나오는 모습**
1968년 Y.H.C라는 사람이 죽어가는 사람의 모습을 포착하여 촬영한 장면이다. 죽는 순간, 몸에서 정기가 소진되면서 혼과 백이 분리되고 있는 모습이다. 이 사진은 멕시코의 승인을 받은 유명한 심령사진이다.

Q 행복해지는 결정적인 순간-여자와 남자 어떻게 다를까?

♀ 여자

외음부의 변화가 현저하고 바르톨린씨선의 분비가 증가되어 질 입구를 윤활하게 하며, 오르가슴에 도달되면 경관 점액이 많아져서 남성의 클라이맥스와 비슷한 상태에 이르게 된다. 그러나 여성은 사정을 하는 것이 아니고 음핵이 현저하게 발기되며, 자궁 외부는 열려서 정액의 흡인을 편리하게 만든다. 여성이 오르가슴 때 느끼는 기분은 오색 무지개를 타고 하늘에서 땅으로 떨어지거나 혹은 롤러코스터를 타고 높은 곳에서 떨어지는, 그리고 수백 개의 종이 동시에 울리는 초원에 누워 있는 기분이라고 한다. 이러한 상태가 20초 이상 계속된다.

♂ 남자

우선 혈압이 200mg이상 올라가고 혈액에 산소가 부족하여 호흡이 증가되며 맥박도 빨리 뛰게 된다. 혈관 확장으로 체온이 높아

지고 안면에 홍조를 띠게 되며, 분비선에는 분비활동이 활발해진다. 또 땀도 많이 나며, 뇌파에도 고전압의 파형을 일으켜 경련을 일으킨다. 남성이 오르가슴 때 느끼는 기분은 하늘에서 낙하산 없이 떨어지는 스릴을 연상케 하며 단 몇 초만에 끝난다. 그리고 이

남자는 여자가 만족해하는 모습에서 더 많은 희열을 느낀다?

런 기분이 끝난 뒤에는 만족감보다는 허탈감을 더 크게 느끼게 된다. 그러나 남자는 여자가 만족해하는 모습을 보고 느끼는 행복감이 섹스에서 얻는 쾌락보다 더 강렬하다고 할 수 있다.

Q 동물의 암컷도 오르가슴을 느낄까?

인간을 제외한 동물의 암컷이 과연 절정을 느끼는가에 대한 논란은 수없이 계속되고 있다. 예를 들어 브로노우스키와 같은 과학자들은 많은 자료를 동원해 인간을 제외한 모든 동물의 암컷은 절정을 느끼지 못한다고 주장하고 있지만 그의 말을 반박할 수많은 사실들이 보고되고 있다.

전자파로 측정하는 실험에서 교접 중에 있던 달팽이의 몸에서 발산하는 전류가 갑자기 급증했다든지 암토끼가 교접 중 절정을 느낀다는 증거들을 믿고 있는 학자들이 많아지고 있는 것이다. 한때 이러한 논란에 자극을 받은 킨제이는 토끼의 생태에 대해 잘 알고 있을 만한 모든 과학자들에게 설문 편지를 보낸 적이 있다.

그 중 클라인 박사는 킨제이에게 보내는 회신을 통해 "나는 암토끼가 절정을 느끼고 있는 듯한 반응을 보이는 경우를 수없이 목격했습니다. 가령 경직되었던 몸이 갑자기 축 늘어지는 것과 같은…" 이라고 자신의 의견을 밝혔다. 헤몬드 박사는 토끼뿐만 아니라 족제비 암컷도 절정을 느낀다고 주장하는 학자이다. 그는 "교접 중에 있는 족제비 암놈의 얼굴을 찍은 영화필름이 있는데 그것을 보는 사람은 모두 나와 같은 생각을 갖게 될 것이다"라고 말했다.

Q 누가 최고 바람둥이일까?

남자들은 언제나 자신이 상대한 여자들의 수를 과장하는 경향이 있기 때문에 사실을 알아내기 어렵다. 〈킨제이 보고서〉에 의하면 남녀 모두 일생 동안 100명 이상 상대하기는 어렵다고 한다. 하지만 역사 속에는 그보다 더한 기록이 많다. 어떤 이야기는 너무 전설 같아서 믿기가 어렵다. 라인스터의 팽에 나오는 울스터의 왕 곤츠바는 그 나라의 모든 처녀와 관계했다고 한다.

질적인 면에서 최고의 바람둥이는 다윗 왕 같다. 성경이나 히브리서 속에서 성에 대한 이야기를 찾아보려면 완곡하게 둘러대는 표현을 주목해야 한다. 그리고 그것을 잘 풀어내야 본래의 뜻을 알 수 있다. 유대인의 《탈무드》에는 "밧세바가 왕의 방에 들어가서 13번이나 몸을 닦았다"라는 표현이 있는데 이는 다윗 왕이 밧세바와 13번이나 성교를 했음을 뜻한다. 당시의 법과 관습에 따라 여자는 성교 후에 성기를 닦도록 되어 있었기 때문이다. 또

《탈무드》의 사무엘하 11:2에 "다윗 왕은 밤의 욕정에서 벗어나기 위해 밤이 아니라 낮에 성교하였다"고 되어 있다. 다윗 왕은 모두 18명의 부인들과 성행위를 나누었고 그것에 대해 이렇게 기록하였다.

◀ 돈 주앙 – 희대의 여성편력가 돈 주앙은 여러 예술장르에서 다뤄졌다. 사진은 1995년에 만들어진 영화 〈돈 주앙〉의 포스터. 조니 뎁, 말론 브란도가 주연을 맡았다.

▶ 밧세바
다윗 왕의 후처 밧세
바를 묘사한 작품.

"내가 심히 피곤하여 신음하는도다. 매일 밤 내 침상이 눈물(정
액)의 홍수로다. 내 울음으로 내 침상이 푹 젖는도다. 하루 종일
신음하여 기진했도다. 내 액체(정액)가 여름 가뭄처럼 메말랐도
다. 내 물기가 뜨거운 계절의 열기처럼 증발해버렸도다. 나는 나
의 울음(사정)에 곤하도다."

그러나 양으로 볼 때 지금까지의 최고 기록은 2,065명의 여자들
을 정복한 돈 주앙이라고 말할 수 있다.

일개 목동에서 이스라엘의 가장 위대한 왕이 된 다윗

유다 땅 베들레헴에서 이새의 여덟 아들 중 막내로 태어난 다윗은 어린 시절부터 양을 지키면서 자연 속에서 하나님의 섭리를 깨달아 갔다. 양들의 안전을 위해 사나운 짐승들을 물리쳐야 하는 위기의 순간에도 자신을 생각지 않고 양들을 보살폈던 다윗의 담대한 용기는 블레셋 침입으로부터 나라를 구하는 전쟁영웅으로 부상케 한다.

이러한 전공으로 다윗은 군대장으로 임명되었고, 다윗의 명성은 삽시간에 전국에 퍼져 백성들의 칭송이 하늘을 치솟을 정도가 된다. 이러한 다윗의 인기는 사울 왕의 질투를 사게 되어 이후 약 10년간 다윗은 자신의 목숨을 노리는 사울 왕을 피하여 유랑생활을 하게 된다.

그러나 자비로운 마음과 용기를 지닌 다윗을 추종하는 사람들이 날로 늘어났고, 결국 블레셋 전투에서 사울 왕은 비참한 최후를 맞는다. 마침내 다윗이 유다의 왕이 되었다.

▲ 다윗 상
조각가 베르니니는 헤라클레스처럼 강한 다윗을 작품에서 묘사하고 있다.

밧세바를 본 순간, 정욕에 사로잡힌 다윗

다윗이 통치한 지 7년 6개월 만에 이스라엘은 통일왕국을 이루었고, 이스라엘은 날로 융성

▶ 다윗과 골리앗
중앙 삼각형의 흰 지붕을 배경으로 양
치기소년 다윗이 검으로 골리앗의 목
을 내리치려고 하는 모습이다.

해갔지만, 이것에도 다윗은 완전함을 느끼지 못했다. 그는 자신
에게 충성을 바치는 부하 장군 우리아의 아내 밧세바를 본 순간
정욕에 사로잡혔고, 이 정욕이 간음으로 이어졌으며 마침내 우리
아를 죽임으로써 살인죄를 저지르고 만다.

또한 백성들에게서 터무니없는 세금을 거두어들이고, 군사를 확
보하기 위하여 인구조사를 실시하는 등 다윗의 범죄로 인하여 7
만 명의 백성이 목숨을 잃게 된다.

Q 정자의 염색체와 난자의 염색체가 융합되어 수정될 때 우주에 어떤 영향을 줄까?

정자의 크기는 작다. 이것은 길다란 편모를 이용하여 이동한다.

정자와 난자의 만남은 결코 우연한 일이 아니다. 젊은 남자는 한 번의 사정에 약 3억 개의 싱싱한 정자를 쏟아놓는다. 이들은 하나의 난자를 만나기 위해서 험난한 장애물 경주를 해야 한다. 난자의 세포막에 도달하는 정자는 겨우 200마리 정도 되는데, 이 중에서도 가장 인내심 있고 용감하면서도 타이밍을 잘 맞추는 한 마리의 정자가 난자 속으로 뚫고 들어가면 23개의 염색체만 남기고 정자는 용해되고 만다. 이것을 수정이라고 하는데 이때 썰물과 밀물에 영향을 준다.

◎ 수정 과정

정자는 길다란 편모를 움직여서 난자에 접근→ 정자 접근을 유도하기 위해 난자는 수정소라는 화학물질을 분비 → 수정돌기를 통해 맨 먼저 도달한 정자가 난자 속으로 머리를 들이민다→ 정자가 들어오면 수정돌기 주위로 수정막이 형성, 다른 정자의 침입을 막는다 → 성상체가 형성, 침입한 정자핵과 난핵이 결합하여 수정된다.

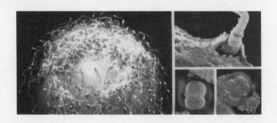

Q 새는 일생 동안 교접을 하는가?

반려자가 죽으면 남은 짝도 시름시름 앓다가 죽는다?

모든 새가 일생 동안 교접을 하는 것은 아니다. 대부분이 그럴 뿐이다. 반려자가 죽었을 때, 남은 짝도 시름시름 앓다가 죽는다고 알려져 있다. 또한 한 마리와 오랫동안 교접을 하면 할수록, 배우자 새와의 사랑은 더욱 강해진다고 한다. 젊은 새는 짝에게 무슨 일이 생기면 다른 새와 교접을 하지만, 늙은 새는 다시 교접을 하지 않는다. 특히 몇몇 유럽산 제비는 매년 똑같은 제비와 똑같은 둥지로 돌아와 교접을 한다는 것이다. 이와는 대조적으로 하우스 렌 같은 새는 변덕스러워서 일생 동안 만났다 헤어졌다 하는 행위를 반복한다. 그리고 언제나 암컷의 소굴만 배회하는 수컷 새도 있고 아주 많은 수컷들과 교접하는 암컷 새도 있다.

대부분의 새는 1년에 한 번 교접하는데 철따라 이동하기 때문에 매년마다 똑같은 새와 교접하는 것은 현실적으로 불가능하다.
몇몇 수컷은 무력으로 교접을 하기도 한다. 수컷 새가 속 빈 나무에 둥지를 만들어놓고 암컷이 알을 품으러 들어갈 때마다 수컷은 둥지 입구를 꽉 막아 암컷이 나오지 못하게 한다. 그러나 먹이를 쪼아다 주면서 암컷을 보살피기도 한다. 더욱 신기한 것은 그 수컷이 죽으면 근처에 있던 다른 수컷 새가 그 암컷을 돌봐준다는 것이다. 따라서 새들도 과부와 고아에게는 자비를 베푼다.

Q 새는 어떻게 교접을 하는가?

풍조류의 수컷 새는 조가비와 꽃 같은 장식품 등을 건네주며 암컷들을 유혹한다. 농병아리들은 맛있는 음식 조각을 주면서 암컷들의 마음을 사로잡는다. 그러나 대부분의 새들은 노래를 불러서 암컷의 마음을 사로잡는데 만일 지빠귀가 있는 힘을 다해 노래를 부르고 있다면 암컷 지빠귀가 덤불 어딘가에 숨어 있는 것이다. 이 세레나데는 암컷에게 알리는 구혼 신호이기 때문이다.

▲ 호랑지빠귀
암컷에게 구혼의 세레나데를 불러서 구혼을 청하는 지빠귀.

그런데 자존심이 강한 꿩은 특이한 교접 작전을 벌인다. 즉 수컷 꿩은 꼬리의 깃털을 흩날리며 날개를 쭉 펴면서 뽐내는데 이러한 모습에 반해 암컷 꿩이 올 때까지 으스대면서 암컷 주위를 걷는다.

Q 동물도 강간을 할까?

동물은 절대로 강간을 하지 않는다. 오로지 암컷이 자진해서 몸을 허락할 때만 교미가 이뤄진다. 생태계에서 인간만이 강간을 한다.

◎ **동물의 섹스**

모든 파충류, 조류, 포유류의 경우 태아의 성장을 확실하게 보장하기 위하여 난자와 정자의 수정이 몸 깊숙한 곳에서 이루어진다. 육지의 척추동물은, 암컷 몸 속 깊은 곳에 정자를 받아들이기 위한 기관들이 진화되어 있다. 파충류, 조류, 유대류, 난생 온혈동물들은 몸의 하나의 출구, 즉 총배설강을 갖고 있다. 비뇨계, 생식계, 소화계로부터의 관들이 여기로 들어가는 통로이다. 파충류와 조류에게는 총배설강이 교접에서 중요한 역할을 한다.

파충류 대부분의 수컷에게는 사실 페니스가 없다. 총배설강 가까이 있는 헤미페니스 하나만이 실제로 발기해서 암컷 속으로 들어갈 수 있다. 헤미페니스를 세우기 위해서는 근육 장치와 유압장치, 이 두 가지 장치가 쓰인다.

조류 수컷의 생식 구조는 약간 다르다. 수컷 총배설강의 기관 부착부에는 작은 돌기가 있어 교접 때 정자가 통과한다. 이 돌기는 난관 끝에 닿을 만큼 암컷 총배설강 속으로 들어간다. 교접하는 동안 강한 근육 운동으로 수컷과 암컷의 총배설강이 열리게 된다. 이것은 매우 단순한 접촉으로 수컷은 암컷의 등에 불안정하게 자리잡는다.

포유류의 경우 수컷의 약간 큰 페니스가 깊숙한 수정을 가능하게 한다. 많

은 포유 동물들은 몸 속으로 수축된 페니스를 가지고 있지만 교접 때는 발기된다. 발기는 유압 작용이나 유압과 근육 장치 둘 모두가 복합적으로 이루어진다.

그러나 대부분의 포유류에 있어서 페니스의 발기는 피의 기둥으로 이루어지는 것이 아니고 뼈나 오스페니스의 도움을 받아 발기된다. 뒤쥐와 식충 동물들 중에서는 페니스나 귀두 끝에 갈고리와 장식이 있어 페니스가 미끄러지지 않도록 하거나 암컷에게서 난자가 나오도록 자극한다.

◎ 동물도 근친상간을 거부한다?

동물들은 대체로 혈족을 인식할 수 없기 때문에 근친상간이 불가피한 것으로 알려져 왔다. 그러나 아프리카의 비비 원숭이들은 근친상간을 배제하는 독특한 혈통계보를 가지고 있다. 그 밖에 몇몇 원숭이들도 근친상간을 원초적으로 금기시하는 것으로 알려져 있다. 그러나 마카크(Macaque) 원숭이들은 그렇지 않다. 또한 아내를 잃은 긴팔원숭이는 그 딸과 교배하며, 남편을 잃은 긴팔원숭이는 아들과 짝을 이루기도 한다.

▶ 긴팔원숭이
30여 년 전에 이미 사라졌다고 믿었던 까만 돌기의 긴팔원숭이(Gibbons)가 베트남 북부에서 발견되어 화제가 되기도 했다.

Q 간음하다가 하루에 23,000명이 죽었는가?

《신약성경》 고린도전서 10:8은 간음하다가 하루에 23,000명이 죽었다고 전한다. 간음이란 단어는 가장 매혹적인 단어가 될지도 모른다. 그러나 영국의 불가지론자 버트란드 러셀은 번개 치는 날에 간음할 사람이 있겠느냐고 했다. 만약 번개 치는 날에 이 일이 일어난다면 가장 무서운 것이 될지도 모른다.

▲ 버트란드 러셀(1872~1970)
영국의 논리학자 · 철학자 · 수학자 · 사회사상가.
제1차 세계대전 중 반전운동을 하여 대학에서 쫓겨났고, 1918년에는 6개월간 옥고를 치뤘다. 사회운동가로서 높이 평가되며, 1950년 노벨문학상을 수상했다.

"번개 치는 날에 간음할 사람이 있겠느냐?"

〈간통하는 남녀〉, 렘브란트

Q 일생에 단 한 번만 교접하는 생물이 있을까?

달팽이는 일생에 한 번만 교접을 하는데, 교접 시간은 무려 12시간!

달팽이는 일생 동안에 한 번만 교접하는데 알을 약 300개 정도 낳는다. 그 교접 시간은 자그마치 12시간이나 걸린다.

달팽이의 수명은 2~5년 정도 된다. 그리고 놀랄 만한 것은 14,175개의 이를 갖고 있다는 사실이다.

Q 누가 행복한 사람일까?

시카고 대학 심리학 연구팀의 발표에 의하면 혼자 사는 여자들보다 결혼한 남자들이 더 행복하고, 결혼한 여자들보다 혼자 사는 여자들이 더 행복하며, 결혼한 여자들은 혼자 사는 남자들보다 더 행복하다고 한다.

덴마크의 철학자 키에르케고르는 가장 행복한 사람을 '태어나지 않은 사람'이라고 했다는데….

Q 여성은 남성보다 우월한가?

문자를 인식하고 이를 소리내어 발음할 때, 남성은 뇌의 왼쪽에 위치한 직경 1cm 정도의 부위만을 사용하는 반면, 여성은 대뇌 좌우 양쪽을 광범위하게 활용할 뿐 아니라 동일한 해답을 지닌 문제를 풀어가는 과정에서 집중적으로 이용하는 뇌의 부위도 성에 따라 차이를 보인다는 연구 결과가 나왔다.

예일 대학의 행동과학 전문가 샐리 세이위츠 박사와 그녀의 남편인 신경과 전문의 베넷 세이위츠 박사가 주도한 연구팀은 각각 19명씩의 여성과 남성에게 특정한 글자를 발음하도록 한 후 '자기공명 영상장치'를 이용, 뇌의 어떤 부위에 신선한 혈액이 다량으로 공급되는지를 관찰한 끝에 남녀의 대뇌 활용방식이 다르다는 확실한 증거를 포착했다.

연구팀은 글자를 인지하고 이를 음성화하는 행위가 인간에게서만 발견되는 차별적 능력이라는 사실에 착안하여, 어린 시절 글읽기에 어려움을 겪었던 남녀를 선별해 조사했다. 그 결과, 남성은 단어를 발음할 때 언어기능을 관장하는 대뇌의 왼쪽 일부분만을 사용하고, 여성은 사물인식을 담당하는 오른쪽 부위까지 동원하기 때문에 여성이 남성보다 훨씬 높은 능력을 보이고 있다는 사실이 밝혀졌다. 이러한 증거는 어렸을 때부터 나타나는데 예를 들면 언어를 습득하는 과정에서 여아들이 비교적 월등한 능력을 보여주고 있다는 사실을 들 수 있다. 여아들이 남아의 경우보다 일찍 말을 시작하며 성인으로 자라는 과정에서도 여성들이 남성들보다 더욱 조리 있는 언어를 구사하는 것이다. 또한 남자아이들은 여자아이들보다 늦게 말을 배우며 말더듬이와 같은 언어장애나 교습장애 등도 두드러지게 나타나고 있다.

여성의 천재성

◎◎ 남성에게는 하나뿐인 X염색체를 여성은 두 개씩 갖고 있다는 점이 여성의 생
물학적 우월성을 나타내는 중요한 요인이 되고 있다.

문학작품에서 넘쳐흐르는 여성의 천재성

문학 분야에서 여성들은 개혁자로서의 선두 역할을 많이 했다. 1
세기 후반 작품활동의 꽃을 피운 프랑스의 마리는 소위 '브르통
(breton) 기법' 이라는 새로운 장르를 개척하였고, 소프웰 수도원
원장이었던 줄리아나 베르버는 〈성 알반스의 보크〉라는 낚시에
관한 영어논문을 발표했다.

1655년 '자서전' 을 발표했던 뉴케슬의 마가렛 케벤디스 공작부
인은 이어 1666년에 영어 산문체 로맨스 소설인 《불타는 세계》를
발간했으며, 1667년에는 《실험적 철학에 관한 고찰》이라는 책을,
그리고 남편의 자서전을 부록으로 발표했다. 이 비범한 여성은
또한 같은 장르에 속하는 리처드슨의 《퍼멀러》(1740)보다 몇 년
앞선 삽화적 소설인 《211가지의 사교편지》의 저자이기도 하다.

왕정복고 시대의 극작가인 아프라 벤 여사는 흑인들을 동정하는
견해가 담긴 《오루노코 혹은 충실한 노예》(1688)라는 유명한 소
설을 썼다. 1794년 《우돌프의 미스터리》라는 유명한 소설을 쓴
안 레드클리페도 사실상 고딕체 공포 소설의 개척자이다.

또한 과학자가 만든 괴물이 그 과학자와 전 가족을 죽인다는 최초

의 공상 과학소설 《프랑켄슈타인》을 쓴 인물도 메리 셸리라는 여류 작가이다.

여성들이 자신의 재능을 나타낼 수 있는 유일한 방법은 소설이었는데 그들이 완성한 원고를 출판사로 보낼 때는 남성의 이름을 빌려야만 했다. 커러 벨이라는 이름의 실제 주인은 샬롯 브론테이며 엘리스 벨은 에밀리 브론테, 조지 엘리어트의 실제 주인은 마리안 이반이라는 아리따운 여성이었던 것이다.

《프랑켄슈타인》 작품이 출간되던 1818년. 출간 당시 아무도 이 작품의 저자가 메리 셸리라는 사실을 쉽게 눈치채지 못했다. 그도 그럴 것이 메리 셸리의 남편 셸리는 당시 유명한 시인이자 혁명적인 미래상을 밝히는 젊은이였고, 메리 셸리의 나이는 불과 19세였기 때문이다.

여기서 그들의 사랑에 대해서 짚고 넘어가지 않을 수 없다. 메리 셸리가 영국의 낭만주의자인 퍼시 B.셸리를 만났을 때의 나이는 16세였

19세 때 《프랑켄슈타인》 소설을 발표한 메리 셸리. 그러나 사람들은 익명으로 출간된 이 소설을 남편 셸리의 작품으로 여겼다.

고, 이미 셸리는 임신 중인 부인이 있는 상태였다. 더욱이 놀라운 사실은 이들은 사귄 지 3개월 만에 대륙으로 도망가는 대담성을 보였다는 점이다. 이들의 사랑은 셸리가 불의의 사고를 당해 죽음을 맞이하기까지(당시 셸리는 30세) 계속되었는데, 메리의 나이는 불과 25세가 채 안 된 상태였다. 8년 동안의 사랑이 마감하는 순간이다. 훗날 셸리가 사

▲ B. 셸리(1792~1822)
영국의 낭만파 시인으로, 16세의 메리를 만나면서 그의 낭만적 기질을 유감없이 발휘하게 된다.

망한 후에 메리는 일기에서 다음과 같은 말을 남겼다.

"나는 8년 동안 한 사람과 자유로운 만남을 가졌다. 그의 정신은 나를 능가했고, 내 사고를 일깨웠으며, 내 정신을 충족시켰다. 이제 나는 정말로 혼자이다. 별들이 내 눈물을 헤아리며 내 한숨을 들이마셨으면 좋겠다. 오 내 사랑, 셸리."

셸리 사망 후, 메리는 계속해서 소설과 여행기를 남겼으며 영국에서 세상과 거리를 두고 지내다가 53세의 나이로 세상을 떠났다.

◀ 《프랑켄슈타인》을 각색하여 만든 영화 중 가장 유명한 영화는 1931년에 만들어진 것으로, 보리스 카를로프가 괴물 역을 맡았다.

로댕의 작품에는 카미유 클로델의 영향을 받은 작품들이 많다

가장 천재적인 재능을 보였던 여류 조각가로는 프랑스의 카미유 클로델(1864~1943)을 들 수 있다. 어린 시절부터 진흙으로 만들기를 좋아했던 카미유는 그녀가 20세 되던 해, 로댕의 지도를 받기 시작하면서 조각가로서의 명성을 얻게 된다. 그 후 15년 동안 로댕의 문하생이자 연인 또는 동료로서 그와 함께 생활하던 카미유는 로댕을 도와 수많은 작품을 만들면서 동시에 독립된 조각가로서 독특한 개성을 살린

▲ 1888년 카미유 클로델이 그린 〈로댕의 초상화〉

창작활동을 하였다. 바로 그 시기에 로댕이 조각가로서 명성을 누리게 된 것은 우연의 일치가 아닌 카미유의 절대적인 영향 때문이었다고 할 수 있다.

로댕과 친분을 나누고 있던 주위 사람들은 그 시기에 만들어진 로댕의 작품이 카미유의 영향을 받아 만들어졌음을 이미 알고 있었고, 수많은 작품의 주제가 카미유의 두뇌에서 나왔다는 사실을 인정하고 있다.

어쨌든 카미유 자신의 작품을 평가할 때도 그녀의 천재성은 여지없이 드러나고 있으며 현대에 와서 그녀의 조각품과 유품, 그리고 그녀를 주제로 씌어진 서적들을 소개하는 등 그녀의 예술적 성과를 재조명하는 작업들이 늘고 있다. 1990년에는 그녀의 생애와 작품을 주제로 한 〈카미유 클로델〉이라는 영화가 소개되기도 했다.

생태계에서도 우먼 파워를 보여주는 암컷의 세계

》 모기의 세계

약 2,000여 종이나 되는 모기는 사람이나 동물의 피를 빨아먹고 사는데 이러한 일을 하는 것은 모두 암컷이고 수컷은 흡혈하지 않고 식물 위에 내린 이슬이나 수액, 과즙 등을 빨아먹고 산다. 암컷 한 마리로부터 한 해에 태어나는 모기는 1억 6,000만 마리 정도가 된다. 암컷은 매우 건장하여 평상시 몸무게의 2배나 되는 피를 빨아먹었을 때도 유유히 잘 날아다닌다.

》 파리의 세계

집파리가 날아다니는 평균 속도는 시속 8km 정도이며, 수컷은 17일 사는 데 비해 암컷은 27일 정도 산다.

》 늑대의 세계

늑대는 떼를 지어 다니며, 리더는 항상 암컷이다.

》 사자의 세계

암사자는 항상 수사자보다 용감하며 더 공격적이어서 먹이를 책임지고 구해온다. 수사자는 목숨에 관계되는 위험한 일은 피하며 그늘에서 휴식만을 취한다.

≫ 벌의 세계

수컷은 일을 하지는 않고, 단지 여왕벌과의 교접만
을 위해 사는 한심한 존재이다. 수벌은 여왕벌과
교접할 때만 기다리다가 자신의 임무가 끝나면 밖
으로 내쫓겨 굶어 죽게 된다.

≫ 여우의 세계

숫여우는 일단 짝을 찾으면 영원히 지속된다. 만약 암컷이 죽
으면 다른 짝을 찾지 않고 혼자서 일생을 살아간다. 그러나 수
컷이 죽으면 암컷은 즉시 다른 수컷을 찾아 나선다.

≫ 거미의 세계

특히 검은 과부 거미는 수컷과 교접
이 끝나자마자 수컷을 잡아먹어버
리고 과부가 된다.

Q 왜 여자들은 남자들보다 더 잘 울까?

누구든지 눈을 깜박거릴 때 눈은 세균감염을 막아주는 용액 안에 담겨지게 된다. 이것은 눈꺼풀선 속에 있는 눈물샘 안에 감추어져 있는 용액이다. 또한 눈이 자극성 물질에 의해 발갛게 되면, 오염균을 씻어줄 용액이 방출된다.

자극성 물질에 의한 반응으로 생겨나는 눈물은 화학적으로 감정, 즉 슬퍼서 흘러나오는 눈물과는 다르다. 감정적인 눈물은 스트레스에 대한 반응으로 체내에서 방출되는 단백질 함량이 많은 호르몬들 중에서 24% 혹은 그 이상을 차지한다.

눈물 연구가들의 조사에 의하면, 가슴의 모유 생산을 자극시켜주는 호르몬인 프롤락틴이 눈물 속에 함유되어 있다는데, 이러한 사실로 왜 남자보다 여자가 더 자주 우는지 그 이유를 알 수 있다. 따라서 폐경을 맞은 여성이나 갱년기 여성들은 보통의 경우보다 덜 우는 편인데, 이는 프롤락틴 호르몬 수치가 낮아졌기 때문이다.

◎ 눈물은 건강에 좋다?

최근 생화학자 윌리엄 프레이 박사는 눈물이 건강에 좋다는 논문을 발표해서 화제가 되었다. 그 이유는 눈물이 스트레스를 일으키는 체내의 화학물질을 제거하기 때문이라고 한다. 눈물에는 프롤락틴과 부신피질 자극 호르몬이 들어 있으며, 이 호르몬은 뇌하수체에서 생성되어 스트레스를 받을 경우 혈액 속으로 용해된다.

이 두 호르몬을 제거함으로써 스트레스로 인한 정신적인 압박감을 낮추는 역할을 한다는 것이다. 또 감정이 복받쳐 흘리는 눈물은 단순히 눈이 자극을 받았을 때보다 단백질이 24%나 더 많다고 한다.

정신과 의사 마거릿 클레포 박사는 자주 눈물을 흘리는 사람들과 그렇지 않은 사람들을 비교한 논문에서 건강한 사람 중에 눈물을 자주 흘리는 사람이 많으며, 눈물에 대해서도 긍정적인 생각을 가지고 있었다고 발표하였다.

클레포 박사는 또 눈물은 웃음과 마찬가지로 육체적, 정신적 긴장감을 풀

"여자가 남자보다 더 자주 우는 이유는 말이지…
가슴의 모유 생산을 자극시켜 주는 호르몬인 프롤락틴 호르몬이 눈물 속에도 함유되어 있기 때문이지."

어준다고 밝혔다. 눈물과 웃음은 뇌와 근육에 산소공급을 증가시키며, 혈
압을 일시적으로 낮추는 역할을 한다. 이는 안도감과 함께 공격 본능과 적
대감을 완화시켜준다는 것이다. 남자가 여자보다 장수하지 못하는 이유
중의 하나로, 남자는 여자들처럼 소리내어 울지 않기 때문이라는 주장도
있다.

눈물의 성분을 살펴보면 99%가 물이고 나머지 0.2%는 단백질로 구성되
어 있다. 눈물은 눈동자를 보호하는 윤활유 역할을 하며, 세균이 침입할
경우에는 강력한 살균작용을 한다. 사람의 위는 슬프거나 괴로우면 활동
이 떨어지고 위액이 적게 나오지만, 일단 눈물을 흘리면서 소리내어 울게
되면 위운동이 활발해지고 위액이 많이 나와 식욕이 왕성해진다는 것이
의학계의 보고이다. 여자들이 흔히 눈이 빨개지도록 울고 난 뒤에 음식을
많이 먹는 것도 이 같은 이유 때문이다.

Q 정기적인 섹스(1주일에 1~2번)는 면역력을 증가시키는가?

미국 윌크스 대학 심리학과 프랜시스 브래넌 박사팀이 발표한 보고
서에 의하면 1주일에 한두 번의 섹스는 면역력을 증가시켜 감기, 독
감 등 호흡기질환에 대한 저항력을 강화시키는 것으로 나타났다.

매주 성관계를 갖는 여성은 그렇지 않은 여성에 비해 월경 주기
가 더 일정하며 여성호르몬(에스트로겐)의 분비를 촉진시켜 골다
공증을 예방한다는 연구결과도 나왔다.

원만한 섹스는 심리적 만족감을 준다. 100m를 전력 질주하는 만

큼의 체력을 소모시켜 깊은 잠을 유도하기 때문에 불면증에도 도움이 된다.

섹스는 가벼운 스트레스를 치유하는 효과도 있으며 수명도 연장시킨다. 1주일에 두 번 이상 성생활을 즐기면 그렇지 않은 경우에 비해 1.5배 더 오래 살고, 독수공방하는 독신남녀는 기혼자보다 사망률이 두 배 이상 높다는 보고도 있다. 뿐만 아니라 섹스는 다이어트에도 효과가 있다. 몸을 움직여 칼로리가 소모되는 것도 한 이유지만 더 중요한 것은 쾌감에 반응하는 뇌 부위가 섭식중추와 겹쳐 있어 포만감을 주기 때문이다. 성욕이 만족되면 불필요한 식욕이 억제되기도 한다. 뇌신경이 흥분하면 자연 진통제인 엔도르핀이 분비된다. 섹스를 할 때도 대량 분비된다. 엔도르핀이 나오면 내장기능이 좋아지고 혈액순환이 원활해져 피부에 윤이 나고 혈색이 좋아진다. 뿐만 아니라 입술이 촉촉해지고 모발도 건강해진다.

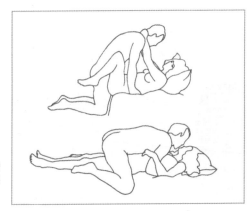

섹스를 하면 엔도르핀이 다량 분비되고 다이어트에도 효과가 있으며, 수명연장 효과도 있다.

Q 왜 여성은 섹스 포지션에 있어서 여성상위 체위를 선호하게 됐을까?

섹스할 때 위쪽 포지션에 있는 파트너가 아래쪽 상대편보다 자주 오르가슴을 경험한다. 그것은 위쪽 파트너가 성적 욕구를 더욱 만족시킬 수 있는 공격자 위치에 있기 때문이다.

단 한 번의 섹스에 여러 번의 오르가슴에 도달한 여성은 전체의 14%에 지나지 않는다고 한다. 그리고 첫 번째보다는 두 번째, 세 번째 오르가슴이 훨씬 강렬하다는 조사도 있다. 보통 여성의 오르가슴은 남성의 경우보다 5~10초 가량 오래 지속되며 흥분의 정도도 훨씬 높다. 극히 드물긴 하지만 극소수의 여성들은 1분 가량 오르가슴을 경험했다고 한다. 남자들은 여자들과 달리 첫 번째 오르가슴에서 가장 강한 희열을 느끼며 10초 정도 그 희열을 느끼게 된다.

▼ 암코양이가 수코양이와 교미할 때 내는 소리는 쾌락의 소리가 아니라 고통의 소리!

Q 암코양이는 수코양이와 교미할 때 왜 소리를 지를까?

암코양이가 수코양이와 교미할 때 내는 소리는 쾌락의 소리가 아니라 고통의 소리이다. 수코양이의 음경이 암코양이의 질에서 빠져나올 때 수코양이가 가진 바늘 같은 가시 때문에 암코양이는 아파서 소리를 지르는 것이다. 이 고통의 부르짖음이 배란의 원동력이 된다.

Q 동물도 오럴 섹스를 즐길까?

수컷 침팬지의 음경은 발기시 8cm 정도이며 밝은 핑
크색을 띤다. 또한 음경은 오럴 섹스를 할 수 있을 정
도로 유연한데 실제로 침팬지는 오럴 섹스를 즐긴다
고 한다. 음경 안에는 조그만 뼈가 있으며 규칙적인
교미 기간을 가진다.

실제로 침팬지는 오럴 섹스를 즐긴다.

Q 코끼리의 음경 무게는 얼마나 될까?

코끼리 음경의 무게는 약 27kg이고 발기했을 때 길이가 1.5m나
된다. 코끼리는 보통 다른 동물들처럼 뒤로 교미한다. 거구의 코
끼리가 하루에 2시간을 자는 반면, 작은 체구의 고양이 및 고릴라
는 하루에 14시간을 자야 한
다. 아프리카 코끼리는 하루에
204kg의 음식을 여섯 번이나
먹으며 50갤런의 물을 마신다.
그러나 교미를 할 때에는 30초
만에 끝내고 만다.

코끼리 음경의 무게는 무려 27kg. 코끼리
또한 다른 동물들처럼 뒤로 교미한다.

Q 동물들도 그룹 섹스를 할까?

수컷 물개 한 마리는 보통 20마리 정도의 암컷을 거느리고 다니며 교미를 한다. 수사자는 두 암사자를 교대해가면서 86번 이상 교미한다.

인디언 비단뱀인 경우, 교미 기간이 180일을 기록!

인디언 비단뱀은 교미 기간이 180일 동안 계속되는 기록을 세웠고, 햄스터는 하루에 75번 이상 성행위를 하며 호랑이는 5분 동안 하루에 20번 이상, 3주 동안 계속한다. 너무 길고….
고래는 1년에 꼭 한 번 교미한다. 또 어떤 종류의 펭귄은 1년에 꼭 한 번만 오르가슴을 경험한다. 달팽이도 일생에 꼭 한 번 오르가슴을 체험한다. 토끼는 모든 것을 30초에 끝내버린다. 너무 짧고….

Q 암컷의 생식기관은 몸 안에 있는데 수컷의 생식기관이 몸 안에 있는 동물이 있을까?

숫돌고래의 생식기관은 몸 안에 있기 때문에 유선형으로 몸을 가르며 빨리 움직일 수 있다. 만약 몸 밖에 페니스가 있다면 얼마나 불편한 물건이 됐을 것인가를 추측할 수 있다.

돌고래는 특유의 '끄륵끄륵' 하는 소리를 1초에 700번이나 낼 수 있다.

Q 멀리해야 할 여인들과 가까이하면 좋은 여인들은?

가장 오래되고 섹시한 여성에 관한 기록물은 단연 중국의 《소녀경》
이다. 고대부터 내려오는 기록을 19세기 경 다시 정리했는데, 이 책
에는 멀리해야 할 여인들과 가까이하면 좋은 여인들이 다음과 같이
자세히 언급되어 있다.

《소녀경》은 중국의 고전 성
의학서로 '천 가지의 성교
방법' 이 기록된 책으로 알
려져 있다.

• 멀리해야 할 여인들

음모가 마치 칫솔처럼 뻣뻣하거나 거칠며, 혹은 메마르다든지 사
방으로 마구 뻗쳐 자란 여인, 음순이 옥문(玉門)을 덮지 못하고

아래로 처져 있거나 분비물에서 코를 쏘는 냄새가 나는 여인들은 모두 남자의 음경을 상하게 한다. 이런 여자와 한 번 상관하는 것은 마치 좋은 여인과 백 번의 관계를 맺는 것과 같다.

● 가까이하면 좋은 여인들

젊은 여인일수록 좋다. 반드시 씨가 채 여물지 않은 꽃봉오리와 같은 처녀여야 하며 젖꼭지가 솟았지만 젖이 나오지 않아야 된다. 또한 아직 음액을 배설하지 않은 여인, 탄력 있는 살과 비단 같이 매끄러운 피부를 가지고 있어야 하며 몸의 모든 마디가 균형 있게 맞추어져 있어 부드럽게 움직이는 여인이라야 한다.

Q 왜 동성애자가 생기나?

우리의 운명은 우리 유전자에 달려 있다. 한국에도 동성애자들이 자기들의 사회적 권리를 주장하기 위해서 혹은 불이익을 줄이기 위해 많은 모임을 결성하고 있다. 인류 최초의 시인이며 동성애자(레즈비언)인 사포의 이름을 빌린 사포 모임에 관심을 가진 여성들이 뭉친다. 1994년도에는 게이들의 모임인 '친구사이', '끼리끼리' 라는 이름의 모임이 생겼다. 샌프란시스코에 가면 전마을이 게이촌이라 부를 만큼 게이들의 천국이 존재하는데, 자기들의 존재를 알리기 위해 6색 무늬의 무지개 깃발을 문 앞에 걸어놓았다. 프로이트의 《정신분석학》에서도 동성애를 유아 시절의 성적 환상에서 왜곡된 병리학적 상태라고 보고 있고, 많은 정신과 의사

들은 동성애가 유전자에서 오는 운명적 현상이
지 자기의 자유의지에 의한 범죄(?) 행위가 아
님을 강조하고 있다. 동성애도 치료가 가능한
일종의 질병으로 간주하는 의사들도 있다.

▶ 사포
고대 그리스 천재 여류시인이다. 소녀들을 모아 음악, 무용과 예의범
절 등을 가르쳤는데, 그의 시는 하프에 맞추어 노래로 불려진 것으로
유명하다. 그녀의 명성은 호메로스와 견줄 만큼 높아, 그리스의 '시의
여왕'이라 불렸다. 많은 시를 지었으나, 전해지고 있는 작품은 〈아프
로디테의 송가〉를 비롯하여 2편에 불과하다.

◉ 유명한 동성애자들

1. 제노 (BC 5세기) : 그리스 엘리아학파 철학자

2. 소포클레스 (BC 496?~406) : 그리스 극작가

3. 유리피데스 (BC 480?~406) : 그리스 극작가

4. 소크라테스 (BC 470?~399) : 그리스 철학자

5. 아리스토텔레스 (BC 384~322) : 그리스 철학자

6. 알렉산더 대왕 (BC 356~323) : 마케도니아 지도자

7. 쥴리어스 시저 (BC 100~44) : 로마 황제

8. 하드리안 (76~138) : 로마 황제

9. 사자왕 리처드 (1157~1199) : 영국 왕

10. 리처드 2세 (1367~1400) : 영국 왕

11. 산드로 보티첼리 (1444?~1510) : 이탈리아 화가

12. 레오나르도 다빈치 (1452~1519) : 이탈리아 화가, 과학자

13. 쥴리어스 3세 (1487~1555) : 이탈리아 교황

14. 벤버누토 셀리니 (1500~1571) : 이탈리아 금세공사

15. 프란시스 베이컨 (1561~1626) : 영국 철학가 · 정치가

16. 크리스토퍼 말로우 (1564~1593) : 영국 극작가

17. 제임스 1세 (1566~1625) : 영국 왕

18. 존 밀턴 (1608~1674) : 영국 작가

19. 장 밥티스트 룰리 (1632~1687) : 프랑스 작곡가

20. 피터 황제 (1672~1725) : 러시아 독재자

21. 프레드릭 왕(1712~1786) : 페르시아 왕

22. 구스타프 3세(1746~1792) : 스웨덴 왕

23. 알렉산더 폰 훔볼트(1769~1859) : 독일 박물학자

24. 조지 골든 바이런(1788~1824) : 영국 시인

25. 한스 크리스틴 앤더슨(1805~1875) : 덴마크 작가

26. 위트 휘트먼(1819~1892) : 미국 시인

27. 호라티오 엘가(1832~1899) : 미국 작가

28. 사무엘 버틀러(1835~1902) : 영국 작가

29. 알게논 스윈번(1837~1909) : 영국 시인

30. 차이코프스키(1840~1893) : 러시아 작곡가

31. 폴 벨렌느(1844~1896) : 프랑스 시인

32. 아더 랭보(1854~1891) : 프랑스 시인

33. 오스카 와일드(1854~1900) : 영국 극작가

34. 프레드릭 롤프(1860~1891) : 영국 작가

35. 앙드레 지드(1869~1951) : 프랑스 작가

36. 마르셀 프루스트(1871~1922) : 프랑스 작가

37. E.M. 포스터(1879~1970) : 영국 작가

38. 존 메이날드 케인즈(1883~1946) : 영국 경제학자

39. 헤럴드 니콜슨(1886~1968) : 영국 작가 · 외교관

40. 어네스트 룀(1887~1934) : 독일 나치 지도자

41. T.E. 로렌스(1888~1935) : 영국 군인 · 작가

42. 장 콕토(1889~1963) : 프랑스 작가

43. 바슬라브 니진스키(1890~1950) : 러시아 발레 댄서

44. 빌 틸든(1893~1953) : 미국 테니스 선수

45. 크리스토퍼 이셔우드(1904~) : 영국 작가

46. 다그 함마스크골드(1905~1961) : 스웨덴 UN 사무국장

47. W.H. 아덴(1907~1973) : 영국 시인

48. 장 게네(1910~) : 프랑스 극작가

49. 테네시 윌리엄스(1911) : 미국 극작가

50. 멜레 밀러(1919~) : 미국 작가

◀ 니진스키
모던 발레의 신화, 바슬라브 니진스키.
"나는 신이다" 라고 말할 정도로 무
대와 삶을 동일시했던 인물이다.

▶ 영국의 작가 오스카 와일드(왼쪽)
는 37세 때, 당시 대학생이던 알프레
드 더글러스 경(오른쪽)과 동성애에
빠지면서 파멸을 자초하게 된다.

▲ 장 마레(1913~1998)
영화배우 장 마레는 장 콕도를 만나
면서 배우로서 성공의 입지를 굳힌
다. 장 콕도가 감독한 〈미녀와 야수〉,
〈무서운 아이들〉, 〈오르페〉 등의
작품에 출연했다.

그대 사랑으로 나는 다시
젊고도 아름다워졌다
그대의 비수는 언제나
유일하게 한 면만을 파괴한다

나를 두 개로 이등분하는 천사여
고귀한 심성, 비인간적인 육체여!
나는 스스로를 지킬 수 없구나
그대가 내 무기이기에

과거엔 나의 문과 창들이
태양을 차단했다
지금은 태양이 내 마음에 스며들며
나는 이내 신들과 동등해진다

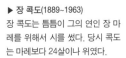

“
　　나를 두 개로 이등분하는 천사여
　　고귀한 심성, 비인간적인 육체여!
”

▶ 장 콕도(1889~1963)
장 콕도는 틈틈이 그의 연인 장 마
레를 위해서 시를 썼다. 당시 콕도
는 마레보다 24살이나 위였다.

당신도 동성연애에 반대합니까?

요새 미국에서는 동성간의 결혼 문제가 뜨거운 감자로 부상하고 있다. 미국의 샌프란시스코 시 정부에서 동성부부에게 정식 결혼증명서를 발급해준 것이 계기가 되었는데, 과연 동성결혼을 법적으로 인정해야 할 것인가 생각해볼 문제이다. 그러나 이미 네덜란드, 벨기에, 스웨덴, 덴마크 등과 같은 나라에서는 동성결혼을 법적으로 인정하고 있는 상태이다.

과거 역사를 거슬러올라가 보아도 동성애가 그리 새로운 것은 아니다. 성경에서 말하는 소돔과 고모라 시절에도 동성애는 있었고, 고대 그리스인들은 동성연애를 허용했을 뿐 아니라 당시 귀족들은 동성애를 이성간 사랑보다 더 고귀하게 여겨 미소년들을 데리고 다녔다는 얘기도 있다. 저 고명한 철학자 소크라테스, 아리스토텔레스가 동성애자였다는 사실만 봐도 짐작할 수 있다. 그러나 중세 그리스도교 문화로 접어들면서 동성애는 죄악시되었으며, 사회적으로 비난의 대상이 되었다. 그리고 19세기 영국의 극작가 오스카 와일드조차 "감히 그 이름을 말할 수 없는 종류의 사랑" 이라고 표현한 것을 보면 동성애가 얼마나 사회적으로 금기시되어 왔는지 헤아릴 수 있다.

그러나 이제는 당당하게 동성애자임을 커밍아웃하는 유명인들도 늘어나고 있고, 〈소년은 울지 않는다〉, 〈GO〉, 〈번지점프를 하다〉, 〈내 어머니의 모든 것〉, 〈헤드 윅〉, 〈몬스터〉 등등 동성애를 소재로 다룬 영화들도 끊이지 않고 제작되고 있다. 이미 미국에서는 동성애자가 1천만 명을 넘어서고 있으며, 한국에서도 대학가를 중심으로 동성애자의 권리를 주장하는 모임이 형성되고 있는 추세다. 이제 동성애를 단순히 찬성할 것인가의 차원을 넘어서서, 동성결혼을 합법적으로 인정할 것인가, 하는 보다 근본적인 문제와 부딪치게 될 것이다. 영화 〈헤드 윅〉에 나오는 구절은 자못 의미심장하다.

▲ 영화 〈헤드 윅〉 포스터

"그들은 두 쌍의 팔과 두 쌍의 다리, 하나의 큰 머리에서 나온 두 개의 얼굴을 가지고 있었어. 그래서 그들은 모든 주위를 한꺼번에 볼 수 있었고 읽으면서 동시에 말할 수 있었지. 그때 그들은 사랑에 대해선 아무것도 몰랐어. 사랑의 기원전이었으니, 사랑의 기원. 그래서 그때는 세 개의 성(性)이 있었는데, 하나는 두 남자가 등이 붙은 것 같은 모양으로, 태양의 아이라고 불렸었지. 지구의 아이 역시 비슷한 모양과 사이즈였는데 두 여자가 하나로 합쳐진 모습이었어…"

제5장

100세까지
유쾌한 삶을 즐겨라

– 비전 없는 유전자는 빨리 죽는다?

건 강 story ⟩ ⟩ ⟩

Q 왜 콩은 회춘작용을 할까?

콩의 원산지는 중국으로, 지금으로부터 4700년경부터 재배했다는 기록이 남아 있다. 한국에 소개된 것은 삼한시대이며, 미국은 1804년에 일본으로부터 콩을 수입, 재배하기 시작했다. 콩은 글자 그대로 영양 덩어리이다. 콩은 40% 정도가 단백질로 되어 있고, 나머지는 지방 18%, 섬유 3.5%, 당분 7.0%, 펜토잔 4.4% 등으로 구성되어 있다. 콩에는 비타민 A, B, C, D, E는 물론 비타민 B-복합체가 풍부하게 들어 있다. 콩은 특히 콜레스테롤을 감소시키는 데 도움을 주며, 아미노산을 함유하고 있어 회춘작용(回春作用)을 한다.

Q 카페인이 사람을 죽일 수 있을까?

만약에 100잔 정도의 커피를 4시간 내에 마신다면 카페인 때문에 죽을 수도 있다.

100잔 정도의 커피를 4시간 내에 마시면 죽는다?

Q 같은 양의 술을 마셔도 서양인보다 한국 남자들이 술에 빨리
취하는 이유는?

한국 남자들의 30%는 '아세트알레히드'라고 하는 알코올 분해
효소를 만드는 유전인자가 없기 때문에 인체 내에 알코올이 조금
만 흡수되어도 취하거나 각종 부작용이 생긴다. 이런 사람은 술
을 안 마시는 것이 바람직하다.

Q 우리 신체에서 쓸모없는 기관이 있을까?

그렇다. 몇 개가 있다. 우리 신체의 약 206개의 유용한 뼈들 중에
전혀 유용한 작용을 하지 않는, 단 하나의 작은 뼈가 있다. 그것
은 미골이라고 알려진 작은 뼈로 등뼈의 밑부분에 위치해 있다.
이것은 4개의 작은 뼈로 시작되어 성숙됨에 따라 차차 하나로 합
쳐진다. 그러나 미골은 4개였을 때처럼 하나의 뼈가 된 후에도 별
로 쓸모가 없다. 이 뼈의 유일한 효용이란 수십만 년 전에 인간이
네 발로 걸어다녔을 때 꼬리가 있었던 흔적이라는 이론을 뒷받침
해주는 것뿐이다. 때때로 꼬리를 가지고 태어나는 아이의 사진이
보도되고 있다. 그 외에 우리 신체 중에서 또다른 쓸모없는 부분
은 문제를 일으키는 충양돌기이다. 이것 또한 한때 소화기관으로
유용했던 부분의 흔적으로 알려져 있다.
또 우리 눈에는 순막이라고 불리는 작고 얇은 막이 있는데, 이 막
은 새와 포유류에게는 유용하게 작용하지만 인간에게는 눈의 안

쪽 구석에 움직이지 않는 주름으로 축소되어 있다. 언젠가 진화를 통하여 이것도 완전히 사라질 것이다. 또 뇌를 덮는 가지인 뇌의 송과선은 그 작용이 무엇인지 몰라 수수께끼로 남아 있는데, 과학자들은 이를 규명하고자 끊임없이 연구하고 있다.

꼬리?!?

신체에서 필요 없는 부분은 퇴화된다. 때때로 꼬리달린 아이가 탄생되기도 한다.

Q 혈액형이 Rh⁺인 남자와 Rh⁻인 여자가 결혼한다면 어떤 일이 벌어질까?

첫째 아이는 무사할 것이나, 둘째 아이는 축적된 중독물질로 인하여 치명적인 빈혈 증세를 나타내며, 적혈구가 파괴되는 증세를 동반하고 태어날 수 있다. 특히 산모가 Rh⁻이고, 아버지가 Rh⁺인 경우, 아버지에게서 유전된 태아의 Rh⁺피가 산모의 조직으로 들어오게 되어 산모는 Rh⁺ 피에 노출된다.

그것은 산모가 후에 Rh⁺의 아기를 갖지 못하게 하는데, 산모의 피 속에서 아기의 적혈구를 공격하여 파괴시키는 항체를 생성하기 때문이며, 이로 인하여 태아가 죽을 수 있다. 결혼한 미국인들의 약 12%가 이런 태아를 낳는다.

다행히 독일에서 '로감'이란 면역 글로블린이 개발되어 Rh⁻인 여성은 임신했을 때 미리 조처를 취하면 아기의 사산을 막을 수 있게 되었다.

Q 왜 키 작은 사람이 키 큰 사람보다 장수할까?

여성의 평균 수명은 남성의 평균 수명보다 7년 정도 더 길다는 보고가 있다. 과학자들은 이 7년이라는 여분의 시간에 대한 원인을 여성 호르몬과 스트레스의 부족, 그리고 다른 요소들에서 설명하려 했지만, 검증되지 않은 한 요소가 있는데 그것은 키에 관한 것이다. 여성들이 남성들의 평균 신장보다 13cm 더 작기 때문에 더 오래 산다고 하면 독자들은 어떤 생각이 드는지?

토머스 사마라스 또한 그렇게 생각하는 사람 중 하나인데, 그의 이론은 큰 키 자체가 단명을 초래한다는 것이다. 운동선수와 미연방 대통령, 성공적인 사업가, 그리고 거인들의 각 그룹을 연구한 후 사마라스는 그들 각 그룹의 평균 수명과 평균 신장은 반비례한다는 결론에 이르렀다. 신장이 작은 사람들은 큰 사람들보다 작게는 6%, 많게는 20%까지 더 장수했다. 173cm 이하의 대통령 5인의 평균 수명은 80.4세인데 비하여 185cm 이상의 대통령 5인의 평균 수명은 66.8세에 불과했다. 이와 비교하여 231cm이상 되는 거인들의 평균 수명은 39.8세에 불과했다.

그렇다면 인간에게 가장 적합한 신장은 얼마일까? 우리는 지금 인류에게 가장 알맞은 평균 신장이 이대로의 속도로 증가하다가는 우리를 21세기의 공룡으로 만들지 않을까 하는 문제에 대해 먼저 연구해야 할 것이다.

Q 왜 추운 기후에는 콧물이 나는가?

감기에 걸렸을 때만 콧물이 흐르는 것이 아니고 찬 공기를 마시면 콧구멍 안에 있는 점막이 자동적으로 수축되어 그 반사작용으로 팽창하게 된다. 이것이 더 많은 점액을 만들어내는데 그 결과 콧물이 흐르게 되거나 훌쩍거리게 된다.

Q 코를 막고 사과의 맛을 알 수 있을까?

혀의 맛을 알아내는 기관은 냄새를 알아내는 코의 기관과 밀접한 관계가 있다. 만약에 코를 막고 눈을 감고 있다면 사과와 감자 맛을 구별해낼 수 없다.

> ※ 2개의 콧구멍은 3~4시간마다 그 활동을 교대한다. 즉 한 콧구멍이 냄새를 맡거나 숨쉬고 있을 동안 다른 콧구멍은 쉬고 있다.

Q 마늘은 과연 만병 통치약인가?

이집트 피라미드 건설 때 노무자들에게 마늘을 급식으로 주었다. 또한 마늘은 아주 효과적인 항생제로 알려져 있다. 제1차세계대전 중 영국군은 대량의 마늘즙에 물을 섞고 그것을 물이끼 위에 칠하여 상처에 발랐다. 독감에 걸렸거나 미열이 날 때 다진 마늘을 오렌지 주스에 타서 하루 세 번 마시면 효과가 있다.

《마늘의 탁월한 효능(The Healing Power of Garlic)》의 저자 폴 바그너는 마늘의 의학적인 효용성을 강조한 바 있는데, 특히 마늘은 다음과 같은 경우 그 효능이 뛰어나다고 지적하고 있다.

1차대전 때, 영국군은 상처 난 곳에 마늘즙을 사용했다?

- 호흡장애 – 막힌 기도를 열어 호흡장애를 해소시켜준다.

- 간질병 – 통증이나 자주 일어나는 발작 증세를 완화시킨다.

- 독성감염 – 독성분을 먹었거나 독성 가스를 잘못 들이마셨을 때 해
  독작용을 해준다.

- 경련 – 경련으로 인한 복부 부위의 통증을 완화시켜준다.

- 회충 – 몸 안에 있는 회충을 없애준다.

- 최음제 – 성욕을 증진시키는 최음제로도 효과가 있다.

- 구풍제 – 소화가 안 될 때 방귀를 잘 배출해주는 구풍제로서 좋다.

- 발한제 – 피부의 혈액순환을 돕고 땀을 잘 배출시켜준다.

- 소화제 – 소화를 촉진시킨다.

- 소독제 – 세균을 죽인다.

- 이뇨제 – 오줌이 잘 나오도록 도와준다.

- 월경촉진제 – 월경을 촉진한다(월경이 멈춘 사람에게 좋다).

- 거담제 – 가래를 묽게 하여 기침할 때 가래가 밖으로 잘 나오게 한다.

- 흥분제 – 단기간에 에너지를 발생시켜주는 효과가 있다.

- 강장제 – 정기적으로 마늘을 섭취하면 건강이 유지되고 체력이 튼
  튼해진다.

이쯤 되면 아마도 막연히 마늘이 건강에 좋다고만
알고 있는 사람들도 생각보다 마늘이 우리의
건강에 얼마나 좋은지, 그리고 왜 만병통
치약인지 충분히 납득할 것이다.

Q 암, 당뇨병, 알츠하이머, 에이즈 등 인간의 생명을 위협하는
질병이 확실히 정복될 수 있을까?

의학계는 근본적인 해결책을 찾기 위해 유전자 연구에 박차를 가하고 있다. 이미 인간의 유전자 지도 초안이 완성되어 그 동안 우리를 괴롭혀온 질병의 예방과 치료가 가능해지고 있다.

설령 질병이 발생했다 해도 개인의 특성에 맞는 가장 적절한 치료약이 개발될 수 있어 근심은 자연히 사라진다. 이처럼 놀랄 만한 변화가 우리를 기다리고 있는 만큼 재미있는 일도 일어날 것이다.

결혼을 앞둔 청춘남녀들이 건강진단서 대신 유전자 분석기록을 주고받게 될 것이다. 상대방의 유전자 구조를 보고 부부간의 건강한 결혼생활과 장래에 태어날 2세의 모습을 어느 정도 파악할 수 있기 때문이다.

유전자 분석 외에 하루가 다르게 발전하고 있는 생명공학의 발전은 근래 들어 사람들 입에 자주 오르내리는 '복제'라는 용어를 더욱 실감나게 만들 것이다. 세포의 배양능력이 크게 향상돼 피부는 물론 각종 장기를 다른 사람의 것이 아닌 새로 만들어진 건강한 것으로 이식받을 수 있게 된다.

▶ 복제 원숭이
미국 오리건주 보건과학연구소의 돈 울프 박사 연구팀이
탄생시킨 복제 원숭이 한 쌍. 이것이 인간에게 적용되었
을 때, 어떤 결과를 초래할 것인지 귀추가 주목된다.

현재 일부 분야에서는 동물실험에서 괄목할 만한 진전을 보이고 있어 이것이 인간에게 적용됐을 때 어떤 결과를 낳을 것인가를 놓고 실험이 계속되고 있다.

Q 왜 쑥뜸은 효과가 있나?

쑥은 밤에 자란다. 목성의 정기를 받고 자란다는 쑥의 신비는 한 방에서 더 널리 알려져 있다. 쑥찜이나 쑥뜸은 널리 보급된 민간 치료 수단의 하나이다. 일본의 의과대학 교수팀이 발표한 뜸의 효능은 다음과 같다.

- 백혈구는 12시간 내에 2.5배 증가한다.
- 따라서 병이 낫는 데 필요한 항독소가 증가한다.
- 적혈구는 혈액 1밀리리터에 50만~100만 개 증가한다.
- 혈색소(헤모글로빈)가 16.9% 증가한다.
- 혈액순환, 신진대사 촉진, 모세혈관의 소통을 원활하게 해준다.
- 세포조직의 재생력을 강하게 한다.
- 쑥은 비타민 A와 C, 칼슘, 미네랄을 함유하고 있다.
- 쑥은 소화촉진, 암예방에 효능이 있다.

쑥 ▶

쑥은 우리 민족과 깊은 인연이 있다. 우리나라 건국신화에 등장할 뿐만 아니라 3월 삼짇날과 단오날에 쑥떡을 해먹는 풍습이 있다. 몸이 아파 뜸을 들일 때에도 쑥을 사용했고, 뱀에 물렸을 때에도 쑥 생즙을 바르면 제독효과가 뛰어나다.

Q 우황청심환은 양방, 한방에서 모두 통하는 상비약이다.
그런데 어떻게 만들어질까?

우황(牛黃)은 담석증에 걸린 병든 소
에게서만 얻어지는 한약의 일종이다.
우황은 소의 쓸개에서 얻어진다.

우황이 소의 쓸개에서
나온 것이라니….

Q 화를 내면 건강에 좋지 않다고 하는데 사실인가?

뇌에서 분비되는 호르몬은 극히 소량에 불과하지만 화를 자주 내
고 스트레스를 계속 받으면 뇌에서 노르아드레날린이라는 강력
한 혈압 상승제 역할을 하는 물질이 분비된다. 이것은 극렬한 독
성을 갖고 있어 자연계에서는 독사의 독 다음으로 그 독성이 강
하다고 할 수 있다. 이 독성 때문에 노화현상이 빨리 생기며, 인
간을 단명케 한다. 반대로 우리가 기쁨에 충만한 생활을 하고 모
든 것을 긍정적으로 받아들이면 베타 엔도르핀이 분비되는데, 이

것은 뇌에서 분비하는 호르몬 중에서 가장 긍정적인 반응을 보여 우리를 건강하게 하며 장수하게 하는 기본물질이다.

기분 나쁜 말을 들으면 즉시 뇌에서는 노르아드레날린을 분비할 것을 명령하고 기분 좋은 말을 들으면 베타 엔도르핀을 분비할 것을 명령한다. 우리가 아무리 기분 나쁜 이야기를 들었다고 해도 긍정적으로 받아들인다면 뇌는 우리 몸에 유익한 호르몬을 분비한다.

'커피를 마시면 건강에 좋지 않은데… 그러나 한 잔 마시자' 라고 생각하고 나서 커피를 마시면 부정적인 생각 때문에 좋지 않은 호르몬이 분비된다. 그 반면 '커피는 좋은 것이야' 라고 생각하고 마시면 뇌에서 좋은 호르몬이 분비된다.

Q 암을 예방하는 음식들은 어떤 것들이 있나?

현대의 물질문명의 발달을 돕는 화학물질, 우리가 즐겨 먹는 음식물뿐 아니라, 공기나 먹는 물에도 암을 유발하는 화학물질(발암성 물질)들이 있다. 과연 암으로부터 안전할 수 있는 방법은 없을까?

시금치, 콩, 브로클리는 노화를 예방할 뿐만 아니라 암세포의 확산을 억제하는 물질이 들어 있는 것으로 밝혀졌다.

약 4600년 전 이집트에서 피라미드를 건설할 때, 건축노동자들의 건강보존을 위해서 특식으로 양파와 마늘이 나왔는데, 이 속에는 항암물질이 들어 있는 것으로 믿었다. 또한 딸기에서 항암제 역할을 하는 엘라직 산(Ellagic acid)이 검출되었다. 우리나라 고유의 암 해독식품으로는 된장, 간장, 고추장 등이 있다.

우리가 마시는 물에도 발암성
물질이 들어 있다? 과연 암으
로부터 안전할 수 있을까……

▲ 아가리쿠스 버섯
'레이건을 살린 버섯'으로
유명한 아가리쿠스 버섯.
항암작용과 면역강화 식품
으로 탁월하다.

◎ 아가리쿠스 버섯

최근 일본에선 시즈오카 대학의 미즈노 교수가 복수암이 퍼진 쥐에 아가리쿠스를 투여하여 '암 치료율 90%, 암 저지율 99.4%' 라는 획기적인 결과를 발표했다. 이 밖에도 많은 연구 보고에서 아가리쿠스는 매크로파지(Macrophage) 등 면역세포의 활성화를 촉진하고 항암력을 증강시키며 종양을 수축시킨다는 사실이 발표되었다. 아가리쿠스는 '레이건을 살린 버섯' 으로도 유명하다. 레이건 전 대통령이 직장암 수술 후, 아가리쿠스를 복용해 탁월한 효과를 보았다는 뉴스가 대대적으로 보도된 이후 지금은 항암 작용과 함께 면역을 강화하는 식품으로 각광받고 있다.

Q 어떤 음식을 먹으면 안 되는가?

● 아직도 젓갈 김치를 선호하십니까?

한국인들의 전통음식인 김치는 주로 배추와 무로 만들어진다. 이런 채소를 소금에 절여 발효시킬 때 채소 속에 있던 질산염이 분출된다. 이때 소위 '젓갈'이라고 불리는 어패류인 조개, 새우, 오징어, 꼴뚜기, 황새기 등은 '아민'이라는 물질을 갖고 있는데 채소와 결합하면 채소 속의 질산염과 합쳐서 놀랄 정도로 무서운 '니트로자민'이란 발암물질을 만들어낸다. 그러나 반대로 김치 속의 미생물이 발암물질을 분해한다는 연구 결과가 있기 때문에 크게 염려할 필요는 없다.

● 돼지고기를 즐겨 먹습니까?

돼지는 창자 속에 무려 3~3.7m나 되는 촌충을 넣고 살 수 있는데, 이 촌충은 돼지살에 알(트리키넬라 유충)을 까놓는다. 이 유

젓갈, 돼지고기, 생선,
우유를 먹지 말라고?

충이 있는 돼지고기를 사람이 먹으면 소화액에 의해 유충을 둘러싸고 있는 껍질이 녹아 없어지게 되고 이 껍질이 벗겨진 유충은 사람 장벽에 달라붙어 있다가 때로는 혈관 속으로 들어간다. 특히 암유충의 경우, 혈관이나 림프액 속에 직접 알을 낳기도 하여 선모충병에 걸리는 원인이 되기도 한다.

● 우유는 과연 건강식품일까요?

상하지 않은 신선한 우유를 마시고 계속 설사를 한다면 우리에게 그 음식을 소화하는 데 필요한 효소가 결핍되어 있는 것은 아닌지 알아 보아야 한다. 한국인을 포함한 동양인들과 아프리카 흑인들에게는 우유 속 당분을 소화하는 데 필요한 효소가 비교적 결핍되어 있어 우유를 마시면 바로 설사할 때가 많다.

● 날생선을 아직도 좋아하십니까?

민물고기는 말할 것도 없고 바닷고기라도 날로 먹게 되면 우리는 본의 아니게 물고기에 기생해 살고 있는 촌충들도 먹게 된다.

이 촌충들은 10m까지 자랄 수 있으며 우리의 내장 앞에 붙어서 최대한 13년까지 살 수 있다. 이 촌충들은 때때로 현기증을 일으키기도 한다.

● 커피를 아직도 선호하십니까?

커피 한 잔 속에는 85mg의 카페인이 들어 있는데, 인간이 두 잔 반에 해당하는 200mg 이상의 카페인을 마시게 될 경우 숨이 가빠지고 불안과 초조 증상이 나타난다.

또 1,000mg 이상의 카페인을 섭취했을 경우에는 귀와 손발이 떨리게 되고, 오랫동안 많은 커피를 마시면 심장과 혈압에 나쁜 영향을 주며 췌장암에 걸릴 가능성도 있다. 자, 그래도 커피를 좋아하시겠습니까?

Q 왜 육각형 물이 건강에 좋을까?

육각형 고리가 많은 물이 건강에 좋은 이유는 우리 몸을 구성하는 분자 속의 물 성분이 육각형이기 때문이다. 육각형 구조를 가진 물은 신선한 물이나 야채 혹은 과일에 들어 있는 수분이다. 그렇기 때문에 과실을 많이 먹는 것이 건강에 좋다.

▲ 육각수
육각수는 산소를 가장 많이 함유한 물로 성인병 예방과 피부미용에 좋은 것으로 알려져 있다.

Q 당신은 얼마나 오래 살 수 있을까?

이 질문은 미국의 의사들이나 보험회사들이 개인의 수명을 계산할 때 사용하는 매우 일반적인 설문이다. 하지만 너무나 일반적이기 때문에 완벽한 계산이 나올 수 없는 것 또한 사실이다. 가령 예를 들어 극히 적은 숫자이긴 하지만 담배를 안 피우는 사람이 폐암으로 35세에 사망할 때 담배를 피우면서도 80~90세까지 장수하는 경우가 더러 있기 때문이다. 하지만 독자 자신이 이 질문의 결과를 너무 심각하게 생각하지 않는다면 당신의 수명을 어느 정도 비슷하게 계산해낼 수 있다(한국인의 평균 수명인 74세를 기준으로 하여 아래 항목을 풀어나간다).

- 남성이라면 2를 뺀다.

- 여성이라면 4를 더한다.

- 인구 200만 명이 넘는 도시에 거주하는 사람이라면 2를 뺀다.

- 인구 1만 명 이하인 교외지역에 사는 사람이라면 2를 더한다.

- 조부모 중 한 사람이 85세 이상 살았다면 2를 더한다.

- 양쪽 조부모 네 분이 모두 80세 이상을 살았다면 6을 더한다.

- 부모 중 한 사람이 50세 이전에 심장마비로 사망했다면 4를 뺀다.

- 부모형제 중 50세 이전에 암이나 심장병을 앓고 있거나, 어릴 때부터 당뇨병을 앓고 있는 사람이 있다면 3을 뺀다.

- 대학을 졸업했다면 2를 더하고 대학원을 졸업했다면 다시 2를 더한다.

- 배우자나 가까운 친지와 살고 있다면 5를 더하고 25세 이후 혼자 산다면 매 10년마다 1을 뺀다.

- 책상에 앉아서 하는 일에 종사한다면 3을 뺀다.

- 육체노동을 하고 있다면 3을 더한다.

- 30분 이상 운동을 매주 3~5번 정도 한다면 4를 더한다.

- 일주일에 두 번 정도 운동을 한다면 2를 더한다.

- 매일 10시간 이상의 수면을 취한다면 4를 뺀다.

- 쉽게 화를 내거나 긴장하는 성격이라면 3을 뺀다.

- 거의 모든 시간을 즐겁게 보낸다면 1을 더한다.

- 거의 모든 시간을 즐겁게 보내지 않았다면 2를 뺀다.

- 하루에 한 갑의 담배를 피운다면 7을 뺀다.

- 하루에 두 갑 이상의 담배를 피운다면 8을 뺀다.
- 하루에 반 갑 이상의 담배를 피운다면 3을 뺀다.
- 매일 세 잔 이상의 맥주, 혹은 한 잔 이상의 위스키를 마신다면 1을 뺀다.
- 체중이 평균 체중보다 3.75~11kg 무겁다면 2를 뺀다.
- 체중이 평균 체중보다 11~18kg 무겁다면 4를 뺀다.
- 체중이 평균 체중보다 20kg이상 무겁다면 8을 뺀다.
- 매년 정기적인 종합검진을 받고 있다면 2를 더한다.
- 현재 30~40세의 연령층에 있다면 2를 더한다.
- 현재 40~50세의 연령층에 있다면 3을 더한다.
- 현재 50~70세의 연령층에 있다면 4를 더한다.
- 독자가 현재 70세 이상이라면 5를 더한다.

본인이 다음 사항 중 하나에라도 속한다면 독자의 예상 수명에 2를 더하시오.

- 혈압이 130/75 이하이다. / 많은 양의 식사를 한다. / 빈혈 증세가 있다.
- 운동 후 피로 회복기간이 길다. / 쉽게 흥분하는 편이다.
- 휴식을 취할 때의 맥박수가 1분에 80번 이상이다.
- 남보다 병을 자주 앓는 편이다. / 배우자 이외에 사귀는 사람들이 없는 편이다.

위의 항목을 통해 당신이 오래 살 수 없다는 통계 숫자가 나온다고 해도 걱정할 것은 없다. 왜냐하면 미래는 얼마든지 개선할 수 있기 때문이다.

Q 사람이 장수하는 비결은 무엇일까?

사람이 장수하는 데에는 여러 가지 비결이 있겠지만, 그 중에 가장 뚜렷한 사실은 체내에 얼마나 많은 지방질이 누적되느냐에 따라 좌우된다. 장수하는 사람은 당연히 체내에 지방질이 적은 사람이다.

건강의 적인 체내 지방질을 제거하는 방법은 근육이 튼튼해야 하는데 튼튼한 근육 속에서 지방을 태워버릴 수 있는 비결이 있기 때문이다. 근육을 튼튼하게 만들기 위해서는 부드러운 운동을 계속해야 한다. 장수의 비결은, 결국 가벼운 운동에 있지 않을까?

Q 인간은 얼마나 오래 살 수 있을까?

하루살이는 하루, 거북이는 150년을 산다는데 과연 인간은 얼마나 오랫동안 살 수 있을까? 기록에 따르면 인간의 평균 수명은 BC 500년 고대 그리스시대에는 18세, AD 100년 로마시대에는 25세, 그리고 1900년에는 47세로 늘었다. 1999년에는 78세까지 늘어났다.

모든 사람들은 각기 독자적인 DNA를 갖고 있고 유전자에 프로그램화된 대로 살아간다. 건강을 위해 노력을 하는 것은 발병 위험 수위를 낮춰 기대수명을 채울 뿐이다.

Q 인문계에 종사하는 사람이 이공계에 종사하는 사람보다 장수하는 이유는?

스포츠맨은 일반인들보다 신체에 자주 질병이 생기고, 수명도 짧따. 또 이공계에 종사하는 사람들은 인문계에 종사하는 사람들보다 수명이 짧은데 어떤 공식에만 의존해서 좌뇌를 많이 사용하기 때문이다. 인문계 사람들은 우뇌를 많이 사용한다. 이는 우뇌를 사용하는 사람들은 뇌내에서 모르핀이 많이 분비되기 때문이다. '살아 있는 병동' 이라고 불려졌던 칸트는 두뇌를 많이 사용한 철학자이기 때문에 80세 이상 살았고, 괴테도 온갖 질병에 시달렸지만 장수(83세)했다.

▶ 괴테
괴테는 독일 고전주의의 대표자로서, 세계적인 문학가이며 자연연구가이다. 그는 74세의 나이에도 19세의 처녀를 사랑하여 《마리엔바더의 비가》(1823)라는 작품을 남길 정도로 정력적인 삶을 살았다.

Q 십전대보탕에는 어떤 약제가 들어갈까?

십전대보탕은 한방에서 처방하는 대표적인 보약이다. 감초, 복령, 인삼, 백출, 황기, 당귀, 천궁, 숙지, 백작약, 대추와 생강이 들어간다.

Q 동물은 왜 심장마비를 일으키지 않을까?

동물들이 심장마비와 뇌졸중을 일으키지 않는 이유는 심장마비
와 뇌졸중을 예방하는 데 필요한 비타민 C를 동물 체내에서, 즉
간에서 스스로 생성해내기 때문이다.

그러나 인간은 불행하게도 이러한 기능을 가지고 있지 않으므로
음식섭취를 통하여 비타민 C를 공급받아야 한다. 그러나 우리가
먹는 음식에는 비타민 C가 충분히 함유되어 있지 않을 뿐더러 요
리 과정에서 영양소가 많이 파괴되고, 설령 많이 섭취했다 해도
체내에 저장되지 않고 배설되기 때문에 비타민 C가 결핍되어 심
장마비나 뇌졸중이 쉽게 유발되는 것이다.

동물은 말이지, 간에서 비타민 C를 스
스로 생성해내기 때문에 심장마비와
뇌졸중 걱정을 하지 않아도 된다고 하네.

Q 콩나물에 과연 비타민 C가 들어 있을까?

콩장이나 두부에는 비타민 C가 없지만 콩나물에는 비타민 C가 많다. 이유는 콩나물이 발아될 때 비타민 C가 새로이 생성되기 때문이다.

Q 남자가 여자보다 나이가 많을수록 우울증에 잘 걸리는 이유는?

사람에게는 우뇌와 좌뇌가 있으며 각기 하는 역할이 다르다. 그 기능은 각각 독립되어 있으며, 좌뇌는 의식이 있는 자기 뇌인 동시에 언어와 의식 뇌라고 할 수 있고, 우뇌는 무의식 뇌이면서 선천 뇌라고 말할 수 있다. 좌뇌는 태어난 이후에 받은 모든 정보와 사건을 저장했다가 유전자에 입력한다. 좌뇌는 경험이나 지식을 뇌에 입력해서 기억의 산실로 만들고, 우뇌는 태어나면서부터 선물로 받은 우리 선조들의 2000만 년 동안의 온갖 정보가 깊숙이 저장되어 있는 소프트웨어라 할 수 있다. 이러한 정보는 유전자에 전달되어 우리 인생의 미래를 디자인해준다.

여자는 틴에이저 때 우울증에 잘 걸리며 이때에는 누구나 한 번쯤 자살충동을 느끼기도 한다. 그러나 남자는 보통 50세 이상 되었을 때 심한 우울증에 빠지는데, 통계적으로 이때 자살하는 사람이 많다고 한다.

남자는 여자보다 3배 이상 뇌세포 사망률이 높으며 특히 행복과 같은 긍정적인 감정을 조절하고 있는 좌뇌의 세포 사망률이 높기 때문에 남자가 우울증에 걸릴 비율이 더 높다.

Q 꿈을 꾸지 않는 사람이 있을까?

프로이트는 꿈을 잠의 안내자라고 했다. 꿈 때문에 잠을 잘못 잤다고 말하는 것은 모순이다. 보통 꿈을 흑백으로 꾸는데, 칼라로 꾸는 사람은 10% 정도 된다고 한다. 그런데 꿈을 꾸지 못하는 사람이 과연 있을까?

뇌량을 잘라내거나 교통사고로 오른쪽 뇌를 다친 사람은 꿈을 꿀 수가 없다. 왜냐하면 꿈은 오른쪽 뇌로 꾸기 때문이다.

오른쪽 뇌를 다친 사람은 영원히 꿈꿀 수 없다?

Q 물은 왜 생명의 원천이 되나?

우리가 먹는 음식물은 거의 다 물로 이루어져 있다. 콩나물의 97%, 오이는 96%, 수박은 92%, 우유는 87%, 사과는 84%, 감자는 78%, 소고기는 74%, 치즈는 40%, 빵은 35%의 물로 구성되어 있다.

Q 감기에 걸렸을 때, 왜 물을 많이 마셔야 할까?

이것은 탈수증을 막기 위해서이다. 병들어 있을 때는 보통 물을 마시고 싶어하지 않는데, 이것이 탈수증을 일으키는 원인이 된다. 열은 오히려 탈수증 때문에 일어날 수도 있다. 즉 체온이 정상보다 2도 정도 높으면 몸의 수분이 빨리 증발되어버리고 신진대사가 더 빨라진다. 따라서 이산화탄소가 많이 생겨 산소가 더 많이 필요하며 숨이 차게 된다. 그러므로 물을 마시는 것은 숨을 쉬거나 땀을 흘릴 때 소모된 수분을 보충하여 탈수증을 막고 건강을 지키는 기본이 된다.

Q 딸기는 과연 항암제일까?

딸기에서 항암제 역할을 하는 엘라직 산(Ellagic acid)이 검출되었다. 암을 유발시키는 발암제들을 제거하는 역할

을 하는 엘라직 산은 담배연기와 오염된 공기 속에서 발견되는
탄화수소들, 혹은 아플로톡신(발암제), 또한 이 모든 것들에서 검
출되는 니트로사민(Nitrosamine)을 없애는 데 주된 역할을 한다.

Q 노인들은 몇 살까지 섹스할 수 있을까?

섹스에 대한 모든 것을 학문적으로 정립한 영국의 섹스학자 하베
록 엘리스는 자진하여 실험대에 오른 여성들과 섹스를 만끽하였
는데 그의 전성시대는 70세였다.

피아노의 마술사 프란츠 리스트는 70세 때 피아노를 배우러 온
여학생들과 정사를 가진 것으로 소문나 있다. 리스트의 마지막
애인은 가정부였다. 소설가 빅토르 위고는 70세에 미모의 27세
여인과 사랑에 빠졌으며, 83세까지 수많은 성적 유희를 가졌던
것으로 알려져 있다. 《인간의 굴레》를 쓴 서머셋 모음은 72세 때
여비서와 불같은 섹스를 즐겼다는 사실이 여비서의 일기장에서

◀ 프란츠 리스트(Franz Liszt, 1811~1886, 헝가리)
19세기에 있어서 피아노 음악의 거장이라 할 수 있다. 리스트는 피
아니스트로서 전 구라파를 석권했을 뿐 아니라 풍운아의 기질과
패기가 넘쳤던 인물이다. 지휘자, 작곡가, 교사, 평론가, 그리고 승
려 등 다양한 그의 직업에서 그의 풍운아적 기질을 엿볼 수 있다.

"검은 빛이 보인다(I see black light)."

1885년 5월 임종시에 빅토르 위고가 남긴 말이다. 1862년 발표된 소설 《레미제라블》은 19세기 불후의 명작으로 세계 각국에서 30여 차례 영화화되었고, 연극 · 뮤지컬 · 오페라 · 다이제스트 · 방송 드라마 · 만화 등 대중매체로 번안됐을 정도로 유명하다.

▶ 빅토르 위고

발견되었다. 그의 성욕은 85세가 될 때까지 왕성했다고 한다. 영국의 불가지론자 러셀은 80세에 네 번째 여자와 결혼하였다. 모르몬교의 최대 지도자 브리감 영은 72세에 27번째 아내를 맞이했다. 사람과 민족에 따라 조금씩 다르지만 남자는 80세까지 섹스를 즐길 수 있다고 보며, 대부분의 여성들은 75세가 지나면 섹스에 대한 감정이 생기지 않는다고 한다.

 당신은 너무나 늙었다고 생각해본 적이 있나?

- 99세에 테네시 프랭클린에 거주하던 데이비드 유진 레이는 글을 깨우쳤다.
- 99세에 피아니스트 미에지슬러 호르스조스키는 새 앨범을 냈다.
- 99세에 쌍둥이 자매 귄 나리타와 진 카니는 일본에서 CD 음반을 내고 스타가 되었다.
- 98세에 도예가 베아트리체 우드는 마지막 작품전시회를 열었다.

- 97세에 마틴 밀러는 노인들을 위한 로비스트로서 풀 타임으로 일했다.
- 96세에 캐서린 로빈슨 에베레트는 노스캐롤라이나에서 변호사 개업을 했다.
- 96세에 무용 안무가 마르타 그라함은 마지막 공연을 위한 무용 안무를 했다.
- 94세에 코미디언 조지 번즈는 뉴욕에 있는 프로텍터 극장에서 공연했는데 데뷔 작품을 그 극장에서 공연한 이후 63년 만이라고 한다.
- 93세에 여배우 다임 주디스 앤더슨은 1시간 동안 무대에서 열연했다.
- 92세에 풀 스팡러는 14번째 마라톤을 성공리에 마쳤다. 91세 때는 1,500m를 52분 41.53초에 수영하여 90세 이상의 노인들 사이에서 최고 기록을 세웠다.
- 91세에 홀다 크로스는 미국 대륙에서 제일 높은 위트니 산을 정복했다.
- 91세에 알만드 해머는 서양 석유계를 이끈 장본인이었다.
- 88세에 도리스 이톤 트라비스는 오클라호마 대학에서 역사학을 전공하여 마침내 졸업장을 손에 넣었다.
- 87세에 메리 베이커 에디는 크리스천 사이언스 모니터를 설립했다.

- 87세에 추리소설 작가 피리스 위트니는 71번째 작품 《노래하는 돌》을 발표했다.
- 86세에 캐더린 펠톤은 200m 접영을 3분 1.14초 안에 완주했는데 그것은 85~89세에서 최고 남자 신기록보다 22초 빠른 기록이었다.
- 84세에 에드 벤함은 4시간 17분 51초 만에 마라톤을 완주했다.
- 84세에 아모스 아론조 스테그는 퍼시픽 미식 축구팀의 코치였다.
- 83세에 소아과 의사 벤자민 스포크는 세계 평화를 위해 데모하다가 플로리다에서 체포되었다.

Q 얼굴에 주름살은 왜 생길까?

'주름살은 나이가 들면 누구나 생긴다' 라고 답할 수 있다. 그러나 나이가 들면 왜 생기나? 라는 질문을 다시 해보게 된다. 진피는 주로 교원질로 구성되어 있다. 교원질은 피부에 윤기를 줄 뿐만 아니라 각종 운동을 시켜 탄력 있게 만든다.

그러나 사람이 나이가 들어감에 따라 교원질은 점점 수분을 상실하게 되는데 이러한 과정이 교원질 분자를 길게 늘어나게 만든다. 이것이 주름살이다.

Q 왜 위궤양은 잘 치료되지 않을까?

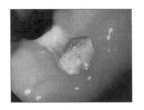

▲ 양성 위궤양의 내시경
위장 내에는 산성이 강하여 세균이 살지 못할 것으로 여겨져 왔으나 1983년 위내시경 생검조직에서 발견되었다.

헬리코박터 세균이 말썽이다. 우리 국민 4명 중 3명의 위장 속에서 발견될 정도로 흔한 이 세균이 위궤양과 위염은 물론 위암까지 일으킬 수 있다는 연구결과가 속속 보고되고 있다. 인간의 위장 내에 서식하는 이 세균은 1982년 호주인 의사 위런과 마샬이 처음 발견했다. 염기성을 띠는 암모니아를 합성해냄으로써 강력한 위산에서도 거뜬히 생존할 수 있으며 주로 오염된 음식물을 통해 감염된다. 국내에 감염자가 많은 이유도 술잔을 올리거나 식기를 같이 쓰는 습관에서 비롯되는 것으로 추정된다.

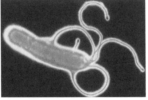

이 세균은 현재 세계에서 가장 많이 감염되어 있고, 가장 널리 분포하고 있는 균으로 알려져 있다. 위염의 원인균이며, 소화성 궤양, 위선암, 위림프종 등 소화기 질환과 연관 있다. 최근 세계보건기구(WHO)에서는 이 균을 위암의 발암인자로 규정하고 있다.

▲ 전자 현미경으로 본 헬리코박터 파이로리균

Q 과연 위약은 효과가 있을까?

환자를 안심시키기 위해서 주는 가짜 약을 위약이라고 한다. 우리 한국 사람들도 하나님께 기도를 하면 병을 고칠 수 있다고 믿는 사람들이 50%나 되며 하나님께서 직접 개입하신다고 믿는 사람도 40%나 된다. 기도를 하면 뇌에 변화가 오는데 우리 몸이 스스로 치유하는 자가치료(self repair)의 힘을 갖고 있음을 보여준다. 부흥사들이 병을 고치는 사례가 많은데, 99%가 플라시보 효과(placebo effect, 위약의 투여에 의한 심리효과 따위로 실제로 환자의 용태가 좋아지는 일)를 이용했을 뿐이다. 하나님께서는 삼라만상의 원리를 자연법에 두고 있기 때문에 자연법을 잘 준수하는 것이 병을 치유할 수 있는 지름길이다.

Q 팔등신 미인이란 그 표준을 어디에 두었는가?

팔등신이란 용모를 기준해서 미인됨을 말하기보다는 주로 늘씬한 키(여자의 경우 165cm 이상)를 가진 여인을 의미하는데 키가 얼굴 길이의 8배 정도 될 때 미인의 표준으로 여겼다.

Q 건강하지 않은 사람이 방귀를 자주 뀌는가?

사실 건강한 사람이 방귀는 잘 뀐다. 인체의 장 속에는 무수한 세균이 살고 있는데, 이들 세균이 장 속에 남아 있는 음식물 찌꺼기를 발효, 분해시키는 과정에서 발생한 가스가 방귀로 나오는 것이다. 또 음식물을 먹을 때 함께 들이마신 공기가 장 속에 괴어 있다가 항문을 통해 몸 밖으로 나오는 방귀도 있다. 일반적으로 장의 활동이 활발한 사람일수록 가스가 많이 발생하여 방귀를 잘 뀌게 되므로 방귀 잘 뀌는 사람은 건강하다는 말이 된다. 그러나 냄새가 매우 지독하다면 장 속에 이상이 있다는 적신호인데 만약 종양이 생겼다면 방귀 소리는 크지 않으면서 지독하게 썩은 냄새가 난다.

Q 왜 두뇌는 통증을 못 느끼나?

두뇌에는 감각신경이 없기 때문에 때리거나 얼리거나 불에 태워도 아무런 고통을 느끼지 않는다. 간혹 신경과 의사들이 전혀 마취제를 사용하지 않고도 환자의 두뇌를 수술할 수 있는 것도 바로 이러한 이유 때문이다(두통은 주로 두뇌를 감싸는 두피의 혈관이 위축되거나 확장되는 과정에서 발생한다).

하지만 두뇌의 특정 부분을 자극하면 그와 연관된 신체의 각 부분들이 움직이는 것을 볼 수 있다. 예를 들어 특정한 부분의 두뇌를 찌르면 손이 간지럽다든가, 다른 부분을 찌르면 발이 간지러운 것을 볼 수 있다. 또한 두뇌를 자극하여 기억을 되살릴 수도 있는데, 두뇌 측면에 전기자극을 주면 오랫동안 잊고 있던 순간적인 광경이나 소리 혹은 냄새가 되살아난다는 사실들이 실험에 의해 입증되고 있다.

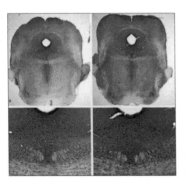

◀ 세로토닌
세로토닌이 증가하는 양상(왼쪽에서 오른쪽)을 나타내고 있다.

◎ 두뇌약국

두뇌에는 기억, 지능, 자제와 흥분을 자극하는 약 50가지의 항진성 약품을 생산하는 약국이 있다. 예를 들어 엔도르핀은 모르핀과 같은 종류의 진통성분이지만, 그보다 세 배의 효과가 있으며 이 천연적 진통제는 우리의 몸이 피곤할 때나 장거리를 뛸 때 혹은 웃을 때 자주 분비된다(웃고 나면 기분이 좋아지는 것도 이 엔도르핀 때문이다).

세로토닌이라는 성분 또한 우리의 기분 변화와 많은 연관이 있는 것으로 밝혀졌다. 체내의 세로토닌 성분이 낮을수록 공격적이거나 우울한 증세가 나타난다는 주장인데 방화범이나 살인범의 체내에는 정상치보다 훨씬 낮은 세로토닌 성분이 있다는 사실 또한 이러한 주장을 뒷받침해주고 있다. 또다른 연구는 섬유질 성분을 많이 섭취할수록 세로토닌의 분비가 증가하며, 체내에 이 성분이 낮아질 때 자신도 모르게 섬유질 성분이 든 음식물을 찾는다고 밝히고 있다. 요즘 정신과 의사들도 우울증 치료에 세로토닌 성분이 함유된 약을 시험적으로 사용하고 있다.

도파민이라는 화학물질에도 말을 많이 하거나 흥분하게 만드는 성분이 있다. 스탠퍼드 대학 연구팀에 의해 비교적 수줍음을 많이 타는 사람들의 체내에서 낮은 수치의 도파민이 발견된다는 사실이 밝혀졌다. 콜롬비아 대학 연구팀도 도파민의 분비를 자극하는 것으로 알려진, 특정한 화학성분을 이용해서 수줍은 성격을 치료하는 실험에 성공했다.

Q 추우면 왜 떨까?

사람은 추울 때 몸을 떨게 되는데 이것은 근육이 스스로 떠는 운동을 해서 몸의 온도를 높이기 때문이다.

Q 암의 원인은 무엇인가?

암은 무리한 생활 때문에 생기는 질병이다. 육체적인 무리, 즉 지나친 노동이나 과도하고 불규칙한 생활 때문에 생기는 경우도 있고 고민이나 슬픔 등 정신적인 무리나 부담을 느껴 생기는 경우도 있다. 형식은 다양하지만 거시적인 관점으로 보면 사람의 몸과 마음을 지치게 만드는 스트레스가 원인이 되어 암이 발생한다.

암의 원인으로는 유전인자, 나쁜 환경, 담배, 술, 바이러스, X선 노출, 태양 자외선, 직업병 등이 있다.

선진국에서 사망 원인 1, 2위를 다투는 암은 유전자 이상(돌연변이)에 의해 발생한다는 것이 의학적으로 규명되었다. 우리 몸안에는 손상되어 암세포가 되기 일보 직전에 놓인 암원인 세포가 항상 존재하고 있는데, 이것이 발견 가능한 크기로 자랄 때까지는 약 5~15년 정도 걸리기 때문에 조기 발견이 어렵고, 또 증상이 나타났을 때에는 이미 병이 상당히 진행되어 있는 경우가 대부분이다.

그리고 정상세포는 주위환경에 맞추어 분열(증식)을 스스로 제어하지만, 암세포는 주위 환경에 관계없이 죽음에 이를 때까지 무한히 증식하여 정상세포를 파괴하면서 증식 및 전이를 반복하게 된다.

암을 방지하기 위해서는 세포가 암세포화하는 것을 억제하는 것이 열쇠인데, 이를 위해서는 세포의 유전자 손상을 예방하거나 손상된 유전자를 신속하게 회복시켜야 한다. 또는 손상당한 유전자를 가진 세포를 제때에 교체하기 위하여 세포가 확실히 분열되어야 한다. 인간의 세포는 뇌세포 등 일부 세포를 제외하고는 세포분열을 반복하면서 쉬지 않고 생성되지만, 발암물질이나 적외선, 생체 내에 있는 화학물질 등에 의해서 DNA의 염기 서열의 이상이나 손상이 생길 때 암이 발생한다고 볼 수 있다.

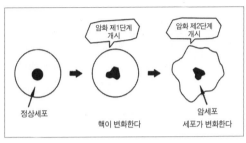

암으로 발전되어가는 과정 ▲

Q 유전자 게놈은 필요와 뜻에 따라 변하는가?

행복한 생활, 좋은 약, 건강한 음식, 사랑하는 가족, 엄청난 부, 그 어떤 것도 어찌할 수 없다. 당신의 운명은 당신의 유전자에 달려 있다. 아우구스티누스의 신봉자들이 주장하는 것처럼 하늘나라에 가는 것은 신의 뜻이며, 당신의 선한 행동 때문이 아니다. 게놈, 그것은 우리에게 가장 어두운 지식을 주는지도 모른다.

마치 테이레시아스의 저주처럼 우리 운명에 대한 지식, 안다고 해도 어찌할 수 없는 지식을 주는지도 모른다. 인간이 추구하는 가장 중요한 것은 생명이 아니다. 생명은 우리를 어느 목적지까지 실어다주는 배와 같은 역할을 하는 수단에 불과할 뿐이지 결코 목적은 아니다. 생명은 DNA 속에 기록된 디지털 정보에 불과하다.

• DNA의 유동성

우리의 몸은 60조의 세포로 구성되어 있다. 세포 안에 조그마한 부분을 찾아가는 핵이 있다. 핵 안에는 막대기 모양을 한 것이 나타나는데 이것이 염색체이다. 염색체는 세포마다 23쌍(실제로 46개)이 들어 있다. 쉽게 표현해서 염색체 안에 DNA가 이중 나선형으로 유전자를 안고 꼬인 형태로 들어 있다. 이러한 복잡한 구형의 3차원 구조를 해부해보면 염기서열 30억 개로 펼쳐지는 4가지 글자, 즉 구아닌(G), 시토신(C), 티민(T), 아데닌(A)으로 구성되어 있다. 이것들의 연결고리는 너무나 세밀해서 조그마한 충격(모기의 입김이라고 해도)에도 빠지거나 무너지고 만다. 그 반면에 무너진 연결고리가 아주 쉽게 연결될 수 있는 것이 DNA의 뛰어난 특징이다.

• 인간이 이기적일 수 밖에 없는 이유

'인간의 이기적인 모습이야말로 삶의 가장 아름다운 것을 보여주는 것이다' 라고 독일의 유명한 철학자이며 신학자인 볼트만은 말했다.

이기적인 유전자이라고 최초로 말한 사람은 《이기적인 유전자(Selfish Gene)》라는 책을 쓴 리처드 도킨스(Richard Dawkins)이다. 인간의 세포 60조가 모두 이기적인 유전자에 의해서 지배받고 있다는 뜻이다. 우리는 이기적으로 태어났다. 우리의 유전자는 우리에게 계속해서 이기적으로 행동할 것을 명령한다.

미남배우 록 허드슨은 자기가 에이즈에 걸려 죽게 된다는 사실을 알면서도 무질서한 성관계를 가짐으로써 다른 사람들을 죽게 했다. 인간이 얼마나 이기적인가? 이기적인 것은 인간뿐만이 아니고 동물이나 곤충도 마찬가지이다.

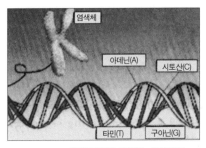

우리의 운명을 주관하는 핵산 DNA ▲

● 살기 위해 이기적이 된다

남극의 신사 황제 펭귄도 바다표범에게 잡아먹힐 위험이 있기 때문에 물가에 서서 물에 뛰어들기를 주저하는 것을 흔히 볼 수 있다. 그 중 한 마리가 뛰어들기만 하면 나머지 펭귄은 바다표범이 있는지 없는지를 알 수 있다. 당연히 어떤 펭귄도 자기가 희생물이 되려고 하지 않기 때문에 황제 펭귄 모두가 그저 누군가가 뛰어들기를 기다릴 뿐이다. 그리고 때때로 서로 밀치다가 무리 중의 하나를 수중에 떠밀어버리기까지 한다.

암놈 사마귀는 동족끼리 서로 잡아먹는 무서운 성질이 있다. 사마귀는 커다란 육식성 곤충으로 보통 파리와 같은 작은 곤충을 먹는데 움직이는 것은 무엇이든 공격한다. 교미시 수놈은 조심스럽게 암놈에게 접근하여 암놈을 올라타고 교미한다. 암놈은 기회를 포착하면 수놈을 잡아먹으려고 한다. 운이 좋지 않으면 수놈은 암놈의 맛있는 디너 요리가 되고 만다.

● 유전자도, 운명도 모두 바뀔 수 있어

인류 역사 8000년 동안 인간이 전쟁, 질병, 기아, 천재지변과 같은 역경을 이겨내어 생존해온 것은 우리의 유전자가 변해야 될 필요와 뜻이 있었기 때문에 가능한 것이다.

1995년 7월 초, 사이언스 뉴스에 의하면 미드오션에 사는 어느 작은 물고기들은 항상 떼를 지어 다니는데, 이들의 리더는 수컷으로 맨 앞장에 서고 암컷들은 그 뒤를 따른다. 그러나 사고로 수컷이 잡아먹히거나 죽게 되면 리더를 따르던 암컷 중에 한 마리가 수컷으로 성전환을 해서 새로운 리더가 된다고 한다. 이것은 유전자가 필요와 뜻에 따라 변해가는 것을 의미한다.

미국 애리조나 사막에서 서식하는 방울뱀은 다람쥐를 주로 잡아먹고 사는, 독성이 강한 뱀이다. 어떤 다람쥐는 방울뱀이 물었는데도 죽지 않고 살아서 달아나는 것을 목격한 사람이 있다. 그것은 그 다람쥐가 새끼를 낳은 지가 얼마 되지 않기 때문에 그 새끼를 먹여 살려야 될 필요와 뜻이 있기 때문에 다람쥐의 유전자에서 방울뱀의 독성을 중화시킬 수 있는 호르몬이 분비되었기 때문이다. 유전자는 필요와 뜻에 따라 변한다.

유전자는 필요와 뜻에 따라 거기에 적응하는 유전자로 바뀐다. 운명도 정해진 것이 아니고 변할 수 있다는 것을 의미한다.

우리의 뇌도 쓰지 않으면 뇌 속에 있는 유전자가 불필요함을 느끼고 스스로 죽게 되는데 이때 치매가 오게 된다. 은퇴한 사람들이 아무 일도 하지 않고 놀게 되면 빨리 죽게 된다고 하는데, 이는 비전이 없는 유전자는 빨리 죽게 된다는 것을 의미한다.

제6장

이야기가 있는 성경

– 이제 외우지 말고 즐겁게 읽자!

성경 story 〉〉〉

Q 예수가 십자가에 못박힐 때 예수의 양 옆에서 십자가형을 받은 죄수의 이름은?

예수와 함께 십자가형에 처해진 두 명의 도둑이 바로 디스마스와 헤스타스이다. 물론 신약성경에서는 두 도둑의 이름이 나오지 않지만 다른 성경에서는 '디스마스와 헤스타스'라고 적혀 있다. 전승에 따르면, 예수의 우측에 매달린 디스마스는 죄를 뉘우치고 나중에 예수와 함께 천국에 들어간다. 반면 예수의 좌측에 매달린 헤스타스는 죄를 회개하지 않아 지옥으로 간다. 예수가 지나갈 때 그는 지옥의 고통 때문에 아래쪽 십자가를 발로 당겨서 비뚤게 했다. 러시아 정교를 보면 전통적인 십자가에서 아래쪽 십자가는 오른쪽이 올라가고 왼쪽이 내려간 모습을 하고 있다.

〈십자가의 그리스도〉, 루벤스
고통을 초월한 예수와 반대로 몹시 고통스러워하는 두 도둑의 인간적인 모습이 잘 나타나 있다.

Q 본디오 빌라도가 예수를 재판한 후 무슨 일이 있었는가?

세계에서 가장 사람들의 입에 오르락내리락 하는 사람이 로마의 유대지역 총독인 본디오 빌라도임에는 틀림없다. 기독교인들은 주일 아침마다 사도신경를 외우고 있기 때문이다.

그리스도를 십자가에 처형하고 나서 본디오 빌라도는 AD 30년에 자살을 한 것으로 전해지고 있다.

◎ 예수를 죽인 자는 진정 빌라도인가?

빌라도의 라틴식 이름은 폰티우스 필라투스이다. 잔인한 성격의 그는 유대인들을 탄압하였다. 그리스도가 유대인들의 고소로 그의 앞으로 끌려나오자 그리스도의 무죄를 인정하면서도, 예수를 십자가에 못박으라고 광적으로 울부짖는 군중들의 강요에 못이겨 그리스도 대신에 강도 바라빠를 석방하고 그리스도에게 사형을 선고하였다.

한편 급진주의 신학의 어법에 따르면 성서에서 강도(레스따이)라고 표현되는 바라빠는 강도가 아니라 젤롯당의 일원이다. 요즘 말로 하면 유대의 독립투사인데 반대로 로마 당국의 입장에서는 테러리스트 정도 될 것 같다. 그것이 오역되어 지금의 강도라는 잡범이 된 것이다.

사실 빌라도는 예수보다는 이 바라빠를 처형하고 싶어했다. 왜냐하면 바라빠는 무력으로 유대의 독립을 쟁취하려는 인물이었기 때문이다. 그러나 광분한 군중들은 예수를 십자가형에 처하라고 격렬하게 요구했고, 그러한 거친 요구는 자칫 폭동으로까지 이어질 가능성이 있어 보였기 때문에 겁에 질린 빌라도는 어쩔 수 없이 예수를 십자가에 처형한 것이다.

빌라도는 그 전에 "도대체 그 사람의 잘못이 무엇이냐?" 하고 군중들에게 물었고 사람들은 맹렬하게 악을 써가며 "십자가에 못 박으시오!" 하고 한목소리로 외쳤다. 빌라도는 손을 씻으며, "너희가 맡아서 처리하여라. 나는 이 사람의 피에 대해서는 책임이 없다." 하고 말하였다. 군중은 "그 사

▲ 〈빌라도와 군중 앞에 선 예수〉
수많은 군중들이 빌라도에게 예수를 사형에 처하라고 요구하고 있다.

람의 피에 대한 책임은 우리와 우리 자손들이 지겠습니다." 하고 화답했다.

빌라도는 후에 사마리아인들의 학살사건 때문에
로마로 소환되어 자살한 것으로 전해지고 있다.

▶ **손을 씻는 빌라도**
빌라도가 손을 씻는다는 것은, 예수의 처형
에 자신은 아무런 책임이 없다는 뜻이다.

Q 성경에 이런 사실이 있을까?

• 사람들이 자기 팔의 고기를 먹게 될 것이라고 예언한
사람은?

이사야.

─ 만군의 여호와의 진노로 인하여 이 땅이 소화되리니
백성은 불에 타는 섶나무와 같을 것이라 사람이 그 형
제를 아끼지 아니하며 우편으로 움킬지라도 주리고 좌
편으로 먹을지라도 배부르지 못하여 각각 자기 팔의 고
기를 먹을 것이며 므낫세는 에브라임을, 에브라임은 므
낫세를 먹을 것이요 또 그들이 합하여 유다를 치리라
그럴지라도 여호와의 노가 쉬지 아니하며 그 손이 여전
히 펴지리라(이사야 9:19~21).

▲ 〈예언자 이사야〉, 라파엘로
이사야는 하느님과 인간과 세계
와 역사와 종말을 두루 통찰한
구약의 바울로 불리우며 신약종
교의 초석을 닦은 구약종교의 완
성자·개혁자로 평가받고 있다.

◎ 이사야가 본 바빌론의 멸망

"보라, 은을 돌아보지 아니하며 금을 기뻐하지 아니하는 메대 사람을 내가 충동하여 그들을 치게 하리니 메대 사람이 활로 청년을 쏘아 죽이며 태의 열매를 긍휼히 여기지 아니하며 아이를 애석하게 보지 아니하리라. 열국의 영광이요 갈대아 사람의 자랑하는 노리개가 된 바빌론이 하나님께 멸망당한 소돔과 고모라같이 되리니 그곳에 거주할 자가 없겠고 거처할 사람이 대대에 없을 것이며 아라비아 사람도 거기에 장막을 치지 아니하

▲ 이사야가 본 바빌론의 멸망

며 목자들도 그곳에 그들의 양 떼를 쉬게 하지 아니할 것이요. 오직 들짐승들이 거기에 엎드리고 부르짖는 짐승이 그들의 가옥에 가득하며 타조가 거기에 깃들이며 들양이 거기에서 뛸 것이요. 그의 궁성에는 승냥이가 부르짖을 것이요. 화려하던 궁전에는 들개가 울 것이라. 그의 때가 가까우며 그의 날이 오래지 아니하리라"(이사야 13:17~22).

"
그의 궁성에는 승냥이가 부르짖을 것이요
"

● 누가 자기 자신의 아들을 먹었는가?

사마리아의 여인과 예레미야.

— 또 가로되 무슨 일이냐 여인이 대답하되 이 여인이 내게 이르기를 네 아들을 내라 우리가 오늘날 먹고 내일은 내 아들을 먹자 하

매 우리가 드디어 내 아들을 삶아 먹었더니 이
튿날에 내가 이르되 네 아들을 내라 우리가 먹
으리라 하나 저가 그 아들을 숨겼나이다(열왕
기하 6:28~29).

— 처녀 내 백성의 멸망할 때에 자비한 부녀가
손으로 자기 자녀를 삶아 식물을 삼았도다(예
레미아애가 4:10).

▶ 〈예수와 사마리아 여인〉
유대인들뿐만 아니라 같은 동네 사람들에게도 멸시를 받았던
사마리아 여인. 어느 날 자신에게 말을 거는 낯선 남자 예수를
그녀는 경계한다. 그러나 나중에는 그로부터 구원을 얻는다.

◉ 반 고흐에게 영감을 준 사마리아인

핍박받는 영혼의 상징 사마리아인. 사마리
아는 솔로몬의 통일 왕국이 분열되어 남유
다와 북이스라엘로 갈라졌을 때 북이스라
엘의 수도였다. 그러나 북이스라엘은 아시
리아에 의해 멸망하게 되고(BC 722년), 이
때 점령국인 아시리아는 자국민을 북이스
라엘로 이주시킨다. 그리하여 북이스라엘
에는 자연히 혼혈인이 생기게 되는데 유대
인들은 이 혼혈인들을 사마리아인이라 부
른다. 남유다 사람들, 즉 유대인들은 사마
리아인들을 불결한 종족으로 몰았고 극도로 혐오했다. 위 그림은 들라크로아의 〈착한
사마리아인〉을 몽뻴리에의 미술관에서 보고서 반 고흐가 영감을 얻어 그린 것이다.

〈이세벨의 죽음〉
이스라엘 제7대 왕인 아합의 아내 이세벨은 바알과 아세라를 숭배한 이교도였다. 바알과 아세라 제의에는 부도덕한 성의식이 동반되었기 때문에 이스라엘에서는 우상으로 금기시했다. 그러나 이세벨에 의해 아세라 예배는 성행했다.

바알의 선지자들의 죽음
엘리야는 여호와의 응답을 듣고는 우상 숭배자인 바알 선지자들을 기손강에서 모두 죽였다.

● 간음을 하도록 가르친 여자 예언자는?
두아디라의 여자 예언자 이세벨.

─ 두아디라 교회의 사자에게 편지하기를 그 눈이 불꽃 같고 그 발이 빛난 주석과 같은 하나님의 아들이 가라사대 내가 네 사업과 사랑과 믿음과 섬김과 인내를 아노니 네 나중 행위가 처음 것보다 많도다. 그러나 네게 책망할 일이 있노라. 자칭 선지자라 하는 여자 이세벨을 네가 용납함이니 그가 내 종들을 가르쳐 꾀어 행음하게 하고 우상의 제물을 먹게 하는도다(요한계시록 2:18~20).

─ 요람이 예후를 보고 가로되 예후야 평안이냐 대답하되 네 어미 이세벨의 음행과 술수가 이렇게 많으니 어찌 평안이 있으랴(열왕기하 9:22).

─ 예로부터 아합과 같이 스스로 팔려 여호와 보시기에 악을 행한 자가 없음은 저가 그 아내 이세벨에게 충동되었음이라(열왕기상 21:25).

● 갈멜산에서 여호와의 불을 맞이한 엘리야
이스라엘 제7대 왕 아합(BC 874~853)은 시돈 왕 엣바알의 딸 이세벨과 결혼했다. 이 두 부부는 수도 사마리아에 바알 사당을 짓고 그 사당 속에 바알 신단을 쌓았다. 또한 아세라 목상을 만들어 숭배했다. 독부 이세벨은 이 우상 신앙을 전국민적으로 확산시켰다. 이 악한 아합 왕 시대에 야훼는 3년 반 동안 비를 내리지 않으셨다. 그리하여 그릿 시내가 마르고 이스라엘 온 산천의 물이 말라버렸다. 극심한 흉년이 3년 반 동안 온 나라를 덮쳤고 백성들은 모두 기갈(飢渴)의 고통에 휩싸였다. 아합 왕이 그의 궁내대신 오바댜와 함께 직접 물이 있는 샘과 냇가를 찾아 나섰을 정도였다. 아합과 이세벨, 그리고 백성들의 우상 숭배는 이렇듯 야훼의 노여움을 불렀다. 이 끔찍한 아비규환 속에서 이스라엘을 구원하시기 위하여 하나님은 엘리야를 보내셨다. "너는 가서 아합에게 보이라. 내가 비를 지면에 내리리라"고 말씀하셨다. 이에 엘리야는 아합을 만나 바알 및 아세라의 선지자들을 갈멜산에 불러모으게 했다. 그는 450명의 바알 선지자들과 이스라엘 백성들에게 "너희가 어느 때까지 두 사이에서 머뭇거리느냐 여호와냐 바알이냐 너희는 선택하라." 하고 엄하게 말했다. 이미 야훼에 대한 신앙심을 잃어버린 이스라엘 백성들은

갈멜산 기도원과 갈멜산에 있는 엘리야 상
'나무가 많다'는 뜻의 갈멜산은 이스라엘의 '거룩한 머리산(Holy Headland)'이라 불리었다. 또한 BC 4세기의 헬라인들은 이 산을 '거룩한 제우스의 산'이라 불렀으며 로마의 역사가 타키투스(Tacitus)는 이 산을 가리켜 "동상도 신전도 없이 오직 제단과 예배만 있는 산이 있는 곳"이라 하였다. 엘리야는 이 산에서 신의 응답을 들었다.

침묵했다. 그러자 엘리야는 1대 450의 대결을 선언했다. 그리고는 송아지 두 마리를 잡아 각을 떠서 따로 나무 위에 올려놓고 각각 자기 신의 이름을 불러 응답하는 신이 참 하나님이라는 것을 증거하기를 요구했다.

바알 선지자 450명은 아침부터 저녁까지 하루 종일 그들의 종교의식에 따라 요란스러운 주문을 외치면서 피가 흐를 때까지 칼과 창으로 그 몸을 상하게 하면서 광란의 축제를 벌였다. 그러나 바알 선지자들의 처참한 몰골만 남았을 뿐 바알 신은 묵묵부답이었다. 그때 엘리야는 이스라엘의 12지파를 의미하는 12개의 돌로 단을 쌓고 그 단 둘레에 곡식 종자 두 세아(약 15리터)로 용납할 만한 도랑을 만들고 또 나무를 벌이고 송아지의 각을 떠서 나무 위에 놓고 네 통의 물로 번제물과 나무 위에 세 차례나 부었다. 물이 번제물과 나무를 흥건히 적시고 넘쳐흘러 도랑에도 가득하게 되었다. 저녁 소제 드릴 때에 이르러 엘리야가 "아브라함과 이삭과 이스라엘의 하나님 여호와여, 주께서 이스라엘 중에서 하나님이 되심과 내가 주의 종이 됨과 내가 주의 말씀대로 이 모든 일을 행하는 것을 오늘날 알게 하옵소서. 여호와여 내게 응답하옵소서, 내게 응답하옵소서. 이 백성으로 주 여호와는 하나님이신 것과 주는 저희의 마음으로 돌이키게 하시는 것을 알게 하옵소서"라고 기도하였을 때, 여호와의 불이 하늘에서 내려서 번제물과 나무와 돌과 흙을 태우고 또 도랑의 물을 핥았다.

이 놀라운 광경을 본 모든 백성이 일제히 엎드려 "여호와 그는 하나님이시로다. 여호와 그는 하나님이시로다"라고 찬송했다.

엘리야가 백성들에게 명하여 바알 선지자 450명 모두를 잡게 하고 갈멜산 북편 이스라엘 평야에 흐르는 기손강에서 모두 죽였다.

• 간음하다 불태워져 죽임을 당한 선지자는?
아합과 시드기야.

― 너희 바빌론에 있는 유다 모든 포로가 그
들로 저주거리를 삼아서 이르기를 여호와께
서 너로 바빌론 왕이 불살라 죽인 시드기야와
아합 같게 하시기를 원하노라 하리니 이는 그
들이 이스라엘 중에서 망령되이 행하여 그 이
웃의 아내와 행음하며 내가 그들에게 명하지
아니한 거짓을 내 이름으로 말함이니라. 나는
아는 자요 증거인이니라. 여호와의 말이니라
하셨다 하였더라(예레미야 29:22).

▲ 예루살렘 파괴를 한탄하는 예레미야
평생 독신으로 살았던 예레미야. 그는 하나님
을 배반하고 율법을 어겨온 이스라엘 백성들
에게 죄를 회개하지 않으면 나라가 패망하고
백성들은 인질로 끌려갈 것이라고 예언했다.

◎ **여호와의 심판을 받은 유다**

솔로몬이 BC 931년에 죽은 후 그의 아들 르호보암이 왕위를 승계하였으
나 이스라엘은 두 나라로 쪼개진다. 남쪽 왕국을 유다, 북쪽 왕국을 이스
라엘이라고 하는데 이 북이스라엘은 BC 722년 앗수르(아시리아)에게 멸
망당했고, 남유다는 BC 586년에 바빌론에게 정복당했다.

남유다의 멸망 과정을 보면 바빌론의 느부갓네살은 유대인의 저항을 완
전히 무력화시키기 위해 세 차례나 유다와 예루살렘을 침공하였다. 1차

침략이 있었던 BC 605년에 유다 귀족 출신 소년들과 젊은이들이 인질로 끌려가게 되었다. BC 597년 바빌론의 2차 침략 때는 여호야긴 왕과 에스겔 선지자를 비롯한 더 많은 사람들이 바빌론으로 끌려갔다.

그리고 마지막 3차 침략 때는 하나님의 성전이 불타고, 예루살렘 성벽은 무너졌으며, 거의 대부분의 사람들이 살육당하거나 바빌론으로 끌려가는 수모를 겪었다.

여호와는 유다를 70년간(BC 605~536) 심판하셨다. 이 기간을 학자들은 '바빌론 포로기' 라고 명명했다. BC 536년 바빌론은 새로운 강대국 바사(페르시아)에게 패배함으로 패권을 넘겨주게 된다.

◀〈예언하는 에스겔〉
에스겔은 우상을 숭배하는 유대인들에게 회개하지 않으면 예루살렘이 멸망할 것이라고 예언했다. 그는 BC 597년 제1차 바빌론 유수(BC 597~BC 538년 이스라엘의 유다 왕국 사람들이 신(新)바빌로니아의 바빌론으로 포로가 되어간 사건) 때 유다왕 여호야긴과 함께 바빌론으로 잡혀갔다.

● 공개적으로 10여 명의 여인들과 성교한 사람은?

압살롬.

─ 왕이 나갈 때에 권속을 다 따르게 하고 후궁 열 명을 남겨 두어 궁을 지키게 하니라(사무엘하 15:16).

─ 아히도벨이 압살롬에게 이르되 왕의 아버지가 머물러 두어 궁

을 지키게 한 후궁들로 더불어 동침하소서. 그리하면 왕께서 왕의 부친의 미워하는 바됨을 온 이스라엘이 들으리니 왕과 함께 있는 모든 사람의 힘이 더욱 강하여지리이다. 이에 사람들이 압살롬을 위하여 지붕에 장막을 치니 압살롬이 온 이스라엘 무리의 눈앞에서 그 부친의 후궁들로 더불어 동침하니라. 그 때에 아히도벨의 베푸는 모략은 하나님께 물어 받은 말씀과 일반이라 저의 모든 모략은 다윗에게나 압살롬에게나 이와 같더라(16:21~23).

이 장면은 보다시피 정치적인 의미를 지니고 있다. 왕의 아들이나 왕위 계승자는 왕의 후궁이나 애첩을 먼저 인수받을 때 상속권을 주장할 수 있는 권리가 강화되었다. 솔로몬은 아도니야가 다윗의 아름다운 후궁이었던 아비삭을 요구했기 때문에 아도니야를 처형했다. 솔로몬은 그러한 아도니야의 요구를, 죽은 지 얼마 되지 않은 다윗을 계승하려는 계교라고 생각했기 때문이다.

Q 성경에서 말하는 '만나' 는 과연 존재했던 것인가?

성경에 의하면 이스라엘 백성이 애굽을 탈출하여 40년간 광야 생활을 하는 동안 하나님이 아침마다 이슬처럼 내려준 작고 둥근 '만나' 를 식구 수대로 거두어 식량으로 먹었다고 한다.
― 만나는 갓씨와 같고 모양은 진주와 같은 것이라. 백성이 두루 다니며 그것을 거두어 맷돌에 갈기도 하며 절구에 찧기도 하고 가마에 삶기도 하

▲ 위성류과 식물
높이 약 5m이다. 가지가 많이 갈라져서 밑으로 처진다. 잎은 어긋나고 바늘같이 가늘며 길이 1~3mm로서 작다. 끝이 뾰족하고 가지를 둘러싸며 잿빛을 띤 녹색이다. 가을에는 작은가지와 함께 진다. 꽃은 1년에 2번 연한 분홍빛으로 핀다.

여 과자를 만들었으니 그 맛이 기름 섞은 과자맛 같았더라. 밤에 이슬이 진에 내릴 때에 만나도 같이 내렸더라(민수기 7~9).

모세가 이스라엘 백성을 이끌고 아라비아 광야에서 방황할 때 그곳에서 이스라엘 백성들이 먹었다던 신의 선물 '만나'는 사실상 위성류과 식물의 기생충인 곤충에 의해 생성되는 달콤한 분비액이었다.

Q 추수감사절에 왜 칠면조를 먹기 시작했나?

1620년 12월 메이플라워호를 타고 플리머스에 도착한 102명의 청교도들은 추운 겨울을 지내고 새봄을 맞이하여 곡식을 심고 가을에 처음으로 추수를 한 후 하나님께 감사를 하기 위하여 추수감사절을 만들었다. 이때 칠면조 고기를 먹기 시작한 것은 인디언들이 가지고 온 칠면조를 백인 처녀들이 요리해서 인디언들에게 나누어주기 시작한 데서 유래되었다.

◀ 메이플라워호 – 원래는 포도주를 운반하던 상선이었다. 무게 180t, 길이 27.5m, 돛 3개를 가진 이 작은 배가 세계 최대 강국인 미국을 낳은 셈이다.

▲ 〈칠면조〉, 모네
추수감사절날 무려 4천5백만 마리의 칠면조가 오븐 속으로 들어간다. 이날 백악관은 무수히 많이 희생되는 칠면조를 애도하기 위하여 특별히 한 마리를 놓아 주는데 이는 일종의 애도의 표시이다.

▲ 〈칠면조가 있는 가을〉, 밀레
바람이 부는 이 을씨년스러운 가을 날이 그나마 조금 생기 있어 보이는 것은 붉은 머리를 한 칠면조 여러 마리가 부산히 먹이를 주워먹고 있기 때문이 아닐까.

 Q 숫자와 성경은 어떤 관계가 있는가?

• 숫자 40

웃니엘, 드보라와 바락, 기드온은 각각 이스라엘 민족을 40년, 에훗은 40년의 두 배를 다스렸다. 후에 엘리도 40년, 사울, 다윗, 솔로몬도 각각 40년을 통치했다. 이 '40년'은 한 세대를 나타내는 것이다. 성서에 '40'이란 숫자가 자주 사용된 것에 주목하라. 홍수 때 40일간 비가 왔다.

모세는 40세에 도망가서 미디안에서 40년간 살고, 시내 산에서 40일 동안 있었다. 이스라엘 민족은

▲ 〈대홍수〉, 미켈란젤로
헤브라이어로 '휴식'을 뜻하는 노아는 하나님의 계시를 받아 120년 동안 방주를 만든다. 그리고 각 종류의 동물 한 쌍씩을 데리고 8명의 가족과 함께 방주에 올라탄다. 마침내 40일간 대홍수가 일어 타락한 인간들과 생물들은 모두 전멸하고 만다.

40년 동안 유랑하고 정탐군은 40일 동안 가나안에 있었다. 엘리야는 40일 동안 금식했다. 니네베는 40일 동안의 회개할 기간을 받았다. 예수님도 40일간 금식하셨고, 부활 후에 40일간 세상에 계셨다.

◎ 광주리 속에 담긴 아기, 모세

이집트에 거주하고 있던 이스라엘인들을 두려워한 이집트의 파라오는 갓 태어난 이스라엘인 사내아이를 모두 죽이라는 명령을 내린다. 이때 태어난 모세는 부모가 광주리 속에 넣어 나일강에 떠내려 보냈는데, 우연히 이집트 왕녀에게 발견되어 궁정에서 자라게 된다. '모세'는 바로 '물에서 건져졌다'라는 뜻이다.

모세는 성장하면서 자신이 이스라엘 사람이라는 것을 알게 되고, 어느 날 이스라엘인 노예를 학대하는 이집트인 감독을 죽인 뒤, 파라오의 추적을 피해 미디안으로 도피한다. 그곳에서 미디안의 제사장인 이드로를 만나게 되고 모세는 이드로의 딸과 결혼한다. 그 후 그는 '이스라엘인을 이집트인의 손에서 구출하고 약속한 땅으로 가라'는 신의 계시를 받게 된다.

◎ 모세는 이드로의 딸들 중 한 명과 결혼한다

미디안 광야로 도망친 모세가 우물가에 앉아 있는데 미디안의 족장 이드로의 일곱 딸들이 양들에게 물을 먹이려고 우물가로 나왔다. 그런데 목자들이 그녀들을, 여자들이라고 해서 괄시하고 내쫓는 것이었다. 그 광경을 본 모세가 일어나 목자들과 싸워 그들을 이겼다. 곧 모세는 물을 퍼서 구유에 채웠다. 그리고는 이드로의 딸들이 몰고 온 양떼에게 물을 마시게 했다.

그러자 아가씨들이 굉장히 고마워했다. 그녀들이 일찌감치 양떼를 몰고 집에 들어가니 이드로가 "오늘은 어찌하여 이렇게 빨리 들어왔냐?"고 물었다. 그러자 아가씨들은 "애굽 청년 한 사람이 우리를 훼방하는 목자들을 쫓아내고 물을 구유에 길어주어 양에게 물을 먹이고 일찍이 왔습니다"라고 대답했다. 이드로는 모세를 집으로 초대해 음식을 대접했고 자신의 사위가 되어줄 것을 청했다. 바야흐로 모세의 인생에 전환점이 온 것이다.

사실 애굽 궁전의 미녀들에 비하면 이드로의 딸은 너무나 보잘 것 없었다. 교육을 받기는커녕 늘 양이나 치고 들에 다녔기 때문에 얼굴이 햇빛에 그을려 새까맸다. 그러나 모세는 이드로의 데릴사위가 되었고 40년 동안 광야의 아들로 살았다. 그러다가 어느 날 떨기나무에서 불꽃이 이는 것을 보았고 곧 야훼의 음성을 듣게 된다. 그리고 위대한 이스라엘의 지도자가 된다.

〈이드로의 딸들과 모세〉 ▲

〈떨기나무 앞의 모세〉 ▲
"모세야, 모세야." 호렙산의 떨기나무에서 갑자기 불꽃이 타오르는 것을 모세는 보았고 곧 야훼의 음성을 들었다.

▲ 이스라엘의 장막
"너희 타작 마당과 포도주 틀의 소출을
수장한 후에 칠일 동안 초막절(장막절)
을 지킬 것이요(신16:13)."

● 숫자 7

이스라엘 사람들에게 숫자 7과 그 배수들은 성스러운 의미를 갖는다. 특정한 축제, 이를테면 유월절이나 칠칠절 축제, 장막절 축제는 각기 7일 동안 치러졌고, 유대인들의 경우, 설날이나 속죄의 날, 장막절 모두 그들이 사용했던 달력에 준하여 일곱 번째 달에 지냈다. 유대인들은 일주일 중 일곱 번째 날을 사베스, 즉 안식일이라 불렀다. 일곱 번째 해인 사베스 해와 쥬벌리, 즉 일곱 번의 사바스 해(49년)를 보내고 난 그 다음 해인 안식의 해 축제는 1년 동안이나 지속되는 것이었다. 또 새로 임명된 성직자를 안수하고 축성하는 데 꼬박 7일이 걸렸다.

《신·구약성경》을 쓴 사람들은 모두 중요한 사건들을 7과 관련시켰다. 예를 들어 하나님이 세상을 창조하는 데 7일 걸렸다. 여호수아는 트럼펫을 부는 일곱 성직자와 더불어 여리고 주위를 행군했다. 7일째 되는 날의 일곱 번째 폭풍이 시의 성벽을 무너뜨렸다. 요셉은 이집트에서의 7년의 기근과 풍년을 예언했다. 《요한묵시록》에서는 7이라는 숫자가 반복해서 등장한다.

◎ **쑤콧이 뭐꼬?**
초막절이라고도 불리는 장막절은 유월절, 맥추절(칠칠절)과 함께 이스라엘 3대 절기를 이룬다. 히브리어로는 '쑤콧(Sukkot)' 인데 3대 절기 중 가

● 숫자 3

숫자 3은 완전함을 가리킨다. 시작과 중간, 그리고 끝이다. 《신약성경》에서는 여러 번에 걸쳐 3을 예수의 생(生)과 연결시키고 있다. 또 동방 박사들은 아기 예수에게 세 가지 선물을 주었다. 사탄은 사막에서 세 번에 걸쳐 예수를 유혹했다. 예수, 모세, 엘리야, 이들 세 사람의 얼굴에 광채가 났었던 것으로 전해지고 있다. 베드로는 닭이 울기 전에 예수를 세 번 부인했다.

숫자 3은 예수가 무덤 속에 있던 3일의 기간과도 연관된다. 〈요한복음〉 2장 19절은, 예수가 예루살렘에서 "너희가 이 성전을 헐라. 내가 사흘 동안에 일으키리라"라고 쓴다.

▶ 〈성 베드로〉
예수를 '메시아'라고 가장 먼저 단언했던 베드로. 그러나 그는 또한 예수의 수난 때 예수를 모른다고 세 번이나 부인했다.

이는, 예수를 죽이면 다시 3일 안에 부활하시겠다는 뜻이다. 〈마태복음〉은 예수의 적들이 예수에게 기적을 보여줄 것을 요구했을 때 예수는 "요나의 표적밖에는 보여줄 표적이 없느니라 하시고….".(마태복음 16:4), "요나가 밤낮 사흘을 큰 물고기 뱃속에 있었던 것같이 인자(예수)도 밤낮 사흘을 땅 속에 있으리라"(마태복음 12:40)는 말씀을 전한다.

Q 노아의 방주는 과연 존재하는가?

성경에서 가장 유명하며 사랑을 받는 중요한 이야기 중의 하나인 노아의 방주는 오랜 세기를 걸쳐 많은 학자들의 끊임없는 연구 대상이 되어왔다.

〈창세기〉는 "방주가 아라랏 산에 머물러 있었다"(8:4)고 전하고 있다. 그렇다면 아라랏 산맥은 어디에 위치해 있는 것일까? 아라랏은 우르 왕국의 히브리식 이름이었으며 지금은 아르메니아로 알려진 아시리아 북쪽의 산간 지역에 위치해 있었다. 현재는 이란의 국경, 동서부 터키에 솟아 있는 두 산봉우리를 지칭하는 말로 바뀠다.

BC 3세기경에 베로수스라는 성직자가 바빌로니아 홍수 이야기에 묘사된 배의 위치를 아르메니아인들이 알고 있었다고 주장하고 나섰는데, 구체적으로 아르메니아인들이 부적을 만들기 위해 암갈색의 조각을 이 배에서 떼어냈다고 기술했다. 서력 기원 시대에는 아라랏 산 근방에 있는 수도원의 수도승들이 방주의 유물이라고 스스로 일컫는 것을 전시했었다.

근대에 와서도 탐험가들은 방주가 산꼭대기에
자리해 있었다는 증거를 찾으려고 애썼다. 그리
고 이들은 수세기 동안 이 노아의 전설적인 배를
실제로 눈으로 확인하고 만지기까지 했다고 주
장하는 사람들 때문에 용기를 잃지 않고 그 일을
계속할 수 있었다. 반면 이러한 보고는 경험을
했다는 당사자들보다는 이야기를 전해들은 사
람들에 의해 행해진 경우가 많았다.

이 중 하나는 인도 남쪽에 있는 말라바를 네스토
리안 감리교 교회 수장이었던 아르치디콘 누리
의 보고서이다. 그는 1887년 아라랏 산에 올라

▲ 아라랏 산
노아의 배가 이 산에 머물러 있었다고
성경은 말하고 있다.

가 길이 274m에 높이가 30.4m나 되는, 선체의 반이 눈으로 뒤덮
인 배를 발견했고 그 배 위에 올라가기까지 했다고 주장했다.

누리는 그가 그 커다란 폐선의 선체를 인양해 시카고에서 개최되
는 콜롬비아 전람회에 가져갈 수 있다고 투자자들에게 큰소리쳤
지만 터키 당국이 그의 힘든 수고를 무산시켰다.

1955년에는 프랑스의 기업가 페르난도 나바라가 탐험을 재시도
하여 아라랏 산 3,962m 위에 있는 얼음덩이에서 찾았다고 하면
서 손으로 깎은 나무 판자를 가지고 내려왔다. 전문가들은 그 나
무의 특이한 색깔이나 재질로 미루어 보아 5천 년 이상 묵은 것일
가능성이 있다는 결론을 내렸고, 이것은 성경에서 말한 시기와
맞아떨어지는 것이었다. 이로 인해 의기양양해진 나바라는 책을
발간해 자신의 대발견을 세상에 알렸는데, 그 영어판이 《금지된

산》이다. 그러나 과학자들이 탄소 14방법으로 연대를 측정하자 이 나무의 연대는 고작해야 중세기 초로 판명되어 노아의 방주와는 시기가 맞지 않는 것으로 드러났다.

아직도 탐사는 계속되고 있다. 탐험가들은 해를 거듭할수록 바위의 형성을 실험하고, 재료로 쓰인 나무를 찾아 헤매는 등 사라진 방주를 찾아낼 수 있으리라는 희망을 버리지 않고 있다. 노아의 방주는 대홍수 동안 노아와 그의 가족이 지낼 수 있도록 만들어진 배라고 한다. 흔히 항해하는 배로 묘사되는 이 방주는 사실은 그 기능이 단지 물 위에 떠 있는 것이었지 항해나 여행을 위한 것이 아니었다. 나무로 만들어진 방주는 꽤 큰 배였는데 그 길이가 300큐빗, 넓이 50큐빗, 높이 30큐빗으로, 미터로 계산하면 137m, 23m, 13m가 된다.

이처럼 거대한 방주에 노아와 노아의 아내, 그의 아들들인 셈, 함, 야벳과 세 며느리들이 타고, 또 육지에 사는 모든 짐승, 땅에 기는 모든 벌레와 공중을 나는 모든 새가 종류대로 암수 두 마리씩 태워졌다. 이것을 현대식으로 나타내면 포유동물 5천 종, 새 1만5천 종, 뱀 3천 종, 거북이 3백 종, 연체 동물 1만 종, 원생 동물 1만5천 종, 곤충 75만 종이나 된다. 더구나 이 모든 동물이 각각 암수 두 마리씩이라면 어떻게 그 좁은 노아의 방주 속에 다 들어갈 수 있었을까?

◀ 노아의 방주 기사
기사에 언급된 증거들은 과연 사실일까? 아니면 성경을 곧이곧대로 믿는 사람들이 빚어낸 환상일 뿐일까?

Q 《구약성경》에서 말하는 '소돔과 고모라'는 어디에 위치해 있을까?

현재 사해의 남쪽 끝 어두운 바닥은, 한때 소돔과 고모라가 있었던 싯딤이라는 풍요로운 계곡이었을지도 모른다. 지리학적 증거들은 BC 2천 년경 초반에 이 지역의 지진과 같은, 대지각 변동이 있었을 것이라는 점을 밝히고 있다. 그 계곡의 단층은 아마 완전히 침식되어 바다 속에 잠겼을 것이다. 따라서 바로 오늘 두꺼운 소금 층의 화석으로 남아 있는 죽은 나무들이 깊은 사해 속에서 올라올지도 모른다. 그렇다면 누군가 사해의 남쪽 끝에 있는 거대한 소금 산에서, 롯의 아내가 도시를 되돌아보자마자 변했을 소금 기둥의 형상도 보게 될 수 있을 것이다.

▲ 사해
유황과 불로 하나님의 저주를 받았던 도시들의 위치는 오랫동안 성경을 연구하던 학자들에게 관심 대상이었다. 현재 가장 유력한 주장은 《구약성경》에서 말하는 '소금 바다' 즉 사해의 남쪽 바다 밑에 옛 도시들이 있을 것이라는 설이다.

▶ 소돔을 탈출하는 롯의 가족
천사의 도움으로 소돔을 탈출하는 롯과 그의 아내 그리고 두 딸들. 소돔은 성도덕의 타락이 극에 달한 도시였고 결국 야훼의 심판을 받게 된다. 그러나 성서비평연구가인 한 교수는 소돔이, 성적으로 타락했기 때문이 아니라 이방인을 냉대했기 때문에 신의 심판을 받았다는 이론을 제시했다.

◎ 타락의 땅 소돔에서 구원받는 롯

롯은 아브라함을 따라 가나안 땅으로 들어온다. 아브라함은 롯의 삼촌이었다. 한 가정의 가장이었던 롯은 장막을 치고 가축과 하인들을 거느렸다. 그는 대족장인 아브라함의 보호 아래 안정된 삶을 누렸다.

야훼의 축복으로 아브라함의 가축과 롯의 가축이 날로 번성했다. 자연히 목초지가 부족해지고 이를 해결하기 위해 족장 아브라함은 롯에게 말한다.

"네 앞에 온 땅이 있지 아니하냐 네가 좌 하면 나는 우 하고 네가 우 하면 나는 좌 하리라."

롯에게 새로 거할 곳을 선택할 권한을 준 것이다. 욕망에 눈이 먼 롯은 기름진 요단 평야를 택했다. 바야흐로 비극의 씨앗이 싹을 튼 것이었다.

요단 평야의 근방에는 죄악의 도성 소돔이 있었다. 그곳은 성적인 문란이 극에 달하고 동성애가 성행하는 이른바 퇴폐적인 곳이었다. 소돔의 타락한 문명은 롯을 유혹했고 섬약한 인간인 그는 결국 그곳으로 끌려들어갔다.

한편 더 이상 이 타락한 도시를 보아 넘길 수 없었던 야훼는 마침내 심판을 내리기로 결정을 내렸다. 이때 아브라함은 소돔에 있을 조카 롯을 생각하고는 야훼에게 소돔의 심판을 거둬달라고 간청했다. 야훼는 "만일 소돔성 중에서 의인 50을 찾으면 그들을 위하여 온 지경을 용서하리라"고 한발 물러섰다. 그러나 아브라함이

▲ 소돔으로부터 피하는 롯
재력가였던 롯은 자신의 재산이 유황과 불에 활활 타오르는 것을 뒤로하고 소돔을 빠져나오는 데 성공한다.

보기에 소돔에는 그 정도로 많은 의인은 없을 것 같았다. 그는 야훼와 협상을 했다. 의인 10명으로 줄여달라는 것이었다. 야훼는 아브라함의 충정을 받아들여 마지막에 "내가 10인을 인하여도 멸하지 아니하리라." 하고 말씀하셨다.

그러나 소돔은 끝내 유황과 불로 야훼의 심판을 받았다. 그 부패한 도시에는 10명의 의인조차 없었기 때문이다. 하지만 롯은 아브라함의 끈질긴 기도로 구원을 받을 수 있었는데, 내막을 보면 이렇다.

천사 두 명이 소돔에 갔다. 성문에 앉아 있던 롯이 그 두 천사를 극진히 영접했다. 그런데 얼마 후 동네 사람들이 롯의 집에 몰려들었다. 그리고는 소리쳤다.

"이 저녁에 네게 온 사람이 어디 있느냐 이끌어 내라, 우리가 그들을 상관하리라."

그런데 이 '상관하리라'는 말은 곧 성관계를 의미한 것이다. 이에 롯은 "내게 남자를

▲ 〈롯과 그의 딸들〉, 얀 마시스
소돔에서 탈출하여 소알 땅에 다다른 롯과 그의 두 딸은 유황의 냄새가 소알 땅에까지 번지자 겁을 먹고 동굴로 들어가버린다. 캄캄한 동굴 생활은 롯의 두 딸들을 지루하게 하고 그녀들에게 향수병을 불러일으킨다. 문란한 삶이 몸에 배여 있던 그녀들은 결국 차례로 아버지를 술에 취하게 하여 그와 동침을 한다.

가까이 아니한 두 딸이 있노라 청컨대 내가 그들을 너희에게로 이끌어 내리니 너희 눈에 좋은 대로 그들에게 행하라." 하고 제안한다. 그러나 사람들은 롯의 제안을 거부하고 막무가내로 방문을 부수려고 했다. 또 롯을 죽이려고 들었다. 그때 천사가 그들의 눈을 멀게 했다. 심판이 시작된 것이다.

롯과 그의 아내 그리고 두 딸은 유황과 불에 타기 시작한 도시를 빠져 나왔다. 천사들은 소돔을 빠져나올 때 절대로 뒤를 돌아보지 말라고 롯의 가족에게 일렀다. 그러나 세속의 재물에 미련이 남아 있던 롯의 아내는 끝내 뒤돌아보았고 즉시 소금기둥이 되고 말았다.

Q 느부갓네살은 바빌론 왕의 이름인가?

여로보암은 솔로몬 왕의 신하로 있던 사람인데 솔로몬의 나라가 나누어지자 북국을 다스리게 되었고 남국은 솔로몬의 아들인 르호보암이 다스리게 되었다. 느부갓네살(BC 605~562)은 바빌론 왕이었다.

그러나 이들의 이름은 고대 왕들의 이름이기도 하지만 포도주 병의 사이즈를 나타내는 말로도 사용된다. 즉 여로보암은 104온스가 든 가장 작은 포도주 병을 의미하고 느부갓네살은 520온스가 든, 가장 큰 병을 의미한다.

◎ "소처럼 풀을 먹을 것이다"

아시리아를 멸하여 신바빌로니아를 건국하고, 수도 바빌론을 세계의 중심으로 번영시킨 느부갓네살. 그는 또 유대를 멸망시키고 수만 명의 유대인을 바빌로니아로 강제 이주시켰다. 이른바 '바빌론 유수(幽囚)'가 그것.

어느 날 이상한 꿈을 꾼 느부갓네살은 예언자 다니엘에게 해몽을 맡긴다. 다니엘의 해몽은 그를 흡족하게 했고 그는 즉각 이 위대한 청년을 관리로 등용했다. 그러나 그는 어디까지나 유대인을 핍박한 점령국의 왕이었다. 그는 자신의 꿈으로 지나치게 자만심에 빠졌다. "사람에게서 쫓겨나 들짐승과 함께 거하며 소처럼 풀을 먹을 것이다"(다니엘4장32절)라고 마지막 말로 해몽한 다니엘의 말이 그에게는 깊이 와닿지 않았던 모양이다. 실제로 바빌론의 역사를 적은 쐐기문자에 보면 느부갓네살 왕이 정신이상이 되어 짐승처럼 거리를 헤매다 죽었다는 이야기가 적혀 있다. 아래 그림처럼….

짐승 같은 느부갓네살 ▲

Q 12월 25일은 예수 그리스도의 탄생일일까?

12월 25일을 예수 그리스도의 탄생일로 기념하는 크리스마스는 실제로 예수 그리스도의 탄생이나 기독교와는 아무런 관련이 없다. 예수가 탄생된 후 200년 동안이나 아무도 그 탄생일을 알지 못했고 또 알려고 하지도 않았다. 4세기가 될 때까지 평범한 보통 사람의 생일을 기억하고 지키는 아무런 의식이 없었다. 보통 사람들은 생일보다 사망한 날을 기억하고 지켰다. 그래서 예수 그리스도의 탄생일은 고대 역사상 많은 평범한 사람들처럼 잊혀져 버렸다. 12월 25일이 예수 그리스도의 탄생일이 된 것은 순전히 공론에 의한 역사적인 것이다. 고대 이교도들은 그들의 행사를 12월 21일이나 22일경, 즉 태양이 적도에서 남쪽이나 북쪽으로 가장 치우친 날인, 극일점을 중심으로 하여 많이 치렀다. 그 당시 선교와 경쟁하던 로마 가톨릭은 12월 25일을 축제의 날로 지정해서 자기의 세력을 강화하고자 했던 것이다.

354년, 로마 리베리우스 교황은 다른 이교도들 사이에서 기독교의 세력을 강화하고 기독교 내에서 여러 가지 왜

◀ 〈마리아와 아기 예수〉, 안 호싸르트
신학자들과 사학자들은 예수의 탄생일을
10월이나 11월경으로 추정한다.

곡된 관습과 형식을 통일하려고 12월 25일을 예수 그리스도의 탄생일로 정하였으나 이 사실을 지지할 만한 분명한 증거나 기초가 실제로는 별로 없다. 사학자들이나 신학자들은 성경에 나오는 사건을 참고로 10월이나 11월경일 것이라고 추정한다. 또 어떤 교회에서는 그날을 7월 초일 것이라고 주장하기도 한다.

Q '여호와의 증인'의 교주 찰스 테즈 러셀의 예언은 적중했는가?

찰스 테즈 러셀은 1874년 예수 그리스도께서 인간의 눈에 보이지 않게 영적인 재림을 하신다고 주장하다가 1914년에 아마겟돈 전쟁이 일어나 세상은 멸망하고 하나님께서 통치하는 신정시대(천년왕국)가 시작될 것이라고 예언하였다. 이 예언이 빗나가자 여호와의 증인들은 1915년 10월 1일에 아마겟돈 전쟁이 일어나 세상이 끝날 것이라고 예언하였지만 그 역시 거짓말로 판명되었다. 여호와의 증인을 창

▲ 로즈몬트 연합묘지에 안장된 찰스 테즈 러셀의 무덤 – '여호와의 증인' 교주인 그는 1852년 2월 16일 미국 펜실베니아 주 알레거니 지방에서 태어났다. 소년시절부터 지옥에 대해 큰 공포심을 가지고 있었고 기독교에 대해 상당한 회의감을 갖고 있었다.

▶ 여호와의 증인 신도들의 모습
'여호와의 증인'은 엄격한 도덕성을 개인에게 요구하고 이혼을 인정하지 않는다. 또한 수혈과 집총을 거부하며 다른 교파들, 정부기관, 정당단체들과의 교류를 일체 허용하지 않는다. 그것들이 무의식 중에 사탄의 동맹자가 될 수 있기 때문이라는 게 그 이유이다. 때문에 여호와의 증인의 신도들 중 몇몇은 종교적 신념에 따라 집총을 거부하기도 한다. 이들을 보통 양심적인 병역거부자라고 하는데 해마다 그 수가 늘고 있어, 사회적으로 큰 논란이 되고 있다.

설한 러셀에게는 사람을 설득시키는 천부적인 말재주가 있었다. 그가 사업을 궁리하던 중 생각해낸 것이 기적의 밀이었다. 자신들이 파는 밀은 보통 밀보다 빨리 성장하고 5배의 수확을 낸다고 선전하면서 453g당 1불에 판매했다. 그러나 기적의 밀은 다른 보통 밀보다 질이 떨어지는 불량품인 것이 드러나 러셀은 결국 사기꾼으로 고소되었다.

Q 이슬람교의 천국에서는 어떤 일들이 일어날까?

기독교도들이 생각하는 사후 세계는 여러 가지이지만 이슬람교에서는 하늘나라에서 누릴 수 있는 영화를 코란에 자세히 기록해두고 있다. 지상에서는 코란의 지시대로 산 남자들은 하늘나라에서 300가지가 넘는 식사를 하고 영원한 젊음과 정력을 유지한다고 한다. 뿐만 아니라 80,000명의 하인과 젊고 아름다운 72명의 아내와 복락을 누린다고 한다.

▲ **코란 경전** - 아랍어로 '읽혀야 할 것'이라는 뜻을 가진 코란은 마호메트가 619년경 유일신 알라의 계시를 받은 뒤부터 632년 죽을 때까지의 계시 · 설교를 집대성한 것이다.

▲ **가브리엘과 마호메트**
이슬람교의 창시자인 마호메트는 본래 상인이었다.

◎ **천사 가브리엘이 마호메트를 껴안다**
메카의 상인 마호메트는 정기적으로 산에 올라 금식과 기도를 행하는 독실한 가장이었다. 40세가 되던 어느 날 그는 히라산의 동굴에서 기도를 올렸다. 그때 천사 가브리엘이 홀연히 나타나 그에게 말했다. "마호메트여, 너는 알라의 사자이니라." 그리고는 "읊으라!"

고 명했다. 음유시인이 될 만한 재능이 없었던 마호메트는 못한다고 즉각 말했다. 그러자 가브리엘이 그를 꽉 껴안았다. 마호메트는 숨이 막히는 줄 알았다. 다시 한 번 천사가 낭송을 명했고 놀랍게도 마호메트의 입에서 아름다운 시의 첫 구절이 흘러나왔다. 그 시들은 훗날 《코란》으로 집대성됐고, 오늘날 전세계 약 13억 이슬람교도들에 의해 알라의 영원한 '계시'로 숭앙되고 있다.

▶ 오사마 빈 라덴과 9.11 테러

2001년 9월 11일에 미국 뉴욕의 110층 세계무역센터 쌍둥이 빌딩과 워싱턴의 국방부 건물이 동시다발적으로 폭파된 자살 테러 사건이 일어났다. 이 가공할 만한 테러의 배후로 지목된 오사마 빈 라덴은 이슬람 근본주의자로서 철저한 반미노선을 가지고 있다.

Q 제칠일안식일 예수재림교(통칭 안식교)의 교주 윌리엄 밀러의 예언은 적중했나?

1831년 뉴욕 태생의 열정적인 종교 전도사 윌리엄 밀러는 1843년 4월 3일 지구가 종말하게 될 것이라고 사람들에게 연설했다. 그리고 성서를 충분히 탐독한 결과 이런 사실을 알게 되었다고 주장했

▲ 삼육대학교 선교 70년기념관
안식교는 19세기 초기에 한국에 들어왔다. 주류 신학계에서 이단으로 분류되는 이 종파는 교육사업과 의료사업 같은 사회활동을 많이 하는데 삼육대학교도 그 일환으로 설립되었다.

으며 수천 명의 사람들은 그 말을 믿었다. 마침내 심판의 날이 다가오자 그의 추종자들은 그들의 재산을 버리거나 태운 후 언덕 꼭대기와 공동묘지에 모여들었다. 그리고 지구의 종말을 기다렸다. 그러나 4월 3일에는 아무 일도 일어나지 않았다. 그러자 밀러는 그 종말의 날을 1844년 10월 22일로 연기했고 그의 추종자들은 그날 다시 그 언덕 위로 모여들었다. 물론 그날도 역시 아무 일도 일어나지 않았다.

◎ 윌리암 밀러는 누구?

밀러는 1782년 2월 15일 매사추세츠 주 피치필드의 한 침례교회 가정에서 16남매의 맏아들로 태어났다. 상당한 독서가였던 그는 그러나 대학 교육은 받지 못했다. 그는 어느 날 다니엘서를 읽다가 주의 재림의 날을 1843년이라 계산해내고 추종자들을 모아 1845년 재림파를 창설하였다. 밀러의 영향을 받은 제7일 안식일 교회는 1863년에 정식으로 발족했고, 이 종파의 생성(生成)을 시초로 여러 종파가 생겨났다.

그는 1816년 10월 12일, 교회 집사의 요청으로 이사야 53장을 주제로 한 설교문을 낭독하던 중 참을 수 없는 강렬한 감동을 경험하고 교회에 입교하였다. 그 후 조직적인 성경연구에 착수하였고 2년간 성경을 연구한 끝에 결론에 도달했다. 그것은 예수의 재림이 복 천년 이후가 아니라 그 이전에 있었으며, 다니엘서 8장의 2,300일 예언기간은 다니엘 9장의 70주일과 마찬가지로 주 전 457년에 시작하여 1843년경에 마친다는 것이었다.

또한 그는 55세부터 재림운동을 시작했는데 그 운동이 활발히 진행되는 동안 강연 요청이 쇄도했다고 한다. 재림운동을 시작한 지 2년 후인 1833년 9월에는 그가 사는 지역의 침례교회가 그와 상의도 없이 그를 목사로 선출하였다고 주장하였다.

1834년 이후 밀러는 모든 시간을 재림 기별의 전파에 바쳤다. 1836년에는 재림에 대한 16개의 강연이 단행본으로 묶여 출판되었으며, 그 후 여러차례 증보되면서 재판되었다. 이리하여 그를 추종하는 자들이 나타났는데 이들을 '밀러주의자'라 부른다. 1840년에 재림 운동을 전개했으며, 그해 2월에는 재림 운동의 기간지인 〈사인즈 오브 타임스〉를 발간하였다. 한편 1843년과 1844년에 절정을 맞았던 이 운동에는 700여 명의 목사와 5만여 명의 평신도가 가담하였는데, 교단별 분포를 보면 감리교가 절반을 차지하였으며 나머지 여러 교파들이 섞여 있었다.

Q 종교재판에서는 어떻게 고문했을까?

피고인은 5세 어린아이에서 85세 노인에 이르기까지 다양했다. 피고인은 모두 옷이 벗겨져서 죄가 있는지를 검문받았다. 그 고문 방법은 상상을 초월할 정도로 잔인했다. 가장 흔하게 사용된 방법은, 오른쪽 팔과 왼쪽 다리를 묶어서 반대로 꺾어놓아 24시간 동안 방치해놓는 것이었다. 이것은 온몸에 경련을 일으켜 말할 수 없는 고통을 주는 방법이었다. 만약 그 24시간 안에 거미, 이, 파리가 피고인

▶ 마녀사냥─ 마녀인지 아닌지를 감별하기 위해 옷을 벗기고 손발을 결박해 물에 넣는 장면. 종교재판은 13세기에 로마 가톨릭이 저지른 잔혹한 재판이었다.

에게 다가가면 악마가 찾아왔다고 해서 피고인은 영락없이 마귀로 판결이 났다. 그러면 그는 다시 매달려져서 굵고 뾰족한 대송곳으로 사정없이 온몸을 찔리는 고문을 받았다.

▲ 갈릴레오

지구를 중심에 두고 그 주위를 달, 태양 등이 공전한다는 프톨레마이오스의 천동설을 코페르니쿠스는 지동설로 반박했다. 갈릴레이 역시 그 지동설을 지지했는데 실제로 그는 자신이 직접 만든 망원경으로 달의 공전을 확인했다. 또한 목성을 발견하고 그의 주위를 도는 위성을 관찰함으로써 지구도 태양의 둘레를 돌고 있음을 확신했다. 망원경을 사용하여 여러 가지 발견을 하고 나자, 갈릴레이의 이런 생각은 점점 일반인들에게 알려지게 되었다. 그러자 교황청은 강하게 불쾌감을 표시했으며 곧 종교재판소에 그를 회부했다. 지구를 우주의 중심으로 보았던 로마 가톨릭에게 갈릴레이는 이단자로 보였다. 때문에 재판 중에 갈릴레이는 공개적으로 지동설을 부정하는 고해성사를 해야 했다.

종교재판 결과 그는 무기징역을 받았는데 엄중한 감시만 받았을 뿐 감방생활은 하루도 하지 않았다. 사실인즉 교회는 애초부터 갈릴레이를 죽일 생각이 없었던 것이다. 교회는 단지 자신의 권위를 수호하기 위한 차원에서 갈릴레이를 재판정에 세운 것이었다.

Q 에스겔의 예언은 어떻게 성취되었는가?

구약의 선지자 에스겔은 BC 580년경에 애굽의 쇠퇴에 대해서 예언하면서 "애굽 땅에서 다시는 본국인 왕이 나지 못할 것"을 예언하였다. 이러한 예언이 있은 후로는 이상하게도 자국인이 왕이 되지를 못했다. 클레오파트라를 위시하여 본토인으로 왕위에 오른 자가 전무하였다. 이러한 에스겔 선지자의 예언이 있은 이후 바빌론 왕 느부갓네살이 40년 동안 애굽을 통치하였던 것을 비롯하여 파사, 그리스, 로마, 아라비아, 터키, 프랑스 등 여러 나라가 이 나라를 다스리면서 그 나라의 재보(財寶)를 약탈하였다.

▲ 〈에스겔의 이상〉, 라파엘로
'말쟁이', '비유로 말하는 자'라는 별명을 가지고 있는 에스겔은 조국 이스라엘을 창녀로 비유하여, 곧 이스라엘이 야훼로부터 심판을 받을 것이라고 예언했다.

Q 성경에는 모순이 없을까?

골리앗은 다윗에 의해 살해당했다(사무엘상 17:50). 그런데 그는 또 베들레헴 사람 야레오르김의 아들 엘하난에게 죽임을 당하기도 하였다(사무엘하 21:19). 사무엘상 31:4~6, 사무엘하1:9~10에 보면 사울은 아말렉파의 군인에게 죽여달라고 부탁했다. 그리고 이 군사는 나중에 다윗에게 자기가 죽였노라고 말했다. 누가 예수의 친할아버지였는지 두 가지 설이 있다. 〈마태복음〉은 요셉의 아버지가 야곱이라고 하고(1:16), 〈누가복음〉은 헬리라 하고 있다(3:23). 여호야긴이 왕이 되었을 때 〈열왕기하〉에서는 8세였다고 하고, 〈역대하〉에서는 18세라 한다. 유다는, 〈마태복음〉에서는 목매달아 자살했고 〈사도행전〉에서는 벼랑에 몸을 던져 죽었다.

▲ 골리앗 머리를 들고 있는 다윗
골리앗은 다윗에 의해 살해당했을까? 엘하난에 의해 살해당했을까?

거인을 이긴 목동 이야기

목동이 군인에게 맞짱 뜰 것을 제의하다

어느 날 블레셋 군대가 이스라엘을 쳐들어왔다. 사울 왕이 군사를 이끌고 나가 그들과 대치하였다. 블레셋 진영에서 한 장수가 뛰어나왔다. 그 사람은 키가 거의 3m에 육박하는 거인이었다. 골리앗이라는 사람이었다. 그는 온몸에 갑옷을 걸치고 거대한 창과 칼을 쥐고 있었다. 겉모습만으로도 공포심을 불러일으키는 무시무시한 존재였다.

그 골리앗이 이스라엘 진중 앞에 나와 큰 소리로 외쳤다.

"너희는 한 사람을 택하여 내게로 내려 보내라. 그가 능히 싸워서 나를 죽이면 우리가 너희의 종이 되겠고 만일 내가 이기어 그를 죽이면 너희가 우리의 종이 되어 우리를 섬길 것이니라. 내가 오늘날 이스라엘의 군대를 모욕하였으니 사람을 보내어 나로 더불어 싸우게 하라!"

그러나 이스라엘 진영에서는 누구 한 사람도 골리앗 앞으로 나오지 못했다. 40일간이나 이스라엘 군사들을 모욕하고 조롱했지만 아무도 그에게 대항하지 못했다.

어느 날 다윗이라는 소년이 이스라엘 진영에 찾아왔다. 20세도 채 안 되서 군인의 자격이 없던 소년이었다. 그런데 이 어린 사내가 골리앗과 상대하겠다는 뜻을 밝힌 것이었다.

사울이 이 소식을 들었다. 그는 작은 희망이라도 붙잡고 싶은 마음에 다윗을 불러 세웠지만 아무래도 골리앗의 상대로는 지극히 무리일 것 같은 생각이 들었다. 앞서 말했듯이 골리앗은 3m의 거구에 훈련된 장수인데 반해 이 어린 남자는 전쟁에 참전한 경험조차 없는 풋내기였기 때문이다.

돌맷돌 다섯 개로 용사를 무너뜨린 목동

의아심을 가지고 사울이 말했다.

"네가 가서 저 블레셋 사람과 싸우기에 능치 못하리니 너는 소년이요 그는 어려서부터 용사임이니라."

하지만 소년 다윗은 사울의 말에 전연 기죽지 않고 당당하게, 자기는 목동인데 일찍이 곰과 사자와의 싸움에서 이겼다고 대꾸했다.

그리고는 덧붙이기를 "여호와께서 나를 사자의 발톱과 곰의 발톱에서 건져내셨은즉, 나를 이 블레셋 사람의 손에서도 건져내시리이다" 라고 하는 것이었다.

〈다윗 왕〉, 샤갈 ▲

사울 왕은 다윗의 말에 감동했고 즉각 명령을 내렸다.

"가라! 여호와께서 너와 함께 계시기를 원하노라."

바야흐로 다윗과 골리앗의 싸움이 시작되었다.

먼저 사울 왕은 다윗에게 자신이 지니고 있었던 무기들을 건네주었고 이 양치기 소년에게 군복을 입혔으며 놋으로 만든 투구를 씌웠다. 또한 화살을 막을 수 있는 갑옷을 입히고 자기의 칼까지 소년의 허리에 채워주었다.

그러나 다윗은 이 모든 무기들을 다 벗어버렸다. 그는 막대기와 돌멩이만 챙겨 들고선 골리앗 앞에 섰다. 그 모습을 보고 골리앗이 비웃으며 말했다.

"네가 나를 개로 여기고 막대기를 가지고 내게 왔느냐?"

그러자 다윗이 대답했다.

"너는 칼과 창과 단창으로 내게 오거니와, 나는 만군의 여호와의 이름 곧 네가 모욕하는 이스라엘 군대의 하나님의 이름으로 네게 가노라. 여호와의 구원하심이 칼과 창에 있지 아니함을 이 무리로 알게 하리라. 전쟁은 여호와께 속한 것인즉 그가 너희를 우리 손에 붙이시리라."

결국 싸움은 다윗의 승리로 끝났다. 그 순진무구한 목동은 돌맷돌 다섯 개로 잘 단련된 거구를 쓰러뜨렸고 마침내는 목을 베어버렸던 것이다.

▶ 골리앗을 죽이는 다윗
신의 기적을 믿은 이 어린 목동은 힘센 장사인 골리앗을 때려눕히고는 이스라엘을 구한다.

Q 성베드로 성당에는 몇 사람이나 들어가 앉을 수 있을까?

▲ 성베드로 성당 - 맨 처음 베드로의 무덤에 성당이 세워진 것은 서기 326년 콘스탄티누스 대제에 의해서라고 한다.

1526년에 시작하여 1626년에 완성한 성베드로 성당은 57,545명이 들어가 앉을 수 있는 양키 스타디움보다 조금 적은 50,000명이 들어가 앉을 수 있다.

Q 모르몬교는 왜 처녀가 천국에 들어갈 수 없다고 하는가?

▲ 모르몬교 신자들의 집회

말일성도(末日聖徒) 예수그리스도의 교회라고도 하는 모르몬교는 1830년 미국 뉴욕주(州)의 맨체스터에서 조지프 스미스에 의해 창립되었다. 이 말일성도 예수그리스도 교회에서는 신도들에게 매주 한 번씩 가족과 함께하는 시간을 가질 것을 권장한다고 한다.

모르몬교는 1823년 17세의 조셉 스미스가 모라이산에서 황금관(모르몬)을 찾아내어 1827년 그것을 번역함으로써 만들어졌다. 모르몬경에는 BC 2250년과 BC 600년경에 유대인들이 아메리카 대륙에 이주해 살았고 AD 34년에 그리스도가 강림하여 세례와 성찬을 베풀었다고 한다. 신도들을 이끌고 유랑하던 스미스는 1830년 일리노이주에서 구속되었는데 그를 구하려던 신도들과 경찰의 충돌 중에 사살되었다. 스미스의 뒤를 이어받은 지도자 브리감 영은 남은 신도들과 함께 유타주 솔트레이크시에 정착하였다. 모르몬교에서 처녀는 결코 천국에 들어갈 수 없다 하여 일부다처제를 허락하였으며 브리감 영은 27명의 여자들과 결혼하여 55명의 자녀를 두었다.

또 그는 ZCMI 백화점의 창시자이자 총수이며 브리감 영 대학을

만들기도 하였다. 미국에서는 모르몬교의 수가 점점 늘어나 1830
년에 1,000명이던 것이 오늘날에는 250만 명에 이른다. 미국인
100명 가운데 한 명이 모르몬교도인 셈이며 유타주 솔트레이크
시티에는 다섯 명 중 네 명의 모르몬교인이 거주한다.

Q 성경에서 죽었다가 살아난 사람은 모두 몇 명인가?

12명.

- 예수 그리스도 (마태복음 28:5~7, 마가복음 16:6, 누가복음 24:6)
- 사르밧 과부의 아들 (열왕기상 17:22)
- 수넴 여인의 아들 (열왕기하 4:32~35)
- 나인 성(城) 과부의 아들 (누가복음 7:12~15)
- 야이로의 딸 (누가복음 8:53~55)
- 나사로 (요한복음 11:43~44)
- 다비다(도르가), (사도행전 9:40)
- 유두고 (사도행전 9:40)
- 사무엘 (사무엘상 28:11~14)
- 세와 엘리야 (누가복음 9:30)

〈기도하는 어린 사무엘〉,
레이놀즈

마지막 세 사람은 앞에 나온 아홉 사람과는 다른 예로 영혼이 형
체를 나타낸 예를 기술한 것이다. 〈마태복음〉 27장 52절과 53절
에는 다른 복음서에 기록되지 않은 죽은 사람들의 완전한 부활에
관한 기이한 장면이 기록되어 있다.

"무덤들이 열리며 자던 성도의 몸이 많이 일어나되 예수의 부활
후에 저희가 무덤에서 나와서 거룩한 성에 들어가 많은 사람에게
보이니라."

Q 구약시대에는 목매달아 죽이는 것이 하나의 유행이었나?

- 이집트의 바로는 빵을 구워 올리는 시종장을 목매달아 죽게 했
  다(창세기 40:22).
- 이스라엘의 태조 사울이 통치 기간 중 지은 죄 때문에 심한 기
  근이 들자, 다윗 왕은 사울의 아들 중 7명을 목매달아 죽게 했다
  (사무엘하 21:1-10).
- 여호수아는 예루살렘 왕, 헤브론 왕, 야르뭇 왕, 라기스 왕, 에글
  론 왕 등 다섯 왕을 동굴 속에서 끌어내어 죽인 다음 나무에 매
  달아 놓았다(여호수아 10:26).
- 수문장이었던 내시 빅단과 데레스가 페르시아의 아하수에로 왕
  에게 불만을 품고 암살 음모를 꾀하다가 발각되어 목매달아 죽
  임을 당했다(에스더 2:21-23).
- 하만은 모르드개와 전 유대인들을 축출
  하려다가 도리어 자신이 높이가 쉰 자나
  되는 기둥에 매달려 교수형을 당했다(에
  스더 7:10).

▶ 사울과 다윗
다윗 왕은 심한 기근의 원인을 태조 사울에게
물어, 그의 아들 중 7명을 목매달아 죽게 했다.

Q 천사들의 9계급을 아는가?

◀〈수태고지〉
보티첼리의 작품으로서
천사 가브리엘이 성모 마
리아에게 그리스도의 수
태를 알리는 모습이다.

제1계급 — 세라핌 (치천사, SERAPHIM)

하느님의 옥좌를 둘러싸고 있는 치천사. 예언자 이사야는 "옥좌의 상측에 서 있는 타오르는 천사를 보고 6개의 날개가 있는데, 그 2개로 얼굴을 가리고, 또다른 2개로 다리를 가리고, 나머지 2개로 날고 있다"고 진술했다. 가장 높은 계급의 천사인 그들은 사랑, 빛, 불의 천사이다.

이 천사계급의 뱀이 상징하는 것은 회춘이다. 즉 불꽃의 피닉스 신화에서 보이는 것과 마찬가지로 탈피를 통해 눈부시게 젊은 모습으로 다시 태어나는 능력이다.

하얀 치천사의 상태인 메타트론은 천사의 계급 중에서 가장 강력한 존재로 인류의 번영과 유지를 담당하고 있다. 6개가 아니라 36개의 날개와 무수한 눈을 가지고 있다고 한다. 군주는 우리엘, 메타트론, 케무엘, 나타나엘, 가브리엘이다.

제2계급 — 케루빔 (지천사, CHERUBIM)

'중재자' 또는 '지식'을 뜻하며 행성의 수호자로서 선악을 기록하고 지식을 베푸는 천사이다. 4개의 얼굴과 4개의 날개를 가지고 있으며 신의 옥좌를 나르거나 신의 전차를 끄는 자로서 묘사되는 경우가 많지만 신이 타는 것은 한 단계 아래인 오파님이라 불리우는 수레바퀴 천사다.

주요한 통치자로서는 오파니엘, 리크비엘, 요피엘 그리고 타락하

기 전의 사탄 추종무리들이다. 지천사가 발하는 영
묘한 진동은 지식과 지혜의 진동이다.

제3계급 – 트론즈 (좌천사, THRONES)

커다란 '차륜(차바퀴)' 혹은 '많은 눈을 가진 자' 로
서 나타난다. 하나님의 정의를 우리에게 가져다준다.
때로는 휠이라고도 불리우고, 유대 신비주의 철학에
는 수레바퀴, 메카바라고 되어 있다. 오파님은 실제
의 전차인 듯하다. 조하(ZOHAR) 경전에는 좌천사가
세라핌보다도 높지만 다른 문헌에는 케루빔과 같은
계급으로 취급된다. 지배하는 군주는 야피키엘
(Japhkiel), 라파엘이다.

▲ 케루빔과 해골
지천사가 발하는 영묘한 진동은 지
식과 지혜의 진동인데 이 존경할
만한 존재가 토실토실 살이 찐 아
기의 모습을 하고 있다는 게 조금
의아스럽다.

제4계급 – 도미니온즈 (주천사, DOMINIONS)

도미네이션즈, 로드, 크리오테테스 등으로 불린다. 히
브리의 전승에서는 하슈마림(하무샤림)이라는 여러
가지 이름으로 불리기도 한다. 디오뉴시오스에 의하
면 '천사의 임무를 통제한다.' 또한 천사의 임무를 조
절하며 이들을 통해 하나님의 위엄이 나타난다. 이들
은 권위의 상징으로 천체와 왕권을 쥐고 있다. 한편
다른 권위자들은 '주천사가 제2천의 내부에서의 자비
깊은 삶의 경로' 라고 주장한다. 아마도 이 성스러운 영
역에는 신의 이름의 문자가 걸려 있을 것이다. 지배하는
군주는 자드키엘, 하슈말, 야리엘, 무리엘이다.

▲ 성 라파엘
야피키엘과 함께 트론즈를 지
배하는 군주이다.

제5계급 – 바츄즈 (역천사, VIRTUES)

▲ 영혼을 재는 대천사
미카엘은 '최후의 심판'이 있는 날, 나팔을 부는 임무와 함께 심판장에서 인간의 영혼을 저울에 달도록 되어 있다.

마라킴, 듀나미스, 타루시심으로 알려져 있다. 통상적으로 기적의 형태로 천정으로부터 은혜를 받는다. 영웅이나 선을 위해 분투하는 자와 연관되는 경우가 많다. 가장 중요할 때에 용기를 불어넣어 준다고 한다. 예수 그리스도의 승천시에 나타난 2명의 역천사가 하늘까지 그리스도를 보좌했다. 《아담과 하와의 생애》에서는 2명의 역천사가 카인의 탄생시에 산파역을 맡았다고 기록되어 있다. 역천사는 '빛나는 자'로 알려져 있고, 지배하는 군주로는 미카엘, 가브리엘, 라파엘, 바리엘, 카르시슈가 있다. 반란 전에는 사타넬도 역천사의 군주였다.

제6계급 – 파워즈 (능천사, POWERS)

능천사는 신에 의해 최초로 창조된 계급으로서 듀나미스, 포텐티아테스, 권위라고 불린다. 이들이 사는 지역은 제1천과 제2천 사이의 위험한 경계지역이다. 디오뉴시오스는, 세계를 지배하고자 하는 데몬에게 능천사가 저항을 한다고 전한다.

능천사는 국경 경비병과 같이 행동하는 듯하고 악마의 침입을 경계하기 위해 하늘의 통로를 순회한다. 이러한 순시는 위험한 임무인 것처럼 보이는데 왜냐하면 성 바우로는 몇 번이나 능천사는 선이기도 하고 악이기도 하다고 엄중하게 경고했기 때문이다.

능천사의 진정한 사명은 우리 마음의 균형을 유지하며 서로 대립하는 것을 조화시키거나 맞추어주는 일이다. 카마엘은 계급 전체의 확연한 특징인 선악간의 흔들림을 가장 잘 보여주고 있으므로 상세히 다룰 필요가 있다. 카마엘은 '신을 보는 자'를 의미하는데 프란시스 바렛의 《메이가스》는, 그가 신의 앞에 나설 수 있는 특권을 지닌 7명의 천사 중의 한 명이라고 전한다. 어두운 결과를 취하는 카마엘은 지옥의 공작으로 간주되어 표범의 몸을 가지고 출현하고 있고, 은밀학에서는 사악한 별인 화성의 지배자로 알려져 있다.

즉 카마엘은 14만4천 명으로 이루어진 파괴의 천사, 징벌의 천사, 복수의 천사, 죽음의 천사의 지휘관이다. 신과 악마 중 어느 쪽을 섬기는지는 분명하지 않다. 이 군주는 카마엘로서 이스라엘의 기원과 제7천의 군주 사이를 중개한다. 전설에 따르면 카마엘은 모세가 신으로부터 토라를 받는 것을 방해하려 해서 모세한테서 저주를 받았다고 한다. 능천사의 매력은 바로 이 확연한 동기의 모순이라고 할 수 있다. 우리의 영혼을 맡는 능천사는 음모로 가득 차 있으며 광범위에 걸쳐서 계속적으로 급변하는 영역을 맡고 있다. 능천사의 가혹한 임무는 일상 속의 지성의 2원성을 성스러운 원천과의 합일로 바꾸는 것이다. 밀교의 관점에서 능천사는 영의 인도자로 육체를 떠나 아스트랄계에서 헤매는 자들을 돕는다. 죽은 자가 죽음으로 인해 동요하면 공포가 고조되어 발광하기 쉬운데, 이때 능천사가 도와주는 것이다.

제7계급— 프린시펄리티즈 (권천사, PRINCIPALITIES)
애초에 지상의 국가나 대도시를 맡은 계급은 프린스담이라고 되어 있다. 이윽고 이들의 경계가 넓혀졌지만 그때 경계선이 매우 애매한 것이 되었다. 권천사는 자신들의 영토를 넓히고 신앙의 옹호자가 되어 약간 완고한 정통적인 선악관을 지니는 경향이 있다. 종교를 수호하는 천사. 타락하기 전 니스로크가 군주였으며, 아시리아의 신으로, 오컬트 문헌에서는 데몬의 주방장이라고 여겨지고 있다.

아나엘이 그 군주로 제2천의 장관이기도 하며 달을 감쌀 정도로 넓혀지는 주천사와 함께 지상의 모든 왕국과 지도자를 관리하는 역할을 맡고 있다. 또 한 명의 군주는 하미엘인데 에녹을 하늘로 운반했다고 전해지지만 그것보다도 갈데아의 신 이슈타르로 잘 알려져 있다. 위대한 군주 케르윌은 골리앗을 죽이고자 하는 다윗의 계획을 도와주었다고 한다. 다른 문헌에는 리퀴엘, 아나엘, 세르비엘 등으로 나온다.

제8계급 — 아켄젤즈 (대천사, ARCHANGELS)

《묵시록》에서 신 앞에 서는 7명의 천사는 통상 대천사라고 해석된다. 이슬람교의 《코란》은 4명의 대천사를 인정하고 그 중 2명의 이름 지브릴(가브리엘)과 미카르(미카엘)만 언급하는 데 그친다. 기독교와 유대교의 문헌은 7이라는 수에서는 의견을 같이 하면서도 실제로 대천사가 누구인지에 대해서는 격렬한 논쟁 중에 있다. 그러나 4명의 이름인 미카엘, 가브리엘, 라파엘, 우리엘은 항상 나타난다. 다른 3명의 후보자는 전통적으로 메타트론, 레미엘, 아나엘, 라그엘, 라지엘 중에서 선택된다.

'신의 뜻을 전하는 사자' 라 일컬어지는 대천사는 신과 인간을 중개하는 가장 중요한 중재자로 여겨진다. 어둠의 자식들과의 끊임없는 싸움으로 하늘의 군세를 이끌고 있는 것이 바로 대천사이다.

제9계급 — 엔젤 (천사, ANGEL)

전능의 신과 인간, 영원과 시간과 우주 사이를 중재하는 사자, 엔젤은 인간에 가장 가까운 천사 계급 중 하나다. 천사의 이름과 관련된 초기의 최대 근거는 히브리의 선조 에녹의 3종의 연대기에서 찾을 수 있다. 《에녹서》는 위전이라고 언명되었다고 하기는 해도 천사에 관련된 세부사항의 보고(寶庫)이기 때문에 천사에 대한 흥미가 정점을 이루었던 13세기에는 에녹을 위시한 수많은 위전의 저작이 유행했다(완전한 형태의 《에녹서》는 18세기에 이디오피아 교회에 보존되어 있는 원본이 발견될 때까지 실제로는 사람 눈에 띄는 일이 없었다고 한다).

Q 가톨릭 교회의 마녀사냥은?

암흑시대라고 불리는 중세기에 가톨릭교는 수많은 사람들을 마귀와 성교했다는 이유로 체포하여 화형에 처했다.

남자 마귀의 이름은 인큐버스라고 하여 잠자는 여인을 덮쳐 성교를 한다고 하고, 슈크버스라고 하는 여자 마귀는 잠자는 남자를 유혹하여 꿈속에서 성교를 한다고 한다. 인큐버스와 슈크버스의 수는 740만

▲ 마녀화형식

5,926이나 되어 밤마다 잠자는 남녀를 성적으로 유혹한다고 한다. 가톨릭교의 종교재판소는 8세인 어린아이에서 80세 된 노인에 이르기까지 닥치는 대로 체포하여 마귀와 성교를 했다는 이유로 화형시켰다. 1609년에서 1633년까지 뱀버그에서 체포되어 화형을 당한 사람의 수는 900명이나 되었는데 그 중에는 시장 요한나스 주리어스도 포함되었다. 제네바에서는 3개월 동안에 500명이 화형을 당했고 화츠버그에서는 900명이 화형을 당했다.

1404년에 가톨릭교는 적어도 3,000명 이상의 죄 없는 사람들을 마귀와 관계했다는 이유로 처형했다. 스페인에서만도 1만 220명이 화형을 당했으며 9만7,371명을 노예로 만들어 배를 젓게 했다. 이러한 가톨릭교의 횡포가 스페인의 인구를 감소시켰는데, 200년 동안 무려 2,000만 명에서 600만 명으로 줄어들었다.

가톨릭교가 종교재판으로 죄 없는 사람들에게 죄를 뒤집어씌워 죽인 수는 약 900만 명 정도가 된다고 하는데 가톨릭 측에서는 그

◀ 마녀사냥
15세기 이후 이교도의 침입과 종교개혁으로 분열되었던 종교적 상황에서 마녀사냥의 물결은 시작되었다. 이 잔혹한 만행은 종교적인 기득권을 쥔 자들에 의해 자행되었고, 동시의 자신들의 권력을 유지하기 위한 수단으로 작용했다.

렇게까지는 되지 않는다고 주장할 것이다. 잔 다르크가 화형을
당한 이유도 마귀와 성교를 했다는 것이었다.

〈Taylor의 'sex in history' 에서〉

Q 악마의 숫자 666은 누구를 의미하나?

적 그리스도를 의미하는 숫자라고도 말하지만 원래는 로마
황제 네로를 가리키는 말이다. 당시 로마 사람들은, 더 큰
도시를 건설하기 위해 불을 질러 로마에 대화재가 일어났다
고 하여 네로를 방화범으로 의심했는데 이에 격분한 네로가
사람들의 의심을 다른 데로 돌리기 위한 방편으로 기독교도
들에게 그 죄를 씌워 박해를 가하였다.

로마에 있는 많은 크리스찬들이 체포되어 가장 비인도적인
방법으로 처형되었으며 십자가에 못 박히고 짐승의 가죽에
매여 투기장에 끌려나와 사람들의 구경거리가 되거나 심지
어는 개에게 물어뜯기고, 야수에게 던져졌다. 또 온몸에 역
청을 뒤집어쓴 채 네로의 정원에 있는 기둥에 묶어 화형당
하기도 했다. 한편 네로는 그들의 불붙는 몸을 횃불로 삼았

▲ 네로
54~68년에 로마의 제 5
대 황제로 군림한 네로.
그는 후대에 와서 폭군의
전형으로 이미지화되었지
만 재위시에는 활달한 성
격으로 인해 인기 있는 황
제였다고 한다.

▶ 《네로 광기와 고독의 황제》 책 표지
제3대 황제 칼리굴라와 함께 로마 제국의 역사에서 가장 악명 높은 황제로 손꼽히는 네
로는 사실상 그의 어머니 아그리피나의 희생양이었다고 이 책의 저자는 말한다. 그에
따르면 시인이나 가수 혹은 배우가 되고 싶었던 네로가 아그리피나의 잔혹한 권력욕으
로 황제의 자리에 앉게 되었고 그로부터 비극이 시작되었다는 것이다. (한길사 刊)

고 전리품으로 잡아온 여자들을 발가벗겨 병사들과 음탕한 성행위를 하게 하였을 뿐 아니라 네로 자신도 옷을 벗은 채로 수레를 타고 정원을 돌아다니곤 하였다. 네로는 불에 타 죽어가는 크리스찬의 몸부림을 아주 흡족하게 바라보며 이를 즐겼다.

※ 극장 시어터(Theatre)란 단어는 '구경거리'를 뜻하는 헬라어에서 왔다. 이것은 크리스찬들이 네로의 박해로 인해 길거리의 구경거리가 되었을 때부터 유래된 단어이다.

Q 예수는 왜 울었는가?

예수님께서는 세 번 우셨다고 하는데 그 중 한 번은 예루살렘이 멸망당하는 것을 미리 보시고 우셨다. "Jesus Wept." 예수님께서 우셨다는 이 말은 성경에서 가장 짧은 문장이다.

AD 70년경에 베스파시아누스 황제의 아들 티투스는 4군단을 이끌고 예루살렘을 공격하였다. 예루살렘 성전과 성벽은 모두 불탔고 굶어서 뼈만 남은 유대인들이 지옥처럼 붉은 피의 개울 속에 여기저기 죽어 나자빠

◀ 〈예수 그리스도〉, 조르주 루오
"예수께서 성전에서 나와서 가실 때에 제자들이 성전 건물들을 가리켜 보이려고 나아오니 대답하여 가라사대 너희가 이 모든 것을 보지 못하느냐 내가 진실로 너희에게 이르노니 돌 하나도 돌 위에 남지 않고 다 무너뜨리우리라." (마태복음 24:1~2)

졌다. 당시에 포위되어 살상된 유대인들이 110만 명이나 되었고 9만7,000명이 포로가 되어 로마로 이송되었다. 또 AD 132년에서 135년까지 지속된 제2차 유대전쟁은 더욱 비극적 저항으로 끝났으며, 이때 이후부터 유대인들은 예루살렘에 들어가지 못하였다. 겨우 1년에 한 번 예루살렘 함락 기념일에만 구신전 벽에 매달려 통곡의 기도를 드릴 수 있는 기회가 허용되었을 뿐이다.

◎ 콜로세움

정복자이며 플라비우스 왕조의 시조인 베스파시아누스의 재위 기간은 68년부터 79년이다. 66년 말 네로 황제는 전쟁터에서 잔뼈가 굵은 용장 베스파시아누스에게 유대인 독립전쟁을 진압하라는 명을 내렸다. 베스파시아누스는 팔레스틴에 파병된 로마 군대의 총사령관이었다. 한창 전쟁 중이던 68년에 네로가 죽자 그는 군단의 지지를 등에 업고 황제 자리에 올랐다. 그는 내정에 주력하여 실추된 국가 위신을 회복하였고, 내란으로 인한 파괴를 복구하는 데 힘썼다. 또한 그는 정복한 나라들의 식민지화를 추진하여 왕조의 기반을 공고히 다졌다.

▶ 콜로세움
로마 제국의 제6대 황제인 베스파시아누스가 시작하고 그의 아들 티누스 황제가 완공했다.

Q 진리가 무엇이냐?

빌라도가 가로되, "Quid est veritas?(진리가 무엇이냐?)" 이 구절의 철자를 다시 풀어쓰면, "Est vir qui adest", 즉 당신 앞에 서 있는 이 사람이 바로 진리이다.

"
당신 앞에 서 있는 이 사람이 바로 진리이다
"

◀ 빌라도 법정
빌라도 앞에서 재판을 받고 있는 예수.

◎ 네가 유대인의 왕이냐?

유대 종교지도자들에 의해 겟세마네 동산에서 끌려온 예수는 밤새 심문과 조사를 받았다. 그리고는 '행악자'라는 죄목을 예수에게 뒤집어씌웠다.

이윽고 예수는 유대 지역의 총독인 빌라도 앞으로 끌려갔다.

당시 유대교 종교지도자들에게는 돌로 쳐서 사람을 죽일 권한이 있었는데 십자가 처형만은 로마법에 의해 행해졌다. 즉 총독의 허락이 필요한 것이었다.

"네가 유대인의 왕이냐?"

빌라도가 예수에게 물었다.

"이는 네가 스스로 하는 말이뇨, 다른 사람들이 나를 대하여 네게 한 말이뇨?"

예수가 진지하게 답했다.

빌라도가 다시 물었다.

"네가 무엇을 하였느냐?"

그러자 예수가 답했다.

"네 말과 같이 내가 왕이니라 내가 이를 위하여 났으며, 이를 위하여 세상에 왔나니, 곧 진리에 대하여 증거하려 함이로다."

마지막으로 빌라도가 물었다.

"진리가 무엇이냐?"

그런 다음 예수의 대답도 듣지 않은 채 빌라도는 유대인들에게 나갔다. 그리고는

"나는 그에게서 아무 죄도 찾지 못하노라." 하고 말했다.

▲ 〈십자가 위의 그리스도〉, 바이덴 – 빌라도는 예수를 사형시킬 만한 죄를 찾지 못했음에도 불구하고 예수에게 사형을 언도한다. 광기에 사로잡힌 군중들이 예수를 십자가에 매달라고 맹렬하게 시위를 했기 때문에 겁을 집어먹은 빌라도는 즉각 예수를 십자가형에 처한다.

Q '쉬 Shi'를 '시 Si'로 발음하여 4만2,000명이나 살해된 민족은?

잘못된 발음으로 4만2,000명이 살해되어 유대인의 한 지파가 멸종되었다.

이 십볼렛이라는 단어는 '곡식 이삭'이라는 뜻으로서 '쉬 Shi'를 '시 Si'로밖에 발음하지 못하는 에브라임족(현재의 스페인과 루타니아 사람들의 조상)을 가려내기 위하여 사용되었다는 사실이 성경(사사기 12장 5절과 6절)에 씌어져 있다.

발음이 이렇게 어려워서야!

"아, 십볼렛(씹벌레) 같으니라구"

암몬 사람들과의 전쟁은 끝났지만, 입다는 곧 이스라엘의 에브라임 지파와 다투게 되었다.

에브라임 장정들이 모여 요르단강을 건너 사본으로 와서 입다에게 항의하였다. "네가 암몬 사람들과 싸우러 건너갈 때에 우리도 불러 함께 출전하게 하지 않았으니, 어찌 그럴 수가 있느냐? 우리가 네 일족을 불에 태워 죽이리라."

입다가 그들에게 대답하였다. "내가 내 백성을 거느리고 암몬 사람들과 격전하기에 앞서 나는 와서 도와달라고 너희를 불렀다. 그러나 너희는 그들의 손아귀에서 우리를 건져내려고 하지 않았다. 너희가 아무도 나를 도우러 오지 않는 것을 보고 나는 목숨을 내놓고 암몬 진지로 쳐들어갔다. 그러자 야훼께서는 그들을 내 손에 붙여주셨다. 그런데 어찌하여 오늘 너희가 나에게 와서 도리어 싸움을 거느냐?"

입다는 길르앗 전군을 이끌고 에브라임과 싸워 에브라임을 격파하였다. 길르앗 사람들은 에브라임 사람들에게 조롱을 받는 처지였다. "에브라임에서 도망친 길르앗 놈들, 에브라임과 므나쎄 사람들 속을 떠도는 놈들" 이라는 말을 들어왔던 것이다.

길르앗군은 에브라임 지역의 요르단강 나루를 차지하고 에브라임 사람이 도망치다가 건너게 해달라고 하면, 에브라임 사람이냐고 물었다. 아니라고 하면 "쉽볼렛" 이라고 말해보라고 하고 그대로 발음하지 못하고 "십볼렛"이라고 하면 잡아서 그 요르단강 나루터에서 죽였다. 이렇게 하여 그때 죽은 에브라임 사람의 수는 4만2,000명이나 되었다.

입다는 누구?

길르앗이란 곳에 지명과 동일한 길르앗이란 사람이 살고 있었다. 그에게는 본처에게서 난 아들 외에 기생에게서 낳은 입다라는 서자가 있다. 입다는 형제들에게서 이복동생이라는 이유로 따돌림을 당했다. 그는 형제들의 놀림과 학대를 받다가 결국 쫓겨나게 된다. 형제들에게 버림받은 입다는 그 길로 길르앗 북쪽 '돕'이라는 곳에 터전을 마련하며 부랑아들의 두목으로 변신한다. 소문을 듣고 몰려온 수많은 사람들이 입다의 부하가 된다. 입다의 명성은 곧 길르앗 전역에 퍼졌다.

한편 길르앗에서는 전운이 감돌고 있었는데 암몬 사람들이 이스라엘을 치기 위해 병력을 모아 길르앗에 진을 치고 있었기 때문이다. 잃어버린 땅을 찾겠다는 것이었다. 이에 이스라엘에서는 암몬에 대항할 만한 지도자를 물색하던 중 입다를 내정하게 된다.

처음에 입다는 이스라엘 당국의 제안을 거절한다. 자신을 길르앗 땅에서 내쫓았던 사람들이 위기에 처하자 안면몰수하고 그에게 손을 내밀었기 때문에 그는 가소로움을 느낀 것이다.

그러나 만약 입다 자신이 암몬 군사를 물리치면 길르앗의 지도자

가 될 수 있다는 이스라엘의 약조를 얻은 후에 입다는 전쟁에 앞
장서게 된다.

"슬프다, 내 딸아"

입다는 전쟁에 앞서 암몬 왕에게 병사를 보내어 물러갈 것을 종
용한다. 그러나 암몬 왕은 한치의 양보도 없이 전쟁을 불사하겠
다는 자세를 견지한다. 이에 입다는 암몬 사람들과 싸우기로 결
심하고 하나님께 겸손히 나아가 서원기도를 올렸다.

"하나님, 저로 하여금 암몬 군대를 물리칠 수 있게만 해주신다면
제가 전쟁에서 돌아올 때 제일 먼저 맞으러 오는 자를 제물로 드
리겠나이다."

싸움은 치열했다. 그러나 하나님의 도우심으로 입다와 이스라엘
군대는 큰 승리를 거두게 되었다. 그러나 기쁨도 잠시뿐.

승전 깃발을 흔들며 귀환하는 입다를 제일 먼저 맞이한 사람은
바로 자신이 가장 아끼고 사랑하는 무남독녀였다.

"슬프다, 내 딸아, 왜 하필이면 네가 제일 먼저 나를 반겨 내 마음
을 이토록 아프게 하는 거냐?"

"아니, 아버지 그게 무슨 말씀이세요. 전 무슨 말씀을 하시는
지…."

"하나님께 한 맹세를 어찌 돌이킬 수 있으랴? 나는 너를 제물로
바쳐야 하느니라."

자신의 딸을 제물로 바쳐야 하는 입다는 옷을 찢으며 괴로워했다.

"아버지, 걱정하지 마시고 하나님께 약속하신 대로 하세요. 하나
님께서 도우셔서 암몬 족속을 물리칠 수 있었잖아요. 하지만 지
금부터 두 달만 제게 시간을 주세요. 친구들과 산으로 가서 마음
을 정리하고 돌아올게요."

야훼와의 거룩한 약속을 지키기 위하여 입다는 두 달 만에 돌아
온 딸을 제물로 바쳤다. 〈국제신학연구원에서 인용〉

Q 전염병을 선택하여 7만 명의 백성을 죽게 한 사람은?

다윗.

다윗 왕은 군대 장관 요압에게 "너는 이스라엘 모든 지파 가운데로 다니며 단에서부터 브엘세바까지 인구를 조사하여 그 도수를 내게 알게 하라." 하고 명령하는데 사실 인구조사를 하는 것은 명백히 잘못된 일이다. 왜냐하면 그것은 야훼 앞에 죄를 저지르는 행위이기 때문이다. 당시의 인구조사는 바로 군사력 측정을 의미한다. 이것은 다윗이 더 이상 야훼의 힘에 의지하지 않고 군사력에 의지한다는 것을 또한 의미한다. 때문에 다윗은 엄청난 죄악을 저지른 것이었다. 그 결과로 야훼는 선지자 갓을 보내어 다윗에서 세 가지 벌 중 하나를 택하라고 이른다. 그 중 첫째는 이스라엘 땅에 7년 기근이 드는 것, 둘째는 다른 나라가 쳐들어와서 왕이 3개월을 피해 다니는 것, 셋째는 온역, 다시 말해서 전염병이 3일 동안 온 나라에 가득할 것이라는 것이었다. 다윗은 세 번째 벌을 택했다.

▲ 〈다윗 조각상〉, 도나텔로
미소년 양치기에서 한 나라의 왕으로 성장한 다윗. 조각가는 무슨 생각으로 다윗을 양성으로 표현했을까!

제7장

미래는
사이보그 시대

– 나도 이제 외계인과 소통한다!

미 래 story ⟩ ⟩ ⟩

Q 2020년 어떤 일들이 생길 것인가?

1. 맞춤아기(designer baby)가 탄생된다

인간의 세포 안에서 비정상적인 유전자는 빼내고 정상적인 유전자를 삽입해서 질병을 고치는 '유전자 치료' 뿐만 아니라 외모가 준수한 미남형, 창작에 뛰어난 재능을 가진 예술가형, '미스코리아'가 되고도 남을 미인형 등 부모가 원하는 대로 맞춤아기가 태어날 수가 있다.

부모가 원하는 대로 유전자를 인조 염색체와 합성해서 생식세포에 넣어 조작하여 designer baby를 탄생시킬 수 있다. 이렇게 신이 디자인해 놓은 인간을 인간 스스로가 자기들이 원하는 대로 디자인한다면 과연 신은 침묵할 것인가?

2. 유전자 분석기록을 교환해서 결혼을 하리라

얼마 전까지만 해도 젊은 남녀가 결혼할 때 사랑한다면 그것이 조건이며 전부였다. 그러나 최근에 와서 결혼 전에 건강진단서를 서로 교환해서 아무런 하자가 없을 때 결혼을 하는 것이 보통이다. 그러나 2020년이 되면 건강진단서 대신 '유전자 분석기록'을 서로 교환하여 하자가 없을 때 결혼을 하게 될 것이다. 상대방의 유전자 구조를 보고 미래에 태어날 아기의 모습도 파악할 수 있을 뿐 아니라 당뇨병, 암, 고혈압과 같은 질병 유무를 미리 알아볼 수 있게 된다.

3. 오르가스마트론(orgasmatron)의 등장으로 사랑이 떠나가네

소설가 정비석이 "인간이 추구하는 궁극적인 것은 섹스"라고 했을 때 많은 젊은이들이 과연 그런 것인가 의아해했다. 섹스라는 것은 본인 스스로가 갖고 있는 축복이기 때문에 여자는 남자 없이도 남자는 여자 없이도 가능하다. 많은 미혼 남자들은 소위 핸드플레이(hand play)라는 '수음'을 통하여 침대를 적시고 있고, 한국 기혼 남자들의 47%가 아내 몰래 마스터베이션(masturbation)을 한다고 한다. 수음이 건강에 나쁘다는 고정관념이 깨어진 지도 오래된다. 〈킨제이 보고서〉에 의하면 미국 남성의 92%가, 미국 여성의 62%가 배우자가 있는데도 수음을 행한다는 보고가 있다.

중세 기독교는 수음을 남색에 버금가는 죄악으로 간주했을 뿐만 아니라 부부간의 성행위도 오로지 자녀생산에만 목적을 두고 쾌락을 위해서는 허락하지 않았다. 성행위를 할 수 있는 날들이 법으로 제한되어 실제로 성교 가능한 날은 1년에 한 달밖에 안 되었다.

18세기 의사들이 "수음은 정신병을 일으킬 수 있다"고 했기 때문에 영국에서는 수음방지용으로 축구라는 스포츠가 생겨나기도 했다. 말하자면, 청소년들의 신체를 피곤하게 만들어 성적인 욕구를 감퇴시키고자 하는 '수음방지' 방편으로 축구가 생겨났던 것이다.

2002년 6월 월드컵 열기로 축구가 우리생활의 일부가 된 오늘날 축구의 기원을 알게 되면 좀 어색해진다. 여류시인 사포는 최초의 레즈비

" 인간이 추구하는 궁극적인 것은 섹스 "

◀ 정비석(1911~1991)
영화 〈자유부인〉의 원작자다. 54년 소설 《자유부인》을 발표한 이후 《유혹의 강》, 《욕망해협》 등 통속적인 연애소설을 발표하여 비난을 받기도 했다. 그러나 50년대에 여성의 성해방을 부르짖었다는 점에서는 다분히 혁명적이었다고 할 수 있다.

언이며 최초로 모조 남근을 사용해서 쾌락을 추구한 기록이 있다. 기원전 3세기경에는 모조 남근 제작이 활발하여 여성들이 편리하게 사용할 수 있었다고 한다. 오늘날 미국 같은 나라에서는 콘돔 레볼루션 (condom revolution) 같은 섹스샵이 전국적으로 체인망을 형성하고 있다. 옛날에는 모조 남근은 나무를 깎아서 남근 모양대로 조각하여 기름을 발라서 매끄럽게 만들었다.

얼마 전만 해도 플라스틱이나 고무로 만들었지만 오늘날에는 부드러운 실리콘으로 만들어 실제 남자의 것보다 더 부드러운 촉감을 주며 그 안에는 건전지가 들어 있어 원하는 대로 자유자재로 율동을 하게 되어 있어 사용자들의 만족도는 100%라고 한다. 한 가지 놀라운 사실은 섹스샵을 찾는 고객의 60%는 여자라는 사실이다.

◎ 쥐의 실험

과학자들은 감정을 느끼는 뇌 속 신경에 전극을 연결시켜놓았다. 곧 재미있는 현상이 일어났다. 쥐들은 음식이나 물도 먹지 않고 심지어는 교접도 하지 않고 하루 동안 그 전극 지렛대를 4만 8,000번이나 눌러댔다. 그 이유는 쥐의 뇌 속으로 통하는 전극이 쥐에게 오르가슴 같은 환희를 주었기 때문이다.

▲ 오르가스마트론
상대가 없이도 성적 쾌감
을 얻을 수 있다.

2020년이면 오르가스마트론이라는, 헤드폰처럼 생긴 것이 등장하게 된다. 섹스는 남자 페니스(penis)와 여성의 버자이너(vigina)가 만들어내는 쾌락과 즐거움의 산물이지만, 실은 이러한 즐거움을 감지하는 것은 뇌 신경회로에 있다.

오르가스마트론은 섹스를 관장하는 뇌신경회로에 전기적으로 자극해서 오르가슴을 느끼게 하는 장치이다. 이미 쥐를 통해서 오르가스마트론의 실험을 성공적으로 끝냈다. 머리에 헤드폰처럼 생긴 이 괴상한 기구를 둘러쓰고 오르가슴을 느끼는 광경을 상상만 해도 아찔할 것이다. 성적인 절정에 도달하게 하는 이 기구의 장점은 배우자 없이 혼자서 즐기는 것이 가능할 뿐만 아니라 피로하지 않으며 게다가 멀티플 오르가슴에까지 이를 수 있다고 한다. 이 기구가 섹스샵 내지 마켓 같은 곳에서 판매된다면 결혼생활의 의미를 어디에서 찾아야 할지 의아하게 될 뿐 아니라 이성에 대한 가치관이 변할 것이다. 사랑(Love)이란 단어도 사라질 날이 얼마 남지 않았나 생각해본다.

> " 미래에 인간은 기계들과만
> 소통하는 존재로 변하지 않을까? "

4. 유전자 지문(DNA Fingerprinting)으로 숨겨진 자손을 찾으리

유전자 지문은 범인을 찾아내는 것에만 사용된 것이 아니고 20세기 100대 사건 중 하나인 모니카 르윈스키의 드레스에 묻은 정액이 클린

턴 미국 대통령의 것임을 확인시켰고, 토머스 제퍼슨의 숨겨진 자손을 확인시키는 데 사용되었으며, 화장된 조세프 멩겔레의 사체를 확인시키는 데 사용되었다. 1권에 2,000만 권이 팔려나가는 베스트셀러 작가 존 그리샴의 소설에서는 DNA 지문에 관한 이야기가 자주 나온다.

▲ 클린턴과 르윈스키
1998년에 미국에 대 스캔들이 일어났다. 주인공은 당시 대통령이던 빌 클린턴과 백악관 인턴사원인 모니카 르윈스키. 클린턴은 르윈스키와의 관계를 부인했으나 유전자지문이 그의 정액을 포착했다.

5. 스마트 드러그(Smart Drug)의 출현으로 식사의 즐거움이 사라지네

스마트 웨폰(Smart Weapon)이란 무기를 보고 있노라면 지금의 무기들은 우리가 중세에 쓰여졌던 무기들을 보는 것처럼 구식으로 느껴질 정도다. 소위 하이텍푸드(High Tech Food)라는 스마트 드러그가 나타나면 도대체 이것이 약인가 음식인가 생각해보게 된다. 이 음식은

2020년 정도 되면 지금의 햄버거와 같은 패스트푸드(Fast Food)는 바쁜 도시생활을 하는 21세기 생활인에게 인기가 있듯이 고도의 문명 발달로 더 바빠진 사람들에게 인기가 있는 음식(?)이 될 것이다.

보통 사람들이 하루 동안에 필요로 하는 영양분과 칼로리가 가득 담겨 있는 캡슐이 새로운 음식으로 등장하여 약국과 일반 시장에서 판매될 것이며 하루에 1캡슐이면 24시간을 충분히 지탱할 수 있으며 또한 기능음식(Functional Food)도 동시에 개발되어 건강상태에 따라 사용된다. 스마트 드러그가 널리 사용되면, 과연 음식이 주는 먹는 즐거움을 어디에서 찾아볼 수 있을까. 미식가들이여 안녕!

6. 텔레딜도닉스(Teledildonics)가 결혼제도를 허문다?

2020년 정도 되면 사이버 섹스(Cyber sex) 시대가 온다고 한다. 컴퓨터의 사이버 스페이스(Cyber space) 속으로 들어가면 우주만큼이나 넓은 세계가 펼쳐진다. 텔레딜도닉스라는 말은 아직 사전에도 나타나지 않은 생소한 단어이지만, 앞으로 가장 대중적인 단어 중 하나가 될 것이다. 동의어로서는 사이버 섹스, 디지털 섹스, 텔레섹스와 같은 단어들이 있다. '컴퓨터 인터스페이스'를 통해 경험하는 섹스를 '텔레딜도닉스'라고 한다.

텔레딜도닉스란 말은 '원격 성교(Remote Controlled Sex)'를 의미한다. 한 예로, 하와이 와이키키 해변에 일광욕을 즐기는 풍만한 육체를 가진 미인을 원격 조정하여 섹스할 수 있다. 2020년 정도 되면 결혼할 필요가 없는 시대가 올지도 모른다. 누가 돈을 주고 콜걸을 부르겠는가? 홍등가는 전면 폐업할지 모르고, 결혼상담소도 문 닫을 날이 얼마 남지 않았다.

7. 2020년 되면 우주인과 만날 수 있다는데?

우리 한국인들은 유교문화권에서 성장한 탓인지 고정관념이 강하여 새로운 가치관을 받아들이는 데 익숙하지 못하다. 초현상이나 초능력 등 해명이 잘 되지 않는 것은 믿지 않을 뿐 아니라 혐오까지 한다.

1600년 가톨릭 신부였던 '브루노'는 외계에 지적인 존재 'ETI'가 있고 지구와 같은 행성들이 많다고 주장했다가 당시 가톨릭 교리에 정면으로 위배되었기 때문에 파문당하여 화형에 처해졌다. 코넬 대학의 천문학 교수인 '칼 세이먼'도 외계의 지적 존재에 대해서 긍정적으로 답했다.

불란서 스포츠 기자 엘런 라엘이란 사람은 우주인과 조우했을 뿐만 아니라 광속의 수십 배 이상 빠른 UFO로 그들의 혹성에 가서 지구보다 2만 5천이나 앞선 과학문명을 체험했고, 그곳에서 8천 명의 지구인들을 만났다고 했다. 우주인과 조우한 사람들은 미국의 카터 대통령과 달착륙의 선구자 암스트롱, 인류학자 마가리트 미드(Margaret mead)와 수많은 네티즌들이 있다.

2020년쯤 되면 우주인과 조우할 뿐만이 아니라 통신하는 것이 매우 자연스러운 시대가 될 것이다. 그런데 왜 NASA에서는 인간들이 ETI와 조우한 기록이나 정보를 숨기면서 절대로 공개하지 않는 걸까?

외계에 지적 존재가 있다는 사

영화 〈E.T〉처럼 일반인도 외계인과 만나는 것이 자연스러워진다.

실이 알려진다면 오늘날 인류사회의 가치관과 종교관이 하루아침에 산산조각이 나 깨어질 것이다. 후유증으로 문화충격(Culture shock)과 종교충격(Religion shock)을 받게 되어 사회에 혼돈이 예상되기 때문이다.

1969년 오스트레일리아에 떨어진 운석에서 지구 생명체의 기본 구성 단원인 아미노산이 발견됨에 따라 외계에 지적 존재가 있다는 가능성이 높아졌다.

Q 지구 위에는 몇 종류의 인간이 존재할까?

지구 위 6종류의 인간

시험관 수정

● 정상적인 인간 – 남자의 정자가 자궁 내에서 난자를 만나 수정할 때 우주에는 어떤 작은 변화가 생긴다. 지구에 미치는 중력과 밀물, 썰물에 어떤 영향을 준다. 염색체 수는 46개.

● 시험관 아기 – 시험관 속에서 수정된 후 자궁 속에 이식되어 출산한 시험관 인간. 영국의 루이스 브라운은 1978년 7월 25일에 시험관 아기로 출생해서 지금까지 생존하고 있다. 현재 세계적으로 시험관 인간은 30만 명에 육박하고 있다.

● 복제인간(The Cloned Human being) – 세계 2,000여 생명공학연구소의 실험실에서는 복제인간이 탄생 일보 직전에 있다.

- 사이보그 인간– 인간지능의 발달로 인간의 두뇌를
컴퓨터와 합쳐 수퍼하이웨이라는 컴퓨터에 연결시킨
다. 그러면 인간과 컴퓨터가 하나되어 같이 생각하고
의식하는데 이것이 사이보그 인간.

- 제1차 카이미러 인간– 동물의 장기를 이식하여 보
철했거나 복제동물의 장기를 이용해서 보철한 인간.

- 제2차 카이미러 인간– 복제인간의
장기를 이식해서 보철한 인간.

▶ 카이미러 인간
그리스 신화에 출현하는 사자의 머리,
염소의 몸, 뱀의 꼬리를 한 괴물.

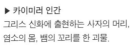

▲ 영화 〈내츄럴시티〉 포스터
인간이 아닌 사이보그 리아를 사랑하
는 MP요원 R은 곧 폐기처분에 들어
가야 하는 리아를 구하기 위해 창녀
시온을 납치하지만 실패로 돌아간다.
시온은 리아와 DNA가 일치한다.

Q 21세기 유망직종은 어떤 것이 될 것인가?

- 유전자 치료사

게놈을 이용한 유전자 치료법이 인기를 끌 전망이다. 과학자들은 환자
개개인의 DNA를 컴퓨터로 정밀 분석하여 환자에게 적합한 유전치료
법을 이용, 특정 암을 포함한 각종 질병을 치료할 수 있을 것으로 예견
하고 있다.

- 세포이식 의학자

인공피부와 인공장기 기술이 서서히 윤곽을 드러내고 있는 지금, 과학
자들은 향후 25년 후에는 세균배양용 페트리 접시로부터 췌장을 만들
어낼 수 있을 것으로 자신하고 있다.

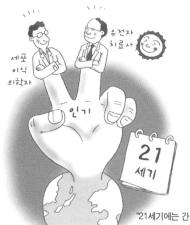

과학자들은 이미 동물들의 복부에 유전인자 이식으로 인공창자와 방광을 자라게 하는 데 성공했으며, 이를 계기로 과학자들은 앞으로 간, 심장, 신장 이식까지도 가능할 것으로 예측하고 있다.

"21세기에는 간, 심장, 신장을 이식하는 '세포이식 의학자'와 '유전자 치료사'가 인기라는군!"

Q 우주인(Alien)은 과연 존재하는가?

• 우주인의 모습: 키는 1.20m~2m 사이이며 턱이 뾰족하고 머리가 큰 가분수의 모양을 하고 있다. 손가락이 4개인 것이 특징이며 7종류의 우주인이 존재한다. 지구에 나타난 우주인의 모습은 초정밀 기술로 변장하여 우리 인간의 모습을 하고 있다.

• 우주인의 언어: 접근하고자 하는 나라의 언어를 자유롭게 구사한다. 지방 사투리까지 말할 수 있다.

• 우주인의 라이프스타일: 쾌락추구를 생의 목적으로 한다. 이들은 그룹 섹스를 즐긴다고 한다.

• 우주인은 여자들을 강간할 수 있다. 임신한 여자도 있었다.

● 우주인은 UFO를 접시의 5배 크기로 축소시켜서 변장된 모양으로 접근한다. 이런 물체를 발견하면 돌을 던지거나 접근을 해서는 안 된다.

● 우주인들은 지구를 탐내고 있지만 기후가 맞지 않아 곧 돌아갈 수밖에 없다.

Q 피라미드는 다른 행성에서 온 우주인의 작품인가?

바이킹호가 탐사한 바에 의하면 화성에도 피라미드 같은 건축물이 있는 것으로 확인되었다. 피라미드의 정교함은 21세기 현대 과학기술로도 이해하기 힘들 정도이다. 도대체 4000년 전에 누가 피라미드를 설계하고 건설했을까?

화성에도 피라미드와
같은 건축물이 있다?

설마…

피라미드 중심부로 내려가는 경사도의 각도가 26°로 되어 있어 정확하게 북극성을 가리키고 있다. 이것이 피라미드의 신비를 풀 수가 있는 실마리가 아닐까?

세계 7대 불가사의 중의 하나인 이집트의 '그레이트 피라미드'는 13에이커의 너비에 현대 건물 42층 정도로 완벽하게 설계된 석조라고 할 수 있다. 여기에 사용된 돌만 해도 2.5톤에서부터 15톤 무게의 돌이 250만 개나 된다. 이것은 남북한을 합한 우리나라 전체를 빙 둘러쌓고도 남을 양이다.

또한 이 피라미드에는 공간이 있는데, 런던의 성 바울 사원을 비롯하여 웨스트민스터 사원, 그리고 플로렌스에 있는 모든 성당이 다 들어가고도 남는 공간이다.

13에이커의 너비, 42층 건물의 높이. 피라미드에는 런던의 성 바울 사원을 비롯하여 웨스트민스터 사원, 플로렌스에 있는 모든 성당이 다 들어가고도 남는 어마어마한 공간이 있다!

Q 만약 인간이 빛보다 더 빨리 움직일 수 있다면 어떤 일이 생길까?

- 인간이 빛과 같은 속도로 움직인다면 그 인간의 몸은 아주 작게 축소된다.

- 인간이 빛보다 빠른 속도로 움직일 수 있다면 시간을 거꾸로 거슬러 과거로 돌아갈 수 있다.

- 두 점 사이의 가장 짧은 거리는 직선이 아니라 곡선이다. 평행선은 궁극적으로 만난다.

- 시간은 곡선이다.

- 우주는 끝이 없는 동시에 끝이 있다는 모순된 진리를 갖고 있다.

- 우주에는 직선이 절대로 존재하지 않는다.

- 공간에서 가장 빨리 움직이는 물체가 가장 무거운 동시에 가장 작은 물체이다.

"만약 인간이 빛보다 빠르다면…
시간을 거꾸로 거슬러 과거로 돌아갈 수 있다.
나 어렸을 땐, 깨진 사금파리와 질경이로 소꿉놀이를 했었드랬지! 정말 그때로 돌아갈 수 있을까?"

Q 소행성(Asteroid)은 지구를 다시 한 번 강타할 것인가?

목성(Jupiter)과 화성(Mars) 사이에서 약 1억 개의 소행성이 맴돌고 있다. 아마도 창조주의 의도는 목성과 화성 사이에 지구와 같은 행성을 만들 계획이었는데, 하머른이 깨져서 이 근처를 떠돌고 있다가 가끔 지구의 중력에 이끌려 지구로 향해 돌진하고 있다.

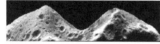

마틸데   가스프라   아이다

▲ 소행성
군단은 화성궤도에서 약 1억km 정도 떨어진 거리에 있다. 수십만 개에 이르는 소행성이 존재하며 소행성의 크기는 조그만 운석에서부터 직경이 1,000km나 되는 세레스(Ceres)에 이르기까지 아주 다양하다.

6500만 년 전에 약 2마일 길이의 소행성이 지구로 돌진해와 충돌한 적이 있다. 이때 1억 5000만 년 동안이나 지구를 점령했던 60억의 공룡이 전멸했다. 산성비가 3년 동안이나 내렸고, 충돌 때 생긴 질소산화 불에서 생긴 연기가 빛을 차단해서 태양 없는 지구가 되었고, 물은 오염되어 마실 수 없게 되었다.

1908년 폭이 60m나 되는 소행성이 지구로 돌진해 시베리아에서 폭발했다. 삼림이 불타고 순록이 몰살당했다. 만약에 서울에 떨어졌다면 당시 서울 인구를 전멸시켰을 것이다. 1989년 800m나 되는 소행성이 겨우 100만km 가까이 지구를 비껴갔다. 우주적인 감각으로는 머리카락 만한 거리이다. 1997년에는 500m나 되는 소행성이 겨우 45만km 가까이 지구를 스쳐갔다. 만약에 충돌했다면 미국과 소련이 갖고 있는 5만 개의 핵폭탄이 동시에 폭발하는 위력과 같았을 것이다.

Q 영원히 죽지 않는 생명체가 있을까?

모든 생명체들이 죽는 것은 아니다. 자손을 번식하는 능력은 반드시 교미만으로 이루어지는 것이 아니기 때문이다. 충분한 영양분 공급과 쾌적한 환경이 주어지는 한 죽지 않고 자손을 번식하는 생명체들이 존재하고 있으며 그들은 결코 죽지 않는다.

지구상에서 박테리아는 유독 환경과 상관없이 스스로 번식하는 능력을 가졌다. 스스로 DNA복제가 가능한 박테리아는 모체와 동일한 유전인자를 지닌 두 생명체로 분열되고, 그 두 개의 박테리아 역시 단시간 내에 분열이 가능하다. 특별한 환경제약이 없는 한 우리가 지구상에 존재하는 박테리아를 전멸시킬 수 있는 방법을 찾지 못하는 이유가 바로 여기에 있다.

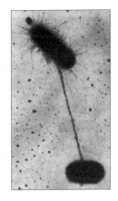

▲ 영원히 죽지 않는 생명체, 박테리아
두 박테리아가 짝짓기 중인 것을 전자 현미경으로 포착한 사진.

Q 바다에 항상 떠 있는 아파트(Floating Apt)가 있을까?

세계에서 가장 비싼 호화 크루즈인 더 월드 오브 레지던스(The world Residence)호가 2000년에 출항했다.

이 배 안에 설치되어 있는 250개의 아파트는 현재 약 130만 달러에서 580만 달러의 가격으로 판매되고 있으며 그 중 가장 인기 있는 것은 645m²의 면적에 침실 3개와 3개의 욕실을 두고 있는 초호화판 펜트하우스이다. 5억2,970만 달러의 제작비가 든 이 함선은 세계에서 가장 호화로운 선박이다. 그 안에는 레스토랑, 바, 영화관, 카지노, 나이트클럽, 교회, 도서관, 박물관, 비즈니스 서비스센터, 증권거래소 등이 갖추어져 있다. 승객들의 서비스 기관 운영을 위해 500명의 승무원이 탑승하여 꼭대기에는 슈퍼마켓, 수영장, 해상 스포츠를 위한 정박지, 골프장과 골프학교, 테니스 코트와 헬리콥터 착륙장 등이 세워졌다. 그리고 이 배는 태양의 흐름을 따라 움직이기 때문에 늘 햇빛이 비치는 곳으로만 운항하고 있다.

Q 지옥(Hell)은 왜 필요할까?

죽어서 천국에 가는 것은 우리 모두가 바라는 소원일 것이다. 죽은 뒤 하늘나라에 가서 먼저 간 가족들과 만나는 것 또한 우리의 바람일 것이다. 이제 우리의 바람을 한데 모아 천국에 대해 생각해보자.

천국에는 너무 많은 사람들로 붐벼서 당신이 들어갈 자리가 있을지 의심스러운 일이고, 당신이 진주 문을 힘껏 밀고 들어간다 해도 그 많은 사람들 중에 당신의 가족을 찾을 수 있을지는 더더욱 의심스런 일이다. 당신이 죽으면 우리는 당신이 당신의 아버지와 어머니, 그리고 다른 가족을 만나기 위하여 하늘나라에 갔다고 생각할 것이다. 당신이 당신의 아버지, 어머니를 만날 때 그들은 그들의 아버지, 어머니와 같이 있을 것이다.

왜냐하면 당신이 그들과 함께 있기를 바라는 것처럼 부모님 또한 그들의 부모님과 같이 있길 바랄 것이기 때문이다. 마찬가지로 그들의 부모님 또한 그 자신들의 부모님과 함께 있기를 바랄 것이고…. 이런 식으로 해서 인류 세대는 끝없이 거슬러 올라갈 것이다. 이리하여 당신은 그들 모두와 만나야 할 것이고 하늘나라에서 당신은 건방지게 굴 수도 없으며 다른 사람을 무시할 수도 없을 것이다. 한 세대를 25년으로 잡는다면, 우리는 그리스도 탄생 이래로 78세대가 지났다는 것을 알 수 있다.

만일 우리가 당신의 부모님과 그들의 부모님만을 계산한다 해도 그 많은 세월을 거슬러 올라가면서 그들의 부모님의 부모님들을 계속 계산해간다면 당신은 302,231,454,903,657,293,676,543명의 혈육을 만나야 할 것이다.

그러나 우리가 사는 이 작은 지구에는 그 많은 사람들이 다 들어설 수 없다. 오늘날 그 많은 사람

▲ 성 요한 조각상, 도나첼로

들이 지구에 함께 살고 있다면 서로 다른 사람들의 머리를 밟고 올라서야 할 것이다. 만일 한 사람에게 61cm씩의 면적이 허용된다 해도 지상의 모든 표면 위로는 18만1,178km 높이로까지 사람들이 쌓일 것이다. 당신이 18만1,178km 높이에 있는 당신의 보고 싶은 할아버지에게 "안녕하세요?"라고 말하기를 원한다고 가정해보자. 당신은 물론 그곳까지 올라가야 할 것인데 그러자면 무수한 인간 콩줄기를 타고 기어오르는 것 외에는 별 방법이 없다. 당신이 하루에 24km를 행진하는 보병의 절반 속도로 기어올라간다고 가정해보자.

만일 당신이 하루에 13km 속도로 올라간다면 — 그것도 다른 사람의 귀를 밟고 올라가는 동안 한 번도 떨어지지 않을 것을 가정해서 — 그 할아버지를 만나는 데는 39년이 걸린다. 물론 내려오는 길은 미끄러지

천국의 문, 이탈리아 피렌체 산조반니 세례당 내의 부조
"낙타가 바늘귀를 통과하는 것이 부자가 하늘나라에
들어가는 것보다 쉽다고 성경은 말하는데…."

기도 하면서 좀 더 빨리 움직일 수 있을 것이므로 출발 시점으로부터 약 50년 만에 당신 자신의 자리로 돌아올 수 있을 것이다. 이것은 그 세대간에 일어날 수 있는 얘기이다. 이것은 또한 당신의 자녀들과 그 자녀들의 자녀들 중 몇 명이 당신을 만나려 해도 같은 방법으로 수많은 사람들의 숲을 지나가야 당신과 포옹할 수 있다는 얘기도 된다. 당신은 그 50년 동안 누군가가 당신을 만나기 위해 당신의 자리를 지키고 있으리라고는 기대하지 못할 것이므로 당신의 자녀들을 주위에서 발견하지 못한다 할지라도 그리 놀라지 않을 것이다. 이것은 당신이 천국에서 시간의 지옥 속에 살 것이라는 것을 의미한다.

주의할 것은 위의 수에는 형제들과 누이들, 삼촌들과 고모들, 조카들과 질녀들, 사촌들 그리고 다른 친척들은 포함되지 않는다는 것이다. 과학자들은 시간이 있기 이전부터 인간은 수많은 세대 동안 존재했다고 믿고 — 그 중 어떤 사람은 10년 전부터라고 말하지만 — 나는 여기서 그 햇수를 1950년으로 한정했다. 그리고 과학은 너무나 결론적으로 당신이 1억 년 동안 지구상에 존재해왔던 사지와 긴 꼬리를 가진 모든 동물들과 관련되어 있다는 것을 입증하므로 당신은 그들까지도 포함시켜야 할 것이다. 그들 역시 당신의 조상일 테니까!

사회적인 논제로서 하늘의 모습은 약간 당혹스런 것으로 보인다. 그렇지 않은가?

성 요한은 계시록 21장 16절에서 천국의 규모에 대해서 이렇게 썼다.

"그는 갈대로 그 도시를 측정했는데 1만2천 펄롱이었다. 그 길이와 높이와 폭은 동일했다."

1만2천 펄롱은 241만4,040m이고, 이것을 입방 면적으로 계산하면 496,793,088,000,000,000,000입방 피트가 될 것이다. 다시 말해서 성 요한에 따르면 천국은 각각의 공간 길이가 약 2,400km쯤 된다는 것이다. 만일 당신이 한 사람에게 필요한 공간을 넉넉하게 잡아서 10입방 피트로 잡는다면 천국에는 49,679,308,800,000,000,000명의 사람들로 들어차게 될 것이다. 이 계산에는 황금 도로나 신기한 잎, 과실이 달린 나무 또는 하나님과 어린양이 보좌 앞에 놓인 유리같이 맑은 생명수인 강이 들어설 자리는 고려해 넣지 않은 것이다. 천국은 몇 백 년 전쯤, 또는 콜럼버스가 아메리카를 발견했을 즈음에 이미 만원이 되었을 것이 분명하다. 그렇다면 어떻게 해야 할까?

분명 천국으로 들어가는 길은 없고 출구만 있을 뿐이다. 당신은 언젠가는 죽을 것이고 천국에 들어갈 수 없는 것은 분명한데, 당신은 어디로 갈 것인가?

천국은 콜럼버스가 아메리카를
발견했을 때 이미 초만원….

Q 인류 문명의 종말은 언제 오나?

지금 세계 인구는 60억을 넘어서고 있고 이런 추세로 인구가 증가된다면 앞으로 30년 이후에는 100억을 넘게 될 것이며, 100년 이후는 1,000억이 넘을 것이며, 150년 이후에는 7,000억이 넘을 것이다. 지구가 그 많은 인구를 수용할 능력이 과연 있을까?

인구 통계학자들에 의하면 지구인구 수용능력은 100억 정도 된다고 한다. 생태계의 파괴, 기후의 급격한 변화에 따른 온난화 현상, 극심한 공해로 인한 오존층의 파괴, 오염된 물, 식량부족에 따른 기아현상 등 '인구학적 겨울'이 되어 낙엽이 떨어지는 소리를 곧 듣게 될 것이다.

세계 각국이 경쟁하여 보유한 가공할 만한 핵무기들이 결국 사용될 것이다. 〈불의 권세 (The Reign of fire)〉라는 영화에서 2020년에는 전세계가 핵폭탄으로 인하여 파괴되어 3년 동안 산성비가 지구 위를 적시고, 그 사이로 가끔 희미한 태양빛이 비친다. 그리고 런던 어느 곳에서는 지하도시를 건설하여 그곳에서 살아남은 인류의 생존자들이 새로운 인류의 시작을 위한 '씨받이' 역할을 하고 있었다. 2010년경이 되면 무질서한 과학의 발달로 인해 복제인간의 탄생, 성도덕의 파괴, UFO의 정체가 드러나서 IFO(identified flying object, 확인 비행 물체)가 되고 우주인과의 교신, 종교 갈등에 의한 민족간의 갈등이 최고조에 이를 것이다. 2030년경이 되면 인류문명 종말의 그림자가 서서히 비치기 시작할 것이라는 추정이 가능하다.

영화 〈불의 권세(The Reign of fire)〉에서는 2020년 핵전쟁으로 인하여 전 세계가 파괴되어 가는 모습을 그리고 있다.

Q 냉동인간은 다시 살아날 수 있을까?

인체 냉동보존술(Cryonics)은 죽은 사람을 냉동실에서 영하 196℃의 최저온도로 냉동 보관해두었다가 몇 십 년 후에 의학이 발달되어 현재의 모든 불치병들을 고칠 수 있을 때 다시 소생시켜 치료를 한다는 이론이다. 인체 냉동기술이 이론적으로 가능한 것은 오장육부가 냉동한 뒤에도 기능이 회복되기 때문이다.

복제인간이 태어날 때 본래 인간의 기억까지 복제되느냐가 문제인 것처럼 뇌의 기능까지 재생되어 모든 기억이 다시 살아날 수 있느냐가 문제이다. 동물에 가까운 IQ를 소유한 저능한 인간이 된다면 차라리 죽는 것이 낫지 않을까? 헐리우드 영화 〈바닐라 스카이〉에서 탐 크루즈는 냉동인간이 되기를 시도하는데, 과연 냉동인간 시대가 곧 도래할까?

▲ 〈데몰리션 맨〉에서 냉동인간이 되는 실베스터 스텔론
미국 알코어 생명연장재단의 지하 냉장고에는 30여 구의 냉동인간이 들어 있다. 대부분 암 등의 불치병을 앓다가 치료법을 찾지 못해 죽은 뒤 냉동된 시신들이다. 앞으로 불치병을 치료하는 방법이 개발된다면 이들의 꿈을 이룰 수 있을지 귀추가 주목된다.

Q 인간 게놈 프로젝트(Genome Project)란 무엇인가?

인간의 몸은 약 100조 개의 세포로 구성되어 있는데, 각각의 세포 안에는 핵이란 구조가 있다. 이 핵 안에 완전한 게놈이 존재한다. 게놈(Genome)은 Gene(유전자)+Chromosome(염색체)의 합성어이며, 모든 유전정보의 총체를 의미하고 DNA라는 염기쌍 30억 개로 구성된 쌍으로 배열된 매우 긴 DNA분자이다.

그리고 게놈의 유전정보가 들어 있는 책은 400쪽 분량의 책 4,000권 정도에 해당하는 크기이다. 이렇게 놀랄 만한 정보가 현미경으로나 겨우 관찰되는 핵 구조물 속에 들어 있다. 인간 게놈 프로젝트의 목적은 염기쌍 30억 개의 화학구조를 분석하여 지도로 만드는 일이다. 2002~2005년도 사이에 유전자 지도가 완성될 것이라 하는데 이렇게 되면 질병 원인을 미리 알 수 있고, 노화의 원인도 알 수 있어 미리 예방과 치료가 가능하게 될 것이라고 한다. 이 지도가 완성되면 인간의 운명(?)을 미리 알아 좋은 방향으로 바꾸어놓을 수 있게 되는데, 이는 확실히 신의 영역을 인간이 침범하는 것이 되지 않을까?

Q 밈(Meme)이란 무엇인가?

밈(Meme)이란 단어와 같이 떠오르는 단어는 진(gene)이다. 이 단어는 '모방'이라는 뜻이 함축된 그리스어 mimeme에서 유래된 셈이다. 《이기적인 유전자》라는 책 속에서 저자인 리처드 도킨스가 처음으로 밈이란 단어를 사용했고, 《옥스퍼드 영어사전》에서나 찾아볼 수 있는 신조어이다.

유전자가 복제되어 자손에게 전달되듯이 밈(관습, 예의, 의식관행, 예술, 옷, 언어, 문학, 노래 같은 문화의 전달)도 복제되어 다른 사람에게 전해진다는 이론이다. 미국에 10세 때 이민 와서 한국말을 전혀 쓰지 않고 살던 80세 노인이 어느 날 갑자기 영어를 쓰지 않고 한국말을 쓰기 시작하고 아리랑 같은 가락에 젖어들었다는 이야기를 들은 적이 있다. 밈도 복제의 과정을 거쳐서 한 사람의 뇌에서 다른 사람의 뇌 속으로 뚫고 들어가서 바이러스처럼 번져나간다. 유전자보다 밈이 주역이 되는 세상이 과연 오게 될 것인가?

▶ 리처드 도킨스
세계적인 생물학자이자 과학저술가인 리처드 도킨스는 《이기적인 유전자》라는 책에서 처음으로 '밈(Meme)'이라는 단어를 사용했다. 생명체는 유전자 복제를 통해 자신의 형질을 후대에 전파하지만, 밈에 의한 복제는 모방을 통해 이루어지므로 빠른 시간 내에 거의 무제한으로 퍼뜨릴 수 있다는 특징이 있다.

Q 해커들(Hackers)은 컴퓨터를 조작해서 당신의 돈을 다른 구좌로 입금시키고 현금을 인출해갈 수 있을까?

헐리우드 영화 〈Sword fish〉에는 칼텍 출신의 해커가 은행 컴퓨터를 조작하여 돈을 다른 구좌로 전입하여 그 구좌에서 거액의 현금을 인출해가는 장면이 있다.

우리는 지금 너무나 컴퓨터에 의존하고 있기 때문에 2000년으로 넘어갈 때 Y2K를 경험했고 앞으로 어떠한 재난이 생길지는 예측할 수 없다. 해커들은 컴퓨터에 바이러스를 집어넣거나 혹은 해킹을 하여 거대한 컴퓨터 시스템을 혼란에 빠뜨려서 재정관계 기관, 군대, 백악관, 펜

타곤 등 주요기관에 혼돈을 줄 수 있다.

걸프전 때 네덜란드 대학생 해커들이 이라크의 사담 후세인 대통령에게 미국 군사기관의 컴퓨터를 교란시키는 조건으로 500만 달러를 요구한 적이 있었다.

21세기 오늘날 인류문명의 멸망은 핵폭탄에 있다기보다는 오히려 해커들이 컴퓨터 시스템을 교란시켜 사회 전반에 걸쳐 생기는 혼란과 군사기밀의 노출로 인한 전쟁에 있다고 생각해본다.

1991년 걸프전 때 네덜란드 대학생 해커들은 후세인 대통령에게 구미가 당길 만한 제안을 한다.
"미국 군사기관의 컴퓨터를 교란시킬 테니 500만 달러를 주시오!"
그러나 지금 후세인은 막강한 권력자에서 추악한 전쟁범으로 전락하여 감옥에 갇혀 있는 신세가 되고 말았다. 그 누가 인간지사 새옹지마라고 했던가!

Q 나노 테크놀러지(Nano technology)는 꿈의 기술인가?

nano란 10^{-9}을 의미하는 접두사로 나노기술이란 10^{-9}m 단위의 극미세 기술을 뜻한다. 원자보다 작은 입자로만 구성된 물체는 지구상엔 존재할 수 없고 원자의 크기는 가장 작은 수소원자가 0.037nm, 반도체 재료로 잘 알려진 규소원자가 0.117nm로 원자 몇 개만 모여도 수 나노미터의 크기를 갖기 때문이다. 나노기술이란 바로 그것이다. 불과 수십 수백 개의 원자로 이루어진 극미세 입자를 만들거나, 분자 한 두 개로 무언가를 하거나 원자단위로 쌓아올려 분자를 조립해나가는 기술이다.

◎nm = namometer를 의미함(10억분의 1).

나노기술이란 분자 하나 하나를 조종해서 물질의 구조를 제어하는 기술이다. 극소한 분자공간을 광대한 세계로 만들어 그곳에서 활동하는 테크놀러지를 의미하기도 한다. 인간세포의 길이는 20마이크로미터(micrometer)인데 이 세포 안으로 100억 개의 분자를 채워넣어 활동하게 한다.

2009년 정도 되면 나노기술이 현대의학에 미칠 영향은 상상을 불허한다. 나노로보트(nanorobot)를 인체에 주입하면 그것이 세포 속으로 침투하여, 파괴되거나 손상된 세포를 치료 내지 수리하며 늙어가는 세포를 재생시켜서 젊은 세포로 만들 수 있게 된다. 이렇게 되면 인간이 120세 정도 사는 것은 어렵지 않다. 나노로보트가 잠수함처럼 혈류(血流)를 타고 다니면서 나쁜 박테리아와 바이러스를 박멸시킬 수 있게될 날도 얼마 남지 않았다.

시속 1만 2,500마일

Q 우주왕복선(Space Shuttle)은 얼마나 빨리 비행하나?

우주왕복선 콜롬비아호가 폭파될 때 그것은 지면에서 20만 피트 떨어진 고공에서 시속 1만2,500마일로 날고 있었다. 이 속도는 지구를 한 바퀴 도는 데 2시간 정도 걸리는 속도이다.

▶ 우주왕복선 콜롬비아호

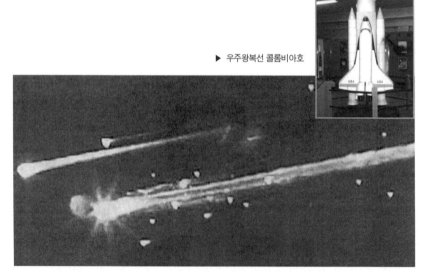

▲ 우주왕복선 콜롬비아호가 추락하는 모습
미국 우주왕복선 콜롬비아호가 16일간의 우주 탐사활동을 마치고 지구로 귀환하던 도중 미 텍사스주 상공에서 공중 폭발, 승무원 7명이 모두 숨졌다. 1986년 우주왕복선 챌린저호 폭발 사고 이후, 17년 만에 발생한 이번 참사로 미국의 우주계획은 당분간 차질을 빚게 됐다.

Q 염색체(Chromosome)란?

염색체란 쌍으로 배열된 DNA분자를 말한다. 세포 하나에 있는 염색체의 DNA분자를 늘어 놓으면 약 183cm가 된다.

우리 몸 속에 있는 모든 세포의 염색체 DNA를 한 줄로 늘어놓는다면 1억6,000만km의 길이로, 빛의 속도로 이 거리를 달린다고 해도 22일은 가야 되는 거리이다.

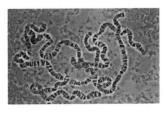

▲ 초파리 염색체

생물의 종류에 따라서 세포분열 때 관찰할 수 있는 염색체 수는 다르다. 각각의 염색체는 1개의 DNA로 이루어져 있는데, 사람은 46개, 초파리는 8개의 염색체 수를 가지고 있다.

유인원 중 인간만이 23쌍의 염색체를 갖고 있고 침팬지, 고릴라, 오랑우탄은 24쌍의 염색체를 갖고 있다!

최초의 맞춤아기 제이미 휘태커를 아세요?

"난 널 치료하기 위한 도구로 태어났어"

2003년 6월 16일 제왕절개 수술을 통해 제이미 휘태커가 태어났다. 그는 희귀병을 앓는 형의 치료를 위해 유전형질이 조작되어 세상에 온, 최초의 '맞춤아기' 였다. 그는 시험관수정(IVF) 배아상태에서 '다이아몬드 블랙팬' 빈혈을 앓고 있는 네 살된 형 찰리의 조직과 똑같도록 유전자 검색과정을 거쳤다. 찰리의 희귀 빈혈을 치료하는 유일한 방법으로는, 조직이 완벽히 일치하는 형제·자매로부터 줄기세포를 이식받는 길이 있는데 찰리의 경우와 같은 면역체계를 가진 혈액세포를 구하기란 사실상 힘들며 그렇기 때문에 찰리의 부모는 극단적인 자연배반 행위인 '맞춤아기' 를 선택한 것이었다. 찰리의 부모인 제이슨과 미셸은 그들의 모국인 영국이 '인간 배아의 유전자 검색과 선택 행위' 를 허용하지 않았기 때문에 미국 시카고의 유전자복제 연구기관에서 제이미의 배아 유전자를 검색하는 과정을 거쳤다고 밝혔다.

또 제이슨은 종교계와 생명윤리단체들의 강력한 비난을 우려해, "우리는 조직이 일치할 가능성을 25%에서 98%로 끌어 올리기만 했을 뿐 안구와 머리카락 색깔, 성별에 기초해 아이의 유전형질을 선별하지는 않았다" 고 해명했다. 영국 정부는 이에 앞서 난치병에 걸린 아이를 치료하기 위한 경우에 한해 유전자 조직을 그 아이와 동일하게 인위적으로 조작하는 방식의 출산을 허용했다. 얼마 전까지만 해도 인간 배아의 유전자 검색을 불허했던 영국의 이 새로운 변신을 어떻게 바라봐야 할까. 어쨌든 제이미 휘태커의 출생은 생명윤리와 종교 차원에서 심도 있게 성찰해야 할 사안임에 분명하다. 이미 식물을 가지고 유전자조작 놀이를 해온 인간이라지만 , 이 최초의 '맞춤아기' 는 엄청난 인류사적 충격으로 다가온다.

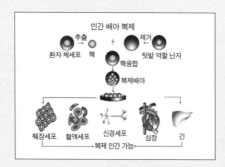

◀ 인간배아복제
난치병 치료와 생명의 존엄성 중 어느 것이 더 우위의 가치인가? 두 가지 모두 인간 중심의 사고에서 도출된 물음이다. 과연 신의 영역까지 넘볼 배짱이 인간에겐 있을 것인가?

제8장

알쏭달쏭
수수께끼 같은 이야기

– 왜, 언제, 무엇 때문에 생겼을까?

알쏭달쏭 story > > >

Q 사물놀이란 무엇인가?

한국의 전통 타악기로서 '장구, 북, 징, 꽹과리'
등이 어울려내는 전통 음악이라 할 수 있다.
사물놀이에 있어서 사(四)라는 숫자는 4계절의
특징을 의미하고 있다. 장구는 '비', 북은 '구름',
징은 '바람', 꽹과리는 '천둥과 벼락'을 의미한다.

▲ 사물놀이
흑인들의 째즈도, 유럽의 상송도 감탄을
금치 못했던 가장 한국적이고 가장 세계적
인 우리의 음악이다.

Q 글자 중에 가장 오래된 글자는 어떤 것인가?

가장 오래된 글자는 5000년 전(BC 3000)에 이집트인들이 사용했
던 '0'이다.

◀ 이집트숫자
이집트인들은 예로부터 돌비석 등에 상형문자를 새겨왔
다. 후에 파피루스(나일 강변의 수초로 만들어진 종이)가
사용되면서 이 종이에 적합한 승려문자를 사용했다. 사진
처럼 이집트인들은 오른쪽에서 왼쪽으로 글씨를 써왔다.

Q 비행기의 블랙박스는 과연 검은가?

검은색이 아니고 오렌지색이다. 그 이유는 비행기 사
고가 났을 때 쉽게 발견할 수 있게 하기 위해서이다.
그 안에는 스테인레스 강철로 된 테이프가 들어 있어

▲ 블랙박스— 내부가 깜깜해서
들여다보이지 않기 때문에 내부
구조를 알 수 없어서 붙여진 이름.

비행기의 속도, 고도, 수직 가속도와 조종실에서 있었던 대화 내용이 녹음된다.

죽은 자의 영혼이 살아 있는
자의 영혼을 빼앗는다?

Q 조문객은 왜 검은 옷을 입을까?

고대 사람들은 죽은 자의 영혼이 떠돌다가 살아 있는 자의 영혼을 빼앗아갈 수 있다고 믿었다.

그래서 주변을 떠도는 악령을 피하기 위하여 조문객들은 그들의 알몸에다 검정색으로 페인트를 칠해서 변장을 했다. 후에 이러한 고대 관습이 변하여 조문객들이 검은 옷을 입게 되었다.

Q '블러디 선데이(Bloody Sunday)'는 언제 일어났을까?

1941년 12월 7일 일요일 아침, 일본 해군특공대의 기습으로 진주만이 불탔다. 결국 미국은 정식으로 일본에 선전포고를 하여 제2차세계대전이 시작되었다. 1950년 6월 25일 일요일 아침은 북한 인민군의 남침이 시작된 날이다.

1666년 9월 2일 일요일 아침에 일어난 런던 대화재는 런던시의 80%의 주택과 건물들을 불태웠고, 20만 명의 이재민을 냈다.

1871년 10월 8일 일요일 아침 발생했던 시카고 대화재는 1만 8,000채의 집과 건물을 파괴하고 10만 명의 이재민을 냈다.

1965년 8월 15일 일요일 아침에는 미국 로스앤젤레스에서 흑인 폭동이 일어나 2만 명의 연방군인들이 투입되었고, 약탈과 방화로 2천2백 명이 수감되었으며, 30명이 죽고 수백 채의 집이 불탔다.

1905년 1월 22일 일요일 아침에는 러시아의 페테르부르크에서 10만 명의 농민과 노동자들 시위대에 대한 무차별 사살, 즉 피의 일요일이 시작되었다. 이 일로 1천 명의 사상자와 수천 명의 부상자가 생겼다.

1937년 9월 5일 일요일 아침에는 독일 느럼브도크에서 나치당 창설 뒤, 가장 큰 규모인 60만 명의 나치당원들이 모여 히틀러에게 충성을 약속하였다. 1972년 1월 30일 일요일 아침에는 아일랜드에서 영국병사들이 쏜 총에 맞아 13명의 가톨릭 신자들이 죽었다.

▶ 〈블러디 선데이〉 포스터
1972년 1월 30일 북아일랜드 데리에서 무차별 발포가 일어난다. 시민권 요구 시위를 하던 14명의 시민들에게 잉글랜드군이 총부리를 겨눈 것이다. 이 유혈사태는 14명의 사망자를 포함한 다수의 희생자를 낳았다. 영화 〈블러디 선데이〉는 시위 전날과 당일의 풍경을 각기 다른 입장의 4명의 주인공을 내세워 다큐멘터리 형식으로 묘사하고 있다.

Q 소위 'D-day'에서 D는 무엇을 의미하는 글자인가?

'D-day'란 공격 개시일로 정한 날을 의미하는데, D는 'Day'를 의미한다. D-day는 'Day-day'라고 할 수 있다. 1944년 6월 6일 유명한 노르망디 상륙작전이 시작된 D-day이다.

▲ 노르망디 상륙작전
1944년 6월 6일 미국의 아이젠하워 대장을 주축으로 미국, 영국, 캐나다 등의 연합군이 북프랑스의 노르망디에 상륙하여 독일을 대상으로 작전을 개시했다. 이날이 바로 작전개시일인 D-day이다.

◎ '노르망디 상륙작전'의 성공으로 제2차세계대전에서 연합군이 승리할 수 있는 발판을 마련

'노르망디 상륙작전'은 제2차세계대전 중인 1944년 6월 북프랑스의 노르망디 해안에서 미·영 연합군이 독일을 상대로 감행한 상륙작전을 일컫는다. 문제의 발단은 1941년 독일과 소련이 치열한 전투를 벌이는 가운데 소련은 영국과 미국 등에게 구원요청을 요구해왔던 것이다. 북프랑스

에 제2전선을 구축하여 연합전선을 펼 것을 강력히 요구했으나, 이때 제동을 걸었던 것은 영국 수상 처칠이었다. 이러한 상황에서 한동안 지체되다가 43년 11월 말 미국·영국·소련 수뇌들은 테헤란 회담에서 북프랑스에서 상륙작전을 펼 것을 약속한다.

바로 그날(D-day), 44년 6월 6일 미국의 아이젠하워 대장의 총지휘하에 미국 제1군, 영국 제2군, 캐나다 제1군 등을 주축으로 하는 연합군이 북프랑스 노르망디에 상륙하게 된다. 상륙 당일은 수송기 2,316대와 글라이더 등을 총동원하여 독일군 배후에 공수부대를 투하시켜 거점을 확보한다. 그 엄호 아래 항공기 총 1만3,000대와 함선 6,000척을 동원하여 7개 사단이 상륙하는 데 성공하였으며, 7월 2일까지 인원 약 100만 명, 물자 약 57만 톤, 각종 차량 17만 량 등이 상륙하였다.

상륙 초기의 3주간 연합군의 손해는 사망자 8,975명, 부상자 5만1,796명이고, 독일군 포로는 약 4만1,000명이나 되었다. 이 작전으로 전쟁 초기 서부전선에서 패하여 유럽대륙으로부터 퇴각한 연합군이 독일 본토로 진격하기 위한 발판을 마련하였다.

Q 자유자재로 변장하는 전투함이 있는가?

보름달이 환하게 뜬 어느 날 밤, 미국 캘리포니아 해안에 서 있으면 우리는 바다 위를 조용히 지나가는 보석처럼 빛나는 전투선을 발견하게 될 것이다.

그 전투함은 보는 위치에 따라 전혀 다른 모습으로 바뀌는 특징을 갖고 있다. 긴 사다리꼴 모양으로 보이다가도 다른편에서 보

미국 캘리포니아에 있는 '바다의 그림자'
라고 불리는 전투함. 레이더나 음성계측
기에도 잡히지 않는 고성능 전투함이다.

면 위쪽이 잘린 듯한 A형의 모습으로 보이기도 한다. 그리고 이 배는 마치 레이더에 잡히지 않는 스텔스 전투기와 같이 레이더나 음성계측기에 전혀 잡히지 않는다는 특징을 가지고 있다.

일명 '바다의 그림자'로 불리는 이 배는 미국에서 만든 최초의 '보이지 않는 전투함'이다. 캘리포니아 레드우드 시티의 록히드 미사일 우주제작소에서 10여 년 간 비밀리에 제작된 이 배는 미국방부의 비밀계획 가운데 하나였다.

약 20억 달러를 들여 제작된 이 배보다 더욱 비밀스러운 것은 이 전투함이 일반인들에게 알려지기까지 얼마나 많은, 또다른 무기들이 비밀리에 개발·제작되었는지 아무도 모른다는 것이다.

Q 스코틀랜드는 나라인가?

스코틀랜드는 아직도 영국의 일부 지역이지만 매우 제한된 자치 활동만 가능하다. 영국 북부에 위치하며 섬으로 이루어져 있다.

◀ 스코틀랜드의 수도 에딘버러 전경
에딘버러는 600년 전에 세워진 성들이 고색창연하게 빛나는 유서 깊은 도시이다.

Q 세계에서 가장 무서운 나라는 어느 나라인가?

미국의 살인율은 일본보다 무려 200배나 높아 1년에 총에 맞아 살해되는 사람의 수는 일본의 50명에 비하여 1만 명이다. 그러나 미국보다 9배나 살인율이 높은 나라는 남미에 위치한 인구 3,300만 명의 콜롬비아이다. 이 나라에 여행하는 것은 가급적 피하는 것이 좋다.

◎ 아, 엘도라도여

흔히 콜롬비아 하면 우리는 마약과 마피아를 떠올리지만, 콜롬비아가 한국전쟁에 참전한 16개국 중 하나(중남미 국가 중 유일)였다는 사실을 아는 사람은 드물다. 일찍이 엘도라도(황금의 나

▲ 콜롬비아의 수도 보고타 전경

라)라고 불리던 곳, 요즘은 남아메리카 제2위의 커피 생산량을 자랑하며, 에메랄드 생산으로 세계 시장점유율 80% 이상을 차지하는 국가로 유명하다. 정식 국명은 콜롬비아공화국이며, 수도는 보고타이다.

Q 싱가포르의 수도는?

면적이 646㎢(서울시는 605.4㎢)밖에 안 되는 조그마한 섬나라의 수도는 나라 이름과 같은 싱가포르이다. 이 나라의 인구는 3백50만 정도다. 나라 이름과 수도의 이름이 같은 나라는 멕시코, 모나코, 파나마, 산마리노, 바티칸, 쿠웨이트, 과테말라, 안도라, 룩셈부르크 등이 있다.

영어, 중국어, 말레이어, 타밀어 등 4개 언어를 사용하는 싱가포르?

>> 싱가포르는 1963년 말레이시아 연방이 탄생되면서 약 140년 동안 계속된 영국의 식민지 통치로부터 벗어나게 되었다. 현재 싱가포르는 급속한 성장으로 다양한 문화와 축제 등을 통해서 연간 600만에 이르는 관광객들이 방문하는 관광왕국이다.

싱가포르는 말레이반도 남쪽에 위치하고 있다. 인구 약 350만 명밖에 되지 않는 조그만 섬나라지만 그야말로 다민족, 다인종, 다종교, 다언어를 사용하는 국가라 할 수 있다.

싱가포르는 여러 세기에 걸쳐 중국인, 말레이인, 인도인 등 다양한 민족들이 함께 공존하며 발전해왔다. 따라서 싱가포르에는 다양한 민족구성에 걸맞게 영어, 중국어, 말레이어, 타밀어 등 4개국 언어가 공용어로 사용되고 있다. 현재는 점차 영어의 사용을 정책적으로 권장하고 있는 추세이다.

4개국 언어가 살아숨쉬고, 그러한 각기 다른 언어를 사용하는 각 민족들이 고유문화와 언어습관 등을 그대로 유지하면서 발전해왔다. 중국계 민족이 싱가포르 인구의 75%를 차지하고 있는데, 이들은 중국 특유의 근면성과 다채로운 음식, 다양한 문화축제 등을 지니고 있다. 말레이계는 전체 15%를 차지하는데 이슬람교의 전통을 지키며 화려한 의상, 향신료를 가미한 음식문화를 선

보인다. 6.5%를 차지하는 인도계 민족은 인도의 종교를 계승한
축제와 독특한 음식 등을 자랑하고 있다. 그 밖에 싱가포르에는
16세기 포르투갈의 지배를 받았기 때문에 포르투갈인을 비롯한
유럽인들도 적지 않다. 이러한 싱가포르 초기 개척자들에 의해서
싱가포르는 보다 다양한 문화를 지니게 된다.

▶ 머라이언(Mer Lion)상
상반신은 사자, 하반신은 물고기의 모습을 하고 있는 머라이언 상
은 싱가포르의 대표적 상징물이다. 상반신 '라이온' 은 싱가포르
국명의 유래인 '싱가(산스크리트어로 라이온을 의미한다)' 를 뜻
하고, 하반신의 물고기는 항구도시인 싱가포르를 상징한다.

Q 허리케인(Hurricane)과 타이픈(Typhoon)은 일기예보 때 자주 언급되는데 어떻게 다를까?

허리케인과 타이픈의 차이는 없다. 그러나 바람이 서인도제도나 열대 대서양에서 불어와 생기는 폭풍을 '허리케인' 이라고 하고 서태평양에서 발생하여 북상하는 열대성 폭풍을 '타이픈' 이라고 한다.

◀ 허리케인 – 2003년 9월 19일 오전, 허리케인인 '이사벨' 이 미국 동부해안에 상륙하고 있는 모습. 이사벨은 최대 풍속 170 km의 강풍으로 노스캐롤라이나주 해안에 상륙했다.

Q 2002년 현재 핵무기를 소유한 나라들은 얼마나 되나?

중국, 불란서, 파키스탄, 인도, 이스라엘, 남아프리카, 소련, 영국, 미국이다. 중국이 약 250개 정도이며 미국이 5만 개 정도의 핵폭탄이나 핵무기를 보유하고 있는 것으로 알려졌다. 현재 북한도 확실한 것은 아니지만 25개 정도의 핵무기를 갖고 있을 뿐 아니라, 이라크의 핵무기 제조업에 기술을 제휴하고 있는 것으로 알려져 있다. 이라크 중앙의료원 지하에 핵무기 제조공장이 있다는 설도 있다.

▲ 미국의 핵무기 실험장면

Q 카스피해는 과연 바다인가?

세계에서 가장 큰 호수 이름을 '카스피해'라고 잘못 명명했다. 이 호수는 유럽과 아시아 사이에 놓여 있고 길이가 760마일 정도 되고 직경이 180마일이나 되는 큰 호수이지만 지리학자들은 어디까지나 호수이지 바다가 아님을 주장하고 있다.

▲ 카스피해
유럽과 아시아 정중앙에 위치한, 육지 속의 거대한 바다와 같은 호수이다. 얼핏 보기에 바다처럼 드넓기에 호수를 바다로 착각했던 것.

Q 왜 빨간불에는 'Stop' 하고 파란불에는 'Go' 할까?

이러한 전통은 자동차가 발명되기 훨씬 전에 영국에서 시작되었는데 자동차가 아닌 기차를 위한 교통신호였다. 그런데 이러한 유래가 전 세계적으로 퍼져 지금은 각 나라가 이 규칙을 사용하고 있다.

영국에서 기차를 위한 교통신호로 사용되었던 것이 전세계적인 신호등 규칙으로…

Q 볼리비아의 수도는 어디일까?

볼리비아는 두 개의 수도를 갖고 있는데 라파즈(La Paz)는 행정부가 있는 수도이고, 수크레(Sucre)는 입법부가 있는 수도이다.

◀ 라파즈의 산동네
라파즈는 세계에서 가장 높은 곳에 있는 도시로 안데스 산맥을 타고 있는데 해발 3,658m의 높이에 있어 물을 데워도 끓지 않을 정도이다. 볼리비아를 여행하는 사람들은 이 도시에만 오면 이름 모를 이상한 병에 걸린다. 대부분의 사람들은 이렇게 높은 고지에서 정상적인 생활을 할 수 없다.

Q 인간과 동물은 얼마나 다를까?

침팬지와 인간은 98.7%가 같고 돼지와 인간도 96%가 같다. 인간의 당뇨병 치료약으로 사용되는 인슐린은 모두 돼지나 양들에게서 추출된 것이다. 사람의 몸에서 발견되는 인슐린과 거의 비슷한 이 동물의 호르몬 성분은 동물의 몸에서도 인체의 경우처럼 똑같이 당분을 분해하여 소화시키는 일을 한다.

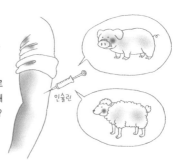

인간의 당뇨병 치료약으로 사용되는 인슐린이 모두 돼지나 양들에게서 추출된 것?

인슐린

Q 인간은 로보트에 불과한 존재일까?

사랑을 느끼는 감정도 따지고 보면 두뇌에서 흐르는 '도파민' 이라는 뇌의 신경전달물질에 의해 이루어진다. 만약에 도파민이란 호르몬이 뇌에서 분비되지 않으면 사랑이 무엇인지 모르는 삭막한 세상에서 살게 될 뿐만이 아니라 이성과 지성의 결여를 나타낼 것이다.

이성간의 열렬히 타오르는 에로스적인 사랑은 뇌에서 흐르는 '페닐에틸아민' 이란 신경전달물질에 의해서 이루어진다. 페닐에틸아민의 분비는 서로 사랑하는 사람들의 눈을 멀게 하여 장님으로 만들기도 한다.

사랑에 깊이 빠져 있는 남녀를 사랑의 희열에 빠져들게 하여 황홀경에 이르게 하는 것은 '베타 엔도르핀' 이다. 남녀가 사랑에 빠져 섹스의 희열 속에서 끝없는 만족감을 느끼는 것도 역시 뇌에서 흐르는 '옥시토신' 때문이다.

▲ 초콜릿
페닐에틸아민은 초콜릿의 화학성분으로서 일종의 신경전달물질이다. 이것은 상대에 대한 끌림과 흥분감, 현기증 등의 감정을 유발시킨다. 특히 성교시 오르가슴을 느낄 때 이 성분은 최고치의 농도를 기록한다.

Q 남극과 북극 같은 추운 곳에서는 왜 감기에 안 걸리나?

남극과 북극에서는 감기 바이러스가 살 수 없기 때문에 감기에 걸릴 걱정이 전혀 없다.

▲ 남극
남극과 북극 대부분의 땅이 빙하와 빙산으로 덮여 있다. 남극은 영하 80도, 북극은 영하 50도까지 내려간다.

Q 바닷물은 왜 짤까?

▲ 염전
일조시간이 길고 갯벌이 넓게 발달한 곳일수록 천일제염이 발달하였다. 지금 대부분의 염전은 간척사업에 의해 사라진 상태이다.

바닷물의 소금기는 수천만 년 동안 땅에서 녹아 나와 여과된 소금 때문이다. 강물은 바위의 소금을 씻어서 바다로 옮기는데, 이 침식된 바위들이 짠물의 가장 큰 근원이다. 또 화산석도 바다에 씻겨 들어가고 화산의 폭발 자체가 소금을 많이 함유한 '젊은 물'을 만들어내기도 한다. 젊은 물이란 전에는 한 번도 액체 상태로 존재해본 적이 없는 물이다.

이렇게 계속 바다에 소금이 모여들고 바닷물이 계속 증발하면 너무 짜지는 게 아닐까 생각할지도 모른다. 증발된 수증기는 다시 비가 되어 내리고, 또 바위의 소금기를 씻어 바다로 옮겨갈 것이기 때문이다. 그러나 바다에 있는 소금양은 15억 년 동안 변하지 않았다. 그 변하지 않는 이유는 다음과 같다.

- 첫째, 소금은 매우 잘 녹아서 어떤 곳에 몰리지 않는다. 또 바다는 매우 넓고 모든 곳에 연결되어 골고루 퍼져 있다.
- 둘째, 소금 전자의 일부는 바닷물의 증발과 함께 날아간다.
- 셋째, 소금은 기체이면서 액체와 같은 물체로 변하여 바닷물 표면 바로 아래의 미립자에 붙는다.
- 넷째, 많은 소금이 얕은 바닷가에 결정으로 쌓인다. 이것이 가장 큰 원인이다.

바다에 소금이 쌓이는 데는 워낙 오랜 시간이 걸렸기 때문에 일정 기간, 일정 소금을 소모하여도 별 변화가 없다. 다른 광물의 경우는 변화가 심한데 소금은 3.5%로 거의 일정하다.

Q 2월은 왜 28일밖에 없나?

2월에는 28일(윤년에는 29일)밖에 없는데 왜 그런가를 알기 위해서는 역사적 고찰이 필요하다.

▲ 시저 얼굴이 조각된 동전
웅변가 키케로조차도 "시저보다 연설을 잘하는 사람은 없다"고 할 정도로 시저는 당대의 위대한 통치자이자 웅변가였다. 이 동전은 BC 44년에 발견되었다. 당시 로마황제들은 금관 대신 월계관을 썼는데 이 동전도 승리와 평화를 상징하는 월계관을 쓰고 있는 시저의 모습을 담고 있다.

2000년 전에는 2월이 30일로 채워졌다. 그러나 로마의 실력가였던 줄리어스 시저는 자기 이름 줄리어스(Julius)를 따서 만든 July(7월)에 2월에서 하루를 떼어내어 첨가시킴으로써 7월은 30일에서 31일이 되었다. 시저의 조카이며 로마의 초대 황제였던 아우구스투스(Augustus)는 2월에서 하루를 떼어내어 자기 이름에서 유래된 8월(August)에 첨가하였다. 이로써 2월은 로마의 두 실력가들에 의하여 2일이 도둑질(?)당한 셈이 된 것이다.

▶ 아우구스투스
얼마나 명예욕이 강했기에 2월의 하루를 빼앗아 8월(August)에 끼워넣었을까?

로마를 사로잡았던 시저와 아우구스투스

로마는 두 집정관과 원로원에 의해 다스려지는 공화국의 형태를 수세기 동안 유지했다. 당연히 두 집정관과 원로원은 부유층에 의해 지배되었고, 왕처럼 일인이 권력을 독점하지는 않았다. 그러나 BC 4세기경, 줄리어스 시저 장군이 권력을 잡으면서 잠정적으로 공화국 시대는 막을 내린다. 공화국이 붕괴될 수밖에 없었던 이유는 무엇일까? 그 시대는 무엇보다 국가를 위해서 충성해야 할 군대가 자신들을 지휘하는 장군을 위해 충성하는 시대였다. 그럼으로써 장군의 권력이 엄청나게 커질 수밖에 없는 상황이었다.

그러한 배경을 알기 위해서는 BC 100년경으로 거슬러 올라가야 한다. 당시 마리우스라는 장군은 직업군인들을 만들어 군대를 재조직했다. 그리고 자신을 위해 이들을 충성하게 만들고, 만약 로마의 원로원들이 그의 의견에 반대라도 하면 군대 동원도 서슴지 않았다. 마리우스가 죽게 되자 다른 군인들도 마찬가지로 로마 정부에 반발했으며 BC 83~82년에는 시민전쟁이 발생하였다. 그 전쟁을 승리로 이끈 군인이 술라(Sulla)라는 장군이었다. 술라 이후 로마를 지배하기 시작한 장군이 바로 폼페이우스 (Pompey)였다. 그는 수년 동안 어린 줄리어스 시저와 동맹관계였다. 그리고 시저의 권력이 강해지면서 시저는 폼페이와 싸우기 시작한다. 결국 BC 46년 새로운 시민전쟁이 끝났고 폼페이는 살해되었다. 이때부터 시저는 로마에서 가장 권력 있는 사람으로 군림하면서 '종신독재관' 이 되었다.

원로원 귀족 가문에서 태어난 폼페이우스는 뛰어난 군인이었지만 시저와 대척점에 섰을 때, 힘을 잃고 만다.

'임페라토르' 칭호를 받은 아우구스투스

아우구스투스는 BC 44년 줄리어스 시저가 부르투스에 의해 죽음을 당한 뒤, 몇 년 후에 권력을 손에 쥐게 된다. 그는 사망(76세)할 때까지 제국을 통치했는데, 무려 40여 년 이상 권력을 유지할 수 있었다. 아우구스투스는 시저가 암살당했다는 소식을 듣고 로마로 돌아와서, BC 42년에 마르쿠스 안토니우스와 함께 싸움에 참가하여 살인자인 브루투스를 패배시킨다. 이후 아우구스투스는 서로마를, 안토니우스는 동로마를 통치하게 된다.

그러나 안토니우스가 이집트 여왕 클레오파트라와 사랑에 빠지는 바람에 안토니우스와의 싸움은 불가피해졌다. 결국 악티움 해전에서 안토니우스는 패배하고 스스로 목숨을 끊

▲ 아우구스투스 동상
아우구스투스의 조각품들 중 발견된 대리석만 해도 220여 점. 보석조각, 부조, 그림에 등장하는 초상을 뺀 숫자다. 재미있는 것은 군복이나 시민 복식을 걸친 아우구스투스의 입상은 하나같이 훤칠하고 미끈하다는 것. 원래는 작달막한 체구에 일자 눈썹을 가진 평범한 상이라는데, 발견된 조각품들은 하나같이 미남이다. 과연 실물은 어떠했을까?

었다. 이로써 경쟁자가 없어진 아우구스투스는 실질적 왕으로 행세했다. 그는 원로원을 극진히 대접하는 데 주력했으며 결국 원로원들 사이에서 '최고사령관(임페라토르)' 이라는 칭호를 받기도 했다. 이것이 황제(emperor) 명칭의 기원이 되었다.

Q 뱀이 없는 곳이 있을까?

성 패트릭이 아일랜드 섬에서 모든 뱀을 쫓아냈다는 말은 분명히 전설이다. 그러나 이 섬에는 실제로 뱀이 없다. 이렇게 본래부터 뱀이 없는 섬들로는 크레이트, 뉴질랜드, 몰타, 아이슬란드, 하와이 등이 있다. 그러나 21세기인 오늘날 이곳에 뱀이 생겼다고 하는데, 비행기나 사람들이 뱀을 갖고 이곳으로 왔기 때문이다.

▲ 아일랜드에 기독교를
전파한 성 패트릭

◎ 세인트 패트릭스 데이(St. Patrick's Day)의 유래

세인트 패트릭은 아일랜드에 기독교를 전파한 성인으로 세계 가톨릭인에게 추앙받는 인물이다. 세인츠 패트릭스 데이는 바로 성 패트릭(385~461)이 사망한 3월 17일을 기리는 날로, 아일랜드 최대 축제일이다. 그러나 공교롭게도 이 축제는 아일랜드보다 미국에서 먼저 시작되었는데, 1737년 미국 보스턴에서였다. 세인트 패트릭스 데이의 상징은 초록색과 네잎클로버인데, 이날 네잎클로버를 찾고, 초록색 옷을 입으며 'The Blarney Stone'에 키스를 하면 행운이 온다고 믿는다.

뉴욕시에서는 초록색 의상을 입은 참가자의 퍼레이드가 성 패트릭 사원을 지나 5번가를 행진한다. 기독교를 전파한 성 패트릭을 기념하면서 고마웠던 분들에게는 지난 여름에 채취하여 정성껏 말린 네잎클로버 잎을 책과 함께 선물하기도 한다. 연인에게도 책과 함께 네잎클로버를 선물한다. 북아일랜드와 아일랜드에서는 클로버와 유사한 삼록을 단다.

Q 이란인과 아랍인은 어떻게 다를까?

아랍인에 대한 정의는 아랍어를 말하는 민족이다. 이라크 사람들은 아랍어를 사용하지만, 이란 사람들은 페르시아어를 사용한다.

▲ 이란인— 2003년 12월, 이란 남동부 밤시에서 대형 지진이 발생하여 잠자리 매트를 받으려고 이란인들이 줄서 있다. 이들 이란인들은 아랍어가 아닌 페르시아어를 국어로 쓰고 있다.

Q 왼쪽은 왜 불길하다고 생각하나?

고대 로마인들은 친구집을 방문해서 집 안으로 들어설 때 항시 오른쪽 발부터 먼저 들여놓았다. 육체의 왼쪽 부분은 악의 요소가 있는 것으로 생각했기 때문이다. 라틴어로 'left'의 뜻은 'sinister' 즉 '불길한'이란 뜻을 내포하고 있었다.

Q '낙진'이라는 새로운 단어는 어떻게 생겼나?

수년에 걸쳐 10만 명의 인원이 투입되어 완성된 원자탄 개발에 미국이 투자한 돈은 20억 달러에 달한다. '맨해튼 프로젝트'라는 이름으로 불리고 있던 이 원자탄 개발에 매달려 있던 미국과 영국의 과학자들은 자신들이 독일의 과학자들과 경쟁하고 있다는 사실을 너무나 잘 알고 있었다. 전쟁 직전 독일의 과학자들에 의해서 핵폭발시 뿜어져 나오는 우라늄 235의 정체를 먼저 발견했

▲ 버섯구름
1945년 8월 8일, 미국은 히로시마의 6만 피트 상공에 폭격기(B-29수퍼포트레스)를 투하했다. 이로 인해 생긴 거대한 버섯구름.

으며, 뒤늦게 연합군 측에서 이러한 원리를 바탕으로 신무기를 개발하려고 계획하고 있던 것이다. 핵실험을 위해 뉴멕시코의 사막 지역에 무려 7만 명을 수용할 수 있는 도시가 급조되었으며, 이 도시에 투입된 인부들은 자신들이 무슨 일을 하고 있는지도 까맣게 모르고 있었다. 첫 실험폭발도 사막의 땅속 깊은 곳에서 이루어졌기 때문에 소수의 실험진을 제외하고는 아무도 눈치채지 못하고 있었다. 일본 땅에 투하됐던 원자폭탄은 불과 4초 만에 가공할 만한 숫자의 사람을 죽였지만, 폭발이 남긴 버섯구름도 그보다 더욱 많은 희생자를 만들었다.

'폴아우트(Fallout, 落塵)'라는 새로운 단어를 영어에 추가시킨, 버섯구름을 타고 상공으로 퍼진 방사능은 앞으로도 몇 년간 계속적으로 환경을 오염시킬 것이다.

전쟁을 종식시킨 위대한 성능을 가진 신무기를 개발했던 과학자들도 비로소 이 낙진으로 장차 지구가 얼마만큼의 피해를 입게 될지 모른다고 실토하고 있다.

Q '전생회상'이란 무엇인가?

윤회설, 힌두어로는 '산산라'라고 하고 영어로는 트랜스피규레이션(Transfiguration)이라고 하는데 윤회란 말은 석가모니가 처

음으로 사용했던 용어로, 불교의 중심 교리이다. 이 교리는 중생
은 끊임없이 삼계육도를 돌고 돌며 생사를 거듭한다고 본다.
지금 살고 있는 세상에 태어나기 이전에 살았던 세상의 삶을 기
억하는 것을 전생회상이라고 한다. 환생을 과학적으로 연구한 대
표적인 사람은 이안 스티븐슨 교수인데, 주로 2~5세 사이의 아
이들을 대상으로 최면을 걸어 2,000여 건의 전생회상 기록을 수
집했다.

이안 스티븐슨 교수는 아이
들을 대상으로 최면을 걸어
2,000여 건의 전생회상 기
록을 수집했다는데….

◎ PLT = Past Life Therapy(전생치료)

정신과에 속한 정신병 치료방법 중에 하나로 현재의 신체적·정신적 질병
의 원인을 전생에서 생긴 어떤 사건이나 강렬한 경험, 강간당함, 이혼 혹
은 죽게 되는 사망경험 등에서 찾아내 치료하는 방법이다. 1950년부터 영
국, 미국 의학협회에서 정신과 치료방법의 하나로 PLT를 인정하고 있다.

Q '말짱 도루묵' 이란 말은 어떻게 해서 생겼을까?

임진왜란을 당했을 때 선조는 의주로 피난을 가지 않을 수 없었다. 그런데 임금님의 수라상에 오를 것이란 채소류뿐이었고, 육류나 생선은 없었다. 해안에서 고기를 잡던 어부가 도루묵 몇 마리를 잡아서 바쳤다. 전문요리사도 아닌 여인들이 도루묵을 구워서 선조의 수라상에 올렸다. 선조는 지금까지 궁궐에서 한 번도 먹어보지 못한 진귀한 생선으로 생각되어 "내가 다시 환궁하면 도루묵 요리를 먹겠다"고 말했다.

▲ 도루묵
바닷물고기의 일종으로 몸길이가 26cm가량 되고 150m이상 깊은 바다 밑 진흙 속에 살다가 산란기가 되면 수심 1m밖에 안 되는 해안 가까이 올라오는데 이때 잡힌다. 우리나라에서는 주로 동해안에서 잡힌다.

그가 다시 환궁했을 때 피난시절 의주에서 먹었던 도루묵이 수라상에 올라왔지만, 한 번 먹어보고 왜 이렇게 맛이 없느냐고 투정을 했다. 다시 입궁했을 때는 전문요리사(주방장)도 있었지만, 피난시절에 먹었던 그 맛은 온데간데없었다. 이에 '말짱 도루묵' 이라는 말이 생겼다.

Q '9.11 테러' 사건으로 한국에서도 이슬람에 대한 관심이 높아졌는데, '라마단' 이란 무엇일까?

이슬람교 신자들은 최소한 1년에 한 달 이상 의무적으로 금식을 해야 한다. 이때의 한 달 동안의 금식 기간을 '라마단' 이라고 한다. 라마단 기간 중에는 해뜰 때부터 해질녘까지 음식과 음료, 담

라마단이란 이슬람인들이 1년에 30일 동안 금식을 하는 기간을 일컫는다.

배, 부부관계 등을 전혀 할 수 없으며 남을 비방하거나 헐뜯는 말도 삼가해야 한다. 심지어 향수 냄새를 맡거나 화를 내거나 부정한 것을 보는 것조차 삼가해야 한다. 단 병자와 여행자, 임산부, 어린이들은 라마단에서 제외된다. 이 기간 동안 이웃을 내 몸처럼 사랑하는 것을 실천한다. 가난한 자를 구제하고 남을 관대하게 대해야만 한다.

Q 인류 최초의 여인 루시(Lucy)의 이름은 어떻게 해서 생겼을까?

1974년 미국의 고고학자 도날드 조한슨은 에티오피아의 하달에서 인간의 화석을 찾고 있던 중 비로 침식된 자갈 골짜기 건너편에서 인간의 손 한 부분을 보게 되었다. 일행은 황급히 그곳으로 달려갔다.

과연 무엇이 나올지 궁금해하면서 그와 그의 일행은 묻힌 부분을 파기 시작했다. 조한슨은 마침내 오스트랄로피테쿠스인으로 보이는 여자 해골 40%를 모을 수 있었다.

이 오스트랄로피테쿠스 원인은 약 3백만 년 전에 존재하였으며, 이들은 주요한 인간의 형태, 즉 서서 걷는 형태를 지니고 있었다. 골격

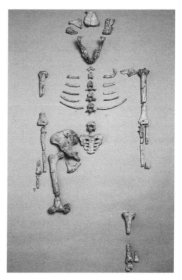

▲ 골격의 40%를 찾아낸 '루시'의 흔적

을 보아 여자는 1m 정도의 단신에 불과했다. 머리 크기는 작은 포도열매 정도였고, 길게 흔들거리는 팔 끝에는 현대인과 비슷한 손가락이 달려 있었다. 이는 실로 최고의 눈부신 발견이라 할 수 있었다.

지금까지의 화석 조각들이 지난 몇 백년 간의 인간진화 과정을 보여주기는 했지만, 이처럼 오래된 것이면서도 완전 진화된 화석이 발견된 적은 없었다. 이 화석이 발견되기 이전에 가장 오래된 것으로 여겨졌던 네안데르탈인은 7만5천 년 전의 것이었다.

Q 포크, 나이프, 스푼은 언제 등장했을까?

《햄릿》과《오셀로》,《리어왕》,《로미오와 줄리엣》에는 스푼과 포크와 나이프에 관한 말은 없다. 그 이유는 셰익스피어 시대에는 엘리자베스 여왕도 야만인처럼 손으로 음식을 먹었기 때문이다. 포크(fork)는 쇠스랑을 뜻하는 고대영어 forca에서 나왔으며, 테이블용 포크는 영국의 토마스 코리어트가 이탈리아를 다녀와서 1601년 처음으로 쓰기 시작하였다.

영국인들은 그를 비웃고 이상하게 취급했으며, 코미디 작가들도 '포크를 가져오는 여행자' 라고 풍자하였다. 영국을 세계 최고의 해상국으로 만들어놓은 엘리자베스 여왕조차도 손으로 음식을 먹는 시대였으니, 이렇게 비웃음을 당하는 것도 당연한 일이었다. 하지만 17세기의 포크는 분명히 선조들에게 깔끔한 식습관과 음식을 깨끗하게 다루도록 해주었다.

스푼(spoon)은 고대영어(Spon)인데, 처음에는 나뭇조각이나 파편을, 뒤에는 주방용구를 뜻했다. 식사용 스푼은 처음에는 나무나 뿔, 뒤에는 철이나 은, 귀금속으로 만들었다.

'입에 은수저를 물고 태어난다'는 말은 대부모가 세례식 선물로 은수저를 살 수 있을 만큼 부유하다는 뜻이다. 가난한 사람들은 겨우 쇠수저를 살 수밖에 없었으니 말이다. 12세기가 되어서야 비로소 스푼이 테이블 용품이 될 수 있었으며, 식탁에는 항상 씻고 닦을 수 있는 커다란 냅킨이 준비되었다.

일찍이 영국에서는 연인들끼리 예쁘게 생긴 스푼을 교환하는 습관이 있었다. '숟가락질하다'라는 말은 서로에게 홀딱 반해서 어리석은 사랑을 한다는 뜻이기도 한데, 좀더 외설적인 사람은 연인들이 서랍 속의 숟가락들처럼 나란히 눕기 때문에 그렇게 말한다고 주장한다.

우리나라에선 언제부터 숟가락을 사용했는지 정확히 알 수는 없지만, 주문생산이 가능해진 때부터였을 것이며, 초기에는 조개껍데기나 나무를 깎아서 사용했으리라고 추측된다.

▶ 정신들이 맨 가마를 타고 런던 시내를 구경하는 엘리자베스 1세
영국 국민들로부터 '훌륭한 여왕 베스'라고 불리우는 절대 왕정의 히로인, 엘리자베스 여왕이 포크도 없이 손으로 음식을 먹었다니, 쉽게 상상이 되지 않는다.

Q 라거 비어(Lager beer)는 어떤 종류의 맥주를 의미하나?

O. B 맥주나 '버드와이저' 같은 맥주병을 보면 Lager라고 씌어 있는 것을 볼 수 있다. 어떤 사람들은 Lager를 Larger로 발음하기도 하고, 맥주병의 사이즈가 더 큰 것으로 착각하기도 한다. 영한사전을 찾아보면 단순히 '저장맥주' 라고 나와 있다.

일반적으로 라거 맥주(Lager Beer)라고 불리우는 발효 맥주는, 발효가 끝나면서 가라앉는 효모를 사용하여 만드는 맥주인데 비교적 저온에서 발효되며 영상 7~15°C의 저온에서 7~12일 정도간 발효 후, 다시 0°C 이하에서 1~2개월간의 숙성 기간을 거쳐 만들어진다. 라거 맥주는 보통 병맥주라고 부르는데 탱크에서 저장 숙성한 것을 여과하여 병에 넣은 후 가열처리해서 만들기 때문이다. 약 6개월 정도 저장이 가능하다.

라거 비어는 '저장맥주' 라구…

맥주의 종류와 특징

맥주의 종류는 에일(ale), 비어(beer), 바스(bass), 비터(bitter), 포터(porter), 스타우트(stout), 라거(lager) 등으로 나누어서 구별할 수 있다. 이들은 여러 가지 다양한 성분으로 만들어지고, 다양한 종류의 맛을 내는 알코올 성분의 음료를 가리키는 이름들이다.

이름	성분/빛깔	알코올 농도
에일 (ale)	(영국에서) 호프로 맛을 낸 발효시킨 보리 (미국, 캐나다에서) 높은 온도에서 발효시킨 호프 / 연한 노랑색	알코올 함유량이 높음
비어 (beer)	이스트로 발효시킨 호프, 누룩, 설탕/ 연한 노랑색에서 어두운 갈색	낮 음
바스 (bass)	Bass & Co. Burton-on-Trent, 영국에서 만든 beer 또는 ale의 상품 이름	
비터(bitter)	생맥주, 강한 호프맛, 적은 거품/ 밝은 갈색	낮 음
포터(potter)	검은 누룩/ 어두운 갈색	높 음
스타우트 (stout)	누룩과 호프로 더욱 강하게 맛을 낸 흑맥주/ 거무스름한 갈색	높 음
라거 (Lager)	약한 거품이 이는 beer, 곡주라고도 함 / 연한 노랑색	낮 음

이들은 성분과 농도에 있어서 둘다 나라에 따라 매우 다양하다. 예를 들어서 호주에서 양조된 라거는 미국에서 양조된 것보다 높은 알코올 성분을 함유하고 있다.

Q OK는 과연 영어단어일까?

OK는 영어가 아니라 인디언 언어라는 설이 있다. OK는 1840년쯤 'It is so'란 뜻인 인디언 언어 'okeh'에서 나온 것이라고 한다. 윌슨 대통령은 이 OK란 말을 즐겨 썼는데 영어 OK보다는 인디언 언어 Okeh를 더 좋아했다고 한다.

▲ 윌슨 대통령
미국 제28대 대통령인 그는 1918년 1월 '14개조 평화원칙'을 발표하였다. 이 평화원칙의 핵심사항 중 하나는 바로 민족자결주의. 이 민족자결주의는 일제시대의 한국에 커다란 영향을 미쳤고 역사적인 3.1운동을 낳는 데 지대한 영향을 주었다.

Q 새는 어떻게 통신하는가?

새의 노래는 여러 역할을 한다. 기쁨을 전해주기도 하지만, 경고나 서로를 부르는 신호도 된다. 봄철 동안 수컷 새는 일정한 땅을 확보하고 나서 노래를 부르곤 하는데 이것은 암컷을 유혹하는 소리일 뿐 아니라 그 땅이 자신의 소유임을 알리는 경고이기도 하다.

까마귀들이 밭에서 옥수수를 훔칠 때 언제나 근처 나무 위에서 보초를 보는 까마귀가 숨어 있다가 위험이 닥치면 동료에게 신호를 보낸다. 이외에도 새끼가 둥지에서 떨어졌을 때 근처에 있는 어미들은 경고의 울음소리를 낸다.

뇌조는 모든 새들 중 가장 신기한 방법으로 의사소통을 한다. 야밤에 뇌조는 통나무 위에 서 있다가 날개로 통나무를 두들기면서 의사소통을 하는데, 날갯짓이 하도 빨라서 사람의 육안으로는 먼지가 날리는 것만 볼 수 있다. 이 소리를 듣고, 저쪽 통나무 위에 서 있는 뇌조가 날개를 쳐서 소리를

전한다. 이렇게 뇌조들은 의사소통을 하는 것이
다. 한편 사람들은 새들의 울음소리를 흉내낼
수 있다. 가령 사냥꾼들은 기러기의 울음소리를
흉내내어 날고 있는 기러기들을 내려오게 한
후, 사정거리 안에 들어오면 총으로 쏘곤 한다.

▲ 기러기―사냥꾼들은 기러기 울음소리를
흉내내어 유인한 후, 사냥한다.

Q 좌익이나 우익의 뜻은 무엇이며 어떻게 유래되었을까?

좌익은 사회주의나 공산주의적인 과격한 핵심사상, 또는 그러한
사상에 물들어 있는 사람을 칭하는 말이고, 우익은 보수적이고
점진적인 사상에 기초를 둔 보수주의자를 칭하는 말이다. 그 유
래는 저 멀리 불란서 의회에서 기원되었다. 1700년에 불란서 국
회에서는 자유분방한 사상을 가진 의원들은 국회의장의 왼편에
앉았고, 보수적인 사상을 가진 의원들은 바른편에 앉았는데 여기
에서 좌익과 우익이 유래되었다.

프랑스 국회의장 왼편에 앉아 있던 사람들은 좌익, 오른편에 앉아 있던 사람들은 우익

Q 결혼기념 1주년을 나타내는 말은 무엇인가?

- 1주년 : 솜(Cotton)
- 2주년 : 종이(Paper)
- 3주년 : 가죽(Leather)
- 4주년 : 꽃(Flower)
- 5주년 : 나무(Wood)
- 10주년 : 납(Tin)
- 20주년 : 사기(China)
- 25주년 : 은(Silver)
- 30주년 : 진주(Pearl)
- 40주년 : 루비(Ruby)
- 50주년 : 황금(Golden)
- 55주년 : 에메랄드(Emerald)
- 60주년 : 다이아몬드(Diamond)

▲ 진주
건강과 장수 그리고 부를
상징하는 6월의 탄생석
인 진주는 결혼 30년을
의미하는 말이기도 하다.

클레오파트라는 진주를 좋아해!

역사상 가장 매력적인 여자로 손꼽히는 클레오파트라 여왕이 어느
날 안토니우스를 자신의 배에 초대했다. 현대의 금액으로 20만 파
운드에 달하는 돈을 하루 파티에서 다 써버리겠다고 클레오파트라
가 안토니우스에게 그 전날 장담한 것이 초대의 발단이었다. 이 큰
돈을 하루에 다 쓰면 클레오파트라가 이기는 것이고, 그렇지 못하면
안토니우스가 이기는 것이었다. 파티가 한창 절정에 오를 즈음 온
몸에 보석을 치렁치렁 늘어뜨리고서 클레오파트라가 등장했다. 커
다란 진주가 그녀의 양쪽 귀에 매달려 있었다. 이 화려한 여인은 시
종에게 식초를 술잔에 담아오도록 명령했고 시종이 명령대로 하자
한쪽 귀에서 진주를 떼어내어 식초 속에 떨어뜨렸다.
좌중이 깜짝 놀라 숨을 죽이고 지켜보는 가운데 클레오파트라는 이

식초물을 한 입에 마셔버렸다. 그리고는 또다른 쪽의 진주도 떼어 냈다. 이때 내기의 심판자 플랑쿠스는 당혹감을 감추지 못하고 여왕의 행동을 제지했다. 그는 말했다.

"승부는 이미 끝났습니다. 여왕님이 이기셨습니다."

이 일화는 플리니우스(고대 로마의 정치가이자 학자)가 기록에 남겼고 일반적인 사실로 간주되고 있다.

미의 여왕 클레오파트라는 이집트의 부를 과시하기 위해 안토니우스 앞에서 진주를 식초에 녹여 마셨다.

Q 미식가란 먹고 마시고 즐기는 사람인가?

당신이 만일 좋은 음식과 포도주를 좋아하고 세련된 감각으로 그것을 즐기는 사람이라면 당신을 에피큐어(Epicure, 미식가)라고 부르는 것이 합당할 것이다. 비록 이 단어를 이렇게 사용하는 것이 원래의 에피큐어리언(Epicurean, 쾌락주의자)에게는 욕이 된다 할지라도 말이다.

그리스의 철학자 에피쿠로스(BC 341?~BC 270?, 에피쿠로스주의의 시조)는 다른 무엇보다도 중용을 강조했다. 그는 '쾌락이야말로 최고의 선'이지만, 모든 즐거움은 고통 뒤에 오는 것이므로 절제할 줄 알아야 한다고 가르쳤다. 그러나 영어권에 사는 사람들은 오늘날 epicure와 epicurean을 '먹고 마시고 즐긴다' 또는 '그런 사람'으로 통용하여 쓰고 있다. 만일 이 사실을 알면 에피쿠로스와 그의 제자들은 매우 유감스러워할 것이다.

▲ 에피쿠로스
"쾌락이 최고의 선이다."

Q 룰렛(Roulette), 당신이 이길 승산은 얼마나 될까?

찰스 데빌 웰즈가 호주머니에 400파운드를 가지고 몬테카를로에 나타난 때는 1891년이었다. 카지노에 들어선 지 3일 후, 그는 4만 파운드를 거머쥐었다. 웰즈는 '몬테카를로에서 은행을 파산시킨 장본인' 으로 기억된다. 그 후 룰렛 바퀴에 0이 들어갔고, 한 회전에 걸 수 있는 돈의 제약 때문에 이와 같은 일은 다시는 일어나지 않으리라. 0의 존재는 카지노 측이 이길 승산을 높여준다. 볼이 0에 멈추면 카지노 측이 테이블 위의 판돈을 모두 쓸어가게 되고, 결과적으로 카지노가 이길 승산은 무려 1과 1/18에서 1에 이른다.

웰즈가 1891년에 기록을 세울 때에는 0이 없었으며, 그는 질 때마다 판돈을 두 배로 거는 원리를 이용했다. 판돈을 두 배로 거는 방법은 흔히 위험하며 이기는 데 지루한 방법으로 일컬어진다. 판돈을 1파운드로 시작해서 매번 질 때마다 두 배씩 건다면 연속해서 30번을 질 경우에 무려 1,073,741,823파운드를 판돈으로 내놓아야 한다.

룰렛에서 하우스를 이기는 방법이 있다면 그것은 아마도 바퀴 자체의 기계적 구조에 방법을 기울이는 것일 것이다. 지난 세기말에 또다른 모험적인 영국인 윌리엄 재거스는, 완벽한 평형을 이루는 루울렛 바퀴는 없으므로 자세히 관측

룰렛판

하면 그 치우침이 드러나리라는 이론을 시험해보기로 했다. 몬테 카를로를 두루 살펴본 후, 그는 적합한 테이블을 발견했고 그가 8만 파운드를 땄을 때 그 루울렛 바퀴는 폐기되었다.

Q 콤마(Comma)가 사람을 죽이기도 하고 살리기도 할 수 있을까?

콤마를 제자리에 붙이지 않음으로써 시베리아로 가서 사형을 당해야 마땅한 사나이가 살아난 예가 있다. 'Pardon, impossible to be sent to Siberia.' 의 원래 문장은 'Pardon impossible, to sent to Siberia.' 이었다. 즉 '사면 불가능, 시베리아로 보내라' 로 번역할 수 있는데, 이러한 원래 문장에 콤마가 잘못 붙여짐으로써 '시베리아로 보내는 것은 불가' 로 해석되었던 것이다.

콤마가 사람을 살리네!
Pardon, impossible과
Pardon impossible의 차이라…

Q 워싱턴 D.C.에는 왜 고층건물이 없을까?

미국의 수도 워싱턴 D. C.에는 고층건물이 없다. 이곳에 있는 국회의사당의 높이가 229m인데, 이보다 높은 건축물은 지을 수 없도록 규제하는 건축법이 있기 때문이다.

◀ 국회의사당
미합중국의 수도 워싱턴 D.C.는
세계 정치와 외교의 중심지이다.

Q 검은 포도에서 흰 포도주를 만들어낼 수 있을까?

검은 포도에서 흰 포도주를 만들어내는 것을 알게 되면 사람들은 대부분 놀란다. 어떻게 그럴까? 어떤 검은 포도들은 푸른빛 나는 검정색이지만, 대부분은 아주 진한 붉은색인데, 이것도 의문을 갖게 한다. 진한 붉은빛 포도에서 어떻게 흰 포도주를 얻어낼까? 해답은 간단하며 각자가 시험해볼 수 있다. 냉장고로 가서 가장 검은 포도를 꺼내거나, 지체없이 상점에 가서 가장 검은 포도를 사와라. 포도를 엄지와 둘째손가락 사이에 잡고 으깨보아라.

셔츠에 튀긴 것을 닦은 후 그 즙을 보면 거의 모든 포도즙은 흰색이거나 노란빛임을 확인할 수 있다. 붉은 포도주가 그토록 진하고 선명한 유일한 이유는 그 빛깔이 포도즙이 아니라 과일의 발효시킨 껍질에서 나오는 것이므로, 껍질이 없으면 어떠한 빛깔의 포도주라도 만들어낼 수 있다. 샴페인도 부분적으로 검은 포도에서 만들어낸다.

Q 지문이 같은 사람이 지구 위에 있을까?

세계인구가 지금 60억이라고 하면 그 지문은 60억 인이 모두 다르다. 다른 사람과 똑같은 지문을 가지고 태어날 가능성은 640억 대 1이다. 심지어 복제인간의 지문까지도 인간의 지문과 같지 않다.

복제인간조차
지문이 다르다?

Q 황영조 선수가 올림픽 경기 때 신었던 신발의 가격은 얼마일까?

황영조 선수는 1992년 제25회 바르셀로나 올림픽 마지막 날인 8월 10일 새벽 남자 마라톤 경기에서 2시간 23초로 1위에 골인함으로써 대망의 금메달을 따냈다. 그가 선두를 달리던 일본 마라톤의 자존심인 다니구치를 따돌린 이유 중에 하나는 경기 도중에 다니구치 선수의 신발끈이 풀어졌기 때문이다. 한편 황영조 선수가 신은 신발은 코오롱 그룹이 특별히 제작한 1억 원 시가의 신발이었다고 한다.

코오롱상사의 신발개발연구원 30여 명은 이 신발을 만들기 위해 올림픽이 열리기 얼마 전에 선수들의 발모양을 본뜨고, 소재개발에 착수, 선수들이 달릴 때 발생하는 열과 땀을 흡수하는 냉각섬유를 수입해 신발 겉창을 만들고, 밑창은 마이크로셀이라는 특수 스펀지를 개발해냈다. 하지만 몸무게 55kg, 신장 168cm인 황 선수의 신체조건을 고려하여 복원력과 경도(단단함)가 탁월한 소재를 만드는 게 가장 큰 문제였다. 마침내 지난해 7월 미국 신발메이커 N사의 독점 소재인 에바로이 스펀지를 자체 개발하여 '마라톤화'를 만드는 데 성공했다. 이 마라톤화는 일반 운동화 무게 400g의 3분의 1밖에 안 되는 140g이다.

◀ **황영조**- 1992년 바르셀로나 올림픽에서 마라톤 부문 금메달을 획득하였다.

Q 창녀들의 전성시대는 언제였을까?

1960년 경기도 파주군 용주골에는 인구 2천 명에 1천 명의 기지촌 여자들이 있었다. 또 1965년 서울 종로 3가에는 1만 명의 창녀들과 5천 명의 콜걸들이 있었다. 1860년 파리에는 매춘부가 3만 명이나 활보했고 비공식적으로는 12만 명이었다고 한다. 거리에는 매춘부와 거지들이 3만5천 명 정도가 들끓었으며, 또 1839년 런던에는 7천 명 정도의 매춘부들이 섹스를 흥정했다고 한다.

그러나 미첼렌의 조사에 의하면 8만 명 정도의 매춘부들이 있었다고 하며, 1820년경 비엔나에는 40만 명의 인구에 2만 명 이상의 매춘부들이 있었다고 한다. 이는 남자 7명에 매춘부가 1명꼴인 셈이다. 1830년 뉴욕에는 2만 명 이상, 1852년 샌프란시스코에는 3천 명, 1869년 신시내티에는 20만 명의 인구에 7천 명, 필라델피아에는 인구 70만 명에 1만2천 명의 매춘부들이 있었다. 이들 매춘부의 나이는 15세부터 60세까지 다양했다고 한다.

이 지구상에서 매춘부는 결코 사라지지 않는다?

Q 김정일은 평양시장에 당선될 수 있을까?

미국 남북전쟁 당시, 남부 11개 주를 대표했던 남부 대통령은 재퍼슨 데이비스였다. 그는 전쟁이 끝난 이후에도 정계에 진출하여

1866년에는 상원에 당선되었고, 1873년에는 하원에 당선되어 9년 동안 재직하였다. 그리고 1882년에는 조지아주 주지사로 당선되기도 하였다. 만약, 우리나라가 통일되었다고 가정해보자. 과연 김정일은 평양시장에 출마하여 당선될 수 있을까?

Q 거머리는 과연 인간을 해칠까?

▲ 거머리 – 거머리에게 물려도(피가 빨려도) 아픔을 느끼지 못하는 것은 상처를 마비시키는 마취성분이 거머리에게 있기 때문이다.

거머리 하면 생각나는 것은 인간의 몸에 붙어 피를 빨아먹는 모습이다. 영화 〈아프리카의 여왕〉에서도 이런 장면이 있다. 거머리가 살에 붙었다 하면 거머리의 이빨은 약 300개 이상이 있어 살 속으로 파고들어 순식간에 두 스푼 정도의 피를 빨아먹는다. 거머리의 몸은 가늘고, 34개의 주름이 잡혀 있어 주름으로 움직인다. 그러나 거머리를 두려워할 것은 없다. 거머리의 침에서 나오는 헤파린은 항응혈 물질이 들어 있어 의약품으로 쓰인다. 거머리가 몸에 달라붙었을 때 떼어내는 가장 좋은 방법은 소금을 더운물에 타서 뿌리거나 손으로 세차게(아주 강하게) 후려쳐서 떼어버릴 수 있다.

Q 최고급 화장품의 원료는 무엇인가?

수컷 고래가 사정하여 배출한 정액이 고급 향수의 원료가 된다고 하는데 이것은 고래가 '앰버그리스' 라고 하는 소화불량으로 토해낸 불순물이 바다에 떠 있다가 태양과 공기에 노출되어 색깔이 변하면서 매우 향기로운 물체로 변한 것이다. 고급 화장품을 만드는 데 기본적인 요소인 나노린은 원래 더러운 냄새가 나는 끈적거리는 물체로, 이것은 양의 털에서 짜낸 찌꺼기 같은 것이다.

Q 우박은 겨울에 내리나?

우박은 겨울에는 거의 내리지 않으며 놀랍게도 지상 기온이 빙점 이하일 때도 내리지 않는다. 우박은 꼭 뇌우가 일어나야만 형성되는 것인데, 겨울철에는 뇌우를 만드는 조건들이 거의 생기지 않기 때문에 우박은 일반적으로 여름철에만 내리는 것이다.

▲ 우박─ 지름 5㎜ 정도의 얼음 또는 얼음덩어리인 우박은 놀랍게도 여름철에만 내린다.

Q 자연 자명종이라고 불리는 수탉은 왜 아침에 울까?

예수는 베드로에게 "수탉이 울기 전에 너는 나를 세 번이나 부인할 것" 이라고 말했다. 수많은 시인들은 수탉의 아침울음에 대하여 시를 썼다. 그렇다면 왜 수탉이 우는지 알아보자.

수탉은 자연 자명종으로 새벽만 되면, 혹은 동트기 전에 울어대는데 이것은 새로운 날의 시작을 알리는 것과는 전혀 무관하다. 가금류 연구가들에 의하면 수탉은 캄캄한 곳에 감금했다가 꺼내

놓으면 5분이 안 되어 울어댈 것이다. 암탉을 유인하기 위한 수컷의 권위 있는 호령이라고나 할까?

Q 중국인은 왜 8자를 좋아할까?

8자는 횡재의 뜻인 발재(發財)의 발(發)과 발음이 같아 중국사람들에게는 행운의 숫자로 여겨진다. 중국인들은 도박을 좋아하는데 도박을 통해서 횡재를 가져온다고 믿기 때문이다. 라스베가스에 가서도 '룰렛'의 8자에만 내기를 거는 경향이 있다. 도요타(豊田, とよた)의 원래 이름은 도요다(とよだ)였는데, 한 중국인 역술가의 조언에 의해 개명해서 오늘날과 같은 세계적인 자동차 회사가 되었다. 개명 이유는, 도요타의 글자는 8획(とよた)이 되기 때문에 행운을 가져다줄 것이라고 믿었기 때문이다.

Q 고양이 눈은 왜 어둠 속에서도 빛날까?

고양이과 동물들은 어두운 조건에서도 익숙하게 먹이를 찾는다. 고양이과에 속하는 동물들은 사자나 호랑이처럼 덩치가 큰 동물에서부터 사하라 지방에서 발견할 수 있는 아주 작은 몸집의 고양이에 이르기까지 다양하다.

이들의 공통점은 대부분 두개골에 비해 비교적 큰 눈을 갖고 있다는 점이다. 우리 주위에서 흔히 볼 수 있는 고양이의 눈은 일반적으로 우리 인간의 눈 크기와 비슷하지만, 눈동자의 경우에는 인간의 그것보다 세 배 정도 크게 확대된다.

물론 고양이는 주위의 빛을 몇 갑절로 확대하여 이용할 수 있는 능력이 있지만, 사람들은 고양이의 능력을 과대평가하여 빛이 전혀 없는, 완전한 어둠 속에서도 볼 수 있다고 믿고 있다. 하지만 사실은 그렇지 않고, 다만 이 야행성 동물의 밤눈이 우리 인간의 경우보다 훨씬 발달되어 있다는 점만은 사실이다. 고양이의 눈 망막 바로 뒷면에는 '구와닌' 이라고 불리는 아주 투명한 수정체의 층으로 덮여 있는데, 고양이 눈이 어둠에서 빛나는 것도 바로 이러한 빛의 반사작용 때문이다.

고양이과에 속한 동물들의 눈이 이러한 기능의 도움으로 어둠 속에서도 사물의 움직임을 예민하게 감지할 수는 있지만, 그 물체의 윤곽을 선명하게 파악하지는 못한다. 테이트톰, 루시둠이라고 불리는 수정체 세포가 발산하는 빛을 몇 배 확대하여 받아들임과 동시에 물체의 윤곽을 흐리게 만들기 때문이다.

▶ 고양이의 눈동자는 인간의 것보다 무려 3배나 확대될 수 있다.

◎ **카메라렌즈와 같은 고양이의 눈**

눈이 얼굴 정면에 있다는 것은 결국 3차원적인 시각, 즉 거리감각을 정확하게 느끼기에 유리한 조건을 갖추고 있음을 의미한다.

고양이가 거리감각에 예민한 것도 이러한 조건 때문이며, 먹이 사냥의 승패가 스피드와 정확도에 달려 있는 것도, 특히 먹이를 쫓아 짧은 거리를 질주해야 되는 고양이에게는 이러한 조건이 필수적이다. 하지만 고양이 눈동자의 렌즈는 강렬한 햇빛이 비치는 낮에 사냥하는, 포유동물로서는 매우 드물게 수직으로 좁혀진다. 우리들은 눈동자를 조그맣게 축소시키는 동작으로 과도한 양의 빛을 차단하지만, 눈동자가 비교적 크며 렌즈가 수직으로 열리고 닫히는 고양이의 경우에는 눈동자를 거의 완전히 닫는다. 왜냐하면 빛을 차단하지 않으면 시신경세포가 상하기 때문이다.

이러한 조건 때문에 낮 사냥 동안 상대 먹잇감이 갑자기 동작을 멈추기라도 하면 고양이는 상대의 윤곽을 전혀 알아보지 못한다. 그러므로 낮에는 주로 예민한 후각이나 청각을 이용하여 먹이를 구할 수밖에 없다.

Q 동물은 인간을 어떻게 돕고 있나?

많은 파상풍 주사와 디프테리아 항독소를 위한 혈청을 제공하고 다른 가축과 양은 아드레날린과 갑상선 호르몬을 공급해준다. 양은 췌장에서 인슐린을, 소는 천연두 주사를 위한 왁친을 공급해준다. 수정된 달걀은 항체개발에, 토끼와 개구리는 여자들의 임신 테스트를 위하여 이용된다.

쥐, 기니피그(모르모트), 개와 고양이는 너무도 유용하여 수많은 과학실험 개발에 이용된다. 리서스 원숭이는 약학 부문과 과학 실험용으로 자주 사용된다. 쥐는 매해 15회 이상의 출산을 하므로 유전학과 유전인자에 관련된 연구분야에서 자주 사용되는 훌륭한 실험대상이다. 이외에도 농작물이나 가축의 질병을 예방하기 위하여 생물학적 실험용으로 보다 많은 동물이 이용되는데, 이들 중 달팽이는 오렌지나무 곰팡이를 먹고 산다.

과학실험 개발에 사용되는 기니피그 ▲

Q 'four-letter word' 란 무엇을 의미하나?

영어권에서 '4글자 말(four-letter word)라는 것은 곧 상소리를 의미한다.

- fuck - 성교를 비하한 말
- cock - 남자 성기의 속어
- cunt - 여자 성기를 비하한 말
- arse - 항문을 비하한 말

그 밖에 shit(똥), Piss(오줌) 그리고 fart(방귀)와 같은, 점잖은 자리에서는 결코 내뱉지 못할 단어들도 거의 모두 4자로 되어 있다. 우연인지는 몰라도 dick(남자 성기를 가리키는 속어)도 4자이다. 그러나 같은 뜻을 지닌 prick 또는 대표적인 상소리인 tit(여성의 젖꼭지를 비하할 때 사용하는 단어) 또한 4자를 면했는데도 여전히 점잖은 자리에서는 절대로 사용할 수 없는 지독한 상소리이다.

에드워드 사가린이 만든 《상소리 백과사전》에는 오직 'fuck' 라는 한 가지 상소리만이 소개되고 있는데, 그것은 이 단어가 다른 상소리가 따라올 수 없는 가장 음란한 광경을 연상케 하는 지독한 상소리이기 때문이다. 18세기까지도 이 단어는 모든 사전에서 발행물에 실리는 것이 금지되어 있었다.

어쨌든 이 단어가 실린 최초의 사전은 존 프로리의 1598년판 《이탈리아어-영어사전》이다.

Q 벌꿀은 병균을 죽일 수 있을까?

▲ 꿀벌
벌꿀 속에는 철분, 구리, 염소, 칼슘 등이 들어 있어 병균을 죽이기도 한다.

벌꿀로 병균을 죽일 수 있는지 실험하기 위하여 순수한 벌꿀에 여러 가지 종류의 병균을 집어넣었다. 그랬더니 어떤 병균은 불과 몇 시간 안에, 어떤 병균은 며칠 안에 모두 죽었다. 발진티푸스 A와 B균은 24시간 안에, 대변과 물 속의 균들은 5시간 안에, 기관지와 폐렴균은 4일 만에 죽었다.

복막염균, 늑막염균, 화농성균도 마찬가지이고 이질균도 10시간 안에 죽었다. 벌꿀 속에는 철분, 구리, 실리카, 염소, 칼슘, 나트륨, 인, 알루미늄, 마그네슘 등의 무기질이 들어 있다. 이런 무기질은 모두 식물이 자라는 흙에서 흡수되어 꽃의 꿀로 옮겨진다. 따라서 벌꿀의 성분도 땅의 무기질 성분에 따라 달라질 것이다.

Q 통계와 승산은 어떤 함수관계를 갖는가?

● 아이를 낳아야 오래 산다
O형인 남자는 B형인 남자보다, B형인 여자는 O형인 여
자보다 더 오래 산다. 아이를 분만한 경험이 있는 여자들
은 아이를 낳아보지 못한 여자들보다 더 오래 산다.

● 고층은 NO!
10층 이상의 고층에 사는 사람일수록 저층이나 단독주택
에 사는 사람보다 9년 정도 수명이 단축된다.

시카고의 고층 건물들 – 빌딩
이 하늘에 가까이 닿으면 닿을
수록 인간의 수명은 짧아진다.

● 일본 여자와 인도 남자
세계에서 가장 오래 사는 사람들은 일본사람들로서 여자의 평균
수명은 85세가 넘는다. 그러나 인도 남자들의 평균 수명은 52세
4개월이고 여자의 평균 수명은 52세로서 인도 남자들이 인도 여
자들보다 평균 4개월 정도 더 오래 산다.

● 알코올 중독인 총각 노동자는 단명한다
목사가 다른 직업을 가진 사람들보다 장수하고 의사, 변호사, 작
가 등과 같이 전문직업을 가진 사람은 기술이 없는 막노동자보다
장수한다. 노동에 종사하는 사람이 결혼을 안 했거나 이혼경력이
있고, 게다가 알코올 중독자라고 한다면 가장 단명한다는 통계가
나왔다.

● 문둥병 걸릴 확률
남자가 문둥병에 걸릴 가능성은 여자보다 2배 높다.

● 안식교인과 모르몬교인

수녀가 다른 종교에 종사하는 사람들보다 더 오래 산다. 안식교인과 모르몬교인들이 다른 종교를 가진 사람들보다 7년 정도 더 장수한다.

● 조깅을 합시다

규칙적으로 조깅을 하는 사람은 그렇지 않은 사람보다 더 창조적인 일을 해낼 수 있는 가능성을 가지고 있다.

● 교육수준이 높을수록 자위행위를 많이 한다?

교육수준이 높을수록 감기에 잘 걸린다는 연구가 미시간대학에 재직하는 두 명의 학자에 의해 발표되었다. 또 킨제이 보고서에 의하면 교육수준이 높은 사람일수록 자위행위를 많이 한다고 한다.

▲ 〈사당〉, 워터하우스
결혼하지 않고 혼자 사는 사람은 정신병에 걸릴 확률이 높다는데 과연 그럴까?

● 스리랑카에서는 자살자가 더 많다

16년 동안 지속된 내전 때문에 죽은 사람이 6만 명인데 비해 자살한 사람은 8만 명이나 된다.

● 지진이 일어날 때

지진이 일어나기 쉬운 시기는 보름달이 뜰 때, 지구가 태양과 달의 사이에 있을 때, 초승달일 때, 달이 태양과 지구 사이에 있을 때이다.

● 결혼과 정신병

결혼하지 않은 사람이 정신병으로 입원할 가능성은 결혼한 사람보다 7.5배나 더 높다.

제9장

세상만사 트리비아

– 비거미와 디거미를 아세요?

트리비아 story 〉 〉 〉

Q 뱀은 얼마나 빨리 움직일까?

대부분의 뱀은 인간을 따라잡을 수 있도록 빨리 움직이지 못하지만 남아프리카에 사는 검은 맘바 뱀은 단거리에서 시속 11킬로미터 정도의 속력을 낸다고 알려져 있다(참고로 사람은 단거리에서 시속 16~24킬로미터의 속도를 낸다).

Q "조금 아는 것이 위험한 일이다"라고 말한 사람은?

영국시인 알렉산더 포프의 시에서 표현되었다. 이 말은 'a little leaning is a dangerous thing' 이라는 말로 통한다.

우리 속담에도 '선무당이 사람잡는다', '반 풍수(風水)가 집안 망친다' 가 있는데 이는 얕은 지식을 경계하고자 하는 동서고금의 진리가 아닐까?

Q 하루 동안에 생기는 인체의 변화는 어떤 것이 있을까?

🕐 출생 · 사망

보통 출산을 앞둔 미래의 어머니들은 인체상의 반응으로 출산 예정시간을 감지한다. 그러나 아이러니컬하게도 대부분의 새 생명들은 자정 이후부터 오전 8시 사이에 탄생한다. 부모에게 고하는 첫 인사로서는 대단히 무례한 행동임에 틀림없다.

대부분의 죽음도 출생과 마찬가지로 이른 아침에 일어난다. 따라서 당신이 죽을 날을 기다리고 있는 불치병 환자라 해도 아침 10시까지 살아 있다면, 당신 인생의 한 페이지에 그 다음 날이 넣어질 확률이 높다.

🕐 오전 4~6시

남자들은 이때 발기(morning rise)를 체험한다.

하루는 24시간. 일생에 비하면 매우
짧은 시간이지만…
하루 동안 생기는 인체의 변화를 하나
하나 분석한다면 놀랄 만한 사건!

🕐 오전 7~9시

인체가 하루를 맞는 시간이다. 심장 박동수
가 증가하고 체온도 상승하며 아드레날린
호르몬 분비도 절정에 이르는 때이다. 65세
이상의 많은 노인들은 하루 중 다른 어떤 때
보다도 이 시간에 심장질환과 뇌일혈로 고
통을 받는다. 또한 자살을 포함하여 대부분
의 죽음들도 이 시간에 발생한다. 그러나 유
독 천식 환자들만이 이 시간에 많은 이익을

▲ 시장골목에서 휴식을 취하고 있는 노인들
65세 이상의 노인들은 오전 7~9 사이에 심장질환
과 뇌일혈이 기승을 부리기 때문에 조심을 요한다.

얻는데, 천식약은 깨어난 후 공복 상태에서 복용해야 제일 효과가
크기 때문이다. 반대로 오후와 저녁에는 별 효험을 얻지 못한다.

🕐 오전 9~11시

오전 7시부터 9시까지가 하루 중 최악의 시간인 반면, 이때는 하
루 중 제일 유용한 시간대이다. 임상실험 결과에 따르면 9시 이
후부터 인체는 통증에 제일 무디어지고 근심의 수치도 제일 낮아
진다. 또한 정신과 의사들도 중요한 결정을 하기에 가장 적합한
때라고 말하는데, 이유인즉 다른 어느 시간보다 이성적일 수 있
기 때문이다. 체온이 높아지는 이때에는 뇌의 활동도 활기를 찾
아, 민첩함과 예리함도 최고조에 이른다. 또한 두뇌회전이 빨라
지므로 단기 암기력도 다른 시간보다 15%나 더 효율적이며, 수학
문제를 풀 수 있는 가능성도 다른 때보다 높아진다.

🕐 정오 12시 – 하루 중 시력이 제일 좋은 시간이다.

🕐 오후 1~2시

에너지와 예리함의 정도가 일시적으로 하강곡선을 그린다. 과학
자들의 추측에 의하면, 태양이 하늘의 최고도에 도달하는 이 시
간대에는 활동을 제한하려는 인체의 본능이 제 구실을 하기 때문
이다. 이 시간에 노출된 피부는 햇빛에 쉽게 그을리게 되고 심장
마비도 심심치않게 일어난다. 또한 동물들도 오후 1~2시경에는
대개 둥지 안에 웅크리고 있는데 특히 적도지역의 동물들은 밖에
서 거의 찾아보기 힘들다.

🕒 오후 3~4시

운동선수들에게 최적의 시간으로 신체의 유연성, 근육 그리고 그
밖의 운동기질들의 컨디션이 최상인 때이다. 장기 암기력도 이
시간대에 제일 많은 효과를 거둔다고 한다. 그러나 사망률에 있
어서는 오후 4시가 두 번째로 높은 수치를 나타낸다. 또한 통계상
으로는 교통사고가 오후 3~4시 사이에 제일 자주 일어난다는 사
실이 밝혀졌다.

3~4시 운동도 최상, 암기력도 최상.
그러나 교통사고가 많이 발생한다고?

🕐 **오후 5시**

혈압수치가 제일 높다. 후각, 미각에 대한 욕구가 제일 강해져서 보통 하루 중 식탐이 많이 생기는 시간이다. 부부싸움 또한 저녁 전인 이때에 제일 많이 일어난다.

▲ **면신선로**— 오후 5시가 되면 후각, 미각 욕구 강해져서 꼭 면신선로 같은 고급 음식이 아니더라도 무슨 음식이든 먹고 싶어진다.

🕐 **오후 6~7시**

다이어트를 하고 있는 사람들에게는 하루 중 최악의 시간이다. 먹고 싶은 욕구가 끝이 없기 때문이다. 체내의 신진대사 작용 때문에 아침보다 더 많은 칼로리가 요구된다.

🕐 **오후 8~11시**

인체를 재충전시키기 위하여 뇌의 호르몬 세라토닌과 아데노신은 뉴런들의 전자활동을 중단시키는 역할을 맡게 된다. 이로 인해 졸음이나 잠이 오는 현상이 나타난다. 우리의 체온이 떨어질 때면, 마찬가지로 신진대사 작용도 원활치 못해진다. 그러나 청각기능은 결코 둔해지지 않는다. 이것은 가장 위험한 시간인 이때에 위험으로부터 우리를 보호해주기 위한 인체의 배려로 받아들여야 할 것이다.

▶ 〈**별이 빛나는 밤**〉, 고흐
깊은 밤인 자정에는 인체가 편한 상태에 놓여 있기 때문에 심장마비 증상이 거의 일어나지 않는다.

🕐 자정~오전 3시

혈압, 심장 박동수, 스트레스 호르몬분비 등이 이 시간에는 저조한 기록을 보인다. 우리가 알고 있는 것과는 달리, 24시간 중 제일 낮은 사망수치는 오후 11시 이후부터라고 기록되어 있다. 또한 자정에는 심장마비 증상이 거의 일어나지 않는데, 이는 인체가 상당히 편한 상태에 있기 때문이다. 그러나 출산을 앞둔 예비엄마들은 명심하라. 가장 일반적인 분만시간이 새벽 1시라는 것을.

🕐 오전 4시

난방시설이 잘 되어 있는 방안에서도 추위를 느끼게 되는 시간이다. 체온이 하루 중 제일 낮게 떨어지기 때문이다. 또한 교대 근무를 해야 하는 직종의 경우, 야간 근무에 익숙지 않은 사람들은 이 시간에 꾸벅꾸벅 졸다가 근무를 등한시하는 결과를 초래하는 경우가 생긴다. 통계적으로 볼 때 산업(공업) 사고도 이 시간에 제일 빈번히 일어난다. 새벽 4시에 쓰리마일(Three Mile) 섬에서 일어났던 원자력발전소 사고의 경우도 사건발발의 원인이 인간의 실수라고 비난받은 바 있다. 또 한 가지, 천식환자들은 반드시 명심해야 한다. 이 시간에 제일 호흡이 가빠진다는 사실을! 이유인즉 인체 내의 히스타민의 생성시간이 새벽 4시에 최대이기 때문이다.

Q 초신성이란 무엇인가?

초신성이란 별들의 죽음을 의미하는 단어이다. 별들은 어느 기간이 지나고 나면 죽을 수밖에 없는 운명에 처하게 된다. 죽을 때쯤

▶ 별들의 죽음을 뜻하는 초신성. 사람처럼 모든 별들도 태어나서 죽는다.

되면 무게도 줄고 크기도 점점 작아지며, 온도도 점점 내려가서 결국은 폭발하고 만다. 이렇게 별이 폭발할 때 내는 빛은 태양 빛보다 1억 배 더 강하다. 지금으로부터 16만 년 전, 은하계에서 어떤 별이 폭발했는데, 1987년 2월에야 그 빛을 볼 수 있었다. 태양이 60억 년 전에 탄생했다고 본다면 지금은 청년시절(?)이어서 앞으로 적어도 100억 년은 더 살 수 있다고 한다.

Q 중국요리 하면 '짜장면'을 연상하는데 중국 어느 지역의 요리일까?

세계에서 가장 발달된 3대 요리국은 '불란서, 이태리, 중국'이라 할 수 있는데 우리 한국인들에게는 중국요리가 가장 친숙한 느낌을 준다. 중국요리는 대개 네 가지로 나뉘어 사천요리, 광동요리, 북경요리, 상해요리이다. 우리에게 가장 익숙한 요리는 '사천요리'인데 입맛을 돋우기 위해서 붉은색을 내는 붉은 고추, 파, 마늘을 주로 사용한다. 사천지방은 4계절의 특징이 뚜렷한, 추위와 더위가 심하게 차이가 나는 지역이다. 이곳에서 발달된 요리는 사천과 기후조건이 비슷한 지역에 사는 한국인의 입맛에 맞는 것은 당연한 일이다.

사천요리의 특징은 맵고, 톡 쏘는 듯한 맛을 내고 양념은 시고 향기롭다. 광동요리는 단맛이 나고 신선하며 부드럽고, 북경요리는 튀김요리와 볶음요리가 특징이며, 상해요리는 주로 해산물 요리가 많은데 간장이나 설탕으로 달콤한 맛을 내는 것이 특징이다.

한국사람이라면 거의 다 짜장면을 먹어보았을 것이다. 짜장면은 고기(소고기 혹은 돼지고기)와 채소를 넣고 볶는 중국식 된장에 국수를 비빈 요리인데, 북경요리의 일종인 산동요리가 한국에 들어와서 한국화된 중국요리이다.

◀ 중국은 특히 다양한 형태의 음식을 자랑하며 그 독특한 음식맛으로 세계에서 인정받고 있다. 자라, 고양이, 곰, 들쥐 등 다양한 재료를 음식에 이용하고 있다. 이는 한의학의 불로장수의 사상과 매우 밀접한 관계를 가지고 있음을 말해준다.

Q 왜 사람은 저녁보다 아침에 키가 더 클까?

이 현상은 척추골 사이에 있는 섬유질로 된 연골판이 늘어나 있기 때문이다. 연골판은 신체에 가중되는 모든 충격을 흡수하는 역할을 한다. 다시 말해 체중이나 온갖 종류의 긴장, 이외에도 걷기와 모든 범위의 육체 운동으로 야기되는 심장박동의 변동 등 인체상에 일어나는 모든 변화를 흡수한다. 따라서 하루가 끝날

쯤에 연골판은 빽빽하게 압축되어 있지만 밤새 수면을 취한 뒤에
는 다시 원래의 크기로 돌아오기 때문에 다음 날 아침, 사람의 키
는 커지게 된다.

Q 사람이 나이가 들면 어떤 현상이 일어날까?

• 머리카락 – 젊었을 때 많던 숱도 나이가 들면 점차
적어지고 어린아이 머리카락처럼 가늘어진다. 반대
로 여자는 나이가 들면 몸에 털이 더 많아진다.

▲ 리버 피닉스
스물세 살에 요절한 미국 배우
리버 피닉스. 그는 20대에 죽었
으므로 젊은 뇌를 지금까지도
가지고 있을까?

• 두뇌 – 뇌 세포는 20세가 지나면서 점점 없어지기
시작하여 80세가 되면 뇌세포의 7%가 줄어든다. 그
리하여 기억력이 없어지고 새로운 것을 배우는 속도
도 느려지게 된다. 20대 젊은이들이 잠드는 데는 8분
이 걸리지만 70대 노인들은 18분이 걸린다.

• 장 – 나이가 들수록 장 속의 세균이 고약한 가스를 내므로 노인
들의 방귀는 어린이나 젊은이들의 방귀보다 지독해서 코를 돌리
게 할 정도이다.

• 성기 – 여자가 성행위에서 만족할 수 있는 나이는 30대 후반이
다. 이 시기가 절정인데 4, 50대가 되면 조금씩 하락하여 60대까
지 지속된다. 하지만 활동적이지 못하다.

이와 반대로 남자는 22세 때 성적 만족이 최고 수준에 도달하였다가 점차 하락하게 된다. 나이가 들수록 여자의 성기는 크기가 점점 줄어들고, 남자의 성기 발기 각도는 30세 이후부터 차츰 내려간다. 정자의 생산도 줄고 정액을 사정하는 힘도 줄어 보잘것없어지고 양도 줄어든다.

● 맛 – 아주 어릴 때는 혀뿐만 아니라 입천장, 목구멍까지 동원하여 맛을 느낀다. 그러나 10세가 되면 벌써 1,000개의 미세포 중 10개를 잃어버린다. 미세포는 주로 혀끝이나 그 안쪽, 그 주위를 돌아가면서 나 있는데, 늙으면 줄어들며 일단 쇠퇴하면 재생되지 않는다. 30세는 245개, 80세에는 88개로 감소되므로 맛을 제대로 알 수 없게 된다.

● 근육과 뼈 – 근육 세포는 나이가 들면서 그 기능을 잃기 시작한다. 따라서 노인들의 근육은 탄력성이 적고 스트레인(strain :근육경색)이나 경련 등의 증세가 나타나기 쉽다. 점점 신장이 줄어들고 뼈에서 칼슘이 빠지므로 넘어지면 쉽게 부러질 뿐만 아니라 회복하는 데도 오랜 시간이 걸린다.

◀ 라싸의 노인
노인들의 뼈는 쉽게 부러지며 회복기도 길다.
뼈에서 칼슘이 빠져나가기 때문이다.

● 입 안 – 어린아이는 치아 표면이 썩는 충치가 많지만 나이가 들면 뿌리가 썩는 충치가 더 많아진다. 또 잇몸도 가라앉아 이가 더욱 길어 보이며, 목청도 변하여 목소리가 떨리기 시작하고 음조도 높아진다.

● 시력 – 시력이 가장 좋을 나이는 17세이다. 이때의 시력은 20/20으로 눈의 근육이 최고의 탄력을 갖고 눈동자도 최대로 커져서 최대한의 빛을 받아들일 수 있다. 그러나 20세가 되면 벌써 쇠퇴 현상이 일어나고, 70세가 되면 원거리 시력이 심하게 약해진다. 우리가 나이를 계속 먹게 되면 어떤 시점에 가서는 아마 장님이 될 것이다. 나이를 먹으면서 파랑색은 더욱 진파랑으로 보이나, 노랑은 화려함이 줄어 보이고, 또 보라색을 보는 능력을 잃어버리게 된다. 그래서 늙은 화가들은 짙은 파랑색과 보라색은 잘 쓰지 않는다.

▶ 〈수련〉, 모네
인상파의 효시, 모네는 말년에 백내장을 앓았다. 〈수련〉에서 그려진 호수는 실제보다 더욱 짙은 색깔을 나타내고 있는데 바로 노 화가의 불운한 병에서 이 어두컴컴한 청록빛이 나왔으리라.

● 목소리 – 한때 명확하고 낭랑하던 목소리가 나이가 들면서 성대를 조절하는 힘을 잃어버려 떨리기 시작한다. 성대가 딱딱해지면서 마치 너무 강하게 죄어놓은 기타줄처럼 더 자주 울리게 된다. 만약 초·중년의 목소리가 중간 도 아래의 도라면 70세의 목소리는 반음 내린 미 정도가 될 것이다.

● 심장 – 나이가 들면 심장의 박동수는 젊었을 때와 같아도 박동할 때마다 피를 끌어내리는 양이 줄어들어, 30대에는 매분 3.4l이나 70세에는 2.5l로 줄어든다. 나이가 들면 배근육이 늘어나서 소화시키는 데 더 오랜 시간이 필요하다.

● 청각 – 청각이 가장 예민해지는 것이 7세 때이다. 갓난아기는 마치 개처럼 매초 4만 번의 진동에도 반응한다.

16세가 되면 높은 소리를 들을 수 있는 감수성이 줄어들어 매초 20,000번의 진동으로 떨어지고, 이때부터 6개월마다 매초 80번의 진동만큼 청력을 잃는다. 40세에는 이미 고전음악의 여러 음이 겹치는 부분을 구분할 수 없게 된다.

40세가 되면 이미 귀뚜라미 울음소리 이상의 진동을 듣기 어렵고, 60세가 되면 종달새 소리 이상의 높은 소리를 들을 수 없다. 60세부터는 인간의 음성도 다 알아듣기 어렵다. 따라서 75세가 되면서부터는 대화의 한 절을 다 놓칠 수도 있고 섬세한 음악을 즐길 수도 없다. 시끄러운 환경이 청력의 감퇴를 가속시킨다. 오늘날 헤드폰으로 시끄러운 현대음악을 즐기는 청소년들은 아마 45세가 되면 벌써 청력이 심하게 약해질 것이다.

● 피부 – 피부의 상태를 관찰하면 노화현상을 잘 측정할 수 있다. 30세가 되면 이마에 주름살이 생기고, 40세가 되면 눈가와 입가에 주름이 잡힌다. 50세가 되면 피부에서 물기가 빠지고 아주 건조해진다. 얼굴에 있는 지방질은 내부의 기관으로 들어가 쌓이고 뺨에서 턱으로 가죽이 처지게 된다. 60세가 되면 눈 아래의 지질이 자루같이 처져 내려온다. 그래서 70세가 되면 피부가 장밋빛을 잃고 누렇게 보이는 것이다. 이런 변화는 여자에게 10년 정도 먼저 일어나는데, 이는 갱년기 때에 여성 호르몬 에스트로겐이 상실되기 때문이다. 남자도 머리카락이 빠지면서 귀나 등에 털이 나는데 이는 남성 유전자인 Y염색체의 노화현상이다.

또 남자들은 30세가 되면 연골이 얼굴로 몰리고 70세가 되면 코가 넓적해지고 길어지며 귓밥이 두꺼워지고 6mm나 더 길어져서 축 처지게 된다.

에스트로겐 미워!

여성은 남성보다 10년 정도 빨리 노화된다. 갱년기 때에
여성 호르몬인 에스트로겐이 분비되지 않기 때문이다.

● 신장 – 신장은 20대가 가장 크고 하루 중에는 아침에 가장 크다. 낮 동안에는 서 있으므로 척추뼈가 납작해지고 또 나이가 들면서 더욱 납작해지기 때문이다.

80세가 되면 아마 신장은 15cm정도 줄어들고 몸무게도 14kg은 줄어들 것이다. 목에 있는 칼라뼈가 성장을 멈추는 것은 18~25세이고, 머리뼈는 15~25세에 멈춘다. 손바닥과 손가락뼈의 성장은 약 15세에, 갈비뼈는 23세에 멈춘다.

발과 발가락은 18세 이후에는 거의 자라지 않으며, 다리의 긴뼈들은 13~20세에, 팔의 긴뼈는 18세에 성장을 마친다. 따라서 사실 모든 뼈의 성장은 25세가 되면 끝나게 된다.

● 촉각 – 촉각을 측정하는 기준은 아픔에 대한 반응이다. 하지만 이 아픔에 대한 감수성은 나이가 들면서 줄어드는데, 이것은 사람이 늙어가면서 생기는 여러 가지 아픔으로부터 보호하기 위해서라고 한다.

● 후각 – 후각은 가장 오랫동안 쇠퇴하지 않는 감각이라고 할 수 있다. 10세부터 60세까지 냄새를 맡는 능력은 별로 변하지 않는다. 그러나 60세가 되면 후각의 능력이 감퇴되기 시작하고 담배를 피우는 사람의 후각은 훨씬 더 빨리 쇠퇴한다.

● 기억력 – 몸에서 가장 믿을 만한 부분은 두뇌라고 할 수 있다. 어린 시절이 끝나자마자 두뇌의 크기는 작아지고 가벼워지나, 인간이 생각하는 능력에 미치는 영향은 아주 적어서 기억력의 경우

거의 영향을 받지 않는다. 특히 외향적인 사람이 그러하고 내성적인 사람은 나이와 함께 기억력 감퇴가 심해진다.

일반적으로 30세가 되면 기억력이 줄어들기 시작한다. 만약 24개의 단어를 기억하게 하는 시험을 해보면 20세는 14개, 40세는 11개, 60세는 9개의 단어를 기억해낼 것이다. 그러나 단어를 기억해내기 위한 반복 행위를 통해서 충분히 보충할 수 있다. 예를 들어 40세의 사람은 대학을 갓 졸업한 젊은이보다 2배나 많은 어휘를 알고 있다.

또 60세인 사람은 20세보다 4배나 더 많은 정보를 가지고 있어서 판단력이 훨씬 뛰어날 수 있다. 두뇌의 작용이 가장 오랫동안 쇠퇴하지 않는다 해도 몸의 다른 곳에서 진행되는 노화현상 때문에 두뇌도 고장이 나지 않을 수 없다. 노화가 진행되면서 잠의 질도 점점 낮아진다.

생후 2주일 된 아기가 20시간, 한 살 된 아기는 13시간을 자지만, 16세는 9시간, 40세에는 7시간, 50세에는 6시간, 65세가 넘으면 5시간 정도로 잠자는 시간이 줄어든다고 한다.

Q 글을 쓰지 못하는 물리학자가 있을까?

아인슈타인 이후 아마도 가장 위대한 물리학자인 스티븐 호킹은 자신이 쓴, 일반인을 위한 시간과 우주의 신비에 대한 안내서 《시간의 역사》가 출간된 이후 매주 논픽션 부문에서 베스트셀러가 되고 있는 것을 알고 있다.

《시간의 역사》가 그리 쉽게 읽히는 책이 아님에도 불구하고 사실은 그러하다. 호킹 박사는 케임브리지 대학의 수학교수이며, 지난 20년간 그는 운동신경원 장애로 휠체어생활을 해왔다. 그는 그의 신체구조 중에서 유일하게 움직이는 두 개의 손가락(그것도 한 손만의)을 움직여 가짜 목소리가 나오는 컴퓨터를 작동시켜 강의도 하고 글을 받아쓰기도 하고 이야기를 나누기도 한다.

신경과 근육계통의 희귀한 황폐성 질환의 희생자인 호킹은 쓸 수 없으므로 난해한 방정식이 그의 마음에 명멸해 지나갈 때마다 모두를 기억해야 한다. 이는 모차르트가 교향곡 전체를 머릿속에서 작곡하던 일에 비견할 만하다. 호킹은 특별히 블랙홀 물리학의 전문가이다.

◀ 스티븐 호킹

1963년, 루게릭병(근육위축증)에 걸렸다는 진단과 함께 1~2년 밖에 살지 못한다는 시한부 인생을 선고받았지만, 이에 개의치 않고 우주물리학에 전념하여 과학자로서 명성을 얻었다.

Q 뱀도 엉덩이를 갖고 있을까?

모든 큰 뱀들은 꼬리 가까운 부분 밑에 퇴화된 다리를 갖고 있으며 그 다리와 등뼈가 연결된 부분이 바로 엉덩이다. 이것은 우스운 이 야기임에는 틀림없지만, 절대로 농담이 아닌 심각한 사실이다.
모든 큰 뱀들은 엉덩이를 갖고 있다. (퇴화된)다리가 있는 뱀들의 거의 전부가 골반대를 갖고 있으며, 그 골반대와 다리가 연결된 부분이 바로 엉덩이가 된다. 뱀들이 엉덩이를 가지고 있다는 사실 이외에도 조류학적으로 분류하면 뱀들은 땅 위에 사는 척추동물보다는 하늘을 나는 새 종류에 가깝다고 할 수 있다.

Q 낙타는 낙타의 시체를 보면 죽을까?

등에 혹이 하나 있는 단봉(單峰) 낙타는 사막 지대의 기후와 환경에 적응하기에 매우 훌륭한 신체 조건을 가지고 있어서 간혹 '사막의 배' 라고 불린다. 어떠한 동물일지라도 사막의 열기와 갈증에는 몇 시간도 견디지 못하고 쓰러지지만, 이 성숙한 낙타는 한 방울의 물도 마시지 않고 320km나 되는 사막길을 거뜬히 횡단할 수 있다.
낙타는 토끼의 입, 쥐의 위장, 코끼리의 발, 새의 피, 파충류의 체온, 그리고 백조의 목을 가지고 있으며 담낭이 전혀 없고 눈을 감고도 볼 수 있으며 닫을 수 있는 콧구멍을 가지고 있다.

사막 기후를 견딜 수 있는 낙타의 이러한 신체능력은 주로 특수한 구조를 갖고 있는 위(胃)에서 비롯된다. 즉 이 단봉 낙타의 위장은 소 종류의 동물처럼 위장이 여러 개로 나누어져 있으며, 각 위장벽은 수백만 개의 미세한 저장세포로 이루어져 있고, 몇 주일 동안 견딜 수 있는 물을 이곳에 저장해두고 있다.

맹물은 낙타에게 소위 혼도병(昏到病)을 유발시키며, 낙타가 맹물을 마시게 되면 술을 마신 것처럼 취한다. 낙타는 소금기가 있는 물을 좋아한다. 낙타의 속눈썹은 태양의 직사광선을 피할 수 있게 되어 있다.

또한 낙타는 물뿐만이 아니라 아무것도 먹지 않고 오랫동안 견딜 수 있는데 이것은 낙타의 등에 있는 혹 내부의 지방층 때문이다. 혹에 저장되어 있는 지방질이 비상시에 영양공급원으로 변하는 것이다. 잘 먹은 낙타의 혹이 잘 먹지 못한 낙타의 혹보다 크게 자라 있는 것도 이러한 이유 때문이다.

낙타에서 유래된 영어의 알파벳이 2개가 있다. 그것은 'C'와 'G'로서 이 글자들

◀ 단봉낙타

단봉낙타. 낙타는 '사막의 짐꾼'으로 180kg이나 되는 짐을 싣고 시속 4.8km의 속도로 하루 20km나 걸을 수 있다. 낙타의 등에 붙어 있는 봉에는 지방이 저장되어 있어 며칠 동안 굶어도 끄떡없다.

은 낙타의 등에 있는 혹을 묘사한 것이다. 낙타는 낙타의 시체를 보면 죽거나 기절을 한다. 그리고 낙타의 걸음걸이가 버터를 탄생시켰다. 어떤 유목민이 소젖 한 자루를 낙타에 싣고 여행을 가게 되었는데, 유난히 느린 낙타의 걸음걸이 때문에 낙타 등에 있던 소젖은 장시간 뜨거운 햇볕을 받아 버터로 변했던 것이다. 이 걸어다니는 식량창고는 사막에서 살기에 적당한 재주를 한 가지 갖고 있다. 아주 뛰어난 후각 기능이 바로 그것인데, 몇 km 떨어진 곳의 물냄새도 맡을 수 있다. 이런 낙타의 후각 기능 덕택에 수많은 낙타상들이 목숨을 건지고 있다. 일생 동안 낙타의 생태를 연구한 동물학자들조차도 이 동물에 대해서 알고 있는 것이 거의 없다고 말할 정도로 낙타는 신비한 동물이다.

Q 홍학은 왜 한 다리로 서 있을까?

가느다란 다리를 가진 홍학은 이제까지 알려진 어떤 새들보다 오래 서 있을 수 있다. 그리고 알을 품을 때나 목욕할 때만 앉아 있다. 그리고 홍학은 주로 한 다리로 서 있는데, 그 이유는 두 다리로 서 있을 때보다 한 다리로 서 있는 것이 에너지를 덜 소모하기 때문이다.

회오리바람이 불면 홍학은 얼굴을 날개 아래로 쑤셔박고, 날개와 함께 단단한 쐐기형을 만들어 바람 쪽으로 몸을 구부린 채, 한쪽 다리로 서 있는다. 그들은 건초로 만들어진 3~4m의 원추형 둥지를 튼다. 홍학들은 부화기간 동안만 이 둥지 안에 앉아 있다고 한다.

▲ 홍학
영양이 적은 먹이를 섭취하면 홍학의 피
부색이 점점 분홍빛으로 옅어진다.

대부분 홍학은 강렬한 빨강색을 띠고 있다. 그러나 홍학의 신체상에 무슨 일이 생기면, 피부 색깔이 변한다. 이 같은 사실은 몇 년 전 플로리다에 있는 히알리 레이스 트랙에서 뉴욕동물원 협회로 보낸 몇 마리의 홍학들에게서 발견된 바이다. 처음에 홍학들이 도착했을 때, 그들의 색깔은 빨강색이었는데, 차츰차츰 옅은 핑크색으로 변해갔기 때문이다. 그 이유를 조사한 결과, 그들이 밀, 끓인 쌀, 후추, 생당근, 새우, 말린 파리들, 대구 간유와 양조용 이스트로 된 것들만을 먹었기 때문에 그들의 몸이 쇠약해진 것으로 밝혀졌다. 그러나 부족했던 영양분이 재공급되자 그들은 다시 본래의 색깔을 되찾게 되었다.

한편, 긴 부리 때문에 홍학은 머리를 숙여서 음식을 먹는 데 불편함을 겪는다. 그래서 그들은 물을 벌컥벌컥 마셔서 그 속에 든 음식물들을 부리로 빨아들인다. 그러나 이때 홍학의 부리는 완전히 거꾸로 뒤집어진다.

Q 코브라와 몽구스가 싸운다면 누가 이길까?

치명적인 독을 갖고 있는 코브라는 인간이나 그 밖의 동물들에게 가히 두려운 존재이다. 코브라의 독은 성인을 1분 내에 죽일 수 있는 치명적인 힘을 갖고 있기 때문이다. 하지만 이러한 코브라를 절대로 무서워하지 않는 동물이 하나 있다. 그것은 몽구스라는 동물인데 조그만 몸을 가진 이 동물은 코브라를 무서워하기는커녕 그 무시무시한 독사를 발견하면 주저없이 덤벼들어 물어 죽인다. 인도가 원산지인 이 몽구스는 76cm의 작은 몸집에 뾰족하고 짧은 다리, 작은 귀, 몸길이와 같은 크기의 꼬리를 갖고 있으며 성질이 온순하여 쥐를 잡기 위한 목적이나 애완용으로도 널리 사육되고 있지만 역시 이 몽구스는 그의 본업인 '코브라 잡기'로 명성을 날리고 있다. 바짝 약이 오른 코브라와 마주선 몽구스의 모습을 보면 마치 전류가 흐르는 듯한 느낌이 든다. 스프링처럼 퉁겨져 일어선 코브라는 부채처럼 활짝 핀 머리를 곧게 세운 채 좌우로 흔들며 까만 혓바닥을 신경질적으로 날름거린다. 코브라와 마주선 몽구스의 다리에 긴장된 힘이 들어가면서 등이 활처럼 휘어지고 몸의 털이 모두 곤두선다. 거의 코를 맞댄 거리를 두고 코브라의 움직임 하나 하나를 놓치지 않고 있는 몽구스의 몸은 마치 코브라와 한 몸이 된 듯하다.

갑자기 코브라가 공격을 한다. 하지만 몽구스는 번개 같은 몸짓으로 뒤로 펄쩍 뛰어 물러선다. 코브라의 재빠른 공격이 재차 시도되지만 그때마다 몽구스는 몸을 날려 피한다. 성이 난 코브라의 공격은 더욱 치열해지지만 몽구스는 적이 지칠 때를 기다리며 여유 있게 공격을 피한다. 점차 코브라의 움직

몽구스 ▼

" 당신은 겁쟁이군요?
코브라를 무서워하다니! "

임이 느려지면서 몽구스의 공격이 시작된다. 몽구스가 노리고 있는 것은 공격하던 코브라가 일단 찌를 듯이 앞으로 퉁겼던 머리를 미처 거두어들이지 못하고 있을 때이다. 이때를 포착한 몽구스의 날카로운 이가 코브라의 머리에 박히는 것이다. 머리를 물린 코브라가 최후의 힘을 내어 몸부림치며 몽구스의 몸을 감아 조이지만 몽구스는 코브라의 마지막 호흡이 남을 때까지 머리를 물고 늘어진다. 이윽고 코브라의 몸이 축 늘어지면서 승리를 확인한 몽구스는 그제야 코브라의 머리를 물었던 입을 풀고 짧은 휴식을 취한 다음 천천히 코브라의 몸 전체를 씹어 삼킨다. 독주머니까지….

고대 이집트에서는 이 몽구스를 신성하게 생각하여 때때로 미라로 만들기도 하였으며 고양이가 인간 사회에서 사육되기 이전에는 쥐 잡는 일에 주로 이 몽구스가 동원되었다. 한때 인도산 몽구스들은 독사 박멸을 위해 자메이카와 마틴쿠웨 지역에 수출되었

코브라는 공격을 가하려고 무서운 기세로 덤벼들지만, 몽구스는 코브라가 지칠 때를 기다린다. 드디어….

는데 독사 잡기에는 대단한 성과를 거두었지만 그 후 야성적으로 변한 이 몽구스들이 가축들을 해치기 시작하여 거꾸로 자신들이 박멸 당해야 할 처지에 놓인 적도 있었다.

Q 타조와 경주마 중 누가 더 빨리 뛸까?

2.4m의 키와 135kg의 몸무게를 자랑하는 타조는 조류 중 가장 덩치가 크다. 물론 이렇게 덩치 큰 새가 날지 못하는 것은 당연한 일이지만, 그렇다고 이 새가 느린 것은 아니다. 한 걸음에 7.5m의 거리를 뛰는 타조가 제일 빨리 뛸 때는 경주마보다 빠른 시속 96km의 속도로 달린다.

흔히 믿고 있는 것처럼 위험에 몰린 타조가 간혹 머리를 모래에 파묻는 멍청한 행동을 보이긴 하지만, 타조는 쉽사리 잡히는 동물이 아니다. 빨리 뛰는 타조를 궁지에 몰아세울 수 있는 속도를 가진 동물일지라도 치명적인 힘을 갖고 있는 타조의 발을 조심해야 된다. 어떤 지방에서는 털을 얻기 위하여 타조를 기르고 있으며, 아르헨티나 초원지대에 살고 있는 원주민들은 볼라스(bolas, 양끝에 둥근 추가 달린 짧은 밧줄)를 이용하여 타조를 잡는다.

▶ 타조
조류 중 가장 덩치가 큰 타조. 날지는 못하지만 결코 느리지는 않다. 빠를 때는 시속 96km를 자랑.

Q 조류의 수컷들은 음경을 갖고 있나?

대부분의 조류 수컷들은 음경을 갖고 있지 않고, 총배설강(總排泄腔)이라고 하는 생식기관을 수컷과 암컷 모두가 갖고 있다.

Q 천둥은 왜 생기나?

번개가 칠 때, 주위 공기 온도는 화씨 5만 4,000도(섭씨 3만 도)인데, 이는 태양 표면보다 6배나 뜨거운 온도이다. 그러나 어떤 사람들은 번개를 맞아도 죽지 않고 살았다.

실례로 미국 공원 감시원인 로이 설리반은 1942년부터 1977년까지 무려 7번이나 번개를 맞았는데 별 지장이 없었다고 한다. 그렇다면 그 이유는 무엇일까? 구름 속에서부터 땅으로 향하는 번개 에너지가 지구로 통하는 가장 짧은 길은 사람의 어깨와 다리를 통하는 것이다. 따라서 그 번개가 사람의 신장이나 척추를 관통하지만 않는다면 죽지 않을 수도 있다.

번개는 한 번 번쩍일 때 37억5천KW의 에너지를 방출한다. 이 에너지의 약 75%는 열로 소모되어 주변 온도를 섭씨 1만 5,000도까지 올려놓으며, 이에 따라 급격히 팽창

◀천둥
번개가 한 번 내리칠 때마다 주변 온도는 크게 올라간다. 이에 따라 공기는 급격히 팽창되고 천둥이라 불리는 소리의 충격파를 발생시킨다.

된 공기는 천둥이라 불리는 소리의 충격파를 발생시킨다. 이 천둥은 29km나 떨어진 곳에서도 들을 수 있다.

Q 카사블랑카는 어디에 있는가?

많은 사람들이 카사블랑카라는 말을 흔히 쓰면서도 그곳이 거리상으로 정확히 어디에 붙어 있는지 모르는 경우가 허다하다. 카사블랑카는 북서 아프리카에 위치한 모로코의 대도시이다. 제2차세계대전이 일어나기 전, 당시 모로코는 프랑스와 스페인이 지배하고 있었지만 지금은 독립국가가 되었으며 수도는 리바트이다. 이 모로코의 대서양쪽 해안에 위치한 카사블랑카는 인구가 300만이 넘는 대도시이다.

카사블랑카. 뒤에 보이는 성당은 현재 도서관으로 쓰이고 있다.

Q 사형집행 2분 전에 죽음의 문턱에서 살아난 사람은?

흑인 웰멘은 1941년 노스캐롤라이나주에 거주하고 있던 백인노인 여성을 강간, 살해했다는 혐의로 체포되었다. 그는 당시 범죄현장으로부터 560km 떨어진 버지니아주에 있는 직장에서 일하고 있었다고 주장했다. 그러나 그의 주장은 묵살되었고 졸지에 사형수 신세가 되고 말았다.

그 후 범행을 자백한 진범이 체포되어 노스캐롤라이나의 주지사가 황급히 사형집행을 연기하는 전화를 했을 때, 그는 전기의자에 앉아 자신의 억울한 처지를 마지막으로 한탄하고 있던 중이었다. 범행이 일어났던 당시, 웰멘이 버지니아주에서 서명하여 현금으로 바꾼 급료 수표가 결정적인 증거로 채택되면서 그야말로 죽음의 문턱까지 갔던 그는 목숨을 건지고 풀려나게 되었다.

Q 금붕어(Gold Fish)의 아름다운 황금빛 색깔은 언제 변하나?

어두운 어항이나 흐르는 시냇물 같은 곳에서 변한다. 그 빛나는 금색을 유지하기 위해서는 연못이나 혹은 조명이 잘된 어항 속에서 살도록 해야 한다.

온실 속의 화초를 밖으로 내놓으면 금방 시들어 죽는데 이와는 조금 다른 얘기지만 금붕어 역시 조명이 나쁜 곳에서는 그 찬란한 금빛을 내지 못한다.

Q 숫자 9의 비밀은 어디에 있는가?

9는 모든 숫자들 중에서 가장 신비한 현상을 만드는 숫자이다.

'9'는 다양한 의미를 지니고 있다. 히브리어에서는 불가사의한 힘을 상징하는 숫자이고, 기독교에서는 삼위일체(성부, 성자, 성령)의 삼위일체를 나타내며, 그리스어에서는 완전함을 의미한다. 그리고 산스크리스트어에서는 최상급 중의 최상급을 의미한다.

또한 성경에도 예사롭지 않은 숫자 9가 언급된다. 십자가형을 받은 예수는 그전에 먼저 채찍을 맞아야 했다. 마가복음 15:15절을 보면 예수가 채찍질 당한 후 십자가형에 처해진 기록이 나온다. 일반적으로 십자가형을 선고받은 죄수는 사형장으로 끌려가기 직전에 채찍질을 당하는데 왜냐하면 이 고문은 십자가형의 지독한 고통을 다소나마 둔감시켜주기 때문이다. 로마군병의 채찍은 짐승의 뼈가 박힌 9가닥의 가죽띠로 되어 있다. 이 9가닥의 채찍은 제재와 속죄를 상징한다.

한편 9개의 하늘들과 9계급의 천사들, 9명의 혹성들, 9명의 뮤즈 신들, 9개의 십자가들, 9인의 명사들, 문장이 새겨진 9개의 왕관들, 9개의 머리를 가진 히드라, 9칸의 지옥, 9일간의 경이로움, 9일간의 굴욕, 현대에서의 99년간의 임대계약, 고대에서의 999년간의 임대계약이 있다. 그리고 고대인들은, 숫자 9가 결코 다른 숫자들에 의해 소멸되지 않는 신비한 숫자임을 인정했다. 즉 어떤 수학적인 계산에서 9가 인수로 이용될 때 9는 언제나 합계에 나타난다. 9는 한 자리 숫자들 중 맨 마지막 숫자이며, 한 자리의 숫자들 중 가장 큰 수이다.

다음은 숫자 9가 얼마나 신비한 힘을 가지고 있나를 보여주는 간단한 예들이다. 아홉 개의 수 123456789에서, 가로로 숫자들의 합을 계산하면 45이다. 그리고 4와 5의 합은 9이다.

Q 당신의 영혼의 무게는 얼마나 될까?

30년 전에 남미로 이민을 가서 그곳에서 신경내과 전문의로 성공을 거둔 최 박사를 만난 적이 있다. 그때 그는 자동차 사고로 72시간 동안 완전히 죽었다가 살아난 경험을 나에게 직접 말해주었다. 그의 가족들은 심장이 멈추었다는 사망진단서를 받아놓고, 장례일자만 기다리고 있었다. 최 박사는 72시간 동안 그의 영혼이 육체를 빠져 나와 (O. B. E), 낯선 곳으로 가서 먼저 저 세상으로 떠난 사람들을 만나보았다고 했다. 영혼은 과연 있는 것인가? 만약에 있다면 그 무게는 어느 정도일까?

어떤 과학자는 인간의 영혼은 존재하며 영혼의 평균 무게는 1온스 정도 된다고 주장한다. 1907년 매사추세츠 하버빌에 살던 던컨 맥도걸 박사는 자신이 어떤 큰 병원에서 막 완료한 실험결과를 발표하였다. 그는 결핵으로 죽어가는 환자가 누워 있는 침대를, 정교하고도 커다란 저울에 올려놓고 환자가 죽어가는 3시간 30분 동안의 무게 변화를 지켜보았다. 숨이 막 끊어지는 순간, 저울 위의 무게가 3/4온스 줄어들었다. 그 후 그는 2년 반에 걸쳐 5명의 임종환자를 대상으로 같은 검사를 실시하였는데, 5건의 경우에서 모두 비슷한 결과가 나왔고, 최소한 3건의 경우 임종 순간 3/8~1/2온스의 무게감소를 보였다. 영혼이 몸에서 빠져나가는 이외의 다른 이유도 찾아볼 수 없는 듯이 생각되었다.

맥도걸은 확신을 더 갖고자 15마리의 개에 대하여 같은 실험을 실시하였으나 어떤 경우에도 무게 감소는 보이지 않았다.

이 실험을 통하여 맥도걸은 영혼의 존재를 과학적으로 증명한 것이다. 맥도걸은 자신의 실험 결과를 발표할 때 자신이 유신론자가 아니라 과학자라는 것을 강조하였다. 신문에서 그의 이야기를 실었고 어떤 신문에서는 맥도걸의 실험을 검증하기 위하여 전기의자에서 처형받을 사형수의 무게를 재어볼 것을 제안하기도 하였다. 그러나 그런 잔인한 일은 일어나지 않았으며, 1920년 맥도걸이 죽어갈 때 그의 영혼의 무게를 재어보려는 시도도 없었다.

한의사들은 영혼이 빠져나갈 때 무게가 감소하는 것을 기(氣)가 빠져나가는 것이라고 주장하고 있다.

맥도걸 박사는 인간의 영혼을 증명할 때 자신은 유신론자가 아니라 과학자임을 분명히 했다. 영혼의 존재를 철저히 부정하는 과학계의 도그마를 그는 알고 있었기 때문이 아닐까.

Q 수컷이 새끼를 기르는 동물도 있을까?

- 마모제트— 중남미 산의 원숭이과에 속하는 작은 원숭이.

- 시어맹— 수마트라와 말레이반도에 주로 사는 큰 긴팔원숭이들은 아버지가 새끼를 키우며 한 번 짝을 맺으면 영원히 하나의 암컷에 충실한다.

- 해마— 말머리, 물고기 꼬리의 괴수로 해신(海神)의 수레를 끈다고 하는 해마의 암컷은 수컷의 배에 있는 섹스 주머니에다 약 200개 정도의 알을 낳는다. 그러면 '임신된' 수컷은 부화될 때까지 몸을 흔들며 수축하여 매우 고통스러운 가운데 새끼를 밖으로 내보낸다.

- 독개구리— 주로 남아메리카에서 기생하는 매우 요란스러운 색깔을 한 이 독개구리는 암컷이 수컷의 등뒤에 있는 섹스 주머니에다 알을 낳는다. 그러면 수컷은 부화될 때까지 짊어지고 다닌다.

- 쟈카나스— '릴리 트로터'라고 불리는 로빈 정도 크기의 이 새는 암컷이 더 크며 더 공격적이고 강해서 자기 구역을 보호한다. 수컷은 새끼를 키우며 집에만 있으면 된다.

동물사회에서도 때론 부성애가 부각될 때가 있다. 특별히 그 유명한 가시고기를 상기하지 않아도 말이다.

Q 한국에서 누가 최초로 커피를 마셨으며 최초의 커피숍은 어디 였을까?

한국에 커피가 소개된 것은 고종 32년인 1895년 을미사변 때였다. 러시아 공사가 고종 황제에게 시음하게 한 것을 최초로, 고종 황제가 커피를 좋아하게 되자 그때 부터 주로 궁중의 고관들의 기호식품으로 애용되었다.

세계 최초의 커피하우스는 1652년 영국 런던에서 그 모습을 나타냈으며, 미국에 서는 1680년에, 한국에서는 1925년 서울

▲ **고종(1852~1919)**
고종황제 행차. 조선의 26대 왕인 고종은 러시아 공사에 의해 1895년에 처음으로 커피를 마셨고 그 때부터 이 갈색물을 좋아하게 되었다.

에 최초로 '다방' 이라는 것이 생겼다. 이 무렵 커피가 처음 판매 되었을 때에는 커피값이 너무 비싸서 돈 있는 사람들만이 멋으로 커피를 사 마셨으며, 한국 최초의 오페라 가수 윤심덕도 종로 다 방에서 커피를 즐겨 마셨다고 한다.

Q 거북은 왜 오래 살까?

거북은 소식을 하기 때문에 위가 거의 비어 있다. 그리고 동작이 민첩하지 않고 느리다. 거북은 동물의 왕국에서 가장 느린 생물 이지만, 스피드가 부족한 만큼 장수한다는 장점을 가진다. 거북 은 오늘날의 대부분의 동물보다 훨씬 이전에 지상에 번성했을 뿐

만 아니라, 거대한 바다거북은 200년 이상 사는 것으로 알려져 있고 어떤 거북은 300년 이상을 살기도 한다.

거북은 천천히 먹고 느리게 움직이며 서서히 자라나고 심지어는 숨까지도 느리게 쉰다. 이 느린 파충류의 껍질이 단단해지는 데에는 보통 1년 이상 걸리는데, 어떤 거북의 알은 부화되는 데에도 거의 1년이 걸린다고 한다. 겨울잠을 자는 동안 거북의 몸은 최소한의 기능으로 실제로 가사 상태가 된다.

변온동물인 거북은 겨울이 되어 피가 차가워지면 몸을 물 밑 진흙바닥 속에 숨긴다. 이때에는 호흡이 거의 끊기는 것처럼 보이며, 생명을 유지하는 데 필요한 소량의 산소는 그의 몸을 둘러싸고 있는 진흙 속에 함유되어 있을 뿐만 아니라 이 진흙 속에는 몸을 얼지 않도록 해주는 열이 충분히 포함되어 있다.

거북은 육지와 민물, 그리고 바닷물에서 모두 살 수 있는데 바다에 사는 거북과 육지에 사는 거북은 크기에 있어서 매우 다르다. 바다거북은 그 길이가 2.5cm인 것에서부터 2m에 이르는 것까지 다양하다. 대표적인 육지 거북인 갈라파고스거북의 몸무게는 최고 227Kg에 이른다. 그러나 성체인 장수거북(가장 큰 바다거북)의 평균키는 2m에 이르고 무게는 454Kg 정도 된다.

갈라파고스거북
몸무게가 최고 227kg에 이른다.

◎ **거북의 교미**

자이언트 터틀이라는 거북의 꼬리는 페니스를 암컷의 총배설강 구멍 안으로 삽입시키는 역할을 한다. 이 거북의 교미는 몇 시간 동안 지속된다.

Q 털 코트 한 벌을 만드는 데 얼마나 많은 동물이 필요한가?

밍크 코트 하나를 만드는 데는 65마리의 밍크가 필요하다. 해리 코트 하나에는 15마리의 해리가, 족제비 코트 하나에는 11마리의 족제비가, 친칠라 코트 하나에는 100마리의 친칠라가, 호랑이 코트 하나에는 세 마리의 호랑이가, 표범 코트 하나에는 다섯 마리

밍크 코트 하나에 65마리의 밍크가 필요하다?

의 표범이, 너구리 코트 하나에는 40마리의 너구리가, 담비 코트 하나에는 60마리의 담비가 필요하다. 우아한 털 코트 하나를 입기 위해 얼마나 많은 동물들이 죽어야 하는지 이제 알 때도 되지 않았을까.

◀ 밍크
인간의 외적 허영심이 이 귀여운 동물을 무자비하게 살상하고 있다. 얼마 전에 오스트리아에서는 동물애호가로 추정되는 사람이 한 여성의 옷에 불을 붙였는데 그 옷은 바로 밍크 코트였다.

Q 달이 환한 보름달에 잡히는 '영덕게' 는 왜 다리에 살이 빠져나갔을까?

게의 종류는 세계에 4,500여 가지나 되며, 우리나라에는 약 150여 종이 있는 것으로 알려져 있다. 종류는 대개 농게, 털게, 꽃게, 동남참게, 조개치레, 무늬발게, 납작게, 도둑게, 안경만두게 등이 있다.

우리나라에서는 특히 '영덕대게' 가 유명한데, 게를 보름게와 그믐게로 구분해서 칭한다. 달이 뜨지 않는 그믐 때에는 게 다리의 속살이 꽉차서 터져나올 듯하며, 달이 뜨는 보름을 전후한 때에는 게의 다리에 살이 빠져나간다고 한다.

'보름게와 그믐게' 의 무게도 차이가 있고 값도 크게 차이가 난다. 달이 환할 때 잡힌 '보름게' 는 환한 빛 때문에 먹이를 잡아먹지 않고 활동을 쉬고 있었기 때문에 무게가 덜 나가는 것이다.

Q 영어를 모르는 영국왕은 누구였을까?

대헌장 마그나카르타(Magna Carta)는 영국 헌법의 기초
가 되었는데, 이것은 영국왕 존이 거기에 기록된 몇 가지
사항을 승인한다는 일종의 칙허장(勅許狀)이다. 하지만
존 왕은 영어의 A, B, C조차 몰라 자신의 이름조차 쓸 수
없는 무식쟁이로, 서명을 할 수 없었다. 따라서 대헌장 마
그나카르타에는 서명 대신 도장이 찍혀 있다.

▶ 마그나카르타

이 대헌장은 1215년 영국왕 존(재위 1199~1216)
이 그의 실정을 견디지 못한 귀족들의 강압에
못 이겨 승인한 칙허장이다.

Q 고독한 비둘기는 왜 알을 낳지 못할까?

고독한 비둘기는 난소의 기능이 정지되어 있기 때문이다. 고독한
비둘기는 다른 비둘기를 봐야 난소의 기능이 활발해진다. 다른
비둘기가 없을 때는 거울에 비친 자신의 모습을 보기라도 해야
한다.

빨간눈비둘기
고독한 비둘기는 난소 기능을 상실한다.
때문에 그녀의 곁에는 항상 다른 비둘기
가 있어야 한다.

Q 뒤로 나는 새가 있을까?

벌새가 나는 것은 보통 새들이 나는 것과 완전히 다르다. 대부분의 새들이 비행기가 나는 것처럼 앞으로 나는데, 벌새는 마치 헬리콥터처럼 난다. 이들은 곧바로 직선으로 올라갔다가 내려오기도 하고, 그 아래 지점에서 떨어지지 않고 머무를 수도 있다. 또 벌새는 뒤로 날 수 있는 유일한 새이다.

벌새는 영어로 '콧노래하는 새(humming bird)'인데, 이름과는 달리 노래를 많이 하지 않는다. 콧노래와 같은 소리는, 날개를 재빠르게 움직일 때 나는 소리로 움직임이 하도 빨라서 거의 눈에 잘 보이지 않는다.

◀ 벌새
벌새는 뒤로 날 수 있는 유일한 새이다. 이 귀여운 새는 물가에서 목욕을 즐겨 하는데 성질은 공격적이다.

Q 만약 복어의 독 성분이 든 복어국을 마시면 어떤 증상이 생길까?

복어의 독 성분은 테트로도톡신인데 청산가리의 13배나 되는 독성을 가졌다. 0.5mg으로 즉사하게 할 수 있고, 독이 많은 복어 한 마리는 사람 30명을 죽일 수도 있다. 맛이 덤덤하고 무색 · 무취하며 아무리 강한 열에도 없어지지 않는다. 만약 이 독을 먹으면

10분쯤 뒤부터 기분이 이상해지고 안색이 창백해지며 정신이 흐려지고 입술 · 혀가 마비되면서 손 · 발까지 마비되어 간다. 그러다가 호흡까지 곤란해지면서 죽게 된다. 산란기 복어의 독은 보통 때보다 두 배 더 강하다.

▶ 복어
독성이 강한 복어일수록 맛이 좋다고 한다. 서양에서는 복어를 먹는 것이 자살 행위로 여겨지고 있지만, 우리나라에서는 유난히 복어음식을 즐긴다.

Q 거울을 보는 동물이 있을까?

거울을 보는 동물은 오랑우탄, 침팬지, 돌고래 등으로, 거울을 보고 자기 모습을 인식한다고 한다. 이 동물들은 많은 생물학자들에 의해서 거울 테스트에 통과되었고, 한 예를 들면 돌고래 한 쌍의 몸에 보이지 않는 표시를 하자 이 수중 포유류는 거울로 달려가서 몸을 비틀며 몸에 표시된 것을 보려고 했다.

▲ 침팬지
유인원의 일종인 침팬지는 다섯 살 난 어린아이 정도의 지능을 가지고 있다.

Q 새가 추락하는 도시가 있을까?

새가 추락하는 도시, 2000년 세계에서 인구가 가장 많은 도시는 멕시코시티로 지금 인구는 3천만 명이다.

시골에서 농사짓기를 포기하고 도시로 모여드는 인구와 3백만 대의 자동차가 내뿜는 매연, 수만 개의 작은 공장 굴뚝에서 나는 연기가 이 도시를 세계 제일의 공해도시로 만들고 있다. 하늘을 뒤덮고 있는 공해를 이겨내지 못해 하루에도 수백 마리의 새가 추락하는 도시가 바로 멕시코시티이다.

◀ 독립기념관
멕시코시티의 상징이라 할 수 있는 독립혁명 기념탑.

◎ 아즈텍과 마야 문명이 살아숨쉬는 멕시코

멕시코는 '태양과 선인장의 나라'로 불리고 있다. 어떤 사람은 테킬라, 지진, 몇 번의 외환위기를 겪었던 가난한 나라를 연상할지도 모르겠다. 그러나 멕시코 하면 역시 아즈텍과 마야 문명을 빼놓을 수 없다. 서기 1세기경 건립된 대형 피라미드는 이집트식 피라미드와는 또다른 매력으로 다가온다.

높이 65미터의 '태양의 피라미드'와 높이 46미터의 '달의 피라미드'는 장관이다. 특히 태양의 피라미드 정상에는 직경 1센티미터의 작은 쇳덩어리가 박혀 있는데, 쇳덩이를 만지며 태양의 정기를 받기 위해 매년 방문하는 사람들로 북새통을 이룬다. 마치 성지 순례를 하는 사람들의 행렬을 보는 것 같다.

▲ 마야 문명 - 멕시코 유카탄 반도에 있는 마야 문명의 대유적지.

Q 백상어는 왜 장수 동물일까?

백상어는 강철과 같은 이를 갖고 있으며 고래들도 피해갈 정도로 천적이 없기로 유명한 바닷물고기이다. 뇌에 손상이 갈 만한 상처를 입은 상태에서도 생존할 수 있는 능력이 지구상의 어느 동물보다 높아서 어떠한 세균의 침투도 물리칠 수 있는 면역력을 갖고 있으며 절대로 암에 걸리지 않는 소수 동물 중의 하나이다.

▲ 백상어
백상어는 가히 지상의 절대지존이라 할 만하다. 이 포악한 바닷물고기에게는 인간을 제외한 그 어떤 천적도 없으며 암에 걸리지도 않기 때문이다.

수 킬로미터 떨어진 곳에서 나는 소리도 포착할 수 있는 예민한 청각을 갖고 있는 백상어는, 먹어치우는 양에 전혀 상관없이 항상 허기져 있어 지칠 줄 모르는 왕성한 식욕을 자랑한다. 소문과는 달리 이 백상어가 사람을 공격하는 경우는 극히 드물다. 백상어에게 물려 죽기보다는 오히려 벼락에 맞아 죽을 확률이 3배나 높으며 해마다 벌에 쏘여 죽는 경우가 이보다 100배 높다.

Q "피는 물보다 진하다"라는 말이 있다. 피는 물보다 얼마나 진할까?

화학에서 물은 비교 중량, 혹은 상대적 밀도가 1.00으로 표시되는데, 이는 물이 모든 물질의 밀도를 재는 데 쓰여지기 때문이다. 사실상 피는 상대 중량 1.06이므로 물과 피를 비교해보면 실상 농도의 차이가 별로 없다.

Q '비거미(Bigamy)'와 '디거미(Digamy)'는 모두 두 번의 결혼을 의미하는데 어떤 차이가 있을까?

전자는 불법적인 중혼이며 후자는 합법적인 재혼이다.

Q 파파야도 수태 기간이 인간처럼 10개월일까?

'자연의 약'이라고 불리는 파파야의 가장 큰 신비스러움은 다른 식물처럼 한 그루에 암수가 같이 있는 것이 아니고, 암수 나무가 각각 따로 있다는 것이다. 이 열매가 자라는 기간도 마치 인간의

태아처럼 완전히 익는 데에 10개월이 걸린다. 당뇨병에도 좋은
파파야는 '완전한 음식' 으로 불려진다.

◎ **파파야의 특징**

- 파파야는 오렌지보다 비타민C를 더 많이 함유하고 있으며 교원
  질(膠原質)을 형성하여 피부미용을 좋게 한다. 젊어 보이고 싶어
  하는 여성들에게 대단히 인기 있다.

- 파파야에는 파페인이라고 하는 젊음을 재생시키는 신비한 효소
  가 함유되어 있어 소화기능을 도우며 회춘작용을 한다.

- 맛이 좋으며 매우 부드러운 과일이기 때문에 갓난아이들의 음식
  으로 사용하면 좋다.

- 파파야는 콜럼버스, 마젤란, 마르코폴로와 같은 항해가들이 모
  두 예찬한 황금열매이다.

▲ 파파야 열매는 녹황색
에서 적황색으로 변하고
과육은 짙은 황색 또는 자
적색이다. 과육은 두껍고
콩알 만한 많은 종자가 젤
리 같은 것에 싸여 있다.

Q **거북이와 토끼의 경주에서 누가 이길 수 있나?**

우리는 《토끼와 거북이의 경주》에서 느림보 거북이가 토끼를 보
기 좋게 이긴 이야기를 알고 있다. 이것은 매우 타당성 있는 이야
기로 이해할 수 있는데, 자라나 거북이의 몸은 공기 저항과 마찰
을 잘 극복할 수 있는 포물선 모양으로 되어 있기 때문에 스피드
를 내기에 이상적이라는 것이다.
시속 370Km의 속도로 달린 메이저 시그레이브의 경주용 자동차

'황금 화살'은 포물선형으로 제작되었고, 시속 393Km라는 세계적인 기록을 냈던 캡틴 맬콤 캠벨의 '파랑새' 역시 거북 모양으로 제작되었다. 수평의 위치에 세워둔 고성능 총의 총구를 떠난 총알 또한 공기 중에서 포물선을 그리며 날아간다. 그러므로 거북이가 경주에서 토끼를 이긴 것은 하나도 이상하지 않다.

 소처럼 생긴 야크(Yak)는 왜 평지에서 볼 수 없을까?

티베트 고원에 사는 이 짐승은 소의 머리와 말의 꼬리에 들소의 골격과 염소의 털을 갖고 있으며 마치 돼지와 같은 소리를 낸다. 히말라야에 가면 등산 원정대들의 짐을 '야크'라는 동물이 싣고 가는 광경을 목격할 수 있다. 이 동물은 어떤 추위에서도 견뎌낼 수 있고 강한 면역력도 갖고 있다. 야크의 체질은 고지에서만 살 수 있도록 되어 있어 해발 4,000m 이하로 내려오면 호흡의 곤란을 느껴 비실비실 하다가 죽는다. 야크는, 몸의 생리가 해발 4,000m 이상의 고지에서만 살도록 되어 있는 것이다. 때문에 평지에서 이 동물을 찾아보기란 힘들다.

◀ 야크
티베트를 중심으로 고원에 분포한다.

Black Russian : 검은 러시아인
Grasshopper : 메뚜기
Tom Collins : 톰 콜린스
Alexander : 알렉산더
Red Devil : 붉은 악마
Hurricane : 폭풍
Cable car : 케이블 카
Pink Lady : 분홍 숙녀
Elephant : 코끼리
Godfather : 대부
Manhattan : 맨해튼 섬
Bloody Mary : 피 묻은 마리아

붉은 악마, 피묻은 마리아가 칵테일 이름?

칵테일의 종류(얼음을 넣은 혼합주)를 의미한다.

Q 세계에서 가장 게으른 동물은?

세계에서 최고로 게으른 동물이란 타이틀은 나무늘보로 알려진, 중남미에 사는 작은 포유 동물에게 주어져야 한다. 이 느린 동물은 나무둥지에 곧게 붙어 있거나 가지에 거꾸로 매달려 거의 일생을 보낸다. 아주 필요하지 않는 한, 그는 조금도 움직이지 않는다.
나무늘보는 둥근 머리와 괴상하고 납작한 얼굴을 한 기묘한 모습의 동물이다. 어떤 종류의 나무늘보는 네 개의 다리에

▲ 블러디메리
붉은 색깔이 매혹적인 블러디메리. 영국 여왕 메리의 별칭과 똑같다. 철저한 가톨릭 신자인 메리 여왕은 성공회와 청교도를 무자비하게 탄압했고 그로 인해 무수히 많은 청교도인들과 성공회 신도들이 목숨을 잃었다.

각기 두 개의 발가락을 가지고 있다. 두 종류 다 나무에 매달리기 위하여 날카롭고 구부러진 발톱을 지녔는데, 이렇게 나무에 매달려만 있는 것은 다 그만한 이유가 있다.

그것은 나무늘보가 걸을 수 없는 동물이기 때문이다. 만일 땅에서 움직일 경우는 발톱을 이용하여 몸을 끌면서 갈 뿐이다. 그리고 그의 배는 거의 끊임없이 채워져 있다.

나무늘보가 음식을 소화하자면 일주일 이상 걸리는데 그 동안은 거의 꼼짝 않고 나뭇가지에 매달려만 있다. 느린데도 불구하고 나무늘보는 정글의 다른 동물들을 두려워할 필요가 없다. 이 작은 게으름뱅이는 가지에 매달려 있어 죽은 나뭇잎 뭉치처럼 보이며 우기 동안에는 털 속에서 초록빛 해초 같은 빛깔로 위장하여 외부 적으로부터 몸을 보호한다.

그리고 나무늘보는 어떤 동물이 무례하게 행동하든지 간에 최소의 노력으로 방해자를 찾을 수 있는데 그것은 목뼈의 구조를 이용하여 270도 각도로 머리를 돌릴 수 있기 때문이다.

◀ 나무늘보
한량처럼 언제나 나무에만 매달려 사는 나무늘보는 사실 걷지 못한다. 때문에 나무늘보가 사람들에게서 '게으름뱅이' 라는 딱지를 얻은 것은 약간 억울한 면이 있다.

Q 자손을 낳지 못하는 동물이 있을까?

말을 하는 노새와 터놓고 이야기를 할 수
있다면 노새는 자신의 조상에 대한 자부
심이 없을뿐더러 자손에 대해서도 전혀
희망이 없노라고 말할 것이다. 왜냐하면
노새는 그 태생이 숫당나귀와 암말 사이
에서 태어난 잡종인데, 그렇게 된 것은
노새가 우생학적 측면에서 배합된 자손
이기 때문이다. 말은 더 크고, 더 잘생겼

▲ 노새
같은 종끼리 교접하는 것이 자연의 섭리
인데 이를 어기고 태어난 비운의 노새.

으며, 모든 일을 더욱 쉽게 배운다. 반면에 당나귀는 병에 강하고
튼튼하며 민감한 말이 거부하는 힘든 상황에서도 일을 해낼 수
있다. 그러나 불행히도 수컷 노새는 선천적으로 자손을 낳을 수
없다.

Q 리퀴드(Liquid)와 웨트(Wet)는 동의어인가?

두 단어는 동의어임에 틀림없다. 그러나 리퀴드(Liquid)는 물기
가 있지 않다. 다시 말해 웨트(Wet)하지 않다는 말이다.
수은이 액체임에는 틀림없지만 손으로 만져도 젖지 않는 것을 보
면 알 수 있다. 그러므로 수은은 마른 액체라고 할 수 있다.

완전한 백색이 과연 존재할까?

백색에는 수백 종류가 있다. Pearl White, Navajor White, Ivory White, Snow White, China White….
눈도 완전한 백색은 아니다.
완전한 백색은 없다.

 다음과 같은 사실을 아세요?

- 당아욱(Mallow flowers)은 태양 빛이 움직이는 대로 따라간다. 태양이 지자마자 당아욱의 얼굴은 서쪽에서 동쪽으로, 즉 아침에 태양이 다시 뜨는 방향으로 향한다.

▲ **당아욱**
해바라기만큼이나 태양을 사랑하는 식물. 하늘로 뻗어 있는 꽃들의 대열이 마치 태양을 독차지하려는 모습처럼 보인다.

  - 더운물을 유리컵에 갑자기 부었을 때, 두꺼운 유리컵이 얇은 유리컵보다 더 잘 깨진다.
  - 더러운 눈은 깨끗한 눈보다 더 빨리 녹으며 더운물이 찬물보다 무게가 더 나간다.
  - 인간의 뇌는 80%가 수분으로 되어 있어 혈액보다 수분이 더 많다.
  - 통계에 의하면 5월에 태어나는 아이들은 다른 달에 태어나는 아이들에 비해 몸무게가 200g 더 나간다.
  - 미소를 짓기 위해서는 17개의 근육이 움직여야 하고 찡그리기 위해서는 43개의 근육이 움직여야 한다.

- 불이 붙는다고 연기가 반드시 나는 것은 아니다. 연기는 불에 잘 타고 있지 않다는 것을 의미하므로 완전히 잘 타는 불은 거의 연기를 동반하지 않는다.
- 어떤 곤충도 눈을 감아본 적이 없다.
- 갈륨은 희귀한 금속으로 화씨 86도에 녹는데 만약에 손에 갈륨을 쥐고 있으면 잠시 후면 녹을 것이다.
- 벌은 자외선까지 볼 수 있다.
- 발을 따뜻하게 하려면 양말을 신는 것보다 모자를 쓰는 것이 바람직하다. 왜냐하면 인체 열기의 80%는 머리를 통해서 빠져나가기 때문이다.
- 고양이에게 캔디를 준들 무엇하겠는가? 고양이는 단맛을 알 수 있는 능력이 없다.

새침한 고양이에게 어울리는 간식은 왠지 달콤한 캔디 같지만 사실 고양이는 단맛을 모른다네!

- 2파운드의 꿀을 모으기 위해서는 6만 마리의 일벌이 300만 개의 꽃을 방문해야 한다.
- 길거리에서 나는 잡음은 신호등의 색깔을 구별하는 데 지장을 준다는 것이 과학적으로 증명되었다. 교차로에서 자동차가 내는 경적 등은 시력에 영향을 주어 초록색이 점점 더 밝게 보이며 붉은색은 점점 더 침침해진다고 한다.
- 한 단어를 말하는 데 650개의 근육 중에서 72개의 근육을 가동시켜야 한다. 얼마나 피곤한 일인가.

일찍이 미당 서정주는 "한 송이의 국화꽃을 피우기 위해 봄부터 소쩍새는 그렇게 울었나 보다"라고 시로 노래했다. 고인이 된 시인에게 무례할지도 모르겠지만 이렇게 말해볼까나. "하나의 단어를 말하기 위해 72개의 근육은 그렇게 열심히 움직였나보다."

- 인도에서는 죄인을 고문하는 방법 중의 하나로 강간을 시행한다.
- 오렌지 나무는 100년 이상 열매를 맺는다.
- 비에는 비타민 B_{12}가 포함되어 있다.
- 괴테는 독일 최고의 소설가일 뿐만 아니라 소방서의 소장이었으며 외무부 장관이었고 극장주인이었으며 연극배우였고 변호사였으며 그리고 과학자였다.
- 개미의 I.Q는 150이나 된다. 그러나 개미는 기억을 못한다. 본능에 따라 행동한다. 미로를 사용한 실험에서 개미는 본능적으로 빠르고 정확히 찾아갈 수 있었다고 한다.

▲ 괴테 동상
"두 가지 평화로운 폭력이 있다. 즉, 법률과 예의범절이다". 이 말은 괴테가 변호사였을 때 했으리라.